VENDANGES AMÈRES

Emmanuel Maffre-Beaugé

# VENDANGES AMÈRES

J.-P. Ramsay

ISBN : 2-85956-000-9

*A la mémoire d'Emile Pouytes,*
*viticulteur à Arquettes-en-Val,*
*tué à Montredon.*

*« J'aime ce pays et j'aime y vivre parce que j'y ai mes racines, ces profondes et délicates racines qui attachent un homme à la terre où sont nés et morts ses aïeux, qui l'attachent à ce qu'on pense et à ce qu'on mange, aux usages comme aux nourritures, aux locutions locales, aux intonations des paysans, aux odeurs du sol, des villages et de l'air lui-même. »*

Guy de Maupassant,
« Le Horla ».

# *Prologue*

Cette année, le bilan agricole est cruel : la France a subi une sécheresse sans précédent.

De nombreuses régions dressent un constat désastreux : grave pénurie de fourrages, d'où nécessité d'abattre prématurément une partie du cheptel. Céréales amaigries, portant un grain à demi avorté. Maïs nain, etc.

La paysannerie exige que joue la solidarité nationale. Dans le Midi, sur le littoral, dans nos soubergues, sur la plupart de nos coteaux, nos vergers ont été prodigues, la récolte des fruits abondante, leur qualité exceptionnelle. Nos jardins ont fourni à profusion melons, tomates et légumes divers. Cela, parce que la maîtrise de l'eau assez largement réalisée a permis de compenser la pluviométrie partiellement défaillante. Seuls nos massifs montagneux, nos causses et quelques-uns de nos coteaux viticoles ont subi le triste sort réservé à bien des régions françaises. Nos routes de montagne se faufilent entre des arbres dont le feuillage terne et froissé indique la souffrance végétale. Le bas-côté des chaussées expose un herbage désséché, couché. Les sous-bois eux-mêmes sont en demi-deuil.

Dans son ensemble, le Midi a résisté. Il apparaît sous certains aspects, comme privilégié, par rapport à l'agriculture nationale.

Et pourtant, le miracle de ses productions sauvegardées aboutit à un désastre économique : les arboriculteurs jettent leurs pêches sur les routes, ces pêches veloutées, sucrées, juteuses, amoureusement cultivées. Ou bien ils vont avec amertume les vider à la décharge publique où elles seront arrosées de fuel ou mises en tas et écrasées par les bulldozers. Les maraîchers attaquent les convois de légumes espagnols.

Pourquoi ce gâchis ? Pourquoi ce gaspillage ?

... La pluie est fortement tombée, ces jours-ci. La vigne m'apparaît lustrée. Elle s'étale sous la lumière attendrie de septembre.

Gilles, le mari de ma fille Brigitte, et moi-même, faisons le tour de l'exploitation. Le temps des vendanges est venu : nous devons prélever les grains de raisin qui nous permettront de connaître l'état de maturité de chaque parcelle et de fixer les dates et l'étalement de la cueillette. J'écarte le feuillage des souches. Les lourdes grappes noires m'apparaissent. Je les considère avec émotion : il a fallu un an de travail, souvent harassant, d'inquiétudes accumulées en fonction des intempéries, pour en arriver à ce fruit merveilleux. J'en saisis un, par le pédoncule. Je le coupe. Je le présente à hauteur de visage, sous la lumière. Je dis à Gilles :

« Regarde : pas un grain abîmé par les vers, pas de coulure. La grappe est bien remplie. Le vin devrait être bon. »

J'en examine les baies. Elles sont couvertes de pruine : cette poussière translucide qui les met à l'abri. Elles se pressent les unes contre les autres, leur coloration varie du noir profond au noir bleuté. Certaines — les moins mûres — sont violettes et lie-de-vin.

Puis, nous allons plus loin, en quête d'autres grains, prélevés tantôt au sud, tantôt au nord, soit au cœur de la souche, soit sur son pourtour. Le prélèvement doit être ainsi effectué, si on le veut efficace pour déterminer correctement l'époque de la cueillette.

Je regarde ma vigne et ne puis m'empêcher de penser à ses exigences. Elle est avide de travail humain, de présence constante, de menues attentions. Elle est rebelle comme une gitane. Puis, à certaines heures, opulente, sensuelle, ouverte à la caresse des labours, enjouée sous le fard des saisons, empourprée au feu de la vendange. Sous les premières bourrasques d'automne, elle se dépouille, soudain déchue, délaissée avant le sommeil hivernal : pauvre fille abandonnée dans sa robe jetée aux quatre vents.

Nous travaillons silencieusement... La brise de mer se lève, le temps fraîchit. Venus de loin, les sons fêlés de l'horloge communale mâchent les heures.

Je songe à Gilles, à son avenir. Il a voulu choisir ce métier de vigneron. Il ne peut en apprécier pleinement les avantages et les servitudes, mais il l'aime parce qu'il se passe au grand air, dans la nature, parce qu'il ménage le temps de la réflexion, parce qu'il comporte sa part de méditation et de silence. Il l'aime parce que son grand-père et son père l'ont aimé avant lui. Pour l'instant, il perçoit un salaire mensuel inférieur à deux mille francs. Sa femme travaille dans une banque. Il faut compter, se contenter de l'essentiel. Certes, ses parents et nous-mêmes les aidons dans la mesure de nos moyens. Certes, je lui ai donné trois hectares en fermage pour qu'il apprenne à gérer directement, à prévoir, à comprendre la vigne et à la soigner. Il doit se sentir concerné directement. Ces jeunes ont fait un choix difficile : ils sont profondément attachés à la terre. La ville n'a pas pu les retenir.

Gilles n'est jamais aussi heureux que lorsqu'il est dans la campagne, sur le tracteur, ou les ciseaux de taille à la main.

Je l'observe, tandis qu'il marche dans la rangée. Il a ôté sa chemise : sa poitrine est large, bien développée. Sa peau brune laisse apparaître le jeu de sa musculature lorsqu'il fait un effort. Son visage long, maigre, sort à peine de l'adolescence. On le sent parfaitement maître de lui. Ses yeux sont noirs, pleins de curiosité. Il a le type méditerranéen bien marqué. Son caractère est facile, enjoué, disponible.

... Ai-je eu raison de leur céder lorsqu'ils ont manifesté le désir de rester à la terre ?

Un avenir incertain, voire inquiétant, se dresse devant eux... Le vin se vend mal... La Communauté européenne nous a livrés au libéralisme qui aboutit à une véritable anarchie économique : les distorsions monétaires, les spéculations, le laxisme, semblent nous conduire irréversiblement vers un libre-échangisme impitoyable. La Communauté, au lieu d'améliorer notre sort, nous fait marcher en arrière, nous ravale à une condition sociale de plus en plus diminuée.

Mes enfants ont voulu prendre le risque. Ils ont cet optimisme irraisonné de la jeunesse. Ils pensent que les choses devront s'arranger tôt ou tard. Il ne faut pas désespérer... « Et puis, si on nous y contraint, nous nous battrons », disent-ils. « Oui, nous voulons vivre au pays... On ne nous chassera pas d'ici pour aller grossir le rang de tous ces pauvres gars qui, en ville, sont voués à la condition prolétarienne la plus affligeante. »

Mon rôle n'est pas de les décourager, mais j'ai tenu à leur signaler les difficultés qu'ils rencontreraient.

Je dois admettre que Gilles possède d'autres atouts que moi : sa jeunesse et sa force lui permettront de soutenir l'effort physique quotidien, indispensable dans notre labeur. Son équilibre lui évitera un découragement facile. Sa foi lui donnera le goût de la lutte.

Je ne puis éviter d'évoquer l'horizon 80... Déjà 77 s'annonce comme une année difficile, succédant d'ailleurs à une année dramatique. Nous allons entamer l'automne 76 avec des stocks à la production très élevés, avec un mouvement d'importations démentiel : environ 700 000 hectolitres par mois. Les prix en sont tributaires et s'alignent sur les mercuriales italiennes.

Nous luttons pour survivre...

Je songe à cet autrefois où la vigne payait son homme, où le travail se faisait avec espoir. La récolte survenait, apportant la récompense d'une longue année de travail. En ce temps, un vigneron pouvait faire face en cas de sinistre. On disait alors qu'il devait posséder une récolte en cave, une sur la souche, une dans le porte-monnaie. En moi s'ouvrent les vannes du passé. Il vient avec tact, tout doucement, en tapinois, ce passé lointain, vieux de quarante ans de travail, de passion, de famille, d'espoirs toujours renouvelés, de blessures, de joies et d'erreurs. Ce passé, dont la vigne tentaculaire, possessive, constitue la toile de fond. Ce temps où mon père, alors jeune, me prenait avec lui dans les terres...

Je revois le chemin creux du Dardaillon, ourlé de

tamariniers, de glaïeuls sauvages, d'énormes chardons bleutés, autour desquels évoluaient les libellules et les bourdons.

Les cigales d'autrefois, imaginées à travers mes souvenirs, me semblent plus bruyantes, plus nombreuses. Leur craquètement massif saoulait l'air. Les journées torrides d'été en étaient saturées.

Aussi loin que mon souvenir remonte, il y a la vigne possessive, exigeante, maîtresse de notre destinée. Le bien-être, la sécurité, les projets, dépendaient d'elle. Ses récoltes déterminaient chaque décision familiale : la vigne était tout à la fois la vague dont tout dépendait et la grève sur laquelle tout venait battre. Notre vie se situait au cœur de son ressac. On disait : « Si la récolte est bonne, nous ferons ceci ». « Cette année, il faut économiser : il y a eu de la coulure, de la sécheresse ». « Après les vendanges, il faudra changer le cheval. Il est trop vieux ». On rêvait. Quelquefois, on réalisait une partie de ses rêves. Mais le rêve n'était pas devenu le cauchemar actuel. Rien n'était parfait. Rien n'est jamais parfait dans une vie paysanne. Nous devions nous battre constamment, mais contre les fléaux naturels, contre les déséquilibres intérieurs du marché national. Les allocations n'existaient pas. Les assurances sociales n'étaient pas ce qu'elles sont aujourd'hui. On se soignait moins, mais tout compte fait l'on vivait mieux.

Je ne puis manquer d'évoquer mon enfance et mon adolescence passées au creuset d'une famille bourgeoise, aisée, dans laquelle les principes avaient la rigidité de l'acier. On ne plaisantait pas sur un certain nombre de sujets tels que la patrie, la famille, etc.

La vieille maison où j'ai grandi, grande, profonde, avec ses couloirs sombres et ses pièces calfeutrées, possède encore une âme. Les chambres, tapissées d'étonnants papiers « rétro », contiennent tout un univers de choses évoquant le passé de ma famille. Les tableaux, les portraits, les photos en marquent les époques. Ils sont les signets d'un temps révolu.

Mon grand-père maternel, médecin militaire de la marine nationale, est toujours présent au cœur de ces vieux murs : il aurait maintenant 115 ans. D'innombrables photos jaunies le représentent, avec ces extraordinaires casques coloniaux, de forme haute, ou vêtu de son uniforme de marin, le visage un peu hautain, souligné d'un collier de barbe.

Mon grand-père paternel était un homme différent : grand seigneur, écrivain, ami de Frédéric Mistral, ayant été présenté, en sa jeunesse, à Barbey d'Aurevilly, il vivait un peu hors du temps, enfermé dans son monde littéraire, ou fréquentant tout ce qui écrivait, dissertait, versifiait, aux quatre coins de France, ou bien à l'étranger. Il jette son regard insondable et mystérieux, du haut d'une belle peinture, sur le mobilier divers de l'entrée.

Lorsque j'étais enfant, je sentais confusément la différence essentielle de ces deux hommes, chacun incarnant une forme d'esprit, possédant une notion de l'existence particulière, ayant adopté des attitudes humaines absolument divergentes.

Le mariage de mon père et de ma mère a réuni leurs souvenirs, leurs meubles, les faisant cohabiter au-delà de leurs vies.

Du rez-de-chaussée au grenier de la maison, dans laquelle vit encore ma vieille mère, c'est un amoncellement quelque peu hétéroclite, où les styles s'entrechoquent ou s'harmonisent. Les chambres avaient chacune son nom : Saint-Antoine, la chambre verte, la chambre des armoires, etc. et dans chacune d'elles, un monde à part, bien cloisonné, bien précis : Saint-Antoine possède un lit bateau et une armoire massive Napoléon III, d'une hauteur invraisemblable. Pour ranger le linge dans les plus hauts rayons, il faut une échelle. Les draps, les nappes et les serviettes y sommeillent. Les bouquets de lavande disséminés dans les plis du linge ont, depuis longtemps, perdu leur senteur. La chambre verte a ses bouquets de fleurs artificielles sous globe. Le portrait de l'oncle Aristide, de très belles gravures d'époque, de grandes photos représentant les frères de mon père morts en bas-âge, une armoire Louis XIII, un lit et une commode philipparde. Mais la chambre où j'aime le plus m'attarder est celle des armoires. Là, cinq meubles énormes, d'époques différentes, contiennent au moins deux siècles d'étoffes, de draps, de couvertures, encore en état, maintes et maintes fois ravaudés. Chez ma mère, on ne jette rien. J'entrouvre leurs portes sur ces toiles, ces laines, ces cotons d'un autrefois parcimonieux et conservateur. Je songe aux innombrables mains, jeunes ou vieilles, qui les ont pliés ou dépliés : tous ces êtres morts depuis si longtemps, dont les tissus gardent encore le souvenir du contact.

Tout le passé afflue, jetant pêle-mêle, en son kaléidoscope, des parcelles de souvenirs. Brusquement, elles s'agitent, puis se posent...

Gilles a fini son travail. Je sors de mon rêve éveillé. J'éprouve soudain le besoin d'écrire : on nous connaît si peu et si mal.

Ecrire pour les jeunes qui restent, pour tous ces gens de la vigne, avec leurs mœurs, leurs tabous, leurs croyances, voire leurs superstitions.

Ils sont mes frères, ceux-là dont le sort incertain se trace selon le bon vouloir de ces messieurs de Paris ou de Bruxelles. Ceux qui se plient au servage de l'administration, ceux qui sentent le poids et l'amertume de l'abandon.

Ecrire sans être écrivain, sans métier. Risquer l'œuvre ratée parce qu'on ne possède pas une technique, est certainement un acte déraisonnable. Mais notre vie d'agriculteur n'est-elle pas parfaitement déraisonnable ? Et pourtant, nous la vivons...

Alors, je prends ce pari insensé : être compris des gens de cœur.

# *La mouche du coche*

Les vendanges s'annonçaient exceptionnelles. Jamais la vigne n'avait porté autant de fruits qu'en ce début septembre 1939.

J'avais 18 ans. Les bruits de guerre qui circulaient obstinément ne parvenaient pas à effacer ma joie de vivre. Pour moi, la guerre, c'était l'impossible réalité, la façon pour la presse de remplir ses colonnes ; je n'en réalisais pas l'horreur et le sordide. A la rigueur, une aventure... c'était tout. En moi s'éveillait la vie. Je me sentais bien dans ma peau, j'avais le goût timide des filles, comme on l'avait en ce temps-là. Fortement marqué par l'éducation d'un milieu bourgeois conservateur et catholique, j'avais un certain nombre d'idées précises, absolues, manichéennes. Ma mère, quelque peu janséniste, fille d'un médecin de marine, ne plaisantait pas sur les principes, et mon père, grand libéral, profondément imbu des vertus terriennes, m'avait fixé le cadre des clôtures à l'intérieur desquelles on m'autorisait à piaffer. Car effectivement, je piaffais. Non point dans le domaine politique : pas plus qu'aujourd'hui, je n'aimais ce jeu compliqué. Mais je piaffais à tout venant: contre l'autorité parentale, contre un catholicisme étroit, contraignant, avec sa cohorte de curés rigoristes, vous injectant le latin à grands renforts d'odeur sûre de soutane et sous la vaporisation désagréable d'une haleine marquée de tabac. Mon année de première s'était déroulée sans encombre, très disparate dans ses résultats et selon les matières. Je travaillais en dilettante, beaucoup plus attiré par ce qui atteignait mon imagination et ma sensibilité, que par le rébus désincarné de la syntaxe latine ou les disciplines austères de la géométrie dans l'espace. Il me fallait absolument user cet excès de vitalité qui s'épandait dans ma chair et dans mes muscles. Je pensais court et j'étais sûr de moi. Jeune étalon, crinière au vent, j'absorbais la vie à pleins naseaux, sans songer qu'il y aurait des obstacles à franchir.

En ce début d'après-midi du 3 septembre 1939, le personnel s'affairait paisiblement aux divers travaux préparatoires de la vendange : on peignait les colliers à pointes des cinq chevaux de trait, on passait les foudres de la cave à l'huile de lin, on graissait attentivement les engrenages des lourds pressoirs à main, dont bientôt le « clic-clac » se ferait entendre dans toutes les caves, on faisait les passages dans les vignes. C'était l'amoncellement, quelque peu magique à mes yeux, de tout le matériel à cueillir, à véhiculer, à vinifier le raisin : comportes de bois, « banastous », « semaillés », sécateurs, subissaient la revue de détail. J'étais affairé, excité, car bientôt viendrait le temps où les vendangeurs venus de Grandsac dans l'Aveyron, mi-paysans, mi-ouvriers des mines, arriveraient. La fête de la vendange imposerait son rythme rude de journées de labeur, mais aussi de chants, de fêtes, d'amours cachées, de joyeuse liesse, de discrète licence.

La déclaration de guerre vint brusquement bousculer tout cela. Les avis officiels blancs de la mobilisation générale parurent derrière les grilles des placards de mairie. Un long temps de stupeur passa. Les ouvriers arrêtèrent les travaux entrepris, comme ça, laissant les pinceaux durcir dans les pots restés ouverts. Des groupes se formaient sur la place publique. Subrepticement, chacun allait étudier son fascicule pour voir quel jour il devrait rejoindre son unité. Il n'y avait pas de joie, pas de refus non plus : simplement un tassement, le tassement d'un peuple soumis à un événement inimaginable.

Pour moi, la guerre, c'était les souvenirs rarement

évoqués par mon père, de Verdun, de la côte 304. La guerre, c'était aussi, discrètement conservées dans une boîte, tout au fond de la bibliothèque, parmi les livres dont on interdisait la lecture à ma sœur Mireille, ma cadette, et à moi-même : la croix de guerre et la médaille militaire, ainsi que les citations de mon père.

La guerre, c'était la réponse fière des Français contre les Allemands. Pourtant, la guerre était le jeu cruel, dont je n'apercevais alors que le chatoiement artificiel et cocardier, sans en comprendre l'horreur et la folie.

Les jours qui suivirent devaient très rapidement faire apparaître les premières conséquences de la mobilisation. Un à un, les ouvriers venaient faire leurs adieux avant de prendre le train. Ces hommes qui partaient, je les avais, pour la plupart, aimés ; un seul d'entre eux n'est point revenu. Il s'appelait Sagnier, c'était un homme doux, paisible, aimable et travailleur ; ses yeux étaient bleus ; je les revois toujours, ses yeux : attentifs, patients, amicaux. Sa veuve vit encore dans notre petite commune et son fils a longtemps travaillé les vignes. Les autres sont maintenant devenus vieux. Le plus grand nombre a pu acheter du terrain ; ils travaillent pour eux, comme l'on dit ici. Certains ont réussi dans le commerce, d'autres sont restés des ouvriers agricoles à temps partiel, après l'acquisition de quelques vignes. Un seul d'entre eux ne fut pas atteint par la mobilisation et c'est grâce à lui que les vins de cette triste année purent être élevés.

L'armée vint réquisitionner les chevaux. Nos trois meilleures bêtes, des percherons puissants, 1,75 mètre au garrot, partirent, accompagnés par des soldats, pour être embarqués à la gare de Campagnan. On nous laissa le plus vieux, un boulonnais pataud et maladroit, au surplus médiocre limonier, et le plus faible, un petit breton, mais intelligent et vaillant au-delà de toute expression.

Cette vendange-là fut parfaitement démentielle : la récolte, comme à plaisir, nous écrasait sous son abondance. Il pleuvait fréquemment ; les charrettes à lourds bandages de fer défonçaient les chemins où les ornières s'approfondissaient sans arrêt.

La colle* était le réceptacle de tous les clochards recueillis dans les environs ou fournis par les Services de la main-d'œuvre. Je conduisais « Hameau ». C'était la première fois que mon père me confiait cette tâche, car jusqu'alors j'avais rempli le rôle de banastou**. Les bêtes étaient confiées aux ouvriers les plus expérimentés. Certes, je les accompagnais souvent auparavant, assis sur un sac bourré de paille et sur une comporte renversée, je suivais Fortuné, Joseph ou Jean qui m'apprenaient comment leur parler, les flatter ou les inciter à l'ouvrage. Je sortais à peine de mes versions latines que brusquement, sans métier, j'avais à tenir la bride de cette machine de chair qui, ne sentant pas suffisamment l'autorité d'un charretier compétent, se livrait à quelques facéties du plus mauvais goût. J'avais peur de passer sous les roues, de mal prendre le tournant difficile. Mes reins se brisaient sous l'effort, pour ranger les comportes sur le plancher ou les vider, à la cave, dans le fouloir. Je sentais, dans les yeux de certains, une douce ironie, une sorte de joie malicieuse à me voir patauger dans un travail que je n'avais jamais appris. Jusqu'à mon père qui, un jour, au petit café du village, dit en parlant de moi : « Oh, Emmanuel, il se débrouille bien. Quelquefois, il fait la mouche du coche. » J'avais des ampoules éclatées aux mains, le dos plié. J'avais mis le meilleur de moi-même à mener proprement mon ouvrage. Mon père était un peu mon idole : bon, impulsif, souvent excessif, avec des attitudes extrêmes à la manière du général Dourakine. Mais merveilleusement affectueux et faible pour ma sœur et moi-même. Sa réflexion me fit mal ; il n'en avait pas apprécié la portée. C'était là cette manie redoutable qu'il avait : faire des mots.

J'avais 18 ans. Ma mère n'était pas, en ce temps, faible et sentimentale. Cependant, j'allai la trouver et je lui rapportai, les larmes aux yeux, les propos de mon père.

Elle sourit légèrement, me caressa la joue, ne dit rien. Mais dans son regard, je sentis passer une telle

* Colle : équipe de vendangeurs.
** Banastou : celui qui vide les seaux de vendange.

chaleur que j'en fus tout revigoré. Le lendemain, mon père vint à moi, m'embrassa et me dit : « Tu sais, hier, j'ai été maladroit. Ta mère m'a dit que tu avais été peiné. Oublie ça. En fait, tu es très bien pour ces vendanges ! »

J'avais retrouvé ma joie intérieure. Mon père était redevenu mon père ; mon idole s'était redorée. Mais plus jamais, je ne devais oublier que les mots contiennent un pouvoir redoutable, que l'on ne plaisante pas sur la peine et le labeur du travail manuel, que chaque effort physique consenti est une offrande.

Le sens de l'effort venait de m'apparaître comme sacramentel. Brusquement, je ressentais toute la valeur contenue dans l'humble travail journalier. Toute la richesse des hommes qui s'y pliaient avec simplicité et patience était évidente. Je venais de percevoir quelque chose de nouveau, grâce à ce mot un peu cruel : le sens de la révolte intérieure, lorsque les vraies valeurs sont bousculées, lorsque le travail est dévalué moralement, lorsqu'on dépouille celui-ci de sa valeur transcendante.

Mon père m'a permis, ce jour-là, de recevoir un choc psychologique à partir duquel j'ai fait jouer, ma vie durant, un certain nombre d'aiguillages pour me conduire au cœur des hommes, au-delà des idées toutes faites et des principes reçus dans un milieu déterminé. J'ai appris à m'émerveiller devant le geste magnifique d'un paysan coupant son pain avec lenteur, mangeant avec sagesse, tout à sa tâche essentielle. J'ai appris à respecter nos lourdes mains d'agriculteurs, striées des stigmates du travail, marquées de cambouis ou des produits de traitement ou du tanin des vins nouveaux. J'ai appris à voir au-delà de leurs yeux perdus, les rêves simples qu'ils nourrissent. J'ai compris cette richesse inégalable, dissimulée sous la rudesse des apparences et l'égoïsme des attitudes.

Le vigneron connaît chacune de ses souches comme le Bon Pasteur connaît chacune de ses brebis. Il imprègne son métier de sa propre substance. Il façonne les bois, par la taille. Et la vigne modèle son comportement et son âme. Il élève son vin comme son propre enfant.

Il en détermine le caractère, la discipline. Jeu étonnant de l'homme et des choses. Plus tard, je devais mieux comprendre tout cela.

Lorsque revient à mon esprit cette période si lourde, contenant la drôle de guerre, la défaite, l'exode, l'appel du 18 juin, le gouvernement de Vichy, Pétain, Laval, la zone occupée, la France occupée, la Résistance, les maquis, la Libération enfin, des images d'une précision rigoureuse assaillent mon esprit. Car si nous vivions dans la plus dramatique situation, dans les plus affreux mensonges, pris entre la voix de l'espérance venue de Londres et les persiflages talentueux de journalistes collaborateurs tel Henriot, nous étions, tout de même, pris par les exigences et les contraintes de la vie matérielle.

Contrairement à l'ensemble du monde agricole, la viticulture, au cours des années 40 et 41, subit de plein fouet la pénurie. A part quelques vignerons privilégiés possédant des terres au bord des fleuves et des rivières, tous les autres se trouvèrent face aux restrictions de toute sorte, presque aussi démunis que les citadins.

Après 1941, les choses s'améliorèrent quelque peu, car le troc commença de jouer entre les futailles de vins, les charcuteries et les fromages montagnards. Chacun s'adaptait tant bien que mal aux conditions précaires de l'occupation. Les fourrages manquaient à tel point que l'on nourrissait les chevaux avec des sarments broyés, des produits mélassés à base de marc, de l'herbe à chien, de la « baouque » comme l'on dit ici. Ces aliments étaient si pauvres que l'on devait chaque soir se résoudre à suspendre les chevaux par des sangles fixées au plafond, afin d'éviter qu'ils ne se couchent, car leur faiblesse était si grande qu'ils n'avaient plus la force de se relever. Les produits de traitement étaient distribués avec une telle parcimonie que la vigne subissait toutes les maladies sans que nous puissions l'en préserver : on soufrait avec des cendres et une poussière grise inopérante dite soufre de Malvoisie. On sulfatait de loin en loin. La surproduction, en ce temps-là, n'existait pas. Dans les tènements* les plus productifs, les

* Tènements : lieux-dits.

rendements se situaient à 40 hectolitres à l'hectare. Les labours étaient réduits au minimum, en fonction de l'incapacité où se trouvaient les bêtes de tirer les charrues. On vivait repliés sur les exploitations, soucieux de sauvegarder le mieux possible l'avenir du vignoble.

Jusqu'en 1941, je ne ressentis bien ces choses qu'assis à la table familiale, car le tour des rutabagas et des topinambours revenait bien souvent. L'exploitation, ce n'était pas mon affaire. Je ne réalisais que faiblement les difficultés dans lesquelles étaient plongés les vignerons. J'avais 19 et puis 20 ans. Je percevais le monde extérieur comme on le perçoit à cet âge : tout en passion superficielle.

Ma famille était partagée : mon père était pétainiste. Son frère le médecin, gaulliste. Personne n'aimait les Allemands, mais d'aucuns tremblaient du communisme. La radio nationale jouait son mauvais rôle au service de l'occupant. J'étais, je dois l'avouer, plus préoccupé de jolis minois que de choix essentiels.

Une sorte d'indépendance s'était établie dans mon jugement, qui me faisait rejeter en bloc les diverses contraintes : l'Eglise, les réunions professionnelles, les choix politiques. Ma seule et vraie religion demeurait l'amour que je portais à la vigne. Ce n'était point question d'intérêt, pas plus qu'un goût démesuré pour le travail auquel je n'étais plus soumis, puisque jusqu'en 1941, mes parents exigèrent que je poursuive mes études. C'était une inclination naturelle dérivant de toute une imprégnation familiale.

Mon premier tendre flirt, pour une jeune fille belge, eut comme témoins les lourdes souches d'une vigne qu'on appelait « les amourettes » sans doute parce que proche du village, elle accueillait le mieux du monde les couples amoureux. Mes premières amours, bien sages, avec un merveilleux parfum d'enfance, reviennent en moi dans l'odeur fauve des aristoloches et la chaleur des terres labourées.

Les filles étaient, pour la plupart, tendres et prudes. Ma jolie Belge limitait mes ardeurs avec un sourire gentil. Qu'est-elle devenue, dans quelle ville wallonne a-t-elle fondé son foyer, je l'ignore. Ce que j'ai conservé tout au long de mon existence, c'est le sourire de ses yeux bleu danois, ses lèvres mobiles penchées sur ma bouche, alors que les courts cigalons d'été sautaient de souche en souche et que la végétation amicale des grandes feuilles de carignans dissimulaient nos premiers jeux. C'est parmi les chemins de terre bordés de cépages divers, que nous marchions main dans la main, comme des gosses. Je revois encore sa longue silhouette, un peu maigre, un peu dégingandée, avec son opulente chevelure blonde, glisser tout au long des rangées, considérant la vigne avec curiosité, comme une plante exotique.

Puis il y eut ce brutal jour d'octobre où les Belges revinrent chez eux. Nous finissions de vendanger, une vendange bien réduite portant déjà la marque d'une culture défectueuse. Le vin était bon, la cave embaumait des arômes fruités et nouveaux de celui-ci. Dans l'air flottait, tenacement, l'odeur de la fermentation, odeur étourdissante, faisant quelque peu tourner la tête. Didi était vêtue de sa robe imprimée, toute simple. Elle avait son petit minois chiffonné, ses yeux plus que jamais étaient d'un bleu profond. Je la pris par la main et nous fîmes le tour des chais : les grands foudres austères, dans leur ceinture de ferraille, la panse repue, semblaient nous regarder. La cave profonde, obscure, nous absorbait totalement. Sorte de temple, elle était notre cathédrale, celle de nos jeunes amours, où jamais ne retentiraient les cloches de l'hymen. Cette cave où le vin, lentement, s'asseyait dans les cuves, où le travail des hommes fixait sa liturgie, était pour son départ, le dernier lieu possible. Nous avons oublié tous deux. Mais le vieil homme que je suis, lors des heures interminables passées en surveillant les décuvages, alors que la pompe fait son mouvement incessant de piston, voit encore dans la pénombre des foudres, la mince silhouette de ses amours d'antan.

Le temps passait de façon pitoyable : chaque jour apportant son horreur, sa révolte. C'étaient des représailles, des fusillades intervenant sans trêve, odieux mécanisme répressif enfermant chaque Français dans sa peine ou l'incitant à la lutte en prenant le maquis.

C'est à cette époque que je subis un choc, dont mon existence devait rester marquée. Je me trouvais à Montpellier lorsque la première étoile jaune m'apparut, portée par une femme : elle était seule, discrète, et marchait dans la rue, la tête un peu relevée, comme dans une sorte de défi. Sans être belle, elle était attirante, bien faite de corps, brune sans excès et pas du tout sémite. Bref, une femme comme tant d'autres, avec laquelle on aurait lié connaissance. Elle avait à mes yeux ce privilège exorbitant, d'être une femme d'environ trente ans. Je la regardai avec curiosité, sans insistance. J'aurais voulu lui dire combien j'étais choqué, solidaire, marqué comme elle par cette étoile.

Ce fut pour moi la brutale révélation de ce que pouvait être le nazisme. Plus encore que les assassinats et les tortures de la Gestapo, cette atteinte portée à la dignité de l'homme me révoltait. Dès ce jour-là, j'eus une sorte de retournement religieux qui m'incita à ne plus négliger ma foi chrétienne. Elle devint comme une sorte de refuge devant les horreurs hitlériennes. Ce jour-là, j'aurais dû prendre le maquis et me battre pour que, jamais plus, on ne fasse porter à un peuple la marque des bouchers. Je me suis contenté de souffrir silencieusement. Depuis, j'aime les Juifs et tout ce qui les touche m'atteint. Car nous avons supporté, en notre jeune temps, ce péché de résignation. Nous avons subi cette atteinte infâmante, sans hurler de dégoût.

Comme tout jeune, cette blessure faite à mes sentiments s'estompa peu à peu. Mais aujourd'hui, je sais que cette étoile jaune m'a marqué à jamais. C'est pourquoi, lorsque le fascisme apparaît sous des formes dissimulées et hypocrites, je sens monter en moi le goût féroce de la révolte. Je ne puis accepter que les pressions sociales, économiques, voire politiques, fassent porter d'autres étoiles jaunes, certes non apparentes, mais tout aussi contraignantes, qui font que des hommes parquent d'autres hommes et les soumettent à leur sujétion.

*
**

La vendange de 1941, vint, tout aussi décevante que celle de 1940. Cette année-là, la cueillette se fit avec un personnel venu de Saint-Etienne. Vendanges licencieuses s'il en fut, car une sorte d'abandon moral semblait s'être emparé de tout le monde. Lentement, montait en moi une sorte de nausée contre ce qui dépassait la mesure. Mon père et ma mère tenaient toujours la main sur les clés de la clôture dans laquelle on me laissait libre cours. Et lorsque je franchissais celle-ci, je me trouvais perdu, quelque peu ridicule. L'enfance ne voulait pas mourir en moi : elle s'éternisait, m'assujettissant à ses entraves.

Puis, il y eut ce jour où les couleurs ne furent plus les mêmes, où se mit à bondir en moi un sentiment nouveau. J'étais à Marseillan, cette petite ville étalée sur les bords de l'étang de Thau, où ma famille paternelle plongeait ses racines depuis l'éternité. Marseillan, où vivait la mère de mon père, dans sa vaste maison de pierre volcanique, au creux des pièces sombres, obscurcies par ce goût étrange des vieillards. En chaque coin, des chats, nombreux et différents, avec le relent âcre de leurs urines répandues et trop tard nettoyées.

Une sorte de nostalgie tombait sur moi comme une chape lourde, lorsque j'entrais dans cette demeure. Ma grand-mère était aussi bonne que faible. Elle n'était pas grande et m'apparaissait comme une masse énorme. Elle avait tout donné durant son existence, de son cœur déchiré, à neuf enfants dont trois morts en bas-âge, l'aîné, Emmanuel, ayant été tué sur le front de l'Argonne en tant que capitaine ; un autre, médecin, mort à trente-cinq ans. Elle n'avait pas toujours été heureuse avec le père de mon père et toute sa tendresse allait vers ses enfants : Charles, mon père, Guilhem et sa fille Henriette.

Nous les petits-enfants, étions là de surcroît et chacun d'entre nous retrouvait auprès d'elle une part d'attention, des gestes d'affection. Mais sa maison était si triste, des escaliers trop grands, des greniers infinis où veillait, imposant, un énorme Saint-Jacques de Compostelle, fait de bois et de plâtre. Les chambres où nous couchions étaient immenses, sombres, incertaines.

La nuit, elles revivaient leur passé et j'y sentais toujours s'agiter des jeux d'ombre. Chacune possédait son histoire, détenait son odeur, contenait son mystère et dégageait sa vie rentrée. Marseillan revient en moi avec ses visions fortes : la vieille cour intérieure où toujours les chats rôdaient, recherchant des morceaux d'anguilles oubliés. La grande salle avec sa cheminée énorme sur laquelle apparaissaient des armoiries fantasques. Le salon, où se dressait un immense tableau représentant mon oncle Emmanuel en tenue d'officier. Tout cela était à la fois troublant et désuet.

Marseillan était triste à mourir, jusqu'au jour où le hasard voulut que j'aille à l'une des pharmacies, celle que les gens du village continuaient de dénommer la pharmacie des pauvres. Ceci parce que l'ancien pharmacien, un certain M. Goudet, n'avait plus rien sur ses rayons, et que, dans une sorte de refus de la conception actuelle de son métier, il se contentait de distribuer des simples*, des pastilles au goudron, au coquelicot ou à la menthe, et refusait obstinément de servir les spécialités. Le vieux M. Goudet était mort et son officine avait été achetée par une jeune fille fraîche émoulue des facultés. La nouvelle propriétaire avait refait les lieux, pourvu ses rayons abondamment et s'adonnait avec zèle à son jeune métier. Elle avait une sœur, Geneviève. Celle-ci l'aidait, tout en poursuivant vaguement son stage dans une pharmacie d'Agde.

Je ne sais plus sous quel prétexte j'eus l'occasion de leur être présenté, mais ce que je sais parfaitement, c'est que ce fut le coup de foudre.

Elle était brune, fine de traits à la façon des Arlésiennes, mince, d'allure sportive. Ses jeunes seins marquaient nettement son chemisier, sa jupe châle, au niveau des genoux, jouait avec grâce sur ses hanches. Ses jambes étaient longues, bien faites. Elle était enjouée, simple. Elle me parut légèrement plus grande que moi et je me sentis gauche, gêné, gamin. Je la sentais plus femme que je n'étais homme. L'équilibre de

* Simples : Plantes médicinales.

ses propos et son maintien me distançaient très largement. Mes amourettes s'estompaient subitement dans un lointain imprécis. Geneviève était autre chose, elle atteignait mes sens, mon esprit et mon cœur, comme cela, d'emblée, sans coup férir.

Le temps de la découverte est toujours exaltant. Chaque étape franchie dans son approche me révélait des nouveautés. Je n'osais espérer qu'elle puisse s'éprendre de moi. J'étais si démuni devant une vraie jeune fille. Le temps des fiançailles est toujours difficile et ma passion, mes exigences, mon exclusivisme, ne facilitèrent guère les choses. Je l'aimais au point de détester tous ceux qui l'aimaient et qu'elle aimait. La chose est sans doute banale, mais j'avais en moi trop d'impétuosité contenue, trop d'avidité de vivre pour que je puisse maîtriser de malheureuses réactions. Elle était douce, sage, attentive. Et j'étais excessif, intransigeant, possessif.

Je l'aime toujours, comme autrefois. Elle est toujours ce qu'elle était. Je suis un peu ce que j'étais. Mais j'ai gardé le goût sauvage de sa chair, de son regard, de son profil.

Il y eut donc nos fiançailles, puis je partis aux chantiers de jeunesse et j'en revins en octobre 1942. Je n'avais pu, cette année-là, assister aux vendanges, je venais de rompre un cycle établi. Mais j'étais bien plus préoccupé de mon mariage que d'entrer la récolte.

Quelle drôle d'impression, d'être brusquement plongé dans ses premières responsabilités d'homme : ma femme et moi sommes dans notre maison, avons huit hectares de vigne, un bon cheval à l'écurie, vingt kilos de pommes de terre, des topinambours et des rutabagas à volonté, un pot de graisse d'oie, deux litres d'huile d'olive. Décidément, les choses ne vont pas si mal !

La guerre semble prendre son second versant. L'équilibre des forces varie. En novembre, la zone sud-est est occupée par les Allemands. C'est un bouleversement profond : jusqu'alors, le Midi subissait les conséquences de la défaite, mais il ne connaissait point l'occupation directe, il n'avait point sous les yeux les uniformes feldgrau, ses routes n'étaient point sillonnées par les convois militaires nazis. La révélation brutale nous en est faite, nous nous sentons encore plus vaincus, encore plus dominés. Ceci provoque, chez bon nombre d'entre nous, une sorte d'effacement, de repliement. Une certaine presse et la radio continuent leurs méfaits en prônant la collaboration. Chacun a tendance à se fixer dans sa cellule sociale, à s'incruster dans son alvéole : il faut manger, donc travailler. Il faut sauver l'exploitation, donc réaliser des prouesses et s'ingénier à pallier la pénurie.

Les Allemands avaient mis en marche cette forme de déportation que fut le Service du Travail Obligatoire. Geneviève et moi avions peur d'être séparés. Or, les agriculteurs n'étaient pas touchés par la mesure en ce qui concernait la classe 41. Ceci nous amena à précipiter notre mariage, qui eut lieu le 31 octobre 1942.

J'allais devoir découvrir une nouvelle famille, des étrangers en fait. Mon beau-père était vigneron, et bon vigneron. Il était pacifique, compréhensif et amusé par mon tempérament impétueux. Ses idées étaient libérales et républicaines. Il n'avait pas de sectarisme, mais ne pratiquait pas. C'était un radical de la vieille époque, comme mon père était un conservateur du bon vieux temps. J'ai appris de lui la tolérance. J'ai découvert en lui une autre façon de penser, d'autres motivations, un grand respect d'autrui. Inévitablement, des comparaisons s'établissaient dans mon esprit entre sa façon de juger et celle des miens. Ils étaient proches par leur métier, par une forme de conservatisme terrien, par d'égales références à la famille, à des notions bourgeoises, mais différents dans leur façon d'appréhender les sujets. Chez nous le manichéisme maurrassien faussait les perspectives. Chez eux, l'on admettait, l'on supputait, l'on comprenait.

# *Le vin de la guerre*

Notre cadeau de mariage le plus apprécié a été offert par ma belle-sœur Lucette, la pharmacienne, qui nous a payé le creusage d'un puits, dans la vigne située juste derrière la maison. Un vieux puisatier est venu. Il a choisi l'endroit en assurant un débit convenable, puis il a entrepris le travail au pic et à la pioche. Nous l'aidions avec cette curiosité de la découverte, cette attente angoissée que justifiait la situation.

Aurons-nous l'eau ou pas ?

Cette interrogation meublait bien des conversations. Chaque jour, il descendait un peu plus. Les diverses couches géologiques comportaient leurs problèmes : premiers mètres facilement acquis ; puis une sorte d'agglomérat de coquillages et de graviers tertiaires, sans doute pliocène. Un treuil rudimentaire permettait au manœuvre de remonter les seaux de terrassier servant aux déblais.

Mon puisatier avait une énorme moustache noire, c'était un brave homme, d'origine espagnole. Il travaillait comme un forçat et sauf à la pause, il parlait peu. Mais lorsque venait le moment des repas, il prenait son temps, déballant précieusement ses victuailles. En matière de ravitaillement, il se débrouillait bien. J'allais m'asseoir à ses côtés. Il n'en était point gêné et je l'écoutais me raconter les grands moments de sa vie professionnelle. Il le faisait avec une certaine emphase, pris au jeu subtil du conteur « tras los montes ». Il mangeait avec ferveur sa côtelette, mise sur un gril de fortune en fil de fer de rouleaux d'emballage. Il avait toujours dans sa gamelle de lourds ragoûts de pommes de terre, mêlées d'olives noires. L'ail dominait et son haleine en diffusait largement les arômes. Puis, au dessert, il ouvrait un petit pot de verre, dont il tirait solennellement de la rhubarbe qu'il étalait parcimonieusement en tartines et lorsque sa ration de pain était terminée, il n'hésitait pas à l'étendre sur des pommes de terre coupées longitudinalement. Il me disait alors :

« Tu comprends, pitchou, c'est l'oncle de Veyreau qui me ravitaille de temps en temps. » Etait-il parenté plus royale qu'un proche parent en Aveyron, en Lozère ou au Cantal ? Un jour, il eut même la gentillesse de me la faire goûter, cette rhubarbe. C'était une sorte d'extrait de roquefort, d'un goût puissant, qui vous envahissait avec force et surpassait tous les aliments insipides de l'époque.

Vidallet — car tel était son nom, mais chacun ici l'appelait Pépé — m'apparaissait comme une puissance mystérieuse. J'avais l'impression que ses yeux apercevaient à travers la terre toutes les rivières souterraines et les niveaux des nappes phréatiques. Il devait sentir cela comme les chiens truffiers sentent le tubercule. C'était un don. Il était marqué du signe des dieux. Il appartenait à cette catégorie d'êtres privilégiés qui connaissent les simples, savent composer des tisanes pour divers usages précis, ou encore à la confrérie nocturne des braconniers en tous genres, poseurs de collets et de lacets, qui possèdent ce don mystérieux de la pêche permettant que, là où personne ne parvient à saisir la moindre ablette, ils attrapent carpes, barbots ou brochets. Il comprenait parfaitement le mystère dont il était enveloppé et son intelligence se bornait à cultiver celui-ci.

Ce matin-là, il m'avait dit : « Ce soir, nous aurons l'eau, pitchou, ne rate pas ça... » C'est un peu comme s'il m'avait confié : « Ce soir, nous découvrirons les trésors de Golconde. »

Effectivement, au cœur de cet après-midi maussade d'automne, apparut la première humidité. Il eut un sourire modeste, triomphateur : « Aqui l'aigue, moun efan ! »

Je tenais la main de ma femme serrée dans la mienne. Une grosse boule monta dans ma gorge. Mon imagination se mit à travailler : là, un carré de pommes de terre, là des tomates, des aubergines, des salades... Ce n'était plus du sable qu'il remontait maintenant, mais de l'eau boueuse. « C'est un bon courant, dit-il. Tu pourras planter ton jardin. » Mon compagnon de travail, un ouvrier fort expérimenté, longtemps demeuré chez mon père et passé à mon service, jubilait manifestement. Il savait, cela avait été convenu, que nos deux chantiers seraient parallèles et que bientôt, nous aurions notre jardinage.

Ce ne fut pas facile de trouver une pompe à chapelet, mais enfin, je pus en avoir une. Cette vieille pompe est toujours là, trente-quatre ans après. Les liserons et le lierre l'ont envahie et courent sur sa ferraille des guirlandes végétales, créant un réseau quasiment inextricable. J'ai toujours un jardin. La pompe est hors d'usage. Mais comme une vieille compagne dont j'ai longtemps fait tourner, à force de bras, le volant, je la conserve en son nid de verdure. Elle garde l'entrée de mon puits de tous les maléfices.

***

Dès lors, le temps sembla couler rapidement jusqu'à la Libération : je devenais un véritable viticulteur. Sans doute ma gestion n'était-elle pas encore exempte de fautes de jeunesse, mais nous vivions tout de même dans des conditions moins précaires.

Le jardin donnait à plein. J'avais semé du maïs et je produisais mon avoine. J'avais utilisé toutes les terres en bordure des garrigues pour y mettre du sainfoin. J'avais, également, passé un bail en Aveyron avec le propriétaire d'un terrain sur lequel je faisais venir ma provision annuelle de fourrage.

Nous avions une petite fille, Anne, dont je faisais des folies. Ma femme s'épanouissait dans sa maternité. Anne était menue, de teint mat. Elle tenait surtout de sa mère. Ses yeux noirs très mouvants avaient déjà une personnalité marquée qui ne devait cesser de s'affirmer au cours des ans. Son exigence s'exprimait à certains moments de façon impérative. Entre elle et moi, il y avait seulement un écart de vingt ans. Elle était mon jouet, ma faiblesse. Lors des bombardements sur Sète et Montpellier, quand les forteresses volantes américaines passaient très haut dans le ciel, en quête de leurs objectifs, et que l'on devait se mettre à l'abri, nous partions dans la vigne la plus proche, sous l'illusoire protection des souches et nous faisions suivre une valise, contenant les boîtes de lait concentré et les vêtements d'Anne.

Les récoltes oscillaient autour de cinquante hectolitres à l'hectare. Le manque d'engrais et de produits de traitement nous maintenait à ces bas rendements. Le vin se vendait correctement. En 1942, un vin de 9° valait à la production 39 francs le degré/hl. Je produisais environ 400 hectolitres à 11° et quelques raisins de table. Certes, nous ne parvenions pas à mettre un centime de côté. Mais à notre âge, ce genre de préoccupations n'est pas dominant. Et puis, nous sentions la famille derrière nous, solidaire, attentive. Sur ce plan, nous étions des privilégiés, nous n'en avions absolument pas conscience. Nous vivions dans le cercle protecteur d'un milieu stable, avec un métier qui, en ces temps troublés, répondait partiellement aux besoins de première nécessité. Plus tard, dans le bain fade et déprimant de la société de consommation, je devais comprendre combien la facilité n'est, en fait, qu'un puissant bouillon de culture, à partir duquel s'induisent toutes les renonciations.

La viticulture se trouvait prise dans un système d'économie dirigiste, dont la règle était la taxation directe. La France étant coupée de l'Algérie, devait se contenter de sa seule production. Au surplus, dans le malheur, chacun rendait au vin ses mérites. On en reconnaissait la valeur énergétique. L'anti-alcoolisme ne sévissait pas comme aujourd'hui. Combien de prudes et puritains membres de cette hypocrite confrérie ont dû, en ce temps-là, faire appel à leur ration de vin pour conserver en eux ce rayon de soleil intérieur et ce viatique et qui, aujourd'hui, ne cessent de déblatérer sans faire la discrimination entre l'usage et l'abus !

Un laxisme pernicieux s'insinuait déjà dans la politique vinicole, en fonction de la pénurie consécutive aux petites récoltes. Visiblement, l'Etat encourageait les pratiques de mouillage. On s'adonnait, dans bien des régions de France, à la fabrication de piquettes. Il fallait à tout prix servir l'occupant et octroyer une ration congrue à la population. Déjà, le Midi percevait le danger d'une politique où la fraude se trouvait légalisée. Les responsables syndicaux de la Confédération générale des vignerons du Midi mettaient en garde contre de tels abus, générateurs, à terme, d'innombrables difficultés. Mais ils nageaient à contre-courant. Car dans une économie déséquilibrée en profondeur, il est quasiment impossible de gérer correctement le marché. Nous vivions en pleine autarcie et sous le contrôle rigoureux de la surveillance des prix et des mouvements. La consommation en franchise était fixée à un niveau insuffisant, ce qui, il faut bien le dire, poussait un certain nombre de producteurs à modifier les volumes déclarés en jouant sur la contenance des cuves et des foudres ou en dissimulant sous des tas de sarments un certain nombre de futailles de petite dimension. Tout cela n'allait pas chercher très loin : c'était la part du pauvre, indispensable pour le troc et pour satisfaire quelques amis.

Ma jeunesse et mon ignorance absolue des problèmes professionnels m'empêchant de tout jugement de valeur, je subissais en maugréant la taxation, les contrôles, les niveaux de prix insuffisants. Les notions de ravitaillement et de rationnement dont s'inspirait la politique viticole du gouvernement de Vichy m'apparaissaient comme des contraintes.

***

L'année 1944 voit les débarquements alliés, la libération du territoire national. Puis le 2 mai 1945, Berlin capitule. Hitler se suicide dans son bunker. Le 7, c'est la capitulation de l'armée allemande. Le 6 et le 9 août, Hiroshima et Nagasaki disparaissent dans l'horreur et l'apocalypse, préfigurant la reddition de l'empire nippon.

Ces séismes de l'Histoire agitent les hommes, les engouffrent ou les divinisent. Le monde est pris dans un tourbillon géant où chaque valeur est déplacée ou transcendée.

Mais mon village reste mon village, l'angélus continue d'y sonner aux mêmes heures, la récolte s'élabore sous les dernières chaleur d'août. Seules les conversations, au café du Commerce, « chez Fortuné », ont pris un tour nouveau. On y sent le goût des règlements de comptes. On y bâtit, sur des chimères, une nouvelle conception de la société. Les Pétainistes n'y vont plus, ils restent chez eux. Les Gaullistes triomphent. Et puis, il y a ces autres, tous ces intermédiaires allant au secours de la victoire, qui acquiescent aux propos tenus par les partisans du Général, comme ils acquiesçaient, voilà quelques mois, aux paroles de prudence, des gens qui cachaient leur lâcheté devant l'occupant en trouvant mille prétextes fallacieux. Enfin : les amateurs de cartes, de dames ou de dominos, se réfugiant derrière leur jeu favori pour éviter de prendre position.

Cette époque fut particulièrement marquante par son taux d'indifférence apparente, de rodomontades, de férocité. Le tout largement compensé par le vrai courage des vrais résistants. Mais ceux-là ne paradaient pas au café du Commerce, « chez Fortuné ». Ils poursuivaient leur action sous d'autres formes. Car le pays sortait exsangue, apeuré de l'enfer nazi et fasciste.

Le peuple français, comme en convalescence, réapprenait sa liberté. D'abord en retrouvant ses habitudes, ses travers. Puis en s'absorbant avec plus d'attention dans ses tâches professionnelles et ses querelles idéologiques. Une poussée économique allait s'induire de la fin des hostilités, qui ne cesserait de croître durant la période gaullienne.

Entre-temps, le vote des femmes était acquis et ma femme devenait conseiller municipal sur une liste proposée à la Libération en remplacement de l'équipe en place durant la guerre.

Le nouveau maire de Bélarga était le frère de ce puisatier dont je vous ai parlé. C'était un petit viticulteur cultivant six hectares de vigne, d'un aspect aussi extraordinaire que l'était sa personnalité. Il vit toujours dans sa maison toute blanche, rénovée par lui, à la façon andalouse. Il était alors âgé d'une quarantaine d'années. Il avait le physique de Sancho Pança, avec l'âme merveilleuse et fantasque de Don Quichotte. C'était un travailleur infatigable, d'une grande frugalité. Il croyait dur commer fer à une hygiène alimentaire rigoureuse. De surplus il n'était pas marié, et d'ailleurs il est toujours célibataire. Il est rare de voir homme si désintéressé, si entreprenant, si ouvert : toutes les idées nouvelles le mettaient en transes. Certaines tout particulièrement, telles : les voyages interplanétaires, la nonculture, les regroupements coopératifs. Ces choses aussi différentes l'entraînaient constamment vers un flot d'analyses et de réflexions, dont il sortait toujours un certain nombre de décisions. Il a visité l'Afrique du Nord et les pays d'Amérique Latine, non point avec ce goût banal du voyage « touristique » et sophistiqué, mais avec un esprit aussi frais, aussi disponible que le chevalier de la Manche. Il faisait des vers et jouait du violon avec son cœur et seul lui-même en saisissait la beauté cachée. Il m'a permis de démystifier bon nombre de concepts faux. Ses poésies et sa musique n'avaient de réalité esthétique que vues à travers le cristal de sa personnalité. Elles ne tintaient qu'aux oreilles des initiés qui l'aimaient profondément.

Fils du peuple, théoriquement socialiste, il échappait à toute définition pragmatique. Mais faisait éclater un certain nombre de valeurs reçues ; il ne pratiquait pas, mais je n'ai jamais vu quelqu'un d'une plus grande tolérance envers l'Eglise.

A certaines heures, il piquait des rognes redoutables pour défendre notre petit village. Mais la plupart du temps, il était plutôt faible, faisant la tâche manuelle ou morale que ses administrés négligeaient. Je lui ai vu accomplir de véritables prouesses physiques en déchargeant à lui tout seul des voyages entiers de produits agricoles : piquets, matières premières, que sais-je encore.

Tout cela parce qu'il se considérait comme physiquement responsable en tant que président de la coopérative d'approvisionnement que nous avions créée. Lorsque les camions lourdement chargés arrivaient à l'improviste et que les vignerons étaient dans la nature, c'est lui qui, en souriant, remplissait le rôle ingrat de la distribution, exploitation après exploitation. Son élection, tant qu'il voulut rester maire, avait un côté triomphal, quasi unanime, de fête populaire. S'il était d'abord l'élu de la gauche, il s'était imposé à tous. Le village faisait corps avec lui, l'adorait, en abusait, racontait sous cape ses originalités. Nous étions bien avec « Monsieur le Maire ». Le 14 juillet n'a jamais été aussi profondément vrai, populaire, la fête votive autant enracinée dans la joie toute simple des petits. Il circulait parmi nous, avec sa curieuse démarche, lourde et pourtant parfaitement agile. Je me souviens de ce temps merveilleusement républicain, où je découvrais le contact fraternel, l'ambiance humaine des plus modestes, où je me dépoussiérais de trop de préjugés accumulés. Les métamorphoses se faisaient en moi à coups redoublés, grâce à l'exemple de gens tels que mon grand ami Vincent Vidallet.

***

Décembre 45 nous apporta notre second enfant : un garçon. Patrice. Je ne me rassasiais pas de répéter intérieurement : mon fils. Gros enfant, que je trouvais extraordinairement beau. Il a maintenant trente ans. C'est un garçon très grand, bien fait, plein de raison, auquel le métier de kinésithérapeute qu'il pratique avec bonheur n'a pas arraché l'amour de la terre. Il dirige l'exploitation de sa femme avec compétence. J'aurais pu le retenir avec moi, dans l'exploitation. Mais j'ai eu peur pour lui et je crois que j'ai eu raison, devant l'incertitude de notre avenir de vignerons.

# *Le temps des manifestations cocardières*

En 1946, je venais d'avoir 24 ans. Ce fut pour moi un tournant décisif.

Mon père se sentait fatigué. Sans doute voulait-il aussi me faire avancer dans mes responsabilités, puisqu'il me confia la direction de l'ensemble de l'exploitation familiale. Brusquement, j'accédais, de mon exploitation de huit hectares, de caractère familial et artisanal, dans laquelle tout reposait sur moi, à une structure de quarante hectares d'un beau vignoble, parfaitement adapté aux premiers essais de culture moderne. Je n'en étais pas le maître, mon père entendant conserver la barre des grandes orientations : j'allais m'insérer dans la peau d'un chef de culture, dirigeant les travaux, commandant les dix ouvriers, assumant la comptabilité et la gestion courante, sans avoir le pouvoir de fixer un plan de développement comprenant des choix déterminants en matière de replantation, d'organisation technique. Cette expérience qui devait durer jusqu'en 1966, a comporté pour moi bon nombre d'enseignements.

*
**

En 47-48, le Midi dut réagir contre l'autorisation de fabriquer des piquettes, en réalité contre un Etat conviant à la fraude, afin d'enfler artificiellement les disponibilités, en sacrifiant délibérément la politique de qualité. Ma conscience s'éveillait insensiblement à la défense du vin, mais pas encore à celle d'agriculteur. Comme nous disions alors, l'important c'était de bien vendre.

Le marché avait été jusque-là dominé par une politique dirigiste, conséquence de la guerre. Nous allions tâter de l'expérience libérale, débouchant, au cours des années 48-49 et 49-50, sur la spéculation inévitable. A la suite des manifestations de 1954, la jeune vague devait faire progressivement son apparition, et gravir successivement les diverses responsabilités. C'est l'époque où je commençais à prendre conscience qu'il fallait nous organiser pour nous défendre. Le printemps de 1954 fut le point de départ dans l'engagement de toute ma génération. J'avais alors une trentaine d'années.

Nous étions convoqués pour manifester à Béziers, contre les importations de vins algériens. Il faisait beau et, comme toujours, les vignerons répondirent nombreux à la solidarité d'action réclamée. Le vieux réflexe hérité de 1907 intervenait. Nos villages se vidaient et chaque exploitant prenait le chemin de la ville. Eternel recommencement de foules jetées dans les rues sur des consignes élémentaires, afin d'appuyer la revendication essentielle. Défoulement massif avec son mouvement de ressac qui vient battre les estrades. Eventail ouvert de la revendication, avec son déploiement de banderoles, de drapeaux — la manifestation était alors cocardière, bon enfant — avec la participation de tous ces ventres différents, ceints de leurs écharpes. Vaste rassemblement de la hargne, du mécontentement, des rancœurs accumulées devant un travail astreignant et mal rétribué, la manifestation de ce jour-là, comme les manifestations de masse de toujours, comportait son unité apparente, bien cultivée. Mais comme la terre comporte des variations de sol, le flot humain apparemment uni comportait divers courants très différents. La préfiguration de cet étiage, des intérêts du milieu, des mentalités, des apparentements doctrinaux et philosophiques, était déjà perceptible. Mais elle apparaissait comme incongrue. Les esprits ont été longtemps séduits par l'union dans la revendication. La subtilité politique devait plus tard introduire comme un coin dans l'arbre à couper, les éléments de division ou, plus subtilement, de divergences.

Le machiavélisme n'est pas d'aujourd'hui qui veut que l'on divise pour régner. Or, la viticulture possède ses couches sociales très disparates, allant de l'exploitation marginale de l'ouvrier, du petit commerçant rural, de l'artisan, aux grandes exploitations de structure capitaliste. Entre ces deux extrêmes, il y a nous, les vrais, ceux qui ne vivent que de la vigne, ceux qui connaissent le poids de la chaleur et les rigueurs de la taille en hiver. Nous, dont les reins se sont brisés sur les sièges des premiers tracteurs. Il y a nous, dans l'insécurité des lendemains. Nous, qui tremblons au printemps, durant ce mois d'avril que nos anciens appelaient le mois de la peur, tant le péril des gelées comporte de drames en puissance. Il y a nous, à la merci d'un orage bien placé apportant l'or liquide, ou la grêle et sa destruction. Il y a nous, et l'endettement. Nous, et les investissements. Nous, et l'accident. Nous, et la rupture d'un foudre. Nous, dont l'arrêt de travail temporaire comporte sa double sanction, celle de l'immobilisation et celle du travail délaissé. Il y a nous, et la mévente. Nous, et les décisions aberrantes prises par des esprits théoriques, incapables de juger selon une projection humaine et réaliste.

Ces choses, j'allais avoir à les apprendre une à une, chacune d'entre elles infléchissant ma pensée, m'orientant vers la lutte nécessaire à la sauvegarde de notre revenu et, plus encore, de notre conception de vie.

Mais ces pensées n'occupaient encore mon esprit qu'à certaines heures de réflexion, où j'étais amené à me poser le problème dans ses rigides données. Le travail matériel, les soucis familiaux m'accaparaient largement. Et puis, il fait tout de même bon vivre, quand l'on a deux enfants qui poussent bien et une femme dont on aime la présence car c'est la compagne, et la chaleur, car c'est l'épouse. Tirer sur un même joug, d'un commun accord. Voir pousser les récoltes les unes après les autres. Faire des projets qu'on réalisera un jour ou l'autre. Tout cela vous unit. Un paysan réussit dans sa vie conjugale dans la mesure où, comme l'on dit ici : il est accompagné. Il lui faut une épouse qui sache être sa maîtresse : il ne peut courir la gaudriole. Il lui faut une femme d'intérieur pointilleuse. C'est à la maison seulement qu'il peut trouver sa distraction et ses délassements : il n'a point la rue des villes, les spectacles, les rencontres fortuites. Lorsque je vois tant de couples se disloquer, je ne puis m'empêcher de songer à ce que doit être la vie d'un agriculteur sans foyer. C'est le gâchis complet. Le moralisme n'a aucune part dans mon propos : l'ouvrier et le paysan ont plus besoin que d'autres d'un solide compagnonnage. Notre première machine à laver, notre première moto, notre première voiture : cela s'est calculé à l'avance, en communion d'idées, mais avec la part du tempérament de chacun : Geneviève plus réservée, plus hésitante, moi plus impulsif, plus sensible à la nouveauté.

Ce temps heureux où nos deux gosses revenaient de l'école communale avec leurs blouses à carreaux agrémentées de dessins au crochet, garde toujours pour moi une lumière subtile. Je revois toujours le sourire attentif de Patrice, lorsque j'arrivais du travail sur ma vieille camionnette C6. Il n'osait rien demander tant il était raisonnable, mais ses yeux, brusquement, éclataient de joie parce que je l'avais pris à mes côtés. Plus tard, il m'a dit :

« Tu sais, papa, quand tu me prenais avec toi sur le tracteur ou dans le camion, ma joie était toujours un peu gâchée, parce que j'avais peur qu'au dernier moment, tu changes d'avis. »

Et ces heures passées avec eux pour confectionner de menus objets avec le matériel végétal puisé au creux des fossés ou au cœur des haies : les petits paniers faits avec cette herbe que nous appelons rails, dont la tête, comme une chenille bourrue, se colle aux vêtements. Et les toupies faites avec des glands... Et les moulins fabriqués que l'on regardait tourner dans les roubines*... La cueillette des fruits, tout particulièrement des cerises, était une sorte de rituel. Anne et Patrice conservaient jusqu'au coucher leurs pendants d'oreille. Le chat,

* Roubine : fossé d'irrigation.

le chien étaient insérés à tel point à la vie familiale qu'ils meublaient souvent la conversation.

Le jour où un vilain tracteur vint remplacer deux chevaux, ce furent des lamentations générales. Quel est celui, en dehors du viticulteur de ma génération ou des précédentes, qui connaît l'horreur de ces fourgons des bouchers chevalins venant chercher le vieux bourrin qui ne parvient plus à faire sa journée ? Ce sentiment de culpabilité, je le ressens encore : l'acheteur était là, avec sa blouse noire descendant au-dessous du genou. Armé d'un lourd gourdin, il incitait la pauvre bête à franchir la passerelle d'accès de la cabine où l'on allait l'enfermer. Les yeux immenses de mon dernier percheron, alors qu'on le forçait à franchir la passe vers sa mort, demeurent fixés au plus profond de moi-même, avec leur expression de reproche infini, plus encore, de pardon. Car la bête sait mieux pardonner que l'homme, dans la plupart des cas. Ces souvenirs enfouis qui font surface ne sont pas les miens. Ils sont toutes les choses sourdant du cœur paysan, car nous avons notre sensibilité confrontée constamment avec la vie végétale ou animale. Savez-vous ce qu'est une décision d'arrachage pour nous autres, vignerons ? On la prévoit au moins trois ans à l'avance, et quand la date d'exécuter les travaux survient, une tristesse aiguë s'empare de toute la famille. Car une sorte de complicité s'était établie entre les souches et nous, entre la parcelle et nous, entre le passé de cette vigne et nous : c'était mon père qui l'avait plantée en 30. On l'avait charruée avec un tracteur venu de Clermont. Les voisins, un tel et un tel, nous avaient donné un coup de main. C'est l'hiver où la vieille Janie fut trouvée morte sur les berges de l'Hérault.

Cette vie de vigneron connaît ses heures de joie aussi : quand la vendange est bonne... quand le dernier vin est encuvé... quand la vigne fleurit rapidement... quand la véraison* se fait franchement... quand les labours sont réussis... quand la taille est saine et que les bois sont abondants... quand la sortie se présente bien...

Mais, il y a les jours de deuil, jours cruels, insi-

* Véraison : moment où le raisin arrive à maturité.

pides, où la grêle a broyé les sarments et les grappes sous son pilonnage, où l'on marche sur ses brisures, avec l'anéantissement de la promesse de récolte, également avec l'année suivante compromise. Et puis, ces matins de gelées printanières où, sous nos yeux, lentement, se fanent et se ratatinent les jeunes bourgeons, atteints en leur berceau comme des nouveau-nés fauchés prématurément. Sans compter la suprême désolation des gels d'hiver, où les températures ayant atteint — 18 à — 20° C, la vigne voit ses vaisseaux éclater et dépérir parce que la sève ne parvient plus à monter, où, brusquement, le débourrement ne se fait plus : c'est la ruine béante ouverte sous vos pas. Chaque réveil devenant pour vous un réveil d'angoisse. Chaque coucher s'effectuant avec la perspective d'un même cauchemar, celui de l'endettement, de l'absence de récoltes durant cinq ans au moins, de la tâche insurmontable à réaliser pour remonter la pente. Cette monoculture inexorable, pérenne, vous plie à ses exigences, à ses caprices, mais aussi vous attache à la noria de ses circonvolutions. Vous en devenez son esclave et, comme tel, vous êtes tour à tour révolté et soumis.

La vie tourne pour nous telle une roue dont la vigne est le moyeu et les événements les rais : c'est le moyeu qui est le cœur absolu, le noyau central, dont dépend toute chose.

Aujourd'hui encore notre existence n'est autre que cette jante affrontant les galets, les nids de poule, les cassis des difficultés quotidiennes. A cette époque l'expérience ne nous avait pas encore bandés. Notre sensibilité multipliait démesurément celles-ci, alors qu'en vieillissant, tout s'émousse, se racornit. Nous nous trouvions démunis, dramatisant les incidents de parcours comme à l'envi. Nous étions capables d'enthousiasmes disproportionnés avec leur cause, ou de désespoirs inconsidérés. Il n'y a là rien que de très banal, mais le coefficient multiplicateur de ce phénomène inhérent à la jeunesse était notre métier d'agriculteur, soumis aux aléas, aux caprices de la nature, aux excédents de production, aux variations de marché, à la spéculation des négociants.

# *L'engagement*

L'hiver 63 s'était déroulé normalement, sans froid excessif, à la vérité plutôt doux. Puis, brutalement, en février, le thermomètre dégringola en quelques jours au-dessous de zéro. La neige fit son apparition : plus de 40 centimètres en moyenne. Un froid glacial comme seul le Midi en connaît à certaines heures, vint là-dessus, balayant nos vignobles, s'engouffrant dans nos garrigues et fuyant vers le sud.

La température descendit encore, atteignant durant plusieurs jours le seuil fatidique de — 18 à — 20 °C. La vigne, l'olivier ne résistent pas au-dessous de ce niveau.

J'ai encore, sur certaines aires, d'énormes amas de souches mortes. Lorsque je passe à proximité de l'un d'entre eux, encore aujourd'hui, je le regarde avec tristesse : tous ces cadavres végétaux entassés là, se désagrègent au fil des ans : les champignons, la vermine, le froid et le chaud font leur œuvre de décomposition. Lorsqu'on s'en approche, une sorte de remuement, très légèrement perceptible, parvient à vos oreilles : là, c'est le bruit de la mort et de la rédemption. Car le travail de la nature procède dans un équilibre permanent : de la chose qui meurt à la chose qui naît, se mesure l'infini mouvement de continuité : Dieu agit par le mystère de sa création.

1956 et 1963 furent les deux étapes où la précarité du sort des exploitants m'apparut dans toute sa réalité. Nous étions dépouillés. Brusquement, un coup du sort jetait bas tous nos espoirs. Les quatre sous durement assemblés s'envolaient d'un seul coup sous le vent glacial. Il n'était plus question pour moi de prévoir une année difficile, un coup de main ponctuel du Crédit Agricole. Mais il me fallait repartir du néant, façonner un autre vignoble, trouver les fonds indispensables, attendre au moins quatre ans avant que les efforts consentis portent leurs premiers fruits.

Après avoir observé l'étendue des dégâts, il fut possible d'établir un bilan relatif du sinistre. Bilan très imprécis, car, l'avenir devait me le prouver : de très nombreuses opérations de réencépagement ne donnèrent que des résultats décevants et ne furent qu'illusion, aboutissant finalement à un arrachage plus tardif. Ce constat, sur mon exploitation, était le suivant : 10 hectares devaient être arrachés, dix autres pourraient être réencépagés, dix avaient subi des atteintes plus ou moins grandes, compromettant seulement la récolte, et dix étaient sortis indemnes de la catastrophe. Une perte sèche de 200 000 francs...

Vendre, il n'en était pas question — mon père ne l'aurait point admis — ; d'ailleurs, on ne vend pas des vignes à arracher, sauf à des prix dérisoires. Il fallait donc faire face, trouver les financements nécessaires et procéder aux travaux dès l'automne. Le Crédit Agricole, dans le cadre de la loi des sinistres, mit à notre disposition, dans des délais raisonnables, des prêts à 10 ans à 3 %, avec plusieurs annuités prises partiellement ou totalement en charge. Sans cela, nous disparaissions. Restait l'établissement d'un plan de replantation. C'est là où les graves carences des Pouvoirs Publics et de la profession se firent jour. Il fallait profiter de ce sinistre sans précédent, ayant atteint les viticulteurs, pour exiger le respect d'un certain nombre de conditions minimales, sans quoi les prêts ne seraient pas consentis. Il fallait, n'ayons pas peur de le dire, mettre en place des disciplines strictes en matière d'encépagement, d'alignement et d'écartement. Il fallait créer un nouveau vignoble exemplaire, approprié aux nécessités de la culture moderne. L'erreur de la profession fut sa timidité dans ses demandes d'une certaine planification. L'erreur de l'Etat fut de ne pas imposer, après accord avec les organisations professionnelles, des règles de replantation. Le sacro-saint droit de propriété et la conception profondément libérale de l'Etat, empêchèrent que ne soient créés des îlots témoignant des nouvelles conceptions à créditer.

Dans mon petit village, tout un tènement de riches soubergues* devait être reconstitué. Il représentait environ vingt hectares et il appartenait à une trentaine d'exploitants. Ils essayèrent d'abord de s'entendre pour le drainage, puis pour les alignements et les écartements. Mais en vain. Aujourd'hui, ces vingt hectares sont jeunes, en pleine production, parfaitement soignés, mais disparates en matière d'encépagement et de plantation. Les tracteurs continuent de cogner leurs museaux contre des haies, parce que l'on n'a pas su niveler, devant des fossés, parce que l'on n'a pas assaini, dans des fourrières insuffisantes parce que le terrain gaspillé devait être mesquinement récupéré sur la largeur des tournées. Les traitements, pour lesquels on aurait pu constituer une sorte de banque de travail s'appuyant sur une C.U.M.A.** ou des accords de gré à gré, restent tributaires d'un machinisme hétéroclite. Cette constatation devait participer fortement à ce que j'ai déjà appelé mes métamorphoses. Le libéralisme m'apparaissait, de plus en plus, en matière viticole, comme un système anarchique, inadapté, imprévoyant. Je ne pouvais m'empêcher de reconnaître que l'idée d'une viticulture une et indivisible, basée sur des principes sacro-saints, tels que le droit aveugle de la propriété, impliquant le droit de la pagaille et le règne d'un individualisme forcené, allait à l'encontre des intérêts de bon nombre de viticulteurs. Est-il comparable de gérer une exploitation parfaitement équilibrée dans ses structures, où le propriétaire peut faire des choix positifs selon les divers paramètres tendant à fixer le seuil de rentabilité de son domaine, ou de gérer cette myriade de petites exploitations, limitées par l'exiguité de leurs surfaces ?

Obscurément d'abord, mais très rapidement ensuite,

* Soubergues : terres situées à mi-coteau.
** C.U.M.A. : Coopérative d'union de matériel agricole.

je me sentais attiré vers la défense des plus faibles. D'ailleurs les autres ne souhaitaient pas, alors — depuis ils ont évolué — être défendus.

Il fallait mettre en place des structures de dialogue, poser les problèmes, tenter de les résoudre avec eux. Fixer des options, obtenir des résultats, inciter aux regroupements, à l'esprit coopératif et mutualiste, faire tous les efforts nécessaires pour combler le fossé séparant les conditions des plus déshérités des conditions des mieux nantis.

Il y a ceux qui saisissent tout l'intérêt de l'action professionnelle et entendent être dans le mouvement afin, éventuellement, d'orienter au mieux de leurs conceptions les lignes de force. La plupart du temps, ceux-là sont des authentiques exploitants vivant sur des structures foncières très importantes. Généralement, ils sont conciliants. Mais ils demeurent vigilants en matière de philosophie économique. Ils sont très attachés à un système libéral, de crainte que les méthodes semi-dirigistes ou dirigistes ne les entraînent vers le collectivisme. Dans la plupart des cas, leur situation est précaire, ils ne roulent pas sur l'or. Ils sauvegardent seulement un important capital basé sur la valeur actuellement la plus sûre : la terre. Viennent ensuite les propriétaires fonciers, non-agriculteurs, pour lesquels l'exploitation est un placement comme un autre. Ils apportent des capitaux étrangers à l'agriculture, mais contrarient le mouvement de restructuration et le remembrement en gelant des surfaces qui auraient pu renforcer un certain nombre d'exploitations familiales. Ils ne participent que fort rarement à la vie professionnelle. Un petit nombre, même, parmi eux, la dénigrent. Ils ont des moyens, ne cherchent pas à réaliser des bénéfices importants, ne vivent pas directement de l'exploitation, peuvent facilement absorber les coups durs. Incontestablement, ils occupent une situation privilégiée. Mon propos n'est pas de les abîmer, d'en faire des têtes de turc ou des boucs émissaires. Dans la mesure où ils savent limiter leurs ambitions à ce qu'ils possèdent et ne pas vouloir cumuler. Ils peuvent occuper leur place sans aucun préjudice pour les autres. Mais — et cela est d'importance — ils ne devraient en aucun cas accéder aux avantages consentis aux authentiques viticulteurs.

Mes sentiments profonds m'incitent de plus en plus à me pencher vers les autres, tous ceux pour qui la terre demeure d'abord un outil de travail. Ils se situent à des étiages très différents en matière de surfaces d'exploitations. Mais ils ont ceci de commun : c'est que la vigne est leur seule source de revenus. Ils doivent donc en extraire leur salaire, car la vigne conditionne leur comportement, assure ou pas leur dignité. Ils sont totalement soumis à la situation de marché. Les deux types d'exploitation ne peuvent que cohabiter. Personne ne peut prétendre avoir la victoire totale sur les autres. L'unité d'intérêts demeure un miroir déformant où chacun n'aperçoit sa silhouette que grossièrement représentée. Ceci ne signifie en aucune manière que l'unité d'action soit un leurre. Bon nombre d'éléments demeurent communs à tous.

Au cours des années soixante, je fus amené à remettre sans cesse sur le métier ces thèmes de réflexion. Je mûrissais lentement mon engagement.

***

Le 28 décembre 1955, exactement dix ans, jour pour jour, après la naissance de Patrice, était née Brigitte, notre troisième et dernier numéro. Nous avions déjà, Geneviève et moi, atteint nos trente-cinq ans. Lorsque nous jetions les yeux en arrière, nous trouvions que tout cela avait passé très vite. Pourtant, nous étions en pleine charnière de notre existence.

Avant 55, les années n'avaient pas connu des récoltes vraiment excessives. Le vignoble avait été réduit à des productions peu importantes. Avant 55, c'étaient les restrictions, la pénurie, les taxations pour contenir les prix.

Après, nous allions assister à un formidable bond en avant vers la productivité. Avant 55, le temps se déroulait paisiblement, on avait la sensation de vivre. Ce fut pour moi celui de la famille, de l'exploitation à temps complet : j'étais accaparé par mes tâches de père et de vigneron. Après, c'est la folie de la modernisation, la découverte de nouvelles techniques culturales, de traitement. Après, c'est l'affrontement avec un monde qui, progressivement, va se durcir, jusqu'à devenir impitoyable. Après, ce sont des engrenages se mettant en marche et vous brisant dans leurs mouvements. C'est l'engagement personnel devenu inéluctable. C'est la lutte, la civilisation de consommation vous pliant à ses exigences. C'est la course en avant, l'entraînement forcé, l'impossible retour en arrière. Après, c'est le choix dont on ne sait pas s'il sera enrichissant. C'est une partie de soi-même dilapidée, votre part cachée, profanée par les impératifs de la chose publique. Le vertige naît, dès lors que l'on examine la partie du chemin parcourue et que l'on aperçoit le versant abrupt restant à couvrir. Avant 55, c'est la pente vallonnée, gravie main dans la main, avec simplicité, dans une marche modeste et modérée. Après, ce sont les outrances de l'engagement avec son avidité. Ce sont les choix déchirants, les valeurs bousculées, les exigences impudentes, la découverte de la mauvaise foi, de l'hypocrisie et du pharisaïsme comme moyen de gouverner. Après, c'est l'amertume, le découragement, la lassitude devant l'incompétence, l'incapacité de prévoir et de faire des choix.

C'est le gâchis, c'est l'abandon.

Je fis à cette époque la connaissance d'un prêtre étonnant qui me dépouilla de mes derniers préjugés conservateurs. Le père Tourel était un Aveyronnais né à Saint-Sever-du-Moustier. Il avait un incontestable pouvoir de séduction sur les esprits qu'il ne craignait pas de bousculer. Sa devise : *Ut vitam habeant*, l'incarne : faire connaître la vérité afin que tous aient la vie. Sa vérité exigeait la mort des tabous, le dédain des eaux dormantes. Il élevait le débat au niveau des choix essentiels avec comme constante le refus de ce qui est établi. Il rejetait les égoïsmes humains et le confort intellectuel. Durant ses quarante années passées au service du département de l'Hérault, il s'est comporté comme un « réformiste » serein, chassant de nos mentalités les mesquineries des demi-choix ou des voies intermédiaires.

Le professeur Milhau, lui, avait l'humilité des grands

esprits humanistes. Cela faisait de lui le plus efficace et le plus réaliste des penseurs. Il garda sa foi socialiste, comme Tourel gardait sa foi chrétienne et spiritualiste.

Les deux hommes s'aimaient. Ils étaient les deux rails d'un même acier, composant, en fait, une voie identique vers l'amélioration du sort paysan. Leurs thèmes étaient communs parce qu'ils s'inspiraient d'un égal dévouement aux plus faibles et aux nécessaires réformes de mentalité, réformes indispensables pour faire accepter une plus équitable répartition des revenus.

Aujourd'hui encore quand j'ai tendance à ne plus trouver les jalons de la piste et que mes pas hésitent, c'est vers eux que mon esprit va, afin de trouver en leur exemple et en leur témoignage, les limites et les orientations sans lesquelles toute action se dessèche, comme une carcasse abandonnée sur les sables.

# *1963 : les jeunes dans la rue*

C'est au cours de l'hiver 62 que devait se préciser l'engagement syndical de notre équipe. Achille Gauch en fut l'instigateur. Il avait su réunir autour de lui un certain nombre de camarades désireux de réagir contre ce que nous appelions l' « appareil » professionnel.

J'ai encore en mémoire les idées échangées au cours de ce premier contact. Elles procédaient d'un certain nombre de constatations : le métier de viticulteur n'était pas reconnu en tant que tel. Trop de gens le minimisaient en le ramenant à une notion marginale de complément de salaire ou à une capitalisation. Il fallait donc obtenir une carte professionnelle. La garantie du revenu sur des produits normaux, contrôlés par des analyses et la dégustation, exigeait l'indexation des prix. La discrimination existant entre un salarié ou un fonctionnaire et le monde paysan était intolérable. Notre analyse aurait dû aller jusqu'à reconnaître loyalement que cette demande d'indexation des prix sous-entendait la supériorité de la notion d'exploitant sur celle de propriétaire. Mais nous péchions par jeunesse, quelques-uns par intérêt de classe, et la jeunesse a tendance à ne voir que ce qui la séduit et l'arrange.

L'indexation des prix agricoles sous-entend indirectement que la fonction paysanne soit fixée dans le cadre d'un statut d'état donnant à l'intéressé une juridiction spécifique, pour éviter de glisser dans le piège de la facilité. Nous lancions de nombreuses formules en matière économique. Mais nous ne maîtrisions pas suffisamment le sujet : nous le découvrions. Un clivage, d'ailleurs, devait rapidement s'établir entre ceux ne portant d'intérêt qu'au prix et ceux ne cessant de dire : le prix n'est qu'un des éléments du revenu. Les structures et l'organisation du marché sont tout aussi importantes.

⁂

Durant un an, nos équipes de jeunes vignerons firent un travail énorme de prospection. Un ratissage systématique eut lieu dans chacun de nos cantons : village après village, nous donnions des réunions d'information. Nous étions maladroits dans la forme. Nos exposés étaient écrits et sommaires. Mais le contact passait remarquablement, car le style était nouveau, impromptu. Le message simple que nous lancions prenait la force d'un leit-motiv et pénétrait les esprits. Nous nous étions retrouvés autour d'idées simples : une carte professionnelle, pour garantir nos droits d'agriculteurs à part entière ; le contrôle des importations, pour nous mettre à l'abri de la spéculation ; le rajeunissement des structures syndicales. A la base, nous savions que c'était à ce prix seulement que nous avancerions.

Il y avait aussi la valeur de l'exemple : nous étions d'authentiques viticulteurs, affrontés aux difficultés inhérentes à la situation d'alors, d'autant plus convaincants que nous étions convaincus. Notre sincérité et notre dynamisme sourdaient du meilleur de nous-mêmes. Certes, notre connaissance des dossiers était fragmentaire et notre analyse négligeait un certain nombre de paramètres. Nous avancions à la façon des bulldozers, en déblayant grossièrement le terrain, mais en le déblayant tout de même. Sans le savoir, nous étions en train de gagner une étonnante bataille psychologique, contre les habitudes acquises, contre l'indifférence et le scepticisme. Il faut, en chaque génération, insuffler le renouveau de la jeunesse. Les combats n'ont de sens qu'adaptés au terrain. Notre but n'était pas de détruire nos aînés ou de nier leur compétence, puisque par tous les moyens et en ne réclamant qu'une modeste part des responsabilités nous avions établi des contacts avec eux.

Ces contacts aboutirent à des accords et à la création du Syndicat des jeunes viticulteurs, venu s'accoler à celui des vignerons. Malgré la diplomatie du président de la Coopération de l'Hérault, Jean Rémond, acquis à une « certaine » collaboration avec nous, quelques aînés ne crurent pas devoir accéder à nos demandes concernant les élections à la Chambre d'agriculture de l'Hérault, où nous réclamions trois représentants sur trente-cinq. Il y eut affrontement, à la suite de quoi les agriculteurs de notre département se prononcèrent : la totalité de nos candidats était élue. Ce tournant devait être décisif dans notre engagement. La seule chose, et d'importance, que nous aurions souhaité obtenir était la constitution d'un syndicat viticole unique, regroupant vignerons coopérateurs et non-coopérateurs. Diverses attitudes et positions n'en permirent pas la réalisation.

Lorsque je me remémore les membres de cette équipe, j'y découvre une ardeur et une volonté d'aboutir exceptionnelles. Dans chaque secteur s'était constitué spontanément un noyau déterminé, assurant les liaisons avec les vignerons de base : le principe d'un quadrillage avait été retenu afin de promouvoir l'action professionnelle. L'ensemble des organisations viticoles s'en trouva brusquement renforcé. Tout cela se faisait un peu dans la pagaille, il faut bien l'avouer. La croissance du mouvement s'était faite trop brutalement pour s'être opérée harmonieusement. Mais le résultat prouvait que nous avions eu le mérite de percevoir un besoin. Nous étions présents partout et, souvent, nous imposions notre vision des choses. Dans notre région, un processus identique se mettait en marche, mais avec le particularisme inhérent à chaque zone. Le département de l'Hérault avait suivi une voie d'investissements systématique des organisations existantes : il ne suffisait pas de détruire le travail précédent, mais d'y participer en l'amendant. Nos camarades audois préféraient, pour la plupart d'entre eux, se cantonner dans des comités à partir desquels ils menaient des actions ponctuelles afin de soutenir les revendications émises par le syndicalisme. Les Pyrénées-

Orientales et le Gard se tenaient plus en retrait et agissaient à l'intérieur des structures existantes.

La notion régionale n'était pas encore développée et, sauf à l'occasion de manifestations d'ensemble, la solidarité du Languedoc-Roussillon s'exprimait peu.

La cause viticole connaissait ses premières grosses difficultés. Le climat ne cessait de se dégrader, les cours dégringolaient sans cesse, les esprits s'échauffaient. Nous sentions tous venir le moment où l'action devrait être reprise. Cristallisés sur quelques points précis, les mécontentements affluaient au carrefour de la révolte. Celle-ci faisait son chemin, aux remous des places publiques, à la chaleur des forges, aux croisées des routes. Le travail quotidien en prenait un autre goût : il n'était plus le geste soumis, constant, accepté, mais l'acte sauvage, exacerbé, mené avant que ne soit lancé le manche après la cognée. A cette fureur allant vers son paroxysme, chacun d'entre nous attribuait un sens différent. Je me sentais pénétré d'une sorte de gravité inquiète. Autour de moi, je discernais des accents de bêtes blessées, prêtes à mordre. Trop de souffrances s'étaient accumulées et l'incompréhension était, la plupart du temps, la seule réponse.

Cette masse qui entrait en fusion m'arrachait à moi-même. Nous devenions sa voix, sa détresse. Nous exprimions ses revendications et sa misère. Nous ne mesurions pas exactement l'éveil qui se faisait en nous, de cette notion régionale occitane dont l'avenir devait préciser les contours. Pour un certain nombre, l'idée d'ordre ou de désordre n'était plus qu'un argument sans poids, désarticulé. Un monde nouveau les habitait.

Ils ne parvenaient plus à réfléchir. Chacun prenait conscience d'une pensée collective et obéissait à des réflexes de groupe. La revendication était le cri de leur chair et de leur conscience meurtries par les difficultés auxquelles ils se heurtaient.

Des clivages s'instauraient, d'ailleurs, parmi nous. Si nous en étions à la seule lutte courte et limitée pour améliorer notre situation, d'autres y voyaient non point une simple flambée d'exaspération, mais un brûlot allumé parmi les injustices de la société. La revendication ne leur apparaissait qu'en tant que moyen tactique débouchant sur une action plus vaste, ouvrant le chemin nécessaire pour l'accomplissement de l'homme par l'homme. Pour ceux-là, l'homme-individu demeurait de peu d'importance. Il n'était qu'une cellule indispensable à l'action entreprise, un pion déplacé. La finalité restant une agriculture insérée dans un système nouveau, oblitérant les vices des conceptions capitalistes. Comme dans tout groupe humain, des courants très différents circulaient. Nous étions très attachés à maintenir l'action professionnelle hors des emprises doctrinales et politiques. Nous considérions comme indispensable, alors, cette attitude. Mais notre avis n'était pas unanimement partagé et certains viticulteurs, très inspirés par leur idéologie, considéraient que les masses paysannes n'ouvraient pas suffisamment les yeux sur l'emprise capitaliste. Il leur fallait subir l'injustice, l'iniquité des lois, essuyer des revers, mûrir leur hargne, jusqu'à ce qu'éclate une révolution profonde des esprits : prendre une route parallèle à celle suivie jadis par le monde ouvrier. Mais chacune des tendances conservait le sens de la solidarité exigée dans nos campagnes. Nous n'en étions pas aux querelles intestines.

*
**

Ce jour-là, cette masse attendait, repliée en cette extraordinaire patience paysanne, l'heure du défoulement.

En chacun couvait sa propre colère, venue du fond des âges, de la rebuffade reçue, des griefs récoltés çà et là. Multitude d'apports individuels unifiés en faisceau convergent. Balayé, tout raisonnement ! Le temps n'était plus à savoir si les innombrables brise-lames conjugués de la force, du mensonge, de l'argent, du pouvoir, « casseraient » leur élan. Les heures où l'homme avance sont toujours irraisonnées, le bondissement de l'espèce semble vouloir passer avant son sens de la conservation.

Les consignes se déclenchaient avec une certaine indiscipline, quelque peu bruyante. Dès le matin, chaque village eut sa consigne. Les routes, nourries de véhicules hétéroclites, se gonflaient sous l'afflux des hommes. Chacun était apaisé de trouver sa force en d'autres. Le rêve utopique d'une action pouvant tout résoudre était en eux. La ferveur de l'acte commun écartait pour un temps leur individualisme.

Les points fixés pour les diverses manifestations avaient été rejoints. Pour ma part, je me trouvais auprès du commandant Quatrefages, officier de marine en retraite, viticulteur à Saint-André-de-Sangonis, qui assumait alors, au nom de la coopération, la responsabilité du comité d'action viticole. Nous étions situés au carrefour de Cartels, près de Lodève, à la jonction de la nationale 9 et de la 13. Autour de nous, surgissaient ces hommes des vignes et des champs : pierres plantées, durcies en leur droit. Les consignes étaient rigoureuses : bloquer les routes durant quatre heures, éviter toute provocation, tenir sans violence. Si les brigades mobiles intervenaient, opposer une complète force d'inertie, simplement porter un témoignage digne.

Soudain, il y eut un remue-ménage, un saisissement. Venus de Lodève, apparaissaient les premiers casques sombres... Une stupeur passe... Une hésitation... Un recul. Matraques en main, visages indifférents, venaient ces automates, en rangs serrés, au coude à coude, à pas comptés. Ils allaient vers ces hommes de la terre, avec un mouvement de mécanique déclenchée. Sur ordre. Ils avançaient en progression lente, tendant leurs mailles sur la chaussée. Nous les regardions approcher, du haut d'un amas de rochers. Les sommations vinrent dans la stridence acidulée d'un haut-parleur grinçant. Je ne pus m'empêcher de penser qu'ainsi groupés, ils avaient les formes ondulantes, brillantes, de quelque animal fabuleux : têtes multiples, jaillies d'un même corps luisant des aciers, tels des écailles, avec la viscosité pesante de leurs regards inertes. Je ne leur en voulais pas. Ils n'étaient pas responsables de nos difficultés. Ils étaient simplement des prétoriens au service d'un Etat qui ne parvenait pas à régler le problème des importations algériennes. Ils m'apparaissaient telle une bête mythique, tarasque, dragon, et ils s'infiltraient lentement parmi des groupes dispersés.

Assis silencieusement sur les roches pourpres de bauxite, ou debout, la plupart des vignerons regardaient avec, en eux, ce dégoût, cette répulsion instinctive pour l'animal étrange fait de corps humains, de figures humaines, qui progressait toujours vers eux.

Puis, il y eut une clameur brutale, brusquement soulevée de toutes les poitrines, sortie du silence devenu trop lourd. Les groupes mobiles s'arrêtèrent, sans doute sur ordre. Le soleil ruisselait sur le brillant des armes, sur la noirceur des aciers, des baudriers. Ils croisèrent leurs mousquetons, puis reprirent leur marche et entrèrent en contact avec des groupes plus compacts de manifestants. Ils devaient faire dégager la chaussée coûte que coûte.

Il y eut le choc des corps, des esprits, des cris ininterrompus, des insultes, des coups de sifflet. Le commandant Quatrefages essayait vainement de faire reculer les viticulteurs. Quelqu'un, là-haut perché, prit une dalle plate et la projeta sur cette masse sombre et confuse qui s'agitait en bas, contre les siens. Acte inutile, presque d'exorcisme, pour effacer une vision insoutenable. Acte de répulsion, naïf, inconscient, à l'encontre de cette forme nouvelle, issue d'un monde préhistorique d'épouvante. Signal primitif, sens de la lapidation retrouvé, basculant de la terre vers la route et faisant pleuvoir silex, cailloux, pavés. Nous tentions de retenir cette violence brusquement lâchée, cette exaspération trop longtemps contenue. La peur, la colère, dominaient tout. Cette masse, prise de frénésie, déchaînée, contre toute consigne, lapidait, lapidait sans fin. Les groupes mobiles durent reculer. Un cri de délivrance fusa et se répercuta contre les montagnes proches. Chacun, maintenant replié, attendait. Sur le macadam, des troncs, des objets divers étaient accumulés, interdisant toute circulation.

Têtes soudain tournées vers le pont de Lergue, en direction de Clermont : fourgons noirs, renforts, nouvel apport d'uniformes. Tactique de revers, mouvement de tenaille : bête soudain doublée. Délire nouveau d'une foule prise au piège, réfugiée brusquement sur les collines rouges avoisinantes... Odeur âcre, venue en un bruit mou d'ampoules éclatées : yeux aveuglés, gorges serrées, haine aiguisée, tournée en furie.

Lutte ouverte, défensive, devenue inévitable. Poursuites, accrochages, courses dans la garrigue, au long des vignes, dans la tranchée profonde du chemin de fer. Groupes de manifestants, tour à tour poursuivants et poursuivis, courant dans la broussaille : jets de pierre contre bombes lacrymogènes. Le commandant et moi-même jetés au milieu d'eux pour arrêter cette lutte vaine, dangereuse, qui ne pouvait mener à quoi que ce soit...

Pour les organisations viticoles, le but recherché était de faire la démonstration d'un malaise réel, afin de permettre ultérieurement l'établissement de négociations positives. L'arrêt de la circulation durant quatre heures avec, pour les forces de l'ordre, la possibilité de mettre en place des circuits de déviation, suffisait à cet effet. Pourquoi ne pas avoir patienté, pourquoi être allé à cet affrontement stupide, alors qu'en aucun cas le trafic ne pourrait être rétabli avant le délai prévu, tant la chaussée était couverte de pierres et d'objets hétéroclites jetés là ?

Fin de la manifestation à l'heure prescrite, mais plusieurs blessés légers de notre côté. J'ignore totalement quel est le triste bilan chez les prétoriens.

⁂

Quelques heures plus tard, ma femme dans les bras, j'oublie un certain temps la viticulture et ses problèmes. Notre jeunesse afflue dans nos cœurs et dans nos chairs : les choses se mettent à nouveau en ordre. Chaque objet revient en sa place. Comme par magie, les choses semblent obéir à une mystérieuse loi.

Les objets, pareils à des animaux domptés, retrouvent leurs attitudes familières : la vaisselle s'aligne et brille, la toile cirée de la table de cuisine est nette, accueillante : on a envie d'y placer les couverts et les assiettes. Sur les étagères, les menus bibelots reprennent leur place. Les chats viennent rôder à nouveau autour de nous et mènent leur manège. Brisca, notre chienne, regarde, de ses yeux amicaux, la maîtresse du logis retrouvée. La sonnerie du téléphone vient troubler cette quiétude. J'apprends qu'à Vendargues, les choses vont très mal : les viticulteurs pourchassés dans les rues par les C.R.S. se réfugient dans les maisons dont les portes leur sont largement ouvertes. Dans la garrigue environnante, de courts affrontements ont lieu. Une dizaine de viticulteurs ont été arrêtés. Mes camarades de Vendargues n'arrivent pas à calmer les esprits. La passion est à son comble, les arrestations effectuées les excitent jusqu'au point de la démesure et des illusions.

« Il faut, me disent-ils, les rejoindre de toute urgence et prendre les choses en main, car en l'état d'exaspération des esprits, tout peut arriver. »

Je pars. Je pousse le moteur de ma voiture au maximum. A partir de Montpellier, la circulation est considérablement ralentie. Je prends des itinéraires secondaires. Je me perds sur des chemins de vigne. Mais chaque vigneron me reconnaît et m'aide. A un certain moment, je suis arrêté par un filtrage de police : « Où allez-vous ? », me demande-t-on. Va-t-on me reconnaître ? Je dis hypocritement :

« Que se passe-t-il ?

— Oh ! ce sont les viticulteurs qui manifestent... »

Je prends une sorte de faux accent « pointu », le seul dont je sois capable, et je lance : « Je vais à Nîmes. » Les gardes-mobiles m'indiquent le meilleur itinéraire de déviation. Un groupe de vignerons, qui vient d'assister à la scène, goguenarde...

« Au revoir, messieurs !

— Bonne route », me répond-on.

Vendargues pue les gaz lacrymogènes. Le bruit de mon arrivée circule. Bientôt, un mouvement de reflux s'opère. J'ai autour de moi deux à trois cents viticulteurs. On discute, on m'explique comment les copains ont été arrêtés : Guizard et quelques autres faisaient face aux C.R.S. Leur commandant leur demanda de parler aux responsables de la manifestation pour envisager avec eux la levée du barrage. La chaussée aurait dû être libérée vers 12 heures et il était déjà 16 heures. Les viticulteurs se refusaient toujours à partir, ayant appris l'arrestation de Gauch, quelques heures auparavant. Guizard et Thierry, accompagnés de quelques autres, s'étaient avancés. Mais au lieu d'engager la discussion, des ordres étaient donnés et ils furent embarqués sans ménagement dans un fourgon de la police.

Il est difficile à quelqu'un n'ayant jamais été engagé dans les actions syndicales et les manifestations, de comprendre ce que peut être le niveau de la passion en ces moments. La raison est considérée comme une lâcheté. L'incapacité de mesurer les limites apparaît : n'importe qui dit n'importe quoi. Des bruits divers circulent, venant aggraver l'atmosphère. Tout se dramatise, grossit démesurément. La dimension morale des hommes varie. Un tel, dont le caractère pacifique est bien connu, apparaît comme un diable combattant, alors qu'un autre, matamore de réunions, se terre et essaie maladroitement de sauver la face. Tout est bouleversé. Le souffle des folies collectives passe : la haine grimace sur les visages et fait trembler les mains.

« Ils ont matraqué mon copain. »

« Ils sont entrés dans la maison d'Arnaud et ils ont balancé une bombe lacrymogène dans la cuisine. »

« Ils ont »... « ils ont »... « ils ont »...

Certains proposent des solutions extrêmes. Quelques-uns, seulement, gardent la tête froide. Il faut leur expliquer, les reprendre en main, laisser à l'événement le temps de se décanter.

« Mais, que va-t-on faire pour Guizard et les autres ? »

Il faut proposer, convaincre une foule. La gorge se sèche et les mots viennent mal. La fatigue mentale se joint à la fatigue physique. Depuis le matin, on s'époumone, on se débat, on réagit contre les irresponsables jusqu'au-boutistes. Mais en contrepartie, on doit donner le meilleur de soi-même. J'ai appris à sentir les foules et à connaître leur comportement, et j'ai acquis un certain nombre de convictions. D'abord, il faut avoir une conscience stricte de ces réactions collectives et non de l'addition de toutes les pensées individuelles qu'elles représentent. La foule aime ou hait avec une incroyable versatilité. Elle ne croit qu'à celui dont elle sent l'amour inconditionnel. Elle entend être flattée dans ses sentiments fondamentaux mais déteste la démagogie verbeuse. Elle réagit par soubresauts et par accès. Elle veut être dominée, sentir ses leaders, les voir yeux dans les yeux. La foule est une maîtresse impossible, qu'il faut épuiser par son amour et dans l'amour. Elle possède un jugement abrupt, impérieux, démesuré, mais profondément juste. Elle est exagérément ingrate, ou exagérément fidèle. Elle est éternelle et circonstancielle. Il lui faut ses proies et ses cibles. Il faut en saisir le caractère monolithique et la diversité. Elle est une addition, mais aussi une unité. Tout homme qui a eu affaire à elle, sait qu'il ne faut ni plaisanter ni se tromper. On la domine dans la mesure où elle consent et souhaite cette domination. Elle a horreur des faibles. Elle a besoin d'être rudoyée, si elle trouve en ce rudoiement une sécurité positive.

Il faut aimer passionnément le monde paysan et avoir un idéal pour accepter cette arène des hommes, en leur engagement collectif. Pour ne pas avoir peur de cette mer humaine, dont le mouvement vient battre les fragiles estrades. Vos seules mains, votre seule voix devant cette multitude de cœurs, de pensées, de sexes, de tempéraments différents. Le responsable est un peu, en ces instants, comme Moïse traversant la mer Rouge, avec d'énormes murailles prêtes à l'engloutir. Si la foi vacille, si le courage manque, le flot submerge tout pour aller finalement s'éteindre dans les sables de l'opinion. Car la foule, en ses excès, trouve sa propre extinction. Il lui faut être canalisée par le granit et non pas libérée vers les plages absorbantes qui enlisent ses revendications. Il n'y a pas d'action positive dès lors que, par sa démesure, elle épuise d'un coup toute sa force et toute sa pression. Elle doit être continue, adaptée, parfaitement ajustée aux circonstances, et ne jamais jouer toutes ses cartes à la fois.

Vers 1 heure du matin, nos camarades furent relâchés.

# *Le Christ des Corbières*

Une journée toute neuve vibrait au soleil à peine levé. Les ombres de la nuit se couchaient sagement, chacune s'enfouissant dans la glèbe. Un air doux, amical, passait sur les feuilles de vigne encore raidies de nuit, humectées de rosée. Faible et court, il annonçait une chaleur brutale, grimaçante, qui viendrait bientôt assurer son éblouissement, son excès. Pour l'heure, chaque élément de vie animale ou végétale s'exaltait, sortait de l'ankylose nocturne, déployant sa féerie. L'oiseau recherchait sa nourriture, en un vol soyeux. L'ablette menait son ballet tourbillonnant sous les branches basses des rives de Rouvièges. Les sons montaient dans le ciel de façon rectiligne, aspirés par l'azur, comme les fumées aux matins immuables de gel.

Je labourais avec cette ténacité inlassable de l'animal de trait. Je ne menais pas mon tracteur avec cette sorte de nonchalance à laquelle vous invite la monotonie du travail. Je le faisais avec cette avidité, cette cupidité d'accumuler sillon après sillon : je les additionnais avec avarice, mû par une volonté farouche d'avancer la tâche, de passer mes terres au bon moment, avant que le vent du nord ne s'en empare, et comme l'on dit entre nous, ne les « clave ».

Sur le versant de la Sérane, de grandes taches d'ombre dormaient, pas encore touchées. De la source du Saut-du-Loup s'élevait une vapeur translucide, qui dévoilait la sinuosité de la rivière avec ses coudriers, ses roseaux, ses saules nains, frondaisons parcourues du frisson des martins-pêcheurs, des engoulevents, du scintillement des premières libellules d'eau : fleurs animales bleues, diaprées et translucides. Derrière moi, la poussière soulevée par le rotavator entourait les ceps, se glissait au cœur des souches. J'en avais les narines bouchées et mes yeux larmoyaient sous son effet.

A la fois séduit par le matin calme et subjugué par mon travail, je ne parvenais que de façon fragmentaire à réfléchir à ma situation financière : les prêts « sinistrés » effectués à la suite de la gelée d'hiver 63, auxquels venait s'ajouter l'emprunt à court terme du tracteur dont je venais de me rendre acquéreur, alourdissaient dangereusement ma trésorerie. Le gel de printemps vint encore aggraver les choses.

Durant les quatre années qui suivirent, les récoltes subirent le contre-coup des arrachages consécutifs aux sinistres précédents. Plus de travail et moins de recettes. Certes, les jeunes plantiers étaient un élément d'espérance. J'avais fait un véritable effort en matière d'encépagement, puisque j'avais replanté en grenache, en raisins de table tel que le cardinal, et en carignan. Au temps où mon père exploitait, les aramons représentaient environ le sixième de l'encépagement total. J'avais inversé l'ordre des facteurs puisque j'atteignais maintenant la proportion de 70 % de cépages recommandés ou améliorateurs, contre seulement 30 % d'autorisés. Hélas, ma trésorerie était exsangue. Les annuités s'avéraient lourdes à supporter. Incontestablement, j'avais voulu faire face avec rapidité et retrouver dans les cinq ans un potentiel de production au moins équivalent à autrefois, mais j'avais un peu présumé de mes forces. Sans doute, j'étais réconforté à la vue des jeunes greffages, fiers et prometteurs dans leurs alignements modernes, mais ils n'étaient que des promesses d'avenir. En attendant, il fallait les soigner amoureusement et dépenser largement en main-d'œuvre supplémentaire et en produits agricoles de toutes sortes : les sacs de ficelle, les piquets ne touchaient pas terre. On ne s'arrêtait pas d'attacher, de piocher, de tuteurer. Le meilleur de notre temps était absorbé par les jeunes vignes. Dans ma tête s'agitaient des chiffres, des dates d'échéance, des moyens de joindre les deux bouts par des formes différentes de financement telles que court terme pour frais d'exploitation, warrants dès les premières cuves pleines, etc. J'aurais dû faire des prêts « plantation » pour étaler mes remboursements à moyen et long terme, mais j'avais voulu tout recommencer en partant du seul emprunt 63. Ma femme m'insufflait l'espoir et la confiance, car elle était attachée sans réserve à notre métier. Lorsqu'elle était adolescente, elle avait toujours souhaité épouser un agriculteur. La vigne était un peu sa religion. Elle ne participait pas aux travaux, car elle avait sa tâche à la maison, mais lorsque je voulais la contenter, je n'avais qu'à lui faire faire la tournée du vignoble...

Le début de l'année 67 fut marqué par la personnalité très particulière d'André Castera. Je songeais à lui, tout en labourant rageusement : Castera venait de prendre la responsabilité des comités d'action. Il n'entendait pas grand chose aux aspects économiques viticoles, mais il sentait mieux que personne la souffrance de notre milieu. Il était grand, maigre comme un chat au printemps. Son visage émacié lui avait valu d'être appelé par des journalistes en mal de sensations : le Christ des Corbières. Son accent rocailleux frappait et les mots lui venaient à la bouche comme la pierre jaillit de la fronde. Il galvanisait le petit monde viticole au cours des réunions ou des manifestations, sur des thèmes élémentaires. Il parlait comme le peintre Rousseau peignait. A la fois rusé, naïf, gouailleur, il détenait au coin de la mémoire des histoires courtes et charnues qui fleuraient bon le terroir et faisaient exulter les esprits.

Issu de la Corbière, il portait en lui sa rudesse, sa force et sa mélancolie. Pour quelle raison a-t-il fait d'autres choix, alors qu'il détenait une sorte de pouvoir incantatoire et que ses mots exprimaient cette chose irremplaçable : l'âme de notre peuple occitan ? Je garde le souvenir de ce temps comme étant celui où notre engagement professionnel fut le plus efficace. Le courant passait avec bonheur entre la base et nous. La Communauté européenne n'était pas encore venue brouiller les cartes d'une façon irrémissible.

Nous luttions contre deux maléfices : les importations et un commerce apatride, vicié jusqu'à la moelle, et dont les profits scandaleux éclaboussaient notre pauvreté.

Je labourais avec un formidable dégoût à la bouche : ces mercantis nous ont fait tant de mal, arrachant notre modeste bien-être pour couvrir leurs épouses de parures et gaspiller leur argent avec une impudente vanité. Je labourais, et toutes mes pensées s'enchevêtraient, mêlant mes propres difficultés à la lutte syndicale et remâchant nos griefs contre nos vieux ennemis : la fraude, les trafiquants, les mauvais règlements, les abandons. L'indifférence ou l'hostilité de l'Etat. Midi sonnait... Midi en fusion, irrespirable, cigales enivrées, craquetant sans répit, maîtresses des lieux, se renvoyant leurs stridences, par vagues successive. Midi désert subit, où tout se meurt.

Geneviève, visage doré, bruni, sous son large chapeau de paille, venue m'attendre en ce bout de rangée, regardant attentivement le nuage de poussière blonde que la lumière irise :

« Eh bien, Emmanuel, que fais-tu ici, à cette heure ? J'ai cru qu'il t'était arrivé quelque chose... »

Je la regarde avec insistance. Le mouvement de ses lèvres m'attire irrésistiblement : j'en ai envie.

Je lui réponds :

« Je voulais finir ce greffage. »

— Mais il fait trop chaud. Tu risques d'échauder : l'air est semblable à de la braise. »

Je souris, car elle n'a que des idées approximatives sur la culture :

« Je viens, Geneviève, attends-moi, veux-tu ? »

J'arrête brusquement le moteur, comme une vrille retirée, le bruit s'extirpe de mes oreilles, de tout mon corps, y laissant seulement un fourmillement, un bourdonnement continu. Voix calme de ma femme, marche retrouvée en commun qui permet d'oublier ces échardes enfoncées dans l'esprit : les emprunts, les prix du produit, les soucis syndicaux. Nous marchons main dans la main, dans cette sauvage lumière blanche, dévoreuse de reliefs, impitoyable. Nous prenons le chemin qui va du Saut-du-Loup à Bélarga. Nous recherchons l'ombre courte de ce midi démentiel. J'ai envie d'elle. Elle sent mon désir, elle sourit et presse le pas. Maison ouverte avec son clair-obscur, sa lumière humide de puits où la cruche glacée m'attend. Maison aveugle avec ses volets clos, comme en méditation, conservant l'ombre et la fraîcheur des vieilles pierres. Refuge, oubli de soi, oubli de tout.

## *L'orage de 68*

Mai 1968 éclate sur Paris comme un accès de rage. D'abord, nous ne comprenons rien à ce qui se passe, sinon que la folie s'est emparée de la jeunesse estudiantine ou se prétendant telle.

Mai 68 exprimant des idées, une volonté de renouveau, un désir profond de croire à autre chose qu'au monde défiguré par l'argent dans lequel nous vivons. Nous autres, viticulteurs, ne ressentons l'événement que de loin, sous un jour difforme, distendu, où toutes les valeurs se disloquent. Nous n'en percevons que l'aspect scandaleux, avec ses déchaînements sexuels et son défoulement érotique. Les projections de sperme sur les murs de la Sorbonne, comme une matière galvaudée, heurtent notre respect de la vie. Alors que les excès commis et les attitudes provocantes pour cingler une société conformiste, assoupie dans le matérialisme, ne sont qu'éléments parallèles ou démonstrations caricaturales d'un certain refus : notre monde paysan ne voit que cela et s'en trouve choqué, effrayé. Le message ne passe pas, il s'englue lamentablement dans le pathos des événements. Le lien, pour nous, n'est pas concevable entre nos revendications raisonnables et le vent de folie qui souffle. Nous nous sentons détachés de ces intellectuels morbides affichant leurs phantasmes et prônant la licence. Nos valeurs sont différentes, le travail manuel en est le pivot. Nos références se fondent sur des éléments simples, nous paraissant immuables : la terre, la justice, la famille, l'égalité dans les chances octroyées, le respect de la tâche accomplie.

Le silence exprime, chez la plupart des nôtres, la réprobation. Notre sensibilité est atteinte. Ce n'est pas sans effet de voir vivre en permanence les plantes et les bêtes, de voir tomber la pluie en ses mille et une manières, de sentir le vent et de comprendre le langage des nuages.

Quand la vigne a soif, notre désir de voir venir l'orage devient une sorte d'aimant. Une forme de prière s'élève de nous pour solliciter de la nature son don essentiel. Lorsque la grêle surgit en sa place, notre cœur est aussi flagellé que les pampres de nos souches, mais nous serrons les dents, car cela fait partie de la cruelle règle du jeu. Aussi, nous saisissons mal les finesses alambiquées d'un certain intellectualisme qui tourne en rond et voltige au carrefour désert des abstractions.

Et pourtant mai 68 ne peut nous laisser indifférents. S'il nous scandalise, il nous oblige à ouvrir les yeux sur autre chose que notre horizon habituel : il invite à la réflexion sur des thèmes auxquels nous ne sommes que peu habitués. Sommes-nous un monde à part et nos analyses sont-elles intrinsèques à notre milieu ? Sommes-nous soumis aux mêmes forces et aux mêmes contraintes que les autres groupes socio-professionnels ?

Dans quelle mesure pouvons-nous échapper au pouvoir des systèmes dominants : course en avant vers l'accroissement de la productivité, vers la consommation érigée en clef de voûte de l'équilibre économique, vers l'éviction systématique du faible, du moins compétitif ? Notre condition paysanne, et plus particulièrement vigneronne, apparaît plus clairement.

Pouvons-nous dire que nous sommes un monde à part, quand l'intrusion des *mass media* envahit notre intimité, force notre jugement, oriente nos choix, et que notre besoin de consommer, d'être « comme les autres », s'accroît par le système de la publicité et du crédit ?

La séduction des biens de consommation nous saisit, tout comme elle saisit le banlieusard parisien. La télévision véhicule au creux de nos campagnes le goût de vivre selon les projections et les codes établis. D'où, nécessairement, une sorte de course en avant impliquant obligatoirement un revenu plus élevé : coûte que coûte, il faut produire, donc faire appel aux éléments de productivité se trouvant en amont, tels que : les engrais, la mécanisation, les techniques, la protection accrue par les traitements divers. En cela, nous nous insérons dans l'engrenage du monde industriel, dont l'impératif est de faire progresser constamment les cadences de fabrication et de vente. Nous sommes entraînés à une sorte de conditionnement de l'espèce, soumis à l'intransigeance des choix économiques. Lorsque nous réussissons dans ce jeu démoniaque imposé par un type de société et que nous éliminons, les uns après les autres, les divers obstacles nous séparant d'un certain « perfectionnisme » professionnel, nous aboutissons inévitablement à la surproduction et le piège se referme, nous confrontant à la concurrence impitoyable. Les faibles doivent être éliminés, telle est la règle. Ils n'ont plus leur place dans une société conditionnée dans la seule perspective du résultat et de l'efficacité. Il est douloureux, et quelque peu risible, de voir comment certains responsables agricoles essaient de s'insérer dans les mécanismes du système, croyant pouvoir les dominer. Ils croient dur comme fer au « marketing », se prennent pour des maîtres en économie, vous saoulent de leur pédanterie, alors qu'ils gèrent en aveugles leur propre destruction. Il est bien loin de mon esprit de contester une volonté d'organisation professionnelle, de mise en marché et de commercialisation. Ce que je mets en doute, c'est d'échapper, grâce à cela, aux diverses intégrations que nous subissons. Le monde paysan se voit proposer des mirages afin de le distraire, alors qu'en fait, on le conduit à un rôle de pourvoyeur, de matières premières. Au jeu libéral, il n'est pas de force à lutter contre les puissances financières.

La coopération agricole, au stade le plus large, ne parvient pas à échapper à cette loi. Elle doit, de gré ou de force, passer par les mêmes schémas de raisonnement, appliquer les mêmes stratégies et verser inéluctablement dans les mêmes erreurs parce qu'elle est soumise aux lois capitalistes. L'affrontement de la viticulture méridionale aux distributeurs, aux groupes importateurs, voire aux expéditeurs de nos places d'achat, exprime toute la réalité de cette lutte. On nous dit : « organisez-vous, faites de la promotion, prenez votre place sur le marché, faites de la qualité, soyez compétitifs ». On ne nous dit pas : « les groupes d'affaires sont liés aux groupes bancaires ». Les commerçants sont apatrides, seuls leurs intérêts guident leurs attitudes. D'ailleurs, ils sont soumis à la loi de la concurrence, ce qui signifie que parce que quelques-uns d'entre eux font jouer au maximum les règles spéculatives, tous les autres y sont contraints, faute de disparaître de l'arène.

Sans doute, il y a dans une dynamique professionnelle d'organisation économique, des éléments très positifs, mais on peut considérer que leurs promoteurs prennent des risques importants.

A la suite des événements de 68, certaines évidences se faisaient jour dans mon esprit, que les événements ultérieurs devaient confirmer. La viticulture ne peut être laissée à la merci des affairistes, car ils sont l'écume d'une société dite libérale où, en vérité, le plus fort impose sa loi au plus faible. Il faudra, tôt ou tard, imposer un système autoritaire, seul susceptible d'orienter la production, d'en équilibrer le flux, de protéger le marché de la spéculation. L'idée d'un office du vin prenant véritablement en main la gestion du marché, m'apparaissait déjà comme le moyen le mieux adapté à réussir.

Les produits agricoles étant une richesse de la nation, surtout dans un grand pays agricole comme la France, devraient être contrôlés et garantis par l'Etat, ce qui suppose la généralisation des offices. L'Etat devrait remplir sa tâche au service de la collectivité, dont les producteurs et les consommateurs sont des éléments capitaux, et non laisser s'établir l'emprise des sociétés nationales ou multi-nationales, sur le marché des produits alimentaires. L'Etat laissant faire, devient complice de leurs spéculations, au détriment de l'ensemble des consommateurs. La nationalisation des industries agro-alimentaires devrait se faire rapidement. Les S.A.F.E.R.*

* S.A.F.E.R. : Société d'aménagement foncier et d'établissement rural.

devraient voir leur pouvoir orienté différemment. Sans doute, leur vocation de remembrement et de restructuration se verrait renforcée, mais un secteur particulier serait établi, permettant à l'Etat, dans certaines conditions, d'acquérir des biens fonciers qu'il confierait aux S.A.F.E.R. Celles-ci, au nom de la puissance publique, les donneraient alors en fermage à un certain nombre d'exploitants, ce qui permettrait de porter l'effort sur la notion d'exploitation, plus que sur celle du droit de propriété.

Certains penseront que mes propos sentent le fagot et qu'ils dissimulent des coups indirects portés au droit de propriété. Je tiens à les rassurer, car le droit de propriété, s'il doit être maintenu selon une conception respectueuse de l'homme, ne saurait être contesté. Il faut pourtant en reconnaître les excès et les limiter. En tout état de cause, le droit de propriété est moral, mais uniquement dans la mesure où il développe les initiatives des individus, sans conférer à des groupes des pouvoirs de monopole sur la communauté. Je ne parle pas en marxiste, car je ne le suis pas. Mais un certain nombre d'analyses marxistes, dans le domaine économique, sont profondément inspirées d'humanisme. Je pense que le Christ est quotidiennement recrucifié par l'égoïsme forcené de ces libéraux dont l'hypocrite attitude couvre en réalité le maintien sordide de leurs intérêts mesquins. Le Christ n'a pas fait le ciel et la terre, et les océans, pour qu'ils servent à l'enrichissement de quelques-uns, au détriment du plus grand nombre. Le Christ a fustigé les vendeurs du temple, les mauvais prêtres. Le Christ est volé par la société capitaliste, dont les grimaces pharisiennes accablent l'équilibre de sa création. Le Christ est insulté par tous ces sectateurs qui veulent présenter la spiritualité comme une couverture de leurs prévarications.

Le monde paysan doit réfuter un certain nombre de faux tabous, dans lesquels on l'enferme pour accaparer son poids électoral. Il n'a que faire d'un monde qui l'exploite et d'un Etat qui le laisse exploiter. Il devra, de l'intérieur, faire éclater toutes les contradictions qui l'étreignent. On l'incite indirectement à la violence, parce que celle-ci le défoule momentanément ou compromet son audience dans l'opinion. Son salut est à l'intérieur de lui-même. Il faut qu'il expurge et exorcise, afin de trouver ses propres analyses et qu'il rejette les schémas qu'on lui propose. Il détient le poids de déséquilibre politique qui lui confère un pouvoir considérable, non point pour l'utiliser à faire aboutir des conceptions corporatistes le singularisant, mais au contraire pour l'affirmer comme membre à part entière de la société, mais d'une société où la liberté s'exprime dans le respect d'autrui et non dans le pouvoir exorbitant de la domination du prochain.

# *L'héritage de mon père*

L'année 70 reste entachée par la mort de mon père.

Nous déjeunions tranquillement, lorsqu'un bruit effroyable éclata sur la route passant devant ma maison : un accident venait d'avoir lieu.

Le spectacle que je vis aussitôt la porte ouverte, demeure le cauchemar le plus atroce de ma vie : un énorme camion venait de s'écraser sur le mur d'enceinte de notre jardin. Tout était arraché, fracassé, le portail avait été projeté contre le mur de la façade, cinq tonnes de sable avaient été répandues alentour. Je m'avançai sur la chaussée : des gens hurlaient et je vis mon père écrasé, une partie de sa jambe arrachée, le corps brisé, avec par miracle, le visage préservé.

On ne décrit pas les sentiments que l'on éprouve en ces moments. Je sais seulement que je le pris dans mes bras, comme mon enfant, et que je le serrai contre ma poitrine avec une force de protection issue de moi, qui me poussait à l'inclure dans mon propre corps. Il venait d'avoir quatre-vingt-deux ans, et demeurait plein de lucidité, de passion, quelquefois même d'excès, mais avec cette nature généreuse que je lui avais connue. Je sens encore ses cheveux blancs, sa joue froide, sa chair qui avait fait ma chair. Des flots de souvenirs faisaient surface : il marchait à mes côtés dans les vignes, il évaluait la récolte avec une étonnante précision, il m'informait, attirait mon attention sur telle parcelle ou tel travail négligé. Il était un autre moi-même doublant mes surveillances et excitant ma vigilance.

Lorsque je me promène en solitaire dans ses vignes, je le sens souvent à mes côtés, de cet autre côté mystérieux où je le rejoindrai un jour. Il vient quelques instants chaque jour, me rejoindre sur le terrain, et je l'écoute me parler dans un conciliabule discret. Il est avec moi, mais en moi. Les conseils qu'il me donne, je les accepte comme un don merveilleux. Il m'a tellement appris cet amour de la terre et de nos terres, que notre dialogue ne peut se faire que dans la grande solitude de ces vignes qu'il a tant parcourues. L'hiver, quand la taille s'est faite, donnant à la souche cet aspect si puissant de mains végétales tendues vers le ciel, il m'arrive de m'asseoir à un « cagnard », un de ces coins ensoleillés où il aimait s'arrêter, la canne entre les genoux, et nous conversons en amis de toujours. Puis il revient tranquillement dans notre caveau de famille, dans le cimetière paisible de la commune. Il y prend sa place auprès de son fils Paul, mon frère aîné mort en bas-âge. Il s'y repose, dans cette terre où la vigne pousse à l'infini, parmi les réseaux inextricables de ses racines. C'est là où j'irai le retrouver, près de nos amourettes, cette vigne de mes premières joies d'amour. Nous savons l'un et l'autre que notre poussière fera d'autres feuillages et d'autres fruits, participera à d'autres étés et subira d'autres hivers. Nous savons que la vigne nous saisira et nous transformera. Au revoir, mon père...

***

La vie continue, la vigne continue, la lutte se poursuit. Quelque chose, pourtant, a changé : jusqu'à ce jour, l'exploitation était pour moi essentielle dans son identité. A partir de la disparition de mon père, elle devient en plus un dépôt, elle revêt une valeur immuable, sacramentelle, non point dans sa valeur matérielle et la sécurité qu'elle est censée représenter, mais dans la permanence de sa présence. Elle est l'assise d'une façon de vivre, elle incarne une civilisation.

Ah, ces gens obscènes qui, parlant des vignerons de chez nous, disent « les pinardiers » ! S'ils pouvaient comprendre nos pensées profondes, nos attachements et nos révoltes ! La vigne, ce n'est pas une richesse, c'est la compagne de tous les jours, avec ses humeurs, ses opulences et ses dépouillements. La vigne lourde de végétation des basses terres, ou celle ciselée de nos coteaux, comporte sa mystique comme le vin comporte son incantation. Ils sont mystère et transcendance. Folie de tous ces Parisiens technocrates de croire que la vigne pourrait être partiellement arrachée du Midi, comme si l'ensemble du corps ne mourrait pas si l'on en arrachait la peau !

Il y a, sans discussion possible, un problème permanent de l'agriculture : il faut produire mieux, à meilleur compte. Cette constatation impose une série d'analyses prospectives, permettant d'établir une planification judicieuse en fonction d'éléments de base tels que l'évolution de la production et de la consommation. Mais si l'on procède au seul niveau du raisonnement économique, on peut être conduit à des aberrations. Un examen brutal et desséchant de notre condition productrice peut amener aux conclusions suivantes : l'essentiel, c'est de produire le meilleur vin possible, dans des conditions idéales. Ceci sous-entend que tous les paramètres doivent converger vers ce but : il faut donc posséder des structures foncières adaptées à l'exploitation moderne. Ensuite, avoir un encépagement qui réduit le rendement au bénéfice de la qualité. Enfin, combler les distorsions des conditions de production avec la concurrence intérieure ou communautaire. Dans un second temps, il faut investir et trouver les financements indispensables, afin de conditionner et de commercialiser. Bien entendu, l'ensemble de cette politique doit s'établir en protégeant le marché des variations et des déséquilibres monétaires, ainsi que des fraudes. Si toutes ces conditions sont un jour remplies, alors peut-être la viticulture retrouvera-t-elle un revenu convenable. Mais en attendant, comment les choses se présentent-elles ?

Les structures sont très insuffisantes, les exploitations trop petites. Cette situation n'est pas ignorée par les Pouvoirs Publics. Elle est une réalité à partir de laquelle doit se déduire une politique précise et rigoureuse, avant que nous ne soyons livrés à la concurrence communautaire. Les seules incitations étant incapables de résoudre ce problème, les S.A.F.E.R. doivent avoir des pouvoirs très étendus, afin d'agir avec efficacité et rapidité. D'autre part, l'encépagement qualitatif ne peut être intensifié que dans la mesure où il s'avère payant. Or, la concurrence déloyale à laquelle nous sommes soumis, rend peu crédible cette politique. Faire du soixante à l'hectare nécessiterait une différenciation des prix, permettant non seulement le rattrapage par rapport aux rendements plus élevés, mais aussi l'application d'un coefficient d'encouragement. En fait, le rendement continue d'être plus avantageux parce que le libéralisme communautaire qui va dominer toute notre économie, ne procède point par une réglementation obligatoire, mais par une série d'incitations. Sur le terrain, nous savons qu'il faut arriver à 90 hectolitres à l'hectare à 10° minimum pour couvrir les frais d'exploitation. Ces conditions précaires conduisent la viticulture à une position de survie inconcevable, alors qu'il aurait fallu être compétitif pour affronter les vins italiens.

La Communauté européenne va démarrer sur la récolte 70 et déjà, j'en ressens le danger mortel, sans pourtant pouvoir en faire encore la constatation. Combien ai-je entendu, durant cette période, de responsables agricoles et viticoles, ne développer que les avantages présumés de cette Communauté, tels que l'élargissement du marché et la dynamique qui en naîtrait ! Combien d'illusions devaient tomber ! Il est juste, cependant, de préciser que les responsables viticoles n'ont jamais eu d'autre rôle consultatif et qu'ils n'ont pas été écoutés, alors qu'ils revendiquaient un règlement plus strict, inspiré du statut viticole.

Au moment de l'entrée de la viticulture dans la C.E.E., l'Italie connaissait une incontestable réussite économique. On parlait du miracle italien : la lire était une monnaie forte. Nous constations que le gouvernement italien aidait au maximum sa viticulture pour lui donner le plus de chances possibles, et qu'il avait obtenu un règlement 816/70 extrêmement favorable à celle-ci. L'Italie avait refusé de signer le règlement financier de la

Communauté, tant que le règlement viti-vinicole ne serait pas accepté. Devant cette attitude, le gouvernement français devait lâcher du lest et faire un certain nombre de concessions, dont les effets allaient se faire sentir et nous conduire inéluctablement à une tension permanente et à la désaffection progressive de la notion exprimée par le traité de Rome. La guerre économique du vin qui allait s'installer a ses raisons profondes dans ce refus de l'Etat français, ou cette incapacité d'avoir préparé la viticulture des vins de table à aborder le rude choc de l'entrée dans la C.E.E. Les ministres de l'époque étaient béats, ils voyaient les avantages globaux qu'il y aurait dans l'avenir pour l'ensemble de la production agricole française et négligeaient les mouvements que subiraient certains secteurs, tels le vin et les fruits et légumes. Inconsciemment, la notion d'abandon et de sacrifice pour nos régions glissait en eux. Après tout, pensaient-ils, on verrait bien. On réparerait les erreurs en marchant. Nos ministres de l'Agriculture ont péché alors par faiblesse, le gouvernement par imprévoyance.

La viticulture méridionale allait aborder une période dramatique sans précédent. La crise, qui n'allait cesser de s'amplifier dans les six années à venir, reposait déjà sur les concurrences déloyales intérieures et extérieures, sur les enrichissements excessifs des vins par saccharose dans les régions extra-méridionales, sur les importations inconsidérées, sur les innombrables dérogations aux réglementations existantes. L'Etat semblait beaucoup plus influencé par les thèses affairistes exprimées par un commerce dont les influences occultes pénétraient l'administration, que par les suggestions des organisations viticoles. Le temps des voyages décevants commençait : combien de fois ne nous a-t-on pas donné raison autour des tables de conférence et sur le papier, alors que les applications dénaturaient complètement les principes retenus. Lorsque les choses allaient trop mal, on prenait un certain nombre de mesures fragmentaires, conjoncturelles. La pression baissait momentanément et les choses recommençaient quelque temps après. Les conséquences de ces douches écossaises successives furent de déprécier la monnaie des négociations, de cultiver le scepticisme, de soulever l'incrédulité. La rancœur et la révolte devaient gagner du terrain et l'idée d'abandon allait progresser dans l'esprit de nos vignerons, tant ils avaient l'impression d'être sacrifiés.

Très rapidement, devait succéder à cette impression la notion ethnique. Le passé faisait résurgence, l'idée occitane faisait son chemin dans bien des esprits, certes de façon bien différente. L'occitanisme intervient comme une valeur-refuge. L'idée de nation devient ambiguë. La région est perceptible, à l'échelle humaine : on s'y sent mieux. Paris apparaît comme l'image d'un pouvoir desséchant, inabordable, indifférent. La région se redécouvre en tant que catalyseur : les hommes différents qui la composent ont une forme d'esprit, un langage, des réactions en commun. L'Etat n'est plus qu'une entité lointaine dont on se détache insensiblement parce qu'il comprend trop peu ses régions et ne leur donne qu'une liberté contrôlée.

Le Jacobinisme, en ses excès, a tendance à éroder l'idée de nation.

# *Duhamel nous distille l'espérance*

Je regardais distraitement passer les trains banlieusards parisiens, amener leur cargaison d'êtres humains vers leur travail. Derrière la vitre de leurs wagons métalliques, gris, ils avaient l'apparence figée, immuable : certains lisaient, d'autres, les yeux obstinément fixés, regardaient devant eux, avec l'attitude légèrement tendue d'aveugles. Paris allait les engouffrer, les digérer. On les retrouverait quelques heures plus tard collés à leurs bureaux, plantés devant leurs sandwichs et leur beaujolais. Pour l'instant, ils circulaient comme des globules, soumis à la pression artérielle de la capitale.

L'année 70 avait connu un hiver clément. En ce début mai, les vignes se portaient bien, la présentation de la récolte était prometteuse. Je songeais à cette entrevue que nous allions avoir avec Jacques Duhamel, alors ministre de l'Agriculture. J'alignais mes arguments, comme à la bataille, cherchant leur marche sur l'échiquier de la conversation : l'arrêt immédiat des importations des vins algériens, l'application à ce pays des clauses prévoyant la préférence communautaire, le report à la campagne prochaine de l'ouverture du Marché commun viti-vinicole...

Le train entrait en gare, dans la puanteur des odeurs et l'âcreté des aciers brûlés. Dans le wagon, chacun rassemblait ses affaires : la petite femme ronde et bien en chair saisissait son vanity dans le filet. L'homme d'affaires rassemblait ses hiéroglyphes : il avait, sous les verres de ses lunettes, un long regard aigu, de loup ou de renard. Il n'était peut-être pas distant, mais il se voulait distant. Puis il y avait tous ces gens moyens, incolores, imprécis, sur lesquels le regard glissait sans que rien ne l'accroche. Je suis pris dans le flot des voyageurs et de leurs bagages : ils me véhiculent vers la sortie. Ils ont pris l'allure parisienne et se cloisonnent dans une attitude silencieuse, indifférente. Machinalement, ils adoptent le rythme et le style de la capitale. Je sens sous mes pas un sol gras, gluant, qui colle à mes semelles de crêpe. Une nouvelle fois, je suis pris au piège de ce monde à part : médiocre, pitoyable, cloué à ses exigences d'horaire, plié en ses disciplines mentales. Je respire profondément, avide de grand air, mais je ne sens entrer dans mes poumons qu'un fluide pesant, malodorant, brisant mon rythme respiratoire. Paris colle sur ma peau, sur mon esprit, dans mes bronches. Trop de gens à la station de taxis. Je prends le métro, direction Neuilly. Les stations défilent : Bastille, Saint-Paul, Hôtel-de-Ville, Concorde. Des gens montent ou descendent sans regarder. Ils marchent comme des automates vers la sortie ou vers leurs correspondances. J'ai envie de marcher. Je file vers la Madeleine et Saint-Augustin. C'est ici la partie trompeuse : les perspectives équilibrées et somptueuses des Champs-Elysées, des Tuileries, du pont Alexandre-III et de la Chambre vous invitent à l'admiration. Il fut un temps où Paris déclenchait mon émotion intellectuelle et artistique, où je suçais avidement cette substantifique moelle de la cité, mais je ne m'y sens plus chez moi. Paris est si loin, si inaccessible, si imperméable, que Paris s'éloigne, devient une sorte de lieu théorique dont je ne sens plus que le squelette. Décharné, sans le recours à ses fards, à ses poudres, au charme de ses filles, à la séduction de ses boutiques, j'y circule avec une indifférence morose, presque avec hostilité : les kiosques à journaux m'apparaissent comme des chaires inaccessibles, les vitrines comme des miroirs où vont buter les alouettes provinciales. Les agents de ville ont l'air de Cerbères surveillant cet enfer. Autrefois, Paris était inclus dans mon amour cocardier : c'était ma capitale. Maintenant, c'est leur capitale. C'est le lieu où j'use mes pas et mes poumons, où les mots n'ont pas de réalité tangible, où tout se promet mais plus rien ne se tient. Je change d'allure, j'ai besoin de retrouver le havre de nos bureaux de la rue de Rigny. Là, tout au moins, je retrouverai le fil d'Ariane de ma terre languedocienne. J'entendrai l'accent du pays, les copains. Certes, tout n'est pas parfait : Paris a déteint sur les murs, il empiète sur notre territoire. Il faudra affronter un style, une manière de raisonner. Les ministères sont si proches qu'ils imposent une certaine façon de penser. Déjà, nous sommes soumis à leur manière car un certain nombre de façons d'être ne passent pas.

On prépare la réunion avec Duhamel. Chacun donne son point de vue. Les responsables de la coopération insistent sur l'organisation du marché et prônent une organisation contraignante au niveau communautaire : Margarot avance des chiffres, établit un bilan comparatif, annonce le niveau des stocks prévisibles en août. Je l'écoute et je ne puis m'empêcher de penser que c'est un redoutable bridgeur, donc qu'il possède un système de raisonnement déductif, mémoriel. J'examine ses traits marqués, son long visage anguleux, sa tignasse blanche soulevée. On l'écoute plus qu'il n'écoute : c'est dommage. Il connaît ses dossiers mais reste un peu trop figé dans ses attitudes mentales. Il veut convaincre, mais accepte assez mal la conviction des autres. On le sent distant, peu susceptible d'amitié. C'est un homme seul, mais efficace. Je l'estime et aurais souhaité l'aimer. Mais on ne sait pourquoi, s'établit autour de sa personne une sorte de cercle magique, infranchissable.

Tout autre est Verdale, le président national de la coopération. C'est un gestionnaire, un pragmatique préférant la politique des petits pas, des contacts directs, additionnant les résultats un à un. Il laisse faire Margarot. De temps à autre, il revient sur le terrain immédiat. Il cherche sa tactique en fonction des possibilités et des problèmes de gestion. Physiquement, il est massif. Son visage s'alourdit quand il n'est pas d'accord et il lui arrive d'avoir quelques rugissements de fauve lorsqu'une idée le contrarie. Il sent l'avantage que lui confère l'importance sociale et économique de la coopération vinicole. Hors des réunions, il est facile, débonnaire, amical. Son accent carcassonnais lui confère une sorte de rudesse bon enfant. Nous nous entendons bien. Il est sensible aux échanges humains, et sa rondeur naturelle compense ses mouvements d'humeur.

J.-B. Benet est sans doute la nature la plus complexe de notre équipe. Sous une morphologie pléthorique, il possède une volonté précise, aiguë. Lui aussi, comme Margarot, est un homme seul. Il conçoit l'équipe comme un centre de réflexion permettant de jauger les équilibres de tendance. Son esprit d'escalier ralentit ses choix : il pèse le pour et le contre, hésite trop. Sa sensibilité extrême joue à l'instar d'antennes dont on perçoit parfaitement le jeu subtil lorsqu'on le connaît bien. J'ai travaillé à ses côtés des années durant et j'en retire le sentiment que son esprit agit selon des thèmes immuables. Il n'est pas l'homme des concessions sur les problèmes fondamentaux. Il joue la contradiction et l'ironie lorsqu'il se sent en désaccord. Il voit loin, pressent les choses, les devance éventuellement. C'est un homme de dossiers, minutieux, intransigeant. Il n'hésite pas à modifier le cap s'il le juge conforme aux finalités qu'il s'est fixées. Il surprend, choque et irrite. Il séduit aussi, par la richesse de ses réflexions. S'il est très attaché aux contacts humains, il a horreur du copinage. Les Pouvoirs Publics redoutent ses analyses et la causticité de ses propos. Il les gêne dans la mesure où il décortique les mécanismes mettant en évidence les buts dissimulés et où il dénonce les centres d'influence, les groupes de pression intervenant sur les choix et induisant ceux-ci. Il est tout à la fois supérieur et plus fragile. Ses propos peuvent varier de la clarté de source au clair-obscur. Il a cet étonnant pouvoir des animaux nocturnes de trouver son chemin dans l'obscurité, grâce au radar subtil de ses constructions mentales. Il est simple, compliqué, intouchable et accessible. Dur comme un roc et fluide comme un sable. Auprès de lui, on prend conscience de ses limites et de sa faiblesse, mais aussi de ses qualités. Il sert de butoir et de tremplin. Sans doute est-il le maître à penser de la viticulture contemporaine, mais ce n'est pas un meneur d'hommes.

Je les écoute attentivement, je tâche de m'insérer dans leurs diverses façons de raisonner, afin d'en déduire la convergence.

De la place Saint-Augustin monte le bruit incessant du trafic. Je ferme les fenêtres, car la conversation devient inaudible.

M^lle^ Muller, déléguée générale de la F.A.V., et M. Vabre, assurent le travail administratif et interviennent de temps à autre. M^lle^ Muller fume sans arrêt. Elle donne des précisions sur un ton froid ou passionné selon les circonstances. Elle connaît admirablement les dossiers, mais beaucoup moins la mentalité de nos vignerons. Elle analyse avec rigueur et ses propos ont la morsure du scalpel. Elle ne fait pas de cadeaux, mais à certains moments, elle sourit largement, ses paupières s'abaissent, laissant filtrer un rai de lumière intérieure. Sa féminité s'est un peu durcie au contact des hommes avec lesquels elle doit travailler. Elle est féline, intransigeante, aime ou n'aime pas. Sa vie passée au service de la viticulture lui a révélé les mesures précises de la négociation. Elle ne tient aucun compte des réactions passionnelles, seulement des dossiers. Au départ, les choses n'étaient pas faciles entre nous. Son exigence intellectuelle la rendait imperméable, un peu hautaine. Je suis persuadé qu'elle ne m'aimait guère. Par la suite, notre collaboration devint plus facile, chacun de nous ayant fait un effort pour une meilleure compréhension. Je la vois, rejetée sur un vieux fauteuil à bascule, les yeux mi-clos noyés dans le vague, tirant sur un porte-cigarettes de longues bouffées de tabac anglais. A certains moments, elle paraissait s'évader, comme si elle eût voulu échapper à la banalité des propos tenus ou éviter de porter un jugement différent de celui des présidents. Les hommes ont toujours tendance à mal saisir les méandres de la pensée féminine : la façon d'aborder les sujets ou les réactions ne sont pas d'un même ordre. La logique féminine peut apparaître comme imparfaite, mais elle est plus nuancée et fait généralement mieux la part des choses.

Nous devions nous retrouver à 15 heures, dans le bureau de M. Duhamel, rue de Varenne.

Combien de fois n'ai-je pas franchi cette porte avec espoir ou scepticisme, dans l'angoisse ou la colère, rarement dans la satisfaction.

M. Duhamel avait déjà des problèmes de santé ; cela lui donnait un visage tiré, pâle. Il était extrêmement courtois et écoutait avec sérieux ce qu'on avait à lui dire. Puis il vous répondait avec une certaine vigueur de propos, soucieux, semblait-il, de démontrer sa bonne volonté et sa capacité à régler les problèmes. Mais, lui comme les autres, se trouvait empêtré dans la politique générale de l'Etat. Il se voulait sécurisant au moment où allait être franchi le seuil de la Communauté vinicole.

Comme à l'accoutumée, il était entouré du directeur de cabinet et de nombreux conseillers techniques.

« Vous comprenez, Monsieur le Ministre, que la viticulture ne peut être affrontée conjointement aux importations algériennes et italiennes ?

— Vous n'avez pas de crainte à avoir, nous ferons jouer la clause de sauvegarde...

— L'*Europe verte* va élargir les marchés. Considérez les bas niveaux de consommation : cinq litres en Allemagne par habitant, par exemple... »

Ainsi, on nous distillait l'espérance...

Ou encore :

« Ce que nous ne pouvions obtenir de l'Algérie, à la suite des accords d'Evian, la Communauté l'imposera. Les Italiens seront nos alliés et nous aideront à nous défendre à l'encontre des pays tiers. »

Ou encore :

« Nous obtiendrons de la Communauté des soutiens de marché que jamais la France ne pourrait consentir seule. »

J'ai encore dans les oreilles ces commentaires pour nous rassurer. Or, nous ne pouvions que formuler des réserves, voire des observations. La Communauté n'avait pas subi l'épreuve du feu. Elle restait contestable dans son identité réglementaire libérale, mais encore vierge de toute critique, en raison de son fonctionnement.

Derrière le ministre, s'ouvraient de larges fenêtres sur les jardins de la rue de Varenne. Les frondaisons palpitaient sous un vent paisible. Le décor du bureau dans lequel nous étions était sobre et discret. Ces choses inspiraient la France, son équilibre. Une certaine quiétude en naissait : le président Pompidou avait de la prudence, rien n'était irrémédiablement perdu.

Et puis nous étions devant un choix irréversible. La France s'engageait dans la C.E.E. avec foi. L'agriculture en général y trouverait son intérêt. L'Etat avait conscience de défendre ses intérêts généraux. Nous n'étions entendus que consultativement. Il fallait subir.

Notre confiance n'était pas encore totalement usée. Mais les prix étaient insuffisants, les importations algériennes abusives et la libération des échanges imminente.

Dans le train qui me ramenait de Paris, je supputais les promesses faites. Je tentais d'en évaluer les applications et les effets. Sur ma couchette, je m'agitais et dans la pénombre, mes yeux se promenaient à la recherche d'un objet éveillant ma curiosité.

Comment faire plus, comment faire mieux ? Lourde interrogation insatiablement répétée.

Je revoyais le visage blanc de Duhamel penché vers nous et soucieux de nous inspirer confiance. Tout le poids de la négociation jouait sur mon sommeil. Sur la couchette du dessus, quelqu'un s'agita. Un autre toussa... Chaque être, emporté par ses rêves, construisait son décor insolite de vie. J'eus un long moment d'angoisse, véritablement peur de la tâche à accomplir. Les vignerons s'engageaient dans le noir. Mon vieil ami le président Romieu, ainsi que le président Bessède, tous deux rompus aux responsabilités syndicales restaient très méfiants à l'égard de la Communauté, et répétaient sans cesse :

« Emmanuel, attention : le règlement communautaire est un filet aux mailles trop larges à travers lesquelles tout passera. Les Italiens ne joueront pas le jeu. »

Puis, les visages de mes enfants surgissaient : mes deux aînés étaient mariés et déjà chargés de famille. J'imaginais ma fille aînée, Anne, à Bamako, où son mari et elle-même travaillaient dans l'enseignement. Je bâtissais un Bamako fantasque, où gravitaient mes enfants, dans un environnement romanesque.

Le train fonçait dans la nuit, tandis que, lentement, je me sentais glisser dans l'oubli.

Où était le radieux temps des cerises, où mes gosses souriaient avidement à la vie, avec leurs pendants rouges aux oreilles ?

# *Gauchisme et occitanie*

Le coup de téléphone que je reçus ce matin-là avait quelque chose d'étonnant : c'était une voix féminine, jeune :

« Je voudrais parler à M. Maffre...

— Lui-même », répondis-je.

« Vous ne me connaissez pas et je ne vous ai jamais rencontré. Je voudrais pouvoir le faire.

— A quel sujet, Madame ?

— Je mène une enquête sur les problèmes viticoles et je fais un peu de théâtre occitan... »

Je dressai aussitôt l'oreille, car ce mouvement commençait à faire parler de lui.

Elle poursuivit : « Mon nom est Claude Drouant, j'habite Montpellier. »

Je demeurai un peu sur la défensive. Elle s'était tue. Je n'entendais que les grésillements d'une mauvaise communication. Elle devait être dans l'expectative. J'étais gêné, ne sachant que répondre. Je finis par dire :

« Vous seriez libre quand ?

— Quand il vous plaira.

— Et bien, venez demain jeudi, vers dix-sept heures. »

Elle acquiesça, visiblement satisfaite, et s'empressa d'ajouter : « Cela vous ennuierait-il si je venais avec un ou deux copains ? »

« Pas du tout », fis-je un peu sèchement, agacé par sa façon d'annoncer prudemment les choses.

« Bien, à jeudi », conclut-elle.

Je raccrochai un peu brusquement et je regardai les objets familiers groupés dans mon bureau.

Dans leur aquarium, mes gouramis et mes poissons nageaient paisiblement parmi les herbes aquatiques. De nombreux objets africains étaient accrochés au mur. Ma fille nous les ramenait chaque année, en venant en France : j'avais un penchant pour les toiles de Korogo. Une multitude d'animaux domestiques ou sauvages y étaient imprimés en noir sur fond grège. C'étaient des crocodiles, des oiseaux pareils à des ibis, des moutons, des poissons, des volatiles divers. Il y avait aussi des sorciers coiffés d'extraordinaires mâchoires d'animaux fabuleux, des masques, des plantes et des astres. Ces toiles naïves, aux dessins stylisés, représentaient toute une philosophie cosmogonique, où l'homme s'insérait, non point en tant que maître de l'univers, mais simplement comme un rouage, entraîneur ou entraîné. L'homme au niveau de la terre, inclus dans le cycle éternel des transformations, fin et commencement. L'homme égal, partenaire ou ennemi du serpent, des caïmans, avec son pouvoir magique et les mystères de l'animisme. Ces toiles si lointaines de la civilisation à laquelle j'appartenais et pourtant si proches de ma condition paysanne, laissaient filtrer tout l'enseignement des croyances primitives, faisant référence aux éléments naturels : l'eau, le feu, l'air, l'animal, le végétal, ainsi qu'aux éléments surnaturels : les masques, les sorciers, les puissances maléfiques ou tutélaires. Le tout mêlé de façon inextricable. Ce monde était loin de notre univers mécanisé, sophistiqué, détaché de ses origines ! Mes yeux se reposaient à errer sur ces divers objets venus d'un autre continent, tels que les masques Bénins, la porte du grenier Dogon, les sagaies. C'était la façon toute naïve que j'avais de voyager, chaque jour, sans bouger.

Geneviève entra et dit : « As-tu pensé à téléphoner pour que l'on vienne dépanner le tracteur ? »

Brusquement, le charme était rompu, mon évasion s'arrêtant à la limite de sa corde. Les réalités quotidiennes reprenaient leur droit absolu, imposaient leur médiocrité. Adieu l'Afrique, adieu mon escapade d'un moment.

La cadence monotone du travail m'imposait à nouveau sa loi : il fallait absolument traiter contre les acariens et contre les tordeuses de la grappe. L'avis en avait été donné à la télévision régionale, aux informations agricoles. C'est amusant de constater que nous prenions maintenant l'habitude de tenir compte des bulletins de la station, comme si nous n'étions pas capables de faire notre métier par l'observation et la surveillance permanentes de notre vignoble...

En parcourant celui-ci, je sentis que mes nerfs se détendaient. La végétation était vigoureuse, saine. Les jeunes grappes se développaient bien. La pluie avait été suffisante, bien placée, sans excès. Actuellement, le beau temps régnait. Le vent tournait avec la journée : les matinées étaient calmes, sans le moindre souffle. Puis lentement, la brise du sud faisait son apparition, pour s'atténuer et disparaître avec la nuit. On sentait pousser les souches en toute quiétude.

En cette fin d'après-midi, ce jeudi, le temps avait changé. Succédant au ciel pur, étonnamment bleu des jours précédents, une masse de nuages sombres venue de la mer, montait vers le nord. Elle avançait telle une armada, déployant la puissance de ses carènes. J'étais sur le pas de la porte et j'observais le mouvement des lourds cumulus absorbant progressivement la lumière. Il est absolument extraordinaire de voir venir la pluie en cette période d'orages. Nous autres paysans ne la subissons pas, elle ne nous est jamais indifférente. Nous la souhaitons ou nous la redoutons avec ferveur ou angoisse. Le ciel s'obscurcissait de plus en plus. Je perçus soudain une haleine humide venue d'ailleurs. Le feu des éclairs et le bruit du tonnerre se faisaient de plus en plus serrés. Sur le ciment de la cour, quelques grosses gouttes firent leurs ronds. J'observais le mouchetage qu'elles dessinaient. Cela ne dura pas : un énorme rideau s'abattit tout à coup, déversant des tonnes d'eau. Quelques grêlons s'y trouvaient mêlés, mais ils ne présentaient aucun danger pour l'instant. Je me mis à trembler, car leur crépitement sur les toits allait m'indiquer très rapidement si nous allions être sinistrés ou non.

Il y a toujours, dans cette attente apeurée, des siècles qui s'écoulent. Mais les choses tournèrent bien. Peu à peu, les grêlons à demi fondus disparurent. Seuls, quelques égarés vinrent encore se mêler à la pluie. Soudain, un monde nouveau de sens et d'images se présentait à moi. Les gargouilles ne parvenaient plus à absorber l'énorme quantité d'eau venue des toits. Les fossés se gonflaient sous une masse boueuse, venue des terres. Une fois encore, le Midi connaissait l'excès d'une pluviométrie irrégulière, s'abattant avec fureur. Les chemins seraient bientôt jonchés des mille branchages entraînés par les flots débordant des drainages. Sous mes yeux, la rue se transformait en torrent. Autour des grilles des canalisations souterraines d'évacuation, l'eau se précipitait en tourbillons. Les vignes allaient être ravinées : du travail en perspective. Les sols se tasseraient sous le pilonnage de l'orage. Nous ne pourrions sulfater avec les appareils à grand travail, il allait falloir utiliser les machines à dos : labeur fastidieux, épuisant, long. Il faudrait ensuite labourer dès que le sol serait à point : pas trop tôt, car la vigne s'accommode mal d'une culture faite en mou ou dans une terre trop serrée.

Il pleuvait toujours rageusement. Un grand vent marin se mit de la partie, prenant les averses au ras du sol en soulevant les pans pour mieux les écraser ensuite. Les chéneaux ne jouaient plus leur rôle : ils gargouillaient avec force en un extraordinaire bruit de borborygmes.

Sur ces entrefaites, je vis arriver une 2 CV qui toussotait sous l'avalanche : les vis platinées avaient dû recevoir l'eau. Elle s'arrêta devant la maison : une fille en descendit, accompagnée d'un garçon et d'une femme apparemment plus âgée. Ils se précipitèrent vers la remise dont le grand portail était ouvert et s'ébrouèrent comme des chiens mouillés. J'allai les rejoindre aussitôt.

« Monsieur Maffre, s'il vous plaît ?

— C'est moi... quel temps... veuillez entrer. »

Ils ne pensèrent pas à essuyer leurs semelles sur le paillasson et lorsqu'ils furent assis devant moi, dans le bureau, je vis s'étendre une petite flaque autour de leurs chaussures. Geneviève souffrait souvent des reins et je ne pus m'empêcher de penser qu'il lui faudrait passer la serpillière sur le pavage et qu'elle ne manquerait pas de faire une réflexion sur le sans-gêne des gens de la ville. Jamais un agriculteur n'a de telles négligences. Il sait trop le poids du travail manuel. La femme qui accompagnait les deux jeunes se rendit compte de la façon dont ils salissaient les carreaux. Elle crut bon de s'en excuser par quelques mots artificiels. Je regardai franchement dans les yeux la jeune fille, qui était sans doute celle ayant pris rendez-vous. Elle était brune, sans rien de bien spécial, sinon une bouche un peu charnue, dont les lèvres frémissaient légèrement. Elle avait des cheveux courts, à la Stone. Elle portait un jean délavé, mais parfaitement coupé, un chemisier gris très simple sur lequel était fixé une cigale d'or. Une croix occitane de bois se balançait sur sa poitrine : elle affichait visiblement son engagement. Sans aucun doute, j'avais affaire à une prosélyte. Le garçon donnait l'impression d'être renfermé, peu bavard. Il avait une tête chevelue et des traits sombres et profonds, à la manière des gitans, avec un quelque chose de plus, vous faisant penser à Heathcliff. Il m'observait avec un certain regard en-dessous assez gênant. Je me sentais jaugé, évalué, soupesé.

Je dis brusquement : « Alors, votre enquête... »

La fille répondit aussitôt : « Que pensez-vous de la Communauté ? »

Je sentis un sourire intérieur arriver jusqu'à mes lèvres, que j'eus le plus grand mal à dissimuler : ainsi, tout de go, elle posait la grosse question, de façon abrupte, avec candeur et prétention. J'eus envie de m'amuser un peu. Au dehors, la pluie avait pris son rythme de croisière, elle tombait de façon régulière, toujours épaisse, mais le gros de l'orage était passé. Le vent remuait le sophora, devant la fenêtre.

Je répondis : « Qu'en pensez-vous, vous-même ? »

Elle parut interloquée. Ce rôle de chasseur chassé la surprenait : « Je n'y crois pas », affirma-t-elle d'emblée. « C'est la ruine du Midi. »

Je poursuivis : « Pourquoi ? »

Elle rétorqua : « Parce que les pays du sud sont toujours roulés... »

Le garçon la dévisagea, scrutant visiblement sur son visage les signes de son émotion. Je me tournai vers lui et lançai : « C'est aussi votre opinion ?

— Oh, vous savez, moi la viticulture ne m'intéresse pas directement. J'ai un engagement politique anti-communautaire. L'Europe actuelle est celle des trusts, des Américains et des Allemands. Ce n'est pas mon affaire. Il est bon de voir comment vous la supporterez... Normalement, elle devrait avoir votre peau. »

Ses yeux étaient fixés dans le vague. Il parlait en s'adressant, semblait-il, à un interlocuteur invisible. Il expliqua : « Claude est entichée de régionalisme, elle croit à l'occitanisme, qui est certes une petite idée, mais qui ne va pas très loin, et d'ailleurs ne conduira jamais où il faudrait. Le régionalisme comporte sa part intellectuellement subversive, sans plus... » Il se tut. La jeune femme qui les accompagnait ne disait mot. Claude Drouant lui lança un regard noir, puis elle remarqua : « Je ne fais pas de politique. Mon camarade est très engagé » — elle ne précisa pas dans quel sens. « Pour moi, le Marché commun est fondamentalement vicié dès le départ. C'est le marché commun des marchands et non celui des producteurs. »

Je me sentais las. Je n'avais pas envie de jeter des banalités, pas plus que de donner une analyse exhaustive de nos opinions sur le règlement viti-vinicole. Ma pensée vagabondait de çà, de là, ne prêtant que le minimum d'intérêt à la conversation. Visiblement, je n'étais pas dans le coup... Ces jeunes m'agaçaient avec leurs prétentions. Je leur servis, par correction, une série d'informations, plus quelques documents.

La jeune femme continuait à observer la scène. Son mutisme m'intriguait quelque peu. Que faisait-elle avec ces gosses ? La discussion s'enlisait de plus en plus, je ne faisais aucun effort pour la sauver. J'attendais le moment où, de guerre lasse, ils s'en iraient.

C'est alors que la jeune femme se mit à parler. Elle avait une voix précise, cuivrée, scandant un peu les phrases, mais si légèrement. Elle me fit penser à Emmanuelle Riva. Son accent n'était pas méridional. Assez neutre, il ne révélait l'appartenance à aucune province de France bien typique.

« De qui pouvez-vous attendre votre salut ? Vous ne pouvez nier le danger des concurrences étrangères. Au niveau communautaire, l'Italie possède de nombreux atouts. Géographiquement, elle est mieux située. Son gouvernement démocrate chrétien joue à fond la viticulture du Sud, pour des raisons économiques, également pour des facteurs politiques. Leur clientèle électorale est dans le Mezzo Giorno. L'Italie n'a rien gagné sur la Communauté agricole. En l'état présent, elle devra importer plus qu'elle n'exporte. Il lui faut à tout prix gagner un marché pour ses vins et ses fruits et légumes. Vous partez battus d'avance... »

Cette fois, je l'observai avec attention. Ces remarques étaient fondées, dites sans passion, avec, même, un certain charme. Qui était-elle ?

« Oui, je sais », répondis-je. « Nos risques sont considérables. Je ne crois que très peu aux analyses optimistes, quelquefois béates, de certains. Ce qui est inquiétant, c'est l'aspect libéral du système. »

Elle rétorqua vivement : « Qu'entendez-vous par là ? Voulez-vous conserver une vision paternaliste, enfermant la viticulture dans un réseau protectionniste ? Pensez-vous qu'à terme, les choses puissent continuer ainsi ? Après tout, si les Italiens exportent des produits convenables et vous battent au niveau de la concurrence, le consommateur n'y perd pas, bien au contraire... »

Je me sentis fouetté au vif et ma réponse fut dite sur un ton véhément : « Vous pesez mal le problème. Je ne sais si vous vous faites l'avocat du diable, mais les choses exprimées ainsi sont incomplètes et intellectuellement malhonnêtes. »

Je donnai sur l'extérieur un rapide coup d'œil. La pluie avait cessé. Seul, le gargouillis des eaux fuyant encore dans les fossés se faisait entendre. Le ciel demeurait tout aussi noir... On avait l'impression que ce n'était qu'une pause.

« Oui, la concurrence avec l'Italie peut être admise,

si elle est loyale, si elle s'exprime sur un terrain commun. Qu'y a-t-il de commun entre le niveau social des paysans siciliens et nous ?... Qu'y a-t-il de commun entre les aides du gouvernement italien à ses producteurs et celles que le gouvernement français nous octroie ? La viticulture bénéficie en Italie de très nombreux investissements : fonciers, bâtiments, prêts à 3 % sur trente ans. Vous savez où nous en sommes ici : 4 à 6 % sur douze ou vingt ans. Les coûts de production sont du simple au double. Les transports sont à des tarifs imbattables. Il n'y a pas de cadastre viticole. Certes, on nous dit vouloir le leur imposer, faute de quoi on leur appliquera la clause de sauvegarde... Nous le verrons. On plante librement, on vinifie sans contrainte. Avec des blancs on fait des rouges, grâce aux anthocyanes*. La concurrence peut être admise si la monnaie est commune, si la réglementation et les contrôles sont identiques, si les mentalités sont proches. En fait, l'Italie a toutes les raisons de s'emparer du marché communautaire en imposant une politique de bas prix, de laxisme, laissant ses concurrents devant l'invasion d'un produit industriel, médiocre, mais à des conditions avantageuses. C'est la fin de la politique de qualité, me semble-t-il. Il est évidemment trop tôt pour parler, puisque nous sommes à la veille de la libération des échanges, mais j'ai très peur des lendemains communautaires. »

Je me tus, sentant l'exaltation s'emparer de moi. Ce que je n'avais pas voulu venait de m'arriver : cette femme m'avait entraîné dans une polémique apparemment vaine. Je perdais mon temps avec des gens que je ne connaissais pas et dont j'ignorais le but. Il fallait que je me reprenne. Cette fois, c'est avec calme que je la regardai. Les deux jeunes ne m'intéressaient plus. C'était elle mon adversaire ou mon interlocuteur réel, les autres avaient été le prétexte. Je repris : « Madame, vous savez qui je suis. J'ignore par contre qui vous êtes. Mlle Drouant a omis de nous présenter. »

Elle partit d'un franc éclat de rire, découvrant une dentition soignée, et répondit : « Je m'appelle Laure Ar-

* Anthocyanes : colorant extrait du raisin.

venec. Je suis Bretonne d'origine, j'enseigne la géographie, j'habite ce pays depuis deux ans. Cela vous convient-il ? J'ajoute que j'ai longtemps vécu à Paris, mes parents y étaient fonctionnaires. »

Claude Drouant crut utile d'ajouter : « Laure fait partie d'un cercle de recherche sur les mouvements ethniques. C'est là que nous avons fait connaissance. Il semble bien qu'elle vous ait tiré de vos retranchements. » J'eus envie de la gifler. Ce ton persifleur et impertinent m'agaçait.

Laure Arvenec reprit la conversation : « Il est curieux de constater comment les viticulteurs entendent régler leurs problèmes, hors de leur contexte historique et social. L'Etat, puis vous. Comme si vous pouviez effacer votre passé, votre particularisme ethnique, comme si vous n'étiez pas soumis aux jugements et aux décisions d'autrui. Enfin, c'est votre affaire. Nous autres, en Bretagne, savons de plus en plus que d'innombrables contraintes proviennent de notre implantation géographique et de notre économie régionale spécifique. »

J'observais ses yeux verts, pénétrants, incisifs. Ils étaient directs, francs, et s'accrochaient simplement à votre regard, le temps nécessaire, sans impudence et sans faiblesse. Je sentais que cette femme venait de me poser une question à laquelle il faudrait bien que je réponde en mon for intérieur. Elle venait d'élargir, non point mes réflexions, car le sujet n'était pas nouveau, mais le champ des engagements possibles. Sans s'en douter, elle agitait des idées qui couvaient en profondeur. Elle soufflait sur un feu de tourbe dont l'action invisible se poursuivrait à l'abri des regards. De plus en plus s'affirmait la précarité de notre situation d'agriculteurs méridionaux. Un lien existait-il entre les difficultés économiques que nous subissions et nos origines ethniques ?... Certes, des phrases toutes faites venaient à la pensée : les barons du Nord... Simon de Montfort... Toulouse... Queribus... Montségur... les Cathares... l'Inquisition... les dragonnades... l'écrasement des paysans cévenols... Toujours l'Etat, celui de tous les temps, monarchique ou républicain, avec son comportement restrictif à l'égard des méridionaux, des Sudistes. Brusquement, à la façon des animaux de sable surgissant de leur trou, ces pensées affluaient dans ma tête. Elles s'y promenaient désagréablement, gênant un certain confort intellectuel. Connaître à fond ses dossiers économiques est une chose. Aborder ceux-ci selon une nouvelle perception, en fonction d'éléments surajoutés provenant de notre hérédité raciale était bien différent. Je brusquai un peu les choses. Plus que jamais, je souhaitais les voir partir. J'avais envie de me plonger dans l'ambiance familiale. Je voulais bavarder avec mes voisins, savoir si l'orage avait fait du mal, si le terrain porterait bientôt, donner des consignes pour le travail du lendemain. Je voulais voir combien le pluviomètre avait enregistré de millimètres.

La voix de Claude Drouant me parvenait, comme tamisée, elle disait : « Eh bien, Monsieur Maffre, il est temps de partir. Nous avons abusé de votre temps. Merci pour les documents et vos explications. »

Laure Arvenec acquiesça et dit : « Je ne regrette pas d'être venue... je ne regrette pas... »

Seul le garçon ne fit aucune réflexion. Il se leva, me salua. Tous trois sortirent.

Au dehors, l'air sentait bon la terre mouillée.

# *Les vendanges de Pépé*

Les vendanges sont pour le vigneron la grande affaire.

Il les prévoit, s'y prépare avec soin, engage un certain nombre de dépenses, soit pour améliorer les conditions de la cueillette, soit pour faciliter le travail de la vinification et tenir compte des nouvelles techniques œnologiques. Les vendanges peuvent être précoces ou tardives, s'inscrire sous le signe de la chaleur ou celui néfaste, de la pluie. Elles peuvent être joyeuses, avec un personnel travailleur, amical, ou maussades. Elles se déroulent sans incidents notables ou se font au prix du sang. Elles marquent le temps, vous donnent brusquement un an de plus, fixent un certain nombre de décisions :

« Après les vendanges, on fera ceci, ou cela. Nous ne pourrons garder notre ouvrier, il faudra se débrouiller seul ». « On changera le tracteur, on achètera ce carré de vigne qui nous touche et que le voisin veut vendre... » Après les vendanges... après les vendanges : leitmotiv combien de fois répété, pénétrant votre intimité, engageant un certain nombre de choix. Exactement comme l'augmentation de salaire et de coefficient intervient pour un salarié.

Les vendanges fixent bien souvent la date du mariage des enfants, la réfection de la toiture ou de la cuisine. Lorsque septembre vient, nous prenons conscience des aspects variés ayant jalonné l'année écoulée : l'automne a été court, le feuillage rapidement meurtri par les premières gelées. Il a fallu mettre les servants à la cuve, ou bien l'été de la Saint-Martin a été prodigue en couleurs fantastiques de feuillages, allant du pourpre exacerbé et lumineux des cépages teinturiers aux pâleurs mordorées des autres variétés.

Et cet hiver, venteux, venu du nord, sans pluie, laissant prévoir la sécheresse, ou glacial, ou trop humide. Tout nous revient en tête, alors que l'on prépare le grand travail : de ce printemps trop tard venu, débutant avec la frayeur des gelées et finissant avec la crainte de la coulure. Ce printemps, en sa personnalité lugubre ou sereine, qui vous fait labourer ou pas, sulfater ou pas, dont le caractère singulier vous détermine et fixe vos choix. Et puis l'été qui vous épuise, avec ses journées de labeur infinies. L'été dont on prévoit les caprices redoutables ou les gestes amicaux, toujours venus du ciel et de ses fantaisies. L'orage de juillet ou du 15 août que l'on attend, car il détermine la récolte, en bien ou en mal. Toujours cette soumission, faisant de vous un homme à part, vous subjuguant.

Lorsque le Parisien dit : il pleut, il fait chaud, il fait froid, il exprime un état de faits qui lui plaît ou qui l'ennuie. Lorsque nous disons ces mêmes mots, ils impliquent toute une série d'incidences plus ou moins favorables ou fâcheuses et déterminent notre joie ou notre angoisse, au-delà de toute expression. C'est parce qu'il pleut ou qu'il vente, ou qu'il neige, que s'inscrit notre revenu, que nous ferons les frais, aurons de maigres bénéfices ou perdrons de l'argent. Le temps de l'année que ferment les vendanges apparaît, dès lors, comme un maître vénéré ou détestable, dont on considère le comportement avec anxiété. Parmi les gens pouvant sentir ces choses comme nous-mêmes, il y a les pêcheurs en mer.

Pour la première fois, en cette année 70, mes vieilles comportes* de bois seront inutiles. Deux bennes vont les remplacer.

* Comportes : récipients de bois d'environ 90 litres servant à transporter le raisin.

Ces vieilles compagnes que j'utilise depuis trente ans ont leur histoire : les plus grandes viennent de Marseillan, car dans les terres littorales, les propriétaires « entraient » la vendange des ouvriers ou des commerçants à forfait et se faisaient payer le transport « à la comporte ». D'où l'exigence de leurs clients d'avoir des cornues de 110 litres. Les autres avaient été achetées à la foire de Saint-André ou de Paulhan. Avec tristesse, nous les avions tout de même lavées, recerclées, peintes. Nous avions vérifié soigneusement l'état des cornalières, changeant celles qui n'allaient pas. Chaque semaillé * avait été vérifié avec soin, pour juger de sa flexibilité, du bon état des clous de maréchal empêchant les comportes de glisser. Elles étaient alignées, dessus-dessous, en pyramide et nous les aspergions comme à l'accoutumée pour les rendre parfaitement étanches. Nous faisions ces travaux par habitude, en prévision d'une panne des bennes. Une sorte de méfiance était en moi, contre l'excès de mécanisation qu'impliquait la modernisation de la cueillette.

Un sémaillé qui casse, une comporte que l'on défonce sont des incidents sans conséquences : on les remplace aussitôt. Mais une benne en panne, c'est tout le mécanisme enrayé, la colle bloquée, les bras croisés, la récolte suspendue, alors peut-être que ça presse...

C'est pourquoi j'accorde ce rôle secondaire à mes vieilles cornues, un peu comme l'on donne de menues tâches aux vieillards par souci d'illusion et de dignité.

Le personnel est aligné. Je viens de donner le signal du travail. Le chef d'équipe a battu des mains : « Cal commençar, enfants. »

Les sécateurs attaquent les grappes, ils en mordent méchamment les pédoncules et des mains rapides les saisissent et les jettent avec indifférence dans les seaux. Assis sur le siège du tracteur, je regarde tous ces dos ployés, ces mouvements de tout le corps pour écarter le feuillage, éclairer la souche et couper les fruits. Rapidement, je me fais une première idée de la colle : la vieille Josépha faiblit d'année en année, mais sa

* Semaillé : perche servant au transport des comportes.

famille est là, qui l'entoure, fait une partie de sa tâche, surveille les dimanches (on appelle dimanche l'emplacement d'une souche, d'un plant, d'une greffe). Chacun jauge sa rangée, en apprécie la récolte et se satisfait intérieurement à l'aspect des manquants. Les filles de Pépé ont grandi. Les trois aînées sont devenues de vraies jeunes filles. Je ne les revois pratiquement qu'aux vendanges. Elles sont au collège, dans des centres de formation, que sais-je. Pépé a sept enfants, dont six filles. Toutes vendangent cette année, sous l'œil vigilant du père qui conduit le second tracteur. Pépé est un ouvrier sûr, depuis vingt ans chez moi. Il a fait construire une belle maison, s'est acheté du terrain : trois hectares de raisins de table qu'il fait venir après la journée et qu'il conditionne avec tous les siens. Il a une voiture neuve, bien entendu familiale. Entre ses allocations, ses vignes et son salaire, il est à son aise. Chez lui, il y a le central, un ménager somptueux, tout le confort souhaitable. Il est venu d'Espagne, voilà seulement vingt-cinq ans. En bavardant à la vigne, j'ai appris bribe par bribe toute son histoire :

Né à Murcia, dans une famille de neuf enfants, il a été mis au travail à l'âge de douze ans. Pendant la guerre, sur une vieille bicyclette, il faisait le colporteur, transportant des produits agricoles qu'il vendait un peu au marché noir. Ainsi, il parcourait toutes les routes poudreuses et cahoteuses de sa province, gagnait durement sa vie, évitant les guardia civils et usant ses jambes d'enfant sur les pédales.

L'école, il n'en était pas question, alors.

Il n'a qu'une vague idée de la guerre d'Espagne. Il n'aime pas les curés, pas plus que la bourgeoisie, mais s'il n'a jamais pris le chemin de l'église, il thésaurise, arrondit son petit patrimoine, a le sens de la respectabilité, du qu'en dira-t-on. Il déteste les maladroits, les incapables. La vie lui a appris à s'occuper d'abord des siens. Les autres, eh bien les autres : ce sont les autres. On s'intéresse à leurs petites histoires, à leurs déboires, à leurs réussites, un point c'est tout.

« Allons, là-bas, Jesus, dépêche-toi, tu gardes les chèvres. »

Le gosse me regarde, fait une grimace — nous sommes très copains — puis il replonge dans sa rangée. Je sais qu'il finira bien avant les autres et ira dans les haies rôder à la recherche d'on ne sait trop quoi.

Le vieil Esteban commence à fredonner une chanson flamenca.

Justa se chamaille avec Serafina.

La fille d'Anton, Joséphine, se fait jolie. Elle regarde avec insistance le jeune Juan dont le rôle est de vider les seaux.

La benne se remplit rapidement. Les paniers se vident régulièrement. On devrait avoir coupé quatre tonnes avant le petit déjeuner.

Le soleil se fait plus chaud, certains commencent à réclamer les plongeons de terre où l'eau demeure fraîche.

Je tâche de saisir les conversations, qui se font en espagnol : le débit ultra-rapide de celles-ci ne me permet que d'en saisir de maigres passages. On parle du pays, des prix du bacalaou, del jamon, de la carne...

Quelqu'un de mes amis me dit un jour : « Les Espagnols, lorsqu'ils travaillent à la vigne, ont toujours l'air de se chamailler. »

Cette réflexion m'a toujours amusé, elle est partiellement vraie, car ce sont des êtres passionnés, absolus, défendant la plus petite idée avec violence. Mais ils sont merveilleux dans leur fierté et dans leur courage.

Nous coiffons la benne. Pépé me dit : « Pesa mucho : au moins 2 tonnes et demi. »

Puis il avance son tracteur et je pars.

Après la chaleur de la vigne, les bruits des discussions, j'arrive à la cave où le silence règne. Seul, le chuintement d'une lance à eau se fait entendre à l'intérieur d'un foudre. Je passe ma tête dans la trappe du foudre et je vois le maître de chais, Pierre Canu, qui brosse avec un balai cantonnier les parois de celui-ci.

« Bonjour, Pierre », dis-je. Ma voix résonne démesurément, le foudre la transforme et l'amplifie. « Bonjour, Pierre, ça va ? »

L'homme grogne une vague réponse que je ne saisis pas. Je le regarde quelques instants. Il est renfermé, tenace, travailleur, mais parle peu. Avec les autres ouvriers, il n'échange que de rares propos, exige beaucoup d'eux, comme de moi-même. Il fait partie de la vieille école, demande rarement, mais lorsqu'il le fait, il exige. C'est un ouvrier remarquable, menant sa besogne avec célérité, un peu brusque, toujours ronchonnant. Il a son franc-parler avec le patron et le traite rondement. Mais lorsqu'il ne travaille pas, le sourire fleurit soudain sur son rude visage, il devient aimable, s'humanise, bavarde de tout et de rien. Chaque chose en son temps, telle est sa mentalité profonde. Au travail, on ne plaisante pas. On y consacre toutes ses facultés physiques et mentales. On n'a que faire de bavardages et de manières policées.

Je m'en vais vider la benne, puis je repars à la vigne. Lorsque j'y parviens, Pépé finit de charger à la fourche. Je le remplace.

Ainsi s'établit le monotone jeu de navette du charroi.

« Patron, tu nous apporteras de l'eau », me dit quelqu'un.

J'avance selon le mouvement de la colle.

« Allons, Salvadora, fais attention aux grains. »

La gosse, environ quinze ans, me regarde avec ses immenses yeux bleus. Elle a un geste de la main, comme pour dire zut. Ses sœurs se penchent machinalement sous leurs souches pour voir le sol et ramassent quelques grains.

Ah, ces vendanges d'autrefois, avec les gens du pays, quelle différence... Chaque coupeur savait parfaitement placer le seau sous la végétation afin de recueillir les moindres déchets de grappes. La terre, après leur passage, restait propre, sans la moindre baie. Les paniers n'avaient aucune feuille mélangée aux fruits. Une sorte de dignité présidait au travail.

Aujourd'hui, les choses ont bien changé. Il faut respecter un certain rythme, on n'est plus regardant. Pour la forme, de temps à autre, on donne un coup de gueule... personne n'y attache d'importance.

« Les feuilles, attention. Toi, là-bas, fais attention, on va te faire la moustache.

— Allons, Isabelle, grouille-toi un peu. »

Deux banastous se chamaillent dans les pointes pour vider les seaux.

Je crie un peu, puis je ris. Il faut doser ses réflexions, en mesurer la portée.

L'heure du déjeuner survient. Chacun s'échappe vers les musettes ou les paniers. Je m'assieds parmi eux. Ah, ces odeurs inénarrables venues d'Espagne, les chorizos, les harengs fumés, la morue, la tomate à demi verte, le thon à l'huile et les sardines à la tomate, je les ai toujours dans le nez, sous les yeux. Les vendanges ne peuvent s'imaginer sans tous les gestes simples des gens qui mangent des choses simples.

Finie la pause. On repart. Il fait plus chaud, le ton des conversations monte.

Quelqu'un me dit : « Tu en feras des sous, cette année, patron, il y a beaucoup de raisins. »

Que puis-je dire de notre vérité économique ? Ils ne peuvent en saisir la gravité. Pour ces pauvres gens du sud espagnol, je suis riche, j'ai une belle habitation, une auto rapide, j'ai de la terre, beaucoup de vignes. Je possède...

Je me contente de répondre : « Cosé, la vigne ne paie plus... »

Je sens ma réponse pitoyable, elle ne peut passer la rampe. Cosé doit penser : « Oh, les patrons, toujours ils se plaignent. »

Ou encore : « Si j'avais le dixième de ce qu'il a... j'en ferais, des choses... »

Il s'imagine que j'ai un compte en banque rebondi. Ah, s'il savait que j'ai dû faire un warrant sur récolte pendante, afin de leur payer les vendanges... s'il savait nos soucis, notre peur du lendemain.

Mais nous comprendraient-ils ? Ils auraient en eux cette conviction de ce qu'ils pourraient réaliser : pour avoir de la terre, ils accepteraient de vivre avec un oignon, un plat de patates et un kilo de pain.

La terre est pour ceux qui n'en ont jamais eu, un sujet de jalousie, d'envie, de rêve. Elle contient une telle puissance d'évocation mythique, elle est si parfaitement soudée à l'homme dont elle récupérera la dépouille tôt ou tard, que sa possession semble revêtir une puissance libératoire et magique. Qu'elle soit une maîtresse intransigeante et coûteuse n'apparaît absolument pas possible.

Elle est, aux yeux de beaucoup, un capital sûr, intouchable, une valeur refuge. Une possession absolue.

On oublie qu'elle est d'abord un outil de travail et que certains se sont chargés d'en distribuer les fruits, au détriment de ceux qui les produisent.

Joséphine fait toujours des yeux langoureux à son videur de seaux.

Je vois sa mère lui jeter un regard sombre. En Espagne, on ne plaisante pas sur ce genre de choses. Le laisser-aller français n'est pas admis.

« Dis, patron, tu nous préviendras, quand nous irons à Saint-André. »

Chaque année, c'est le même refrain... je ne sais pas très bien pourquoi ils tiennent tant à aller à Saint-André : la journée est plus longue, il faut partir de bon matin et rentrer tard, le soir... Mais ils s'imaginent y faire de bonnes affaires parce qu'il y a plus de commerce...

Midi arrive... Chacun se précipite vers le camion qui les convoie. Ils rient et chantent.

« Yo tengo una muñeca », hurle le vieux Manuel.

Je jette un coup d'œil sur la partie vendangée : c'est tout à la fois triste et rassurant. Les ceps se redressent, mais semblent quelque peu déplumés. La souche, brusquement libérée du poids des raisins, a déjà pris son visage automnal.

Derrière le tracteur, la benne cahote sur le chemin de service. De temps à autre, je tourne la tête vers le lourd voyage de carignans.

Je songe à mon père, non loin de là, allongé dans le cimetière. Mon esprit vagabonde. Le travail que je fais est mécanique, impersonnel. Il sauvegarde le temps des souvenirs. Une vendange vous fait refaire le chemin du passé.

Je parcours celui-ci, en le remontant...

Je me sens terriblement seul, terriblement responsable. Tous ces engrenages qui doivent tourner, c'est moi qui dois les surveiller, les huiler, éviter les pannes. Ces engrenages sont faits d'hommes, de leur volonté, de leur fatigue. De matériel dont chacun détermine la marche générale. Je n'ai pas le droit de faire d'erreurs. Je dois prévoir la direction qui a trop de jeu, le crochet d'attelage défaillant, la pompe à vin dont les clapets sont bloqués. Je dois prévoir les assemblages, le temps des décuvages, le moment des cueillettes. Prévoir sans trêve, afin que tout se déroule sans anicroche.

Je ne pense pas à l'argent que représente chaque benne vendangée, pas plus qu'à l'argent nécessaire pour l'année qui vient. Je pense à ma responsabilité, à mon métier... Je pense à Dieu... Je pense aux miens... Je pense à la peine des hommes... Je suis seul... si seul...

Le jour est bien loin de poindre. Déjà la cave est ouverte. Nous sommes cinq, nous allons décuver... Le ventilateur passe sur le marc et projette un air saturé de gaz carbonique et d'arômes alcooliques, par la trappe basse.

Je donne à chacun des ordres précis.

André et Pierre se préparent à descendre dans la cuve par l'étroite échelle. « Le balai, la pelle. Arrêtez le ventilo ; c'est bon. »

Durant ce temps, je vérifie la bonne marche de la sauterelle, ce tablier mécanique conduisant le marc au pressoir continu.

Je fais tourner celui-ci à vide quelques instants.

« Mettez le ventilo », crie Pierre en s'approchant de la trappe.

Le travail commence, un vin épais, lourd, vineux, sort des manches et va dans les conquets.

Ce vin de presse devra être logé à part. En aucun cas, il ne devra être mélangé aux vins fins, dits de coule. Il faudra le coller, mais son astringence demeurera. Il est destiné aux prestations d'alcool vinique. Mais un commerce avide de profits, douteux, le recherche comme réducteur de prix et en fonction de ses éléments colorants et tanniques.

Tandis que je surveille le pressoir dont la vis sans fin absorbe le marc, et que je fais jouer la pompe, je ne puis m'empêcher de penser à l'incohérence des réglementations communautaires.

Je me les imagine telles que je les souhaiterais : sans discrimination. Une même loi sur les enrichissements, reposant sur le sucre de raisin et non sur le saccharose. Des prestations viniques semblables pour chaque catégorie de vin. Pour quelles raisons les grandes appellations voient-elles leurs prestations inférieures à celles des vins de table ?

Un contrôle strict permettant d'éviter les manipulations frauduleuses. Le contrôle strict des plantations, des arrachages. La nationalisation de la commercialisation par un office. La suppression des margoulins, des trafiquants. Une Italie respectueuse des règlements. Mais je rêve... Ces choses si simples, si logiques, sont ridicules. D'abord, on nous dira qu'elles ne sont pas applicables, que l'Allemagne doit pouvoir chaptaliser à 4 et 5 °C de plus que le degré naturel, que l'Italie a droit de procéder à diverses alchimies transformant ses blancs en rouges, que si l'on a découpé le vignoble français en plusieurs zones où les enrichissements sont différents, c'est parce qu'il faut bien compenser à certains le manque de soleil, etc.

La cave est imprégnée de vapeurs alcooliques, j'ai la tête un peu lourde. Le bruit de la brouette servant à charrier le marc me parvient assourdi. J'arrête quelques instants le continu et la pompe. Je demande à André si tout va bien. Il sourit largement. Pierre tape avec la fourche les tôles de la sauterelle. Il est impatient d'en finir. Je remets tout en marche, le bruit recommence. La cuve se remet à saigner, les hommes à travailler. Le portail ouvert laisse pénétrer un air froid. L'horizon s'éclaire lentement. Le temps s'écoule, chacun en sa besogne, chacun en sa pensée. Tout à l'heure, nous devrons rejoindre notre tâche, qui aux tracteurs, qui dans la vigne. Le travail de la cave se fait hors du temps de la vendange, ou tôt ou tard le soir.

Les jours de décuvage, chacun de nous est sur pied onze heures durant.

# *Le défilé : Pisani, Faure, Boulin, Duhamel, Cointat*

Au manège des chevaux de bois, ceux-ci tournent toujours sur place : ils ont l'air fier sous leurs peintures chatoyantes, la tête relevée, pattes toujours en l'air, prêts à bondir, mais sans jamais le faire.

C'est ce que j'ai ressenti, le 7 janvier 1971, en apprenant la nomination de Michel Cointat comme ministre de l'Agriculture.

Nous avions eu précédemment : E. Pisani, E. Faure, Boulin, Duhamel. Chacun d'eux avait attaché son nom et son prestige à une certaine politique agricole.

Pisani, l'homme des structures, des grands projets. L'idole des jeunes agriculteurs et de leurs directeurs. Pisani, dont les grandes idées avaient le prestige d'un feu d'artifice montant très haut dans le ciel, épandant mille étoiles brillantes, puis disparaissant dans le noir, sans rien laisser, sinon un éblouissement et un mirage ; portier de tous les paradis perdus d'une agriculture organisée. Au surplus, homme intelligent, ayant le sens des grandes choses, un peu rêveur. Physiquement très impressionnant.

Je vois toujours son arrivée rue de Varenne, dans la salle de réunion, qu'il est convenu d'appeler la salle à manger. Il avait été retardé, on ne sait trop pourquoi ! Ou bien avait-il décidé de faire son entrée avec un style particulier, pour marquer l'esprit particulier de l'entretien !

Il entre, grand, carré, souple, avec une barbe tirée

à quatre épingles. Il s'arrête quelques instants devant une glace, vérifie sa coiffure et s'examine attentivement, puis vient s'asseoir et ouvre le débat.

Edgar Faure devait le remplacer. Physiquement, il est ce que n'était pas son prédécesseur : plutôt petit et rond de tête. Il faisait irrésistiblement penser à un bonze dont il a les yeux fendus et la virginité crânienne, à l'exception toutefois de la queue chevelue dont les prêtres bouddhistes se parent.

Faure était de chez nous, aussi savait-il comment nous aborder. Il avait le génie du radical-socialisme !

Il se voulait accessible, plaisantait souvent, toujours avec quelques histoires pittoresques. Il avait horreur des grandes politiques faisant long feu. Il préférait s'en tenir à une action ponctuelle, qui apportait des résultats immédiats.

Tout convergeait, en lui, vers un but concret. Il donnait sans trop donner, avec roublardise, à la façon astucieuse d'un voyageur de commerce. Incontestablement, il nous aimait bien, ce qui ne veut pas dire qu'il nous accordait tout.

Ce fut le ministre de la complémentarité quantitative, ce qui, théoriquement, signifiait que les vins algériens ne pourraient pénétrer sur notre marché que dans la mesure où leur volume serait nécessaire pour assurer l'approvisionnement correct de celui-ci. C'était habile, un peu ficelard. Mais c'était bien joué, car d'une part il apportait une réponse de principe à nos revendications essentielles, et d'autre part il se réservait une marge de manœuvre suffisante pour donner satisfaction au général de Gaulle et au ministre des Affaires étrangères.

Son léger zézaiement lui conférait une force de bonhomie facilitant à l'extrême le sens aigu qu'il avait des hommes et du jeu politique. Autant ses jambes paraissaient courtes, autant sa lucidité était grande.

Pisani se voulait gaullien, ou était gaullien. Edgar Faure, lui, se balançait avec grâce sur l'escarpolette, dont le mouvement pendulaire le situait tantôt sous la troisième République, tantôt sous la quatrième et la suivante...

Boulin fut un ministre éclair, qui n'eut pas le temps d'aborder sa politique, mais qui dora son blason auprès de certains des nôtres en octroyant ce que l'on appela les fonds Boulin. L'Etat donna de l'argent pour encourager les vins délimités de qualité supérieure, ce qui en soi était une excellente chose, mais ne réglait rien sur le fond.

Duhamel m'a laissé le souvenir d'un homme physiquement atteint, d'une large disponibilité d'esprit, cherchant à écouter, mais emprisonné — pour ne pas dire empêtré — dans le système.

Ces quatre ministres n'étaient pas sans compétences. Ils avaient sans doute le désir de faire quelque chose, et très honnêtement ils firent quelque chose. Mais ils restèrent prisonniers des contradictions de la politique libérale.

Le viticulteur modeste les voyait défiler, sans que rien d'important ne change.

La politique viticole demeurait soumise à la politique étrangère de la France. Pour maintenir des rapports privilégiés avec le Maghreb, on tournait hypocritement la notion de complémentarité quantitative, comme l'on tournerait par la suite, celle de préférence communautaire, comme l'on renierait l'esprit du traité de Rome. Déjà se profilait une certaine attitude exaspérante demandant aux responsables professionnels d'entériner la suprématie d'intérêts politiques, sur l'avenir économique d'un grand secteur agricole, affectant tout particulièrement le Midi.

Cependant, jusqu'en 71, les choses apparurent plus clairement que par la suite. L'Algérie était indépendante, le Marché commun n'avait pas démarré.

Aussi agissait-on avec moins de cynisme, mais tout autant de perfidie.

Déjà se préfaçaient des exigences et des choix politiques, allant à l'encontre de notre développement et de notre sécurité.

Michel Cointat inaugurait son poste avec une certaine faveur de l'opinion agricole. En premier lieu, il était du métier, c'était un agronome. Ensuite il avait été directeur de cabinet d'un de ses prédécesseurs, rue de

Varenne. En ce début d'année, à peine les serpentins étaient-ils enlevés des arbres de Noël parisiens, qu'il allait se voir affronté au problème viticole.

Celui-ci était de plus en plus l'écharde plantée au talon de tout ministre de l'Agriculture, parce qu'on se refusait à prendre des mesures radicales et que les mêmes causes produisant les mêmes effets, nous nous retrouvions régulièrement affrontés aux mêmes dilemmes : importations abusives venues du Maghreb, refus de faire jouer les clauses de sauvegarde, échanges communautaires puisque nous nous trouvions engagés, sans espoir apparent de retour, dans le Marché commun.

Dès le 21 janvier, le Midi barrait les routes et les voies ferrées, rendant toute circulation hypothétique. Une fois de plus, la peur des abandons, jointe au niveau très bas des cours des vins, nous poussait à l'action.

Comme une mer déchaînée venant battre les mêmes rochers, le peuple vigneron, auquel se joignirent les arboriculteurs et les maraîchers, se rebella contre les responsables de ses difficultés.

Il retrouvait ses vieux ennemis traditionnels : un commerce spéculateur, avide de profits, l'argent tout-puissant, la faiblesse de l'Etat ou sa duplicité, les intérêts divergents entre vignerons.

Duhamel pourtant s'était engagé. Il nous avait donné sa parole d'homme qu'il n'accepterait pas une chute des cours et que les prix seraient stabilisés. Or, la baisse était inévitable. De septembre à fin novembre 1970, nous avions reçu 1 347 641 hectolitres d'Algérie et d'Italie. Une fois de plus, la France était livrée par ses gouvernants aux flots des vins importés de l'étranger.

M. Chaban-Delmas, Premier ministre, nous avait pourtant promis de faire jouer les clauses de sauvegarde, la garantie de bonne fin, les contrats de stockage à long terme, mais rien ne vint, sinon des broutilles obtenues avec difficulté. Ces demi-mesures, pareilles à des aumônes, blessèrent les viticulteurs dans leur dignité.

Alors, le processus irréversible se déclencha. Le

Comité régional d'action viticole appela à l'action. Les manifestations se succédèrent à un rythme rapproché.

Le 5 février, des dizaines de milliers de vignerons répondent à l'appel de leurs organisations. Chaque cave coopérative a envoyé son car bourré de manifestants. D'autres s'entassent dans des voitures...

# *1971 : le choix européen*
# *La fièvre du Midi*

Je suis à Montpellier. Le temps est beau. L'accès de la ville est pratiquement coupé.

Trente mille personnes se rassemblent progressivement sur l'Esplanade. Le cortège se forme en direction de la préfecture. Au-devant, les drapeaux tricolores de nos villages, portés par les gardes champêtres. Le tout est pacifique, mais les discussions sont vives, et je sens la tension monter.

La foule s'impatiente. Nous sommes pris entre elle et les grilles de la préfecture. Puis, par poussées successives, nous nous sentons bousculés sur celles-ci. Les grilles sautent sous l'assaut. Elus, viticulteurs responsables, porte-drapeaux, subissent le poids d'une masse déchaînée. Des détachement de C.R.S. interviennent et chargent durement les gardes champêtres. Ceux-ci, furieux, se défendent avec les hampes et les pointes de leurs drapeaux. Sénateurs et députés s'interposent. Nous voyons voler des pierres au-dessus de nos têtes. Quelqu'un me dit : « Nous allons nous faire démolir par les nôtres. »

Les C.R.S., surpris par la vigueur de nos porte-drapeaux et des premiers rangs de manifestants, reviennent quelques instants sur leur position de départ. Puis ils repartent et matraquent sans pitié. Le sang coule sur certains visages. A côté de moi, un petit homme, vêtu de kaki, saigne abondamment. Il a reçu un coup de crosse qui lui a ouvert le front. Il s'essuie rageusement du revers de la main : « Ah, les salauds, les salauds », ne cesse-t-il de répéter.

Nous ne pouvons rien faire pour lui. Nous-mêmes avons le plus grand mal à esquiver les divers projectiles qu'envoient les manifestants.

Sous les charges du service d'ordre, la place est dégagée. Nous restons prisonniers dans la cour de la préfecture. Entre les vignerons et nous, les C.R.S. ont pris position. Raoul Bayou, député socialiste, suivi des sénateurs et des autres députés présents, essaie de parlementer. Finalement, le préfet accepte de recevoir l'ensemble des élus : toujours les mêmes promesses, toujours le : « Demain on rase pour rien. »

Nous rendons compte de l'entrevue. Puis la foule se disperse lentement, comme à regret.

Nous apprenons que de dures échauffourées ont eu lieu à Nîmes, faisant une cinquantaine de blessés, ainsi qu'à Carcassonne où de brefs, mais vifs affrontements ont opposé les viticulteurs aux gardes mobiles.

La colère des « Jacous » éclate au grand jour. Dans tout le Midi, l'action s'étend et de nombreux barrages de voie ferrée s'établissent.

Le Paris-Vintimille, le Mistral, le rapide Nice-Marseille, Pau-Nice, sont contraints de stopper.

Une fois de plus, l'Etat, bien protégé par ses prétoriens, laisse se déverser le trop-plein de nos rancœurs vers d'innocentes victimes. Le coup est double : dresser l'opinion contre nous, laisser le temps du défoulement jouer comme une sorte de soupape de sécurité.

Mais les choses vont s'aggraver : treize jours après, c'est la grande manifestation de Béziers.

Durant cette terrible année 71, j'étais le porte-parole du Comité régional d'action viticole. Cette fonction pesait sur moi comme une chape de plomb, mais en même temps elle renforçait mes convictions.

Je ne cessais d'entendre mes camarades s'insurger contre la politique incohérente que nous subissions. Je voyais les cours se traîner lamentablement, je sentais monter irrésistiblement la colère.

Une nouvelle fois, la marche étroite d'un responsable m'apparaissait. En exposant les dossiers tels quels, il ne peut qu'exciter les rancœurs. D'autre part, il lui est moralement impossible, en fonction de son engagement syndical, d'éluder, de biaiser, de farder. Dès lors, par le jeu même de ses mandats, il ne peut que jeter involontairement dans les esprits des brandons de révolte.

La politique poursuivie ne lui laisse pas le choix : ou il s'enlise dans une négociation trompeuse, ou il réagit. Il n'y a pas d'échappatoire possible.

Certains, carrés dans leurs fauteuils, confortablement rémunérés, n'ont jamais compris les responsables syndicaux. Ils disent : « Ce sont des trublions, des ambitieux... Ils veulent faire de la politique... Ils cherchent un os... »

Dieu, que tout cela est facile, mensonger. Enfermés dans leur égoïsme, ils ne perçoivent pas les souffrances des autres. Ils n'ont jamais entendu cet appel profond venu en vous, qui vous étreint et vous pousse irrésistiblement à parler pour ceux qui ne peuvent ou ne veulent le faire. Ces médiocres ne connaîtront jamais les regards de ceux qui interrogent, espèrent ou se désespèrent. De ceux attendant que l'on exprime leur détresse, leur noblesse, leur abandon, leur dignité, leur colère et leurs revendications.

Les médiocres ne croient jamais aux vertus généreuses. Ils salissent tout de leur mesquinerie, de leurs vomissures. Parce qu'ils sont pleutres, ils nient le courage...

Parce qu'ils sont fermés à toute évolution, à tous sacrifices matériels et sociaux, ils bavent sur ceux qui, malgré leur pauvreté d'hommes, ressentent l'appel du groupe, des plus faibles, des silencieux, des laissés pour compte d'une société répugnante.

Le 18 février devait montrer le niveau de l'exaspération de l'ensemble du Midi. Béziers vit affluer commerçants, artisans, arboriculteurs, maraîchers, vignerons.

Depuis le matin, je me sens écrasé par ma tâche. C'est moi qui devrai parler au nom de tous les agriculteurs du Midi, sur la place de la Citadelle. Les signes caractéristiques de l'angoisse m'envahissent : ma bouche se dessèche, il me faut boire à chaque instant. Mon rythme cardiaque s'accélère. Ma tête se vide. Une sorte de silence intérieur s'établit. Je sens les gens s'éloigner de moi. Une fois de plus, la solitude devient ma résidence.

J'entends mes camarades faire un certain nombre d'observations :

« N'oublie pas de dire que Chaban avait promis la clause, n'oublie pas les chiffres des importations », etc.

J'entends à peine leurs remarques. Je n'ai plus besoin de leur avis. Le peuple vigneron occupe toute la place, en mon cerveau, en mon cœur, en mes tripes. Il est là, amical, exigeant, confiant. Il me suggérera les mots et les attitudes. Je devrai le protéger de lui-même, car l'excès de malheur l'incite aux actes extrêmes, parfois insensés !

Je suis sa chose. Hors de lui tout devient vain...

Ah, ces masses venues sans fin des trois portes de la ville, de l'est, de l'ouest, du sud ! Elles arrivent comme des fleuves énormes, dont on verrait le mouvement au ralenti.

Devant moi, par l'avenue Saint-Saëns, monte une masse noire, prenant toute la largeur de la rue. Les trottoirs sont couverts de ses drapeaux, de ses pancartes : « La goutte du vin algérien fait déborder le vase », « non à la drogue, oui au vin. » Alors que la foule s'avance avec la régularité d'un métronome, je me souviens de cette phrase extraordinaire, inventée par nos pères en 1907, et inscrite sur la bannière d'un petit village voisin du mien : Nizas. En occitan, Nizas veut dire nicher. Aussi les vignerons de ce village avaient-ils trouvé la formule suivante : « Nizas, dises nizas couci voles niza quand poden pas nourri la nizado. » « Nizas, vous dites nichez, comment voulez-vous nicher quand nous ne pouvons pas nourrir la nichée. »

A perte de vue vient cette foule silencieuse. Maintenant, de l'est, arrivent les gens du Var, du Vaucluse, des Bouches-du-Rhône, de l'Ardèche, du Gard. Ils débouchent de l'avenue de Montpellier. De l'ouest, ce sont les gens des Pyrénées-Orientales, de l'Aude, du Minervois...

Trois têtes gigantesques se dirigent vers la statue

de Paul Riquet. Béziers, silencieusement, toutes fenêtres ouvertes, regarde venir le peuple occitan, implanté en son droit de vivre.

C'est à la fois l'image d'un triomphe et une vision de cauchemar. Autour de moi, les responsables agricoles et les élus sont muets, subjugués devant cette inondation de chairs et d'esprits humains.

Un silence énorme, puis le frottement fantastique des dizaines de milliers de pas sur l'asphalte et le pavé.

Une sorte de froid glacial me vient dans le dos. J'ai de plus en plus l'impression de l'écrasante responsabilité de ma tâche.

Pendant plus d'une heure, ces trois colonnes investissent les allées, viennent battre contre la tribune. Là-bas, perdue dans la foule, le visage anxieux, émacié, j'aperçois ma femme. Je me sens encore plus seul, comme si nous étions séparés dans l'horreur d'un rêve monstrueux. J'ai l'impression que tout s'évanouit autour de moi. Il y a ce tapis humain, à l'infini, surmonté de panneaux hurlant sa détresse, mes camarades formant bloc sur l'estrade, les élus massés autour de nous, et puis Geneviève, toute seule, toute fragile, image subtile de tout ce que j'aime, ma famille, mon milieu de vie.

Les haut-parleurs diffusent à l'infini une musique martiale.

Gauch me dit : « Emmanuel, je tiens la bouteille d'eau. »

Il a cette délicatesse qui touche. Courret et Emilien Soulié m'encadrent. Guizard, Lloansi, Carles, Benet et tous les autres forment un bloc. Nous nous sentons extraordinairement solidaires. Le peuple assemblé tout autour de nous dispose de nous. Nous en sentons l'immense attente.

Une sorte de recueillement quasi-religieux s'établit quelques instants. Puis je me sens projeté à l'avant de la tribune.

La foule m'avale des yeux. Dieu, que je suis seul...

Je parle, je dis ce qui me vient. J'ai bien un texte écrit, préparé avec soin, ayant recueilli l'approbation de l'équipe et procédant à une analyse exhaustive de la situation, mais d'abord, je veux m'adresser aux Biterrois, à ceux de ce pays martyrisé par Simon de Montfort... Je parle, comme cela vient. Je sens le contact s'établir entre eux et moi. La foule se disloque psychologiquement à mes yeux. Je m'adresse à chacune de ses particules, non plus à son unité, mais à sa diversité. Je dois atteindre chaque cœur, chaque esprit individuellement. Il faut qu'ils comprennent...

Je parle... Puis, il y a cette folle exaltation, venant tisser autour de moi une toile d'amitié.

J'ai terminé. J'ai fait ce que je devais faire.

La partie la plus lourde demeure : canaliser cette masse en fusion, éviter ses excès et ses débordements. Béziers ne peut être le témoin sacrifié de sa fureur.

Mes amis du Comité d'action donnent des consignes précises et fermes. Nous devons défiler en ville et nous rendre sur la voie ferrée, près de Fonserane.

Les manifestants ne comprennent d'abord pas. La plupart suivent les consignes reçues, mais déjà une partie s'irrite : « Pas de promenade », disent-ils... Ils veulent en découdre. Leurs esprits débordent de colère trop longtemps contenue.

Il y a des accrochages sporadiques, provoquant l'intervention sèche et rapide des forces de police.

Sur les voies ferrées, un certain nombre de déprédations ont lieu.

La plupart des viticulteurs, pénétrés de dignité, ne veulent pas gâcher le succès de leur manifestation. Néanmoins, je suis inquiet. Il y a encore beaucoup à faire. L'avertissement a été sérieux.

Mais faute de remède, les Pouvoirs Publics ne vont-ils pas chercher à briser notre unité ?

Les jours suivants s'écoulent sans apporter de changements notables dans l'attitude du gouvernement. Les cent mille personnes de Béziers ont fait peur : le resserrement de tout un peuple autour de sa raison de vivre apparaît comme une dangereuse nouveauté susceptible de troubler la quiétude des groupes affairistes, des lobbies. Elle met également en cause le droit pour le gouvernement de sacrifier certains secteurs de l'agriculture à la raison d'Etat.

Béziers fait prendre conscience de l'ampleur du

mécontentement dans le Midi. Mais Béziers, au lieu de provoquer de saines réflexions, va unir les intérêts sordides, les basses manœuvres. A aucun prix, ils ne veulent revoir ça : ce pourrait être le glas du système. Il faut les casser par tous les moyens, les user, rechercher toutes les alliances possibles. L'opinion devra être travaillée à leur encontre. De grosses araignées noires tissent leur toile pour y enserrer la viticulture.

M. Cointat doit faire face comme il le peut aux difficultés qui l'assaillent : avec une récolte 70 de 74 300 000 hectolitres, sa marge de manœuvre est étroite, dès lors que l'on ne veut pas stopper les importations. Une série de palliatifs nous est proposée : subventions à l'exportation, promesse d'une garantie de bonne fin au niveau national, assurance que l'Etat prendra des mesures pour soutenir le prix de 7,10 francs le degré/hl, invitation faite au commerce d'effectuer des achats sur les places méridionales.

L'éternel disque est mis sur la platine, disque que nous n'avons plus jamais cessé d'entendre, avec quelques variantes orchestrales.

Michel Cointat me demande un minimum de temps pour régler la question : « Voilà, je viens de m'installer au ministère de l'Agriculture. J'accorde à la solution des problèmes viticoles une attention décisive de tous les instants. Je ne suis pas l'enchanteur Merlin et je ne dispose ni de remède miracle, ni de baguette magique. Mais je voudrais qu'on m'accordât un minimum de confiance et un minimum de temps. »

Il faisait ces réflexions la veille de Béziers. Il était sincère, sans pouvoir en douter. Mais un ministre de l'Agriculture ne gouverne pas : il est soumis à la volonté politique de l'équipe dont il fait partie.

Giscard aux Finances, Chaban à Matignon, Pompidou à l'Elysée, avaient fait le choix européen : choix auquel nous n'avions rien à dire, sinon que s'il nécessitait des sacrifices et des risques pour les productions méditerranéennes, il fallait trouver des compensations.

Or, le libéralisme n'entend pas se voir discuté. C'est pourquoi le rôle dévolu au ministre de l'Agriculture consiste à faire patienter le malade, à lui administrer des cachets d'aspirine, au lieu de supprimer la cause de sa maladie.

Ceci explique que tout au long de l'année 71, le Midi fut pris de fièvre. Béziers avait été un abcès de fixation, un paroxysme.

Avant Béziers, sur l'initiative du député Raoul Bayou, le Pavillon populaire, à Montpellier, avait été occupé par les maires de l'Hérault. Cela dura quarante-huit heures. Il fallait faire prendre conscience à l'Etat de la dégradation du climat social, car la crise viticole entraînait une récession générale de l'économie dans le Languedoc-Roussillon et en Provence-Côte d'Azur.

Je garde au cœur la vision de ces élus communaux, barbus, le visage fatigué, lorsque, le 4 février, nous allâmes les relever de leur engagement.

Après Béziers, il y eut encore des barrages sur les voies ferrées, dans l'Aude, le Gard, l'Hérault, le Var, les Bouches-du-Rhône, les Pyrénées-Orientales. Paris ne prenait toujours pas le taureau par les cornes. Nous désespérions d'être compris du gouvernement : on tergiversait, on nous amusait, on nous usait. La crise s'enkystait chaque jour un peu plus.

Dès 71, je suspectais les Pouvoirs Publics d'avoir, dans le secret des cabinets, fait des choix machiavéliques. La politique d'usure allait supplanter toute politique viticole.

C'est alors qu'intervint ma rupture avec Michel Cointat.

Au cours d'un entretien rue de Varenne, nous eûmes des mots. Le ministre était vif, incisif. Il fit quelques commentaires aigres-doux. Puis en parlant de la garantie de bonne fin, dont il ne parvenait pas à établir les mécanismes au niveau national et communautaire, il dit : « Je vous promets, non point la garantie de bonne fin, mais ma garantie de bonne foi. »

Cette phrase incarnait à mes yeux la mauvaise foi de la politique viticole poursuivie à coups d'atermoiements, de faux-semblants.

Je répondis avec vivacité : « Nous n'avons que faire de votre garantie de bonne foi, Monsieur le Ministre ! »

Je l'avais touché au vif. Il se leva, me reprocha de

rendre tout dialogue impossible. Tant et si bien que je pris mes affaires et sortis aussitôt. Une nuée de journalistes attendait notre arrivée. L'affaire fit du bruit. Mes camarades vinrent me rejoindre quelques instants plus tard.

Je n'en ai pas voulu à Michel Cointat : il était acculé à ce genre d'attitudes.

Dans les mois qui suivirent, je tirai la leçon de ma brouille avec le ministre de l'Agriculture. Au Congrès de la Fédération des associations viticoles, je présentai ma démission de président de la Fédération nationale des vins de table. Je voulais faire place nette afin de permettre à un nouveau président de tenter de sauver ce qui pourrait l'être.

Aussi dure que fut la négociation, elle demeurait la seule possibilité démocratique par laquelle, tôt ou tard, il faudrait bien passer. La viticulture des vins de table ne pouvait avoir un responsable brouillé avec son ministère de tutelle. Je devais donc m'effacer. Je le fis au Congrès de Reims, le 1er juillet 1971. Le président Lloansi devait me remplacer à ce poste si lourd. Il était un ami de la première heure. Certes, nos tempéraments étaient différents, mais nos idées sur bien des points étaient convergentes.

Tout à coup, je me sentais déchargé d'une tâche hors mesure. Je retrouvais mon exploitation comme une vieille compagne quelque peu délaissée au cours des derniers mois.

L'amour de mon métier refit surface : une nouvelle fois, nous nous trouvions à la veille de nouvelles vendanges. Le travail quotidien m'accaparait.

# *Le Midi colonisé*

C'est vers la fin juillet 1971 que j'eus l'occasion de revoir Claude Drouant et Laure Arvenec.

Je me rendais au mas de la source, chez un ami, Luc Henry.

La nuit venait de tomber lorsque j'y parvins. Ancien prieuré, le mas avait un caractère austère : des bâtiments vétustes que l'on avait aménagés tant bien que mal en locaux d'exploitation. Sur la droite, se dressait la partie la plus ancienne dans laquelle la famille Henry avait élu domicile. Cette aile offrait un aspect revêche, puritain. Quelque chose évoquait irrésistiblement les exploitations cévenoles protestantes. Une étonnante ambiguïté en naissait puisque, en fait, cet édifice avait appartenu aux évêques de Lodève qui, durant plusieurs siècles, avaient été les suzerains de cette région.

Lorsque la S.A.F.E.R. avait attribué cette exploitation à Luc Henry, il avait longtemps hésité devant l'état des lieux. Sa femme Magali regrettait visiblement sa maison de Soubès : mieux répartie, plus adaptée à leur vie d'agriculteurs, plus facile à entretenir. Ce grand local, encore tout imprégné d'austérité, convenait mal à l'idée qu'elle se faisait du cadre dans lequel devait se dérouler leur existence. Finalement, elle avait accepté, selon son habitude de femme raisonnable. Progressivement et avec leurs moyens réduits, elle tâchait de donner un peu de chaleur aux vieilles pierres.

Luc avait tendance à négliger ce qui, dans la vie

d'une femme, est l'essentiel ; son intérieur, le décor qu'elle se crée et où se retrouvent inconsciemment mêlés ses désirs d'aménagement, d'organisation, d'intimité.

Je trouvai la cuisine vide. La chose était inhabituelle. A l'ordinaire, c'est là qu'ils se tenaient. Un bruit de voix se faisait entendre, venu du fond du couloir. « Tiens », pensai-je, « ils doivent avoir quelqu'un. »

Je me sentis un peu confus d'arriver ainsi à l'improviste. Néanmoins, je m'avançai et je tombai au milieu de tous. C'est alors que j'aperçus Claude et Laure. Je fus quelque peu surpris : certes, je n'ignorais pas le penchant très net de Luc et de Magali pour tout ce qui touchait les idées occitanes.

On me fit immédiatement place. Magali me servit une coupe de blanquette de Limoux.

Ils parlaient entre eux en occitan. Chez Luc et sa femme c'était un langage courant, utilisant peu de mots, ceux de tous les jours, comme le faisaient encore les anciens. Claude usait d'un vocabulaire plus large, avec des formules plus académiques. Je saisissais le sens général de la conversation. Ils parlaient, pour le plaisir de parler, en notre bonne et vieille langue. Ils disaient des choses simples, des choses insignifiantes.

Magali éclata soudain de rire, sur ce ton très haut, dont elle était accoutumée. Elle dit en français : « Oh, pardon, Emmanuel, il est vrai que tu ne parles pas notre langue.

— Je ne la parle pas correctement », répliquai-je, « mais je la comprends. »

Chacun eut un petit grognement amical et taquin.

Luc dit : « Pourquoi ne ferais-tu pas tes discours publics en occitan ? »

Claude remarqua : « Il en est incapable.

— Merci », dis-je. « Toujours aussi charmante, je vois ! » Cette fille m'agaçait prodigieusement.

Derechef, la conversation s'engagea en français. Je ressentis une curieuse impression : ces gens semblaient parler avec aisance une langue étrangère. Pourtant, c'était notre langue, notre vraie langue. Sans doute était-il bon de ne pas laisser mourir le vieux-parler, mais c'était tout.

J'observai Luc Henry tandis qu'il écoutait ce que Claude Drouant lui disait. Il avait un étonnant visage, comme extrait de la roche de son pays du Larzac, aux rides profondes, telles des ravines, croisées et reliées dans tous les sens, ainsi que les nervures d'une feuille de Carignan. Là-dessus, paradoxalement, des yeux bleus, des lèvres minces inquisitoriales, susceptibles de lancer l'anathème, d'exalter une idée, de condamner, rarement de séduire.

Dans une attitude profondément convergente, se tenait Claude. Je l'examinai plus attentivement que lors de sa venue à Bélarga. Son visage était dépouillé, sans fard, ni maquillage, telle une moniale. Elle était vêtue d'une charmante robe longue aux impressions provençales. Son chemisier blanc, très simple, était entrebâillé, laissant deviner le départ de sa jeune et ferme poitrine. Je ne l'avais pas trouvée jolie, alors qu'aujourd'hui, elle éclatait de fraîcheur.

Je sentis entre elle et Luc une sorte de ferveur commune, quelque chose les unissait profondément. Le regard de Claude était clair, loyal. Je ne fus pas inquiet pour Magali... D'ailleurs, si Claude fleurait bon la jeunesse et portait ses vingt ans avec le maximum de séduction, Magali était belle. Elle devait approcher la quarantaine, mais avait conservé le pouvoir de la trentaine : ses yeux verts, sa chevelure blonde largement répandue sur les épaules, sa taille encore svelte, lui conféraient un charme indéniable. Son corps était musclé, charnu. Il exprimait la sensualité avec suffisamment de force pour qu'une sorte d'attraction fascinante s'en dégage.

Claude dit à Luc : « Ton ami tombe bien. Ce que nous avons à dire l'intéressera. »

Puis, se tournant vers moi, elle ajouta : « D'abord, laissez-moi vous appeler Emmanuel et dites-moi tout simplement Claude. »

D'emblée, elle plaçait notre conversation sur le ton de la camaraderie. Elle poursuivit : « J'ai vu que vous aviez démissionné de votre poste à la Fédération nationale des vins de table. Je ne sais ce qu'il faut en penser. »

Je rétorquai assez froidement : « C'est toute une histoire, vous savez...

— Je m'en doute. Entre nous soit dit, vous en avez eu marre, de leurs bla-blas.

— Sans doute, dis-je.

— Il n'y a rien à attendre de ces gens-là. Nous ne pouvons espérer que de nous-mêmes. Vous hésitez à reconnaître la réalité. On ne nous aime pas, nous sommes colonisés par les Français septentrionaux. Rien n'est changé depuis Simon de Montfort : nous sommes toujours soumis. Nous ne retrouverons notre indépendance que dans un système où nous pourrons avoir un véritable pouvoir de décision. »

J'eus un sourire qui dut lui paraître ironique.

« Oh, vous autres, les notables, avez peur des changements. Vous revendiquez et reconnaissez le bâton qui vous frappe, vous le dénoncez, mais vous n'osez pas l'arracher aux mains de ceux qui le manient. »

Luc intervint : « Claude, tu pousses un peu... Emmanuel n'a pas une mentalité de notable, tu le sais bien. »

Elle remarqua : « Je ne mets pas dans ce mot de la critique ou de la hargne, mais Emmanuel est ce qu'il est : il croit à un certain nombre d'idées du bon vieux temps. C'est un humaniste dont la violence est simplement verbale. Il n'ira jamais trop loin. Certaines limites lui sont imposées par son éducation, son milieu familial, son catholicisme. »

La moutarde commençait à me monter au nez : cette gamine y allait décidément un peu fort. J'avais quarante-huit ans et je trouvais assez désagréable d'être ainsi disséqué publiquement. Je dis avec humeur : « Ma raison seule me limite : où voulez-vous en venir, avec vos idées farfelues ? L'autonomie, laissez-moi rigoler : reposant sur quoi, sur quelle industrie, sur quel commerce, sur quelle agriculture ? Vous rêvez debout ! »

Luc remarqua : « Oui, mais tu conviendras qu'on se fout de nous. Alors, tu comprends, des idées viennent en tête, qui trottent, s'y installent et grandissent. Tu sais, parmi les jeunes, beaucoup en ont assez. Ils voient les choses différemment. »

Claude l'observait. Elle avait sur les lèvres une sorte de sourire intérieur, comme pour me dire : « Tu vois bien, celui-là est bien des tiens, il n'est pas comme moi un intellectuel dévoyé à la recherche d'extravagances. Pourtant, il est de notre avis. »

Luc poursuivit : « A force de nous dégoûter, ils finiront par nous pousser à des conneries. »

Je lançai aussitôt : « C'est là toute ma crainte, j'ai le sentiment que l'on veut nous piéger. »

Il reprit : « Regarde donc : la F.N.S.E.A. est avec nous du bout des lèvres : peu lui importe si nous devons crever pourvu que le père Deleau vende ses céréales, que Bruel vende ses bas morceaux de viande aux Algériens. »

Je ne pouvais qu'approuver ces dernières paroles. Certes, les choses n'étaient pas faciles. Le gouvernement jouait au maximum les autres agriculteurs contre nous. « Vous comprenez », nous disait-on, « le Marché commun est un énorme débouché pour notre agriculture ».

Magali intervint : « Que veux-tu donc faire, Claude, la révolution, ou quoi encore ? »

Laure Arvenec, selon son habitude, n'avait jusque-là rien dit. Elle observa de sa voix tranquille dont j'aimais tant les inflexions :

« Non, Claude et moi-même savons parfaitement les limites du possible. Emmanuel, nous ne rêvons pas. Il serait vain de scandaliser, de heurter l'opinion publique. Mai 68 nous a montré les erreurs à ne pas commettre. Ce qui nous paraît souhaitable, c'est de faire prendre conscience aux occitans de la façon dont ils sont exploités. L'aménagement du littoral se fait sans eux, et quelquefois même contre eux. Leur agriculture est de plus en plus tributaire des accords politiques. Dans moins de dix ans, d'autres pays méditerranéens viendront rejoindre la communauté : l'Espagne, la Grèce, seront accueillies les bras ouverts, dès lors qu'elles auront pris visage démocratique. Nos cerveaux sont exploités, notre jeunesse également. Nous deviendrons un vaste lieu de vacances, avec une agriculture marginale qui animera le paysage, c'est tout... Or, tant que nous agitons ces idées en petits cercles fermés, nous n'avançons pas. C'est le peuple tout entier qui doit en prendre conscience. Vous, les responsables viticoles, vous détenez une grande audience auprès du peuple des campagnes. Il est dommage que vous vous refusiez à participer à cet éveil des esprits sur un certain nombre d'éléments de sujétion de votre terre. »

Autant Claude ne m'atteignait pas, autant Laure introduisait dans ma tête matière à réflexion. Son analyse ne pouvait être réfutée en totalité. Bien des points étaient parfaitement justifiés. Elle poursuivit :

« L'équilibre général de l'économie française dans le système libéral capitaliste où nous vivons, nécessite un certain nombre de choix : industriels. agricoles, commerciaux. En fonction de ceux-ci s'établissent les rapports de force entre nos partenaires ou entre nos concurrents et nous. L'agriculture française a une vocation exportatrice. L'industrie nécessite des apports considérables en matières énergétiques importées. Les exportations sont une nécessité absolue, de laquelle tout dépend : l'équilibre budgétaire, l'emploi, la paix sociale. Ces exportations ont une contrepartie : un certain nombre d'importations. Nous traitons l'ensemble de nos échanges avec les pays du bassin méditerranéen. Ceux-ci nous fournissent l'énergie. Ils nous achètent nos produits manufacturés, nos viandes, nos céréales, notre sucre. En échange, ils nous imposent l'achat de leurs excédents agricoles : agrumes, vins, légumes, conserves, fruits.

Le bilan est clair : le Midi ayant les mêmes types de productions agricoles que les autres pays du pourtour méditerranéen, subit de plein fouet leur concurrence.

Il est bien évident que dans l'hexagone, la terre occitane avait sa carte à jouer. Nous étions les plus au sud, ce qui nous conférait une place privilégiée sur le marché pour des denrées telles que fruits, légumes et vins. Depuis la création de la C.E.E., les choses ont changé. L'Italie nous a remplacés, comme demain, peut-être, l'Espagne supplantera l'Italie.

Dans une économie dirigée, l'on aurait pu trouver les mécanismes de protection ou de compensation indispensables. Dans une économie libérale, instaurée par le traité de Rome et prévoyant la liberté de circulation des capitaux, la suppression des aides, la suppression des droits de douane, nous nous trouvons pris au piège. La France, tolérant un certain niveau d'importations de caractère politique, se trouve dans l'impossibilité de faire jouer des mécanismes protectionnistes en faveur de ses producteurs.

Venant hélas broder sur le tout, les distorsions monétaires, les manques de contrôles, tant quantitatifs que qualitatifs, aggravent encore notre situation. Les années à venir ne manqueront pas de confirmer cette triste analyse. Dès lors, nous n'avons rien à attendre, ni rien à espérer, tant que les choix politiques resteront ce qu'ils sont. Des gouvernements libéraux, unis dans une communauté d'intérêts et de philosophie, ne pourront intervenir que ponctuellement, en naviguant à vue. »

Luc se tourna vers moi et dit : « Eh bien, qu'en penses-tu, Emmanuel ?

— L'analyse de Laure se fonde sur un constat irréfutable. La Communauté secrète le libéralisme, celui-ci entraîne l'anarchie de l'économie agricole. Cette anarchie sacrifie les plus faibles, en instaurant la loi de la jungle. Le Marché commun apparaît tel un orage sur nos têtes. Il nous est imposé par la nation. Mais elle devrait établir plus de justice entre bénéficiaires et victimes du système, sinon des failles atteindront progressivement l'ensemble de l'édifice, en compromettant sa solidité. Il n'est pas concevable d'instituer un équilibre économique artificiel au détriment de quelques secteurs de production, sans provoquer, à terme, la ruine de provinces entières ! »

Laure rétorqua vivement : « Mais si, tu commets une erreur de jugement ! Tu crois que le moral et le juste sont intouchables. Or, la société actuelle nous démontre chaque jour le contraire. Le profit domine tout autre concept. Il impose sa loi et son style. Le néo-capitalisme cherche des artifices susceptibles de le maintenir en place. Il tend à constituer un monde où les nantis seront assez forts pour imposer leur suprématie. Il joue l'égoïsme humain et le joue bien. Il joue la sécurité, la tranquillité, le fauteuil, la télévision, la peur, et il gagne.

Il divise et oppose. Il insère le doute et l'abandon.

Certes, il risque gros, car chacun se trouve atteint tôt ou tard par son effrayant processus d'intégration, mais pas en même temps, et c'est là où il gagne.

Le combat capitaliste est celui du Curiace, distançant ses adversaires pour en venir à bout. Il détient l'argent, le pouvoir, les moyens d'information.

Le tout consiste à faire durer suffisamment les choses. Si l'on considère la pyramide des âges, on s'aperçoit que d'ici dix ans environ, il y aura plus de vignes disponibles que d'acheteurs. Donc, il faut tenir jusqu'au moment où le problème se réglera de lui-même par la disparition physique d'une partie des viticulteurs. En attendant, il faut tergiverser, diviser, biaiser. En maintenant les gens la tête au ras de l'eau, en la plongeant de temps à autre. Vaincus, ils abandonnent, souvent à l'occasion d'un décès. L'indemnité viagère de départ intervient d'ailleurs dans ce sens : elle facilite les départs et favorise les regroupements, ce qui en soi n'est pas mauvais, mais diminue le nombre des vignerons, jusqu'au moment où ils seront si peu nombreux qu'ils auront perdu tout pouvoir de pression et, de ce fait, seront soumis au jeu cruel du système libéral. Il n'est pas de politique plus pharisienne que celle que l'on vous impose.

Il faut le dire : s'ils tiennent tant aux formules de dialogue, de concertation, de négociation, c'est afin de renvoyer au lendemain la solution de vos difficultés. »

Nous étions tous silencieux. Laure exagérait-elle ? Y avait-il autant de duplicité dans l'attitude de l'Etat ?

Soudain, nous nous sentions seuls, démunis, devant l'enchaînement démoniaque qu'elle évoquait.

Les visages de nos ministres m'apparaissaient. Se pouvait-il qu'ils fussent complices de si noirs projets ?

Je secouais ces idées extravagantes. Mais les propos de Laure m'avaient profondément troublé.

Magali nous servit des boissons fraîches. Elle changea de conversation. Personne n'avait plus envie de parler de notre avenir. Une coulée de peur glissait dans nos pensées.

Comment s'en sortir ? Tout au long du voyage de retour, tandis que les phares de ma voiture balayaient les fossés, débusquant quelques lapins au gîte, cette question s'imposait à moi.

Jusqu'à ce jour, j'avais lutté sans cesse, animé d'un solide esprit combatif.

Sur le plan technique, j'avais amélioré mon encépagement, mes structures, ma vinification. Depuis la mort de mon père, je n'avais plus la charge de l'ensemble de l'exploitation. Nous avions partagé et je disposais de trente hectares, sur lesquels j'appliquais au maximum les méthodes les plus aptes à me donner les meilleurs résultats. Ma terre était bonne, mes vignes saines, je n'étais ni trop gros ni trop petit viticulteur. Je tenais parfaitement ma gestion et mon exploitation en main. Si ce n'était le triste cortège des sinistres et la médiocrité des prix, j'aurais pu sourire à l'avenir. Hélas, le spectre des échéances se présentait régulièrement à moi pour me rappeler la précarité de ma situation financière.

Le dimanche matin, lorsque je partais en tournée sur l'exploitation pour faire le point et prévoir le travail de la semaine, je me sentais tranquille et détendu : les jeunes greffages étaient vigoureux et sains. Les cicatrices du gel de l'hiver 63 s'estompaient peu à peu. Le niveau de la production avait retrouvé son étiage normal. J'étais bien équipé. J'avais respecté la règle de bonne gestion que ne cessait de nous corner l'administration : un homme pour dix hectares. Ce qui revenait à dire que j'occupais seulement deux ouvriers permanents. De temps à autre, je faisais appel à l'appoint indispensable d'une main-d'œuvre complémentaire pour la taille, les déchaussages et les plantiers.

Devant mon bureau, penché sur ma comptabilité, sur les frais engagés et les recettes encaissées, toute ma confiance s'évanouissait. Les produits agricoles et la main-d'œuvre augmentaient dans des pourcentages disproportionnés avec le prix de l'hectolitre.

Les graphiques « frais d'exploitation » et « recettes » s'éloignaient de plus en plus. Les recettes marchaient à l'horizontale, alors que les frais d'exploitation filaient désespérément vers le ciel.

Une double personnalité s'installait en moi : en premier lieu, celle du paysan heureux des succès et des satisfactions de son métier. D'autre part, celle d'un pauvre bougre apeuré devant son avenir financier, la faiblesse de sa trésorerie et les charges des emprunts consentis.

Tantôt l'un, tantôt l'autre avait le dessus. Sorte de Jean qui pleure ou Jean qui rit, j'allais sur le chemin difficile de ma profession.

L'avenir s'obscurcissait chaque jour davantage.

# *Les comptes du Père Durou*

Ce mois de février 72 était froid. Les tourdres et les grives passaient et venaient tournoyer sur nos vignes.

Je labourais à Saint-André une parcelle difficile car elle était toute en longueur et j'en faisais le travers. Les dentals pénétraient la terre avec facilité. Les gelées avaient soulevé le sol. Chez nous, les gens disaient : « On fait des farinettes », car la terre est si fine qu'on dirait de la farine.

Tournant la tête, je voyais avec plaisir la qualité des sillons tracés. Quelques pies et quelques corneilles suivaient hardiment les raies ouvertes, cherchant de la vermine. Vers les montagnes, le rocher des Vierges se profilait, découpant sa silhouette de citadelle sur un ciel tourmenté.

Le vent, venu du nord, passait sur le plateau et tourbillonnait sur les étendues littorales et les costières. La campagne était vide de monde, je me sentais seul, isolé. Ma chienne Toquade suivait fidèlement le tracteur : inlassablement, elle prenait le sillon et reniflait on ne savait trop quoi.

Je dus serrer le col de ma canadienne, car je sentais le froid me pénétrer. Il était incisif, porté par l'air, et je sentais sa brûlure sur les oreilles, les joues. Mes lèvres se séchaient et se gerçaient. Pourtant, je travaillais avec plaisir car le temps des grands labours d'hiver prête à une sorte de réflexion intérieure, dont la vie matérielle est exclue. C'est une forme de prière profane !

Chaque matin de ce mois de février, la terre était prise par la gelée. Les fossés étaient blancs, chaque herbe, chaque fleur sauvage hivernale, se figeait sous l'emprise de la glace. Il fallait attendre la fin de la matinée ou l'après-midi pour toucher les terres.

La vivacité de l'atmosphère ouvrait l'appétit et l'on avait envie de bonnes soupes chaudes à la gavache, où le chou et la pomme de terre se marient parfaitement aux couennes et à de vieux os de jambon.

Je pensais à mes enfants. Je venais d'avoir cinquante ans. La fatigue me saisissait beaucoup plus rapidement que naguère. Je restais seul, sans aide, travaillant un peu pour rien, puisque de génération en génération, la propriété se trouvait disloquée. J'avais connu la propriété de mon père, avec ses quarante hectares. Nous avions partagé et je n'avais plus que vingt hectares auxquels étaient venus s'ajouter les huit hectares de ma femme. Chacun de mes enfants n'en aurait plus que neuf. Tous les efforts consentis pour restructurer seraient réduits à néant. Certes, la législation visait à éviter cette dilapidation, mais les choses ne sont pas si simples dans les familles : il y a ceux qui veulent garder leurs vignes et ceux qui n'y tiennent pas. Il y a, pour celui qui reste, un lourd endettement à prévoir, au cas où un arrangement interviendrait.

Oui, je travaillais sans l'encouragement de voir quelqu'un prendre ma place et venir me soulager.

J'avais besoin de trouver dans ma tâche, bien entendu mon gagne-pain, mais aussi la satisfaction de défendre quelque chose d'autre.

Il me suffisait de jeter les yeux autour de moi pour le savoir. Sous le rocher des Vierges, le clocher court et carré de Saint-Saturnin. Etalé et plus proche : Jonquières. Vers l'ouest, l'aiguille effilée de l'église de Saint-André avec, alentour, les vignes à perte de vue, pressées comme des moutons autour des villages. Sur ces coteaux, elles donnaient un vin fruité, haut en couleur, riche en alcool, sans terroir, mais plein des arômes subtils issus de la composition des sols.

Je venais de labourer les fourrières. J'en avais terminé. Avant de charger le tracteur sur la remorque, j'eus envie d'arrêter le moteur et de regarder mon travail.

Je fus soudain entouré de silence. Je descendis et fis quelques pas dans la glèbe fraîchement remuée. Sous mes pieds, je la sentis, souple et tendre, comme une masse floconneuse. J'avais presque le sentiment de profaner une robe virginale, tant ma vigne de Cantecigale paraissait neuve, ainsi parée, dans son labour. Machinalement, je saisis une poignée de terre et la fis couler entre mes doigts. J'en aimais la fraîcheur et le contact.

En me retournant, je vis arriver une charrette, conduite par quelqu'un dont je ne distinguais pas encore les traits.

Je chargeai le chenillard et j'attendis que le chemin soit libre. Lorsqu'il fut à mon niveau, l'homme arrêta son véhicule : « Bonjour, Monsieur Maffre, comment allez-vous ? »

Je le reconnaissais bien maintenant. Il s'appelait Anselme Durou. C'était un voisin de parcelle. Il devait avoir cinquante-cinq ans. Son accent était celui de l'Aude, lourd et rocailleux.

Je l'avais rencontré, de temps à autre, au hasard d'un travail. Je connaissais, certes, bien des gens à Saint-André. Le village était important et ce n'était pas mon pays, mais celui de ma femme. Aussi, mes contacts avec les Saint-Andréens, s'ils étaient amicaux, étaient superficiels.

« Comment allez-vous, Monsieur Durou ?

— Oh, pas mal. C'est le vin qui ne va pas fort.

— On arrivera à le vendre un prix convenable, croyez-vous ? »

Il eut un grand sourire désabusé.

Je dis : « Ici, tout de même, la coopé ne vend pas si mal.

— Oui, pas trop mal, mais enfin, pour s'en tirer, il faudrait faire d'autres rendements que ce que nous faisons.

— Sans doute. Cependant, vous devez vous en tirer, puisque vous faites tout vous-même, en de bonnes conditions. »

De la main, j'indiquais sa parcelle, tenue parfaitement. Il répliqua : « Oui, vous comprenez, j'ai le temps. Je cultive seulement sept hectares. Sur le plan travail, c'est du gâteau, mais il me faudrait agrandir. Le fils ne veut pas rester à l'école. Comment voulez-vous que nous fassions, pour vivre là-dessus à deux. Tant qu'il ne sera pas marié, ça ira, mais après...

— S'il reste avec vous, il vous faudra aller voir la S.A.F.E.R. Vous avez droit à des prêts spéciaux, surbonifiés.

— Je sais, je sais », acquiesça-t-il, le regard au sol, dans une attitude méditative de tout le corps. « Il faudra bien... il faudra bien. »

Je sentais tout ce qui s'agitait dans son esprit. J'eus envie d'aller plus avant dans notre conversation.

« Je crois que vous n'avez rien à craindre, si vous faites tout vous-même. Certes, personne ne brille actuellement, mais vous devriez vous en sortir. Vous avez déjà sept hectares. Il vous faut doubler... Voyez avec la S.A.F.E.R. et le Crédit agricole comment établir votre gestion et comment faire face aux annuités. »

Sur ces entrefaites, son fils arriva en bicyclette : son visage encore boutonneux exprimait la pleine adolescence. Il me serra la main timidement et écouta notre conversation sans s'y mêler.

Le père observa : « Vous savez, j'ai fait mes comptes. Il me faudra emprunter deux cents mille francs. J'ai une vieille maison à vendre dans l'Aude. Cela fera le complément. J'aurai à rembourser 14 400 francs par an pendant vingt-cinq ans. Au Crédit, on m'a dit que je paierais les 4,5 % sur cent cinquante mille francs et 7 % sur le reste. Si, avec les sept hectares que j'achète, je fais 550 hectolitres de moyenne, soit 80 hectolitres à l'hectare, la charge d'amortissement à l'hectare sera de deux mille francs. J'aurai donc un rapport brut de sept mille francs l'hectare, moins deux mille francs d'amortissement à l'hectare, soit cinq mille francs. Je crois que l'administration considère qu'il faut cinq mille francs pour exploiter un hectare. Donc, nous travaillerons pour la peau. Bien entendu, nous doublons notre exploitation et mon fils a du boulot. Il suffit qu'il n'y ait pas de pépin. »

J'étais médusé, de voir ce modeste viticulteur, là, sur un chemin de vigne, me faire une démonstration aussi claire. Il s'était convenablement renseigné, avait acquis suffisamment d'informations pour faire son choix correctement, mais son air méditatif et sa réflexion portaient au-delà de cette première analyse, sur l'avenir même du destin paysan.

Je lui fis observer : « Dans votre cas, l'opération me paraît valable : vous n'avez pas soulevé le phénomène de l'érosion monétaire. Actuellement, elle se situe à 0,5 % et selon les événements, elle risque d'aller plus haut. Vous n'avez pas non plus soulevé le problème des structures après votre retraite, lorsque votre fils sera seul : quatorze hectares seront le seuil parfait de rentabilité. Il fera marcher dix hectares environ et se fera aider pour le reste. »

Il me regarda intensément, puis dit : « J'y ai pensé, aussi. C'est pourquoi je ferai l'opération dès que du terrain sera à la vente. Je l'ai dit au notaire et au marchand de biens. »

J'acquiesçai et dis, sous forme de boutade : « Vous savez, le proverbe est bien vrai qui dit que le paysan vit pauvre et meurt riche. »

Il répondit : « Non, pas riche. Il vit encore plus emprisonné, c'est tout. Qu'est-ce qu'une richesse dont on ne profite pas ! Il vaudrait mieux pour nous ne pas avoir le souci du « foncier ». Si j'avais pu trouver du terrain en fermage dans des conditions avantageuses, les choses auraient peut-être été préférables. Je me fiche de posséder. Je préférerais simplement disposer d'un outil de travail dont j'aurais l'assurance qu'on ne pourra pas me l'arracher. »

Le fils dit : « De toute façon, nous ne pouvions continuer comme ça. »

Du doigt, il montrait la vieille carriole bringuebalante et le cheval blanc attelé à celle-ci.

Instinctivement, je m'approchai de ce dernier et le flattai à l'épaule. L'odeur forte de son poil fit revivre en moi de vieux souvenirs. Il tourna la tête et me jeta un regard surpris. Son œil marron était irisé, plein de patience. Il devait avoir une douzaine d'années, sa croupe ployait un peu. Je remarquai les formes qu'il avait aux boulets. « Ah, il commence à se faire vieux », dit Anselme Durou. « C'est une brave bête. Pas belle, mais courageuse à l'ouvrage. Ça m'embêtera de l'envoyer à l'abattoir. »

Je le regardai intensément : nous nous comprenions. Cette chaude amitié de l'homme et de la bête était en nous. Le fils n'était visiblement pas concerné par de tels sentiments. Je songeai qu'il devait avoir sous les yeux la rutilante image d'un tracteur à pneus, avec ses phares brillants, ouverts comme de pauvres choses mécaniques. Je l'imaginais, tout faraud, sur le siège, volant en main, faisant l'exaltante découverte de ce pouvoir magique : déclencher, par un maniement manuel, une puissante force de traction. Je le comprenais pour avoir également éprouvé cette jouissance particulière : soumettre une masse d'acier inerte à ma volonté et en tirer toute les subtilités de travail.

Son père et moi, nous eûmes un large sourire chaud, intime, pour ce petit homme qui naissait à la vie professionnelle, mais appartenait à un autre monde, avec des perceptions, une sensibilité et des choix différents. La conversation que nous venions d'avoir avait approfondi nos rapports humains. Il s'était ouvert à moi, à l'improviste. Je l'en sentais plus détendu, plus sûr.

Auprès de lui, j'avais trouvé la raison de poursuivre le combat : il fallait lutter pour ces êtres bons et simples, pleins de finesse, qu'un monde insensé traitait comme quantité négligeable.

Anselme Durou voulait éviter à son fils l'enfer des villes. Il entendait conserver un certain nombre de valeurs auxquelles l'on ne croit plus guère. Mais il en mesurait le prix, la servitude aussi.

J'arrivai à la cave de Saint-André. Il y faisait froid, terriblement froid. J'avais pris la « sacette » contenant mon repas. Je cherchai dans la cour un coin ensoleillé pour m'y installer et faire ma grillade. J'éprouvai un véritable plaisir à voir monter la flamme du fagot. Bientôt, l'odeur merveilleuse de la côtelette cuisant sur la braise viendrait tourbillonner autour de mes narines, les flattant agréablement : cette odeur chaude, prenante, où la cuisson de la viande mêle ses parfums à celui des sarments. Il n'y a rien de tel pour cuire le mouton. Ils donnent à la viande un bouquet et une saveur exceptionnels.

Dans la vigne, les gens de la ville ne voient que le vin et l'alcool. Ils ignorent : le tartre, les lies dont on extrait des produits de base pour les crèmes de beauté. Les pépins, donnant une huile diététique, les matières colorantes naturelles susceptibles de remplacer avantageusement les produits chimiques.

Je pris mon repas tranquillement. J'avais l'appétit décuplé par la vivacité de l'air et le travail. Puis, je vins parler un peu à mes foudres. Cela peut surprendre, mais une sorte de langage, de contact s'établit entre eux et le vigneron. Un foudre laisse vivre le vin, facilite sa respiration, le protège du chaud, lui évite le contact desséchant des ciments. Devant moi s'alignaient mes neufs compagnons ventrus, sous les ceintures noires et multiples de leurs cerceaux. Les robinets de cuivre éclairaient leurs lourdes robes de bure. L'huile de lin conserve au bois cette apparence d'étoffe brune.

Chacun d'entre eux avait des caprices, dont il fallait tenir le plus grand compte, faute de quoi ils faisaient des bêtises : la porte du « 1 » devait être serrée en tirant sur la droite. Le « 7 » était plus soumis à l'évaporation que les autres : régulièrement, il fallait le veiller. Le « 9 » donnait au vin un bouquet particulier, que les acheteurs appréciaient.

Je passai derrière eux pour contrôler leur étanchéité : elle était parfaite. Une odeur de bon aloi régnait dans la cave : elle émanait d'eux, épandant leur sueur et leur haleine.

Le « 3 » était vide. Je pris une massette de bois et je tapai sur les vastes flancs afin d'écouter, pour mon plaisir, le bruit prolongé et vibrant du récipient vide, alors que plein, il donne seulement une résonance mate, aussitôt arrêtée, étouffée. Oui, le « 3 » me parlait ! sous les lents coups cadencés portés sur ses douelles, il répondait de sa forte voix d'outre-tombe. Il me disait l'histoire des vins contenus dans ses bois depuis cent ans et plus. Il incarnait la longévité, la pérennité. Les hommes passaient, le tâtaient, le nettoyaient, le raclaient, venaient en son énorme bedaine. Les vins s'y reposaient, s'y décantaient, puis lui étaient enlevés. Lui demeurait immuable, laissant les vignerons jouer autour de lui, puis disparaître pour laisser la place à d'autres.

Ces foudres centenaires devaient se souvenir des jeunes pas scandés sur le sol de la cave ou des lentes marches d'hommes vieillissants.

A l'inverse, les cuves de ciment m'apparaissaient comme sans âme, matériau inerte dépouillé de toute vie intérieure.

J'avais pourtant, au fond de moi, le sentiment merveilleux d'une communion intense avec les objets qui m'environnaient et faisaient partie de mon travail. Ils étaient une sorte de prolongement de moi-même, ils m'aidaient à exprimer le sens de la création. Ils m'assuraient un pouvoir intérieur, créaient un champ vierge où ma personnalité prenait la mesure de ses limites, mais aussi, dans le cadre de ses capacités, trouvait son épanouissement.

L'idée du paysan, boueux de corps et d'esprit, convient aux schémas stéréotypés et conventionnels. Ce paysan exprime mal une sensibilité rare et subtile parce que sa fonction a été systématiquement dévaluée, soumise à la moquerie ou infériorisée par rapport aux activités intellectuelles.

La médiocrité d'esprit conduit à des lieux communs sommaires, fixant l'image de marque d'un travail, d'une région, d'un peuple :

« Les Anglaises sont toutes rousses », « Bécassine incarne la bêtise bretonne », « Tartarin de Tarascon exprime la vantardise et les rodomontades des gens du sud », « l'Allemand est lourd, le Français coureur, l'Italien sauteur. »

Tout un système fige les individus et les choses en catégories inamovibles et parque les idées. Il est plus simple de tirer de l'armoire à classement la panoplie du parfait vigneron, du commerçant poujadiste, que d'analyser avec objectivité l'homme et ses problèmes.

Je fermai la porte de la cave avec lenteur. La clef

en était pesante, longue, conçue par un vieil artisan de la Belle Epoque. Les foudres retombaient dans leur sommeil paisible. Les vins s'engourdissaient dans leur torpeur hivernale.

# *Geneviève*

Je me sentais fatigué, le corps rompu par la semaine que je venais de vivre, chargée en travaux de toutes sortes.

Geneviève avait envie de sortir en voiture pour changer un peu d'air. Le rythme monotone de notre existence nous imposait un temps de méditation. La fin de semaine s'annonçait belle : un soleil fragile étalait des ombres longues et froides sur les objets.

Elle voulait aller vers nos hautes terres. A certaines heures, elle éprouvait un besoin précis, rigoureux, d'entrer en contact avec l'arrière-pays. J'ai toujours pensé qu'en ces instants, elle recherchait les chemins mystérieux de son enfance. Ce temps où sa famille partait en excursion, selon la formule la plus économique, pique-nique à la clef. Trois filles en leur adolescence ou leur enfance, cela doit jaser, s'étonner, rire follement ; dissimuler un peu, mais surtout vivre dans la fraîcheur des parures et la pulsion de la jeunesse.

Geneviève voulait retrouver cette ambiance, cette évasion, dans les lieux mêmes où elle les avait connues.

Ces jours-là, je savais que je bénéficierais d'un repas froid soigné, que l'on évoquerait de vieux souvenirs auxquels nous étions attachés.

Je n'ai jamais eu le sens de l'orientation. Aussi une convention tacite s'était établie entre nous, donnant à chacun son rôle : à moi le volant, à elle les cartes et les commentaires.

Geneviève était vêtue d'un anorak clair. Elle portait sur elle un léger parfum de genêt. Je me sentais bien. Nous venions de dépasser Soubès et nous longions la forêt domaniale de Parlatges. Une fois de plus, j'étais conquis par la variété de notre paysage. Nous sortions de l'étendue vallonnée des coteaux où les vignes, en cette fin d'hiver, tendaient leurs souches vers le ciel en leur noirceur et leurs moignons de gnomes : myriade d'êtres végétaux, vissés au sol. Nous abordions soudain les escarpements boisés de sapins couvrant les pentes de l'Ocide et du Courcols.

Au fond de l'étroite vallée où coulait la Prunette, on distinguait le village de Parlatges, lieu de pèlerinage médiéval où l'on conduisait les enfants pour délier leur langue, d'où le nom ! Les bois de l'Oude et du Mouliné sortaient à peine de l'engourdissement nocturne. En cette période, le soleil ne passait qu'un court moment sur cette vallée encaissée. Les ruines embroussaillées du moulin des Tartanes nous apparurent sur la droite avant d'atteindre Saint-Pierre de la Fage. Nous étions sur le plateau du Larzac : étendue désertique, sur laquelle la roche calcaire mêle ses cicatrices blanches aux fourrés de buis, aux divers épineux, et où des arbustes rabougris fixent leurs mouvements grotesques sur le ciel en un mouvement d'estampes japonaises. Le Caylar, sous les masses de roches exaltées par l'érosion, en un formidable amas ruiniforme, veille aux portes de ces contrées venteuses, dépouillées, arides. Quelques sotchs fixés aux creux des combes font apparaître la tache claire du naissant des herbages. Autour des lavognes, paissent les troupeaux de brebis. La route est parsemée de leurs crottes encore fraîches. Au croisement des lieux-dits, une odeur acide, puissante, se dégage des bergeries obscures. Comme des feux follets, des chiens poilus errent sur la campagne à la recherche des bêtes égarées.

Je me sens une nouvelle fois retourné par ce spectacle de fin du monde, où la terre semble toucher le ciel, offrant sa plate-forme aux arrivées interplanétaires.

Sorte de toit plat du Languedoc, le Larzac est planté tel un porte-avion en bordure de l'océan des terres basses où poussent la vigne et l'olivier. Le silence est la règle, seulement violé par le bruit des sonnailles dans les drailles où le vent déchaîné rôde autour des avens, s'y engouffrant puis s'en retirant.

Terre du Larzac, creusée de cathédrales souterraines, de grottes insondées, érigée, par ses théories calcaires, de roches mystérieusement dressées.

Oubliées du monde, en leurs odeurs farouches d'étable chaude et leur habitat de pierres grises, quelques fermes assemblées et des villages minuscules situent l'isolement de l'homme.

Nous traversons Luc, passons près de l'abîme de Saint-Ferréol, du Mas Gauzin, et atteignons Campestre. Le Causse est ponctué de pierres arrachées du sol et rassemblées là au cours des siècles, telles des esquilles d'os de la chair même de la glèbe.

Campestre apparaît, dans la rigueur minérale de ses maisons, aux murs bâtis de dalles calcaires, de blocs assemblés et non cimentés.

Je ne puis me défaire d'une sorte d'envoûtement. L'homme se retrouve dans un isolement majestueux, face à lui-même. La voix se perd au creux des Causses, comme aspirée. Celle du pâtre devient rocaille et passe dans l'atmosphère avec un tracé de météore. Les bêtes prennent l'allure de roches animées que l'on ne distingue pas aussitôt, tellement elles sont incluses dans le paysage. L'air, froid, léger, venu des serres, vous purifie des souillures littorales.

Et pourtant, l'aire du mouton, des brebis, devra reculer.

Le silence sera assassiné.

Les drailles seront profanées.

Les bergers seront pourchassés.

Les chenilles des chars d'assaut marqueront les Causses.

Nous avons abandonné le chemin de grande randonnée, sur lequel nous roulions, pour choisir une voie forestière, nous menant au pic de Saint-Guiral. C'est là où nous avons décidé de déjeuner. Les forêts qui se dressent sous nos yeux nous arrachent à la morosité de nos pensées. La traversée des Causses nous a déprimés. Nous sommes soulagés de retrouver le parfum des résineux.

Nous sommes allongés, à même la terre, main dans la main, chacun absorbé dans son monde intérieur. Malgré le froid, nous sommes bien, enserrés dans nos pulls à col roulé et nos anoraks. Nos yeux suivent les jeux de lumière entre les branches.

« Tu sais, Geneviève, nous devrions faire plus souvent des balades comme ça. »

Elle ne dit rien, mais tourne la tête vers moi. Je vois ses yeux noisette prendre une douceur particulière. Je pense que notre fils lui ressemble. Nos mains se pressent davantage.

« Tu sais, j'ai un peu honte de moi. Finalement, la vie que tu mènes n'est pas drôle : je ne suis jamais là. »

Elle ne m'interrompt pas. Ses yeux reviennent vers le frémissement du jour, filant ses rais dans les frondaisons.

« Oui, Paris, les réunions, toutes ces activités, souvent perdues en vain, deviennent décevantes.

« Te souviens-tu du temps où Nanou et Patrice étaient gamins, et de Brigitte, pas plus haute que l'herbe des alpages où nous l'avions prise ? Tu souviens-tu de l'autrefois, pour nous deux et la couvée...

« J'ai envie de tout planter là : Chambres d'agriculture, syndicalisme. Place aux jeunes...

« On s'use terriblement au jeu cruel des hommes. Puis ils sont tellement cons à certains moments. »

Je me tus. Des croassements de corneilles se firent entendre. J'en écoutais le cri acidulé et j'y découvrais une assonance nouvelle, acceptable parce qu'insérée dans l'harmonie de cette nature dépouillée.

Elle dit, comme s'adressant à la forêt, regard vague, perdu : « Oui, le temps est long, quelquefois. Dans la journée, il y a toujours une heure triste. Lorsque dix-sept heures viennent, je sens le poids de l'existence et j'ai le cafard. Je pense à nos Africains, cette Nanou si forte et si fragile, Patrice et ses filles, Brigitte... »

Elle marqua un temps de pose. « La nuit, quand j'attends ton arrivée, lorsque tu es sur la route, je me dis : si tout cela finissait... s'il lui arrivait quelque chose. Soudain, j'ai froid, un froid intérieur. »

Je l'écoutais et je sentais un amour puissant monter

en moi : nous étions ce que nous étions, l'âge avait marqué nos visages, nos corps avaient perdu leur jeunesse, leur flexibilité, mais demeurait en nous un profond besoin de l'autre. Notre solitude, c'était l'absence du compagnon ou de la compagne.

Nos chamailleries devenaient une attitude familière, intime. Elles s'adressaient plus à nous-mêmes qu'à l'autre.

Je songeais à la mort : la mort, après tout, ne doit plus être aussi cruelle, si l'on est côte à côte, comme dans son lit, comme dans l'émoi de ses passions.

J'eus peur d'être seul et de l'imaginer seule.

L'image de notre passé s'imprimait avec précision, mise en relief par le sel de mes réflexions.

Je ne pouvais l'imaginer autrement que dans tout l'éclat de ses vingt ans. L'amour d'un couple sauvegarde des atteintes et des déchéances du vieillissement.

Ces gens qui ne croient pas que l'on puisse s'aimer tout au long de la course, dont la sexualité a besoin du feu nouveau, de chairs nouvelles, sont finalement peu imaginatifs. Ils éprouvent la nécessité de ranimer leurs ardeurs et ne satisfont ainsi qu'une partie d'eux-mêmes.

Elle poursuivit :

« Tu sais, tout n'a pas été facile. Tu n'es pas toujours drôle. Mais que pourrions-nous faire l'un sans l'autre ? »

J'imaginais soudain son père et sa mère allongés dans le caveau à Saint-André. Mon père dans celui de Bélarga, attendant que ma mère l'y rejoigne, et je me sentis alors très proche de nos anciens.

« Certes, il sera bon le jour où tu reviendras à la maison, ton engagement rempli, mais il n'est pas sûr que nous nous serions mieux aimés, tout compte fait, dans l'égoïsme d'un couple replié en sa coquille. Il est bon, tu sais, de s'attendre et de se retrouver. »

Je ne voulais pas abîmer ce temps haut de notre intimité en le froissant par un geste inconsidéré. Je refoulais ce qu'elle éveillait en moi de désir : c'était sa voix, son profil, ses attitudes, dont j'avais besoin.

Je sentis le froid du sol grimper tout au long de mes côtes : il nous faudrait bientôt partir. Je dis : « Tu sais, trente ans ensemble, sans lassitude, avec ce que cela a imposé de modifications des caractères de chacun de nous, avec ses orages et son beau temps, ce n'est déjà pas si mal. »

Elle me serra la main plus fortement. Il y avait dans ce geste une sorte d'intention cachée, comme pour dire : « Allons, il faut continuer. »

Ou encore : « L'essentiel, c'est ça. »

Ou tout simplement : « Je t'aime. »

# *Chirac : l'espoir...*

La pluie se mit à tomber de façon inquiétante dès le 21 avril et le sulfatage commença aussitôt.

Jusqu'à ce jour, nous avions franchi sans encombre la période des gelées printanières. Nous approchions de mai et nous pouvions espérer nous en sortir. Déjà, la peur du mildiou nous tenaillait.

Pouvions-nous attendre des modifications sérieuses dans l'art de gouverner les affaires viticoles ?

Chirac apparaissait sur le devant de la scène, avec le patronage de Georges Pompidou. Il y venait avec aisance, assurance, la volonté d'imposer un style et de valoriser la charge.

Les travaux n'avaient plus rien à voir avec ce qu'ils avaient été dans le passé, mais ils demeuraient coûteux. De plus, l'emploi des appareils de pulvérisation mécanique se trouvait compromis lorsque les sols étaient trop fortement détrempés. En pareil cas, il fallait avoir recours à des atomiseurs à moteur que l'on porte sur le dos.

Un citadin ne peut absolument pas imaginer ce genre de travail, surtout lorsqu'on ne peut pas l'éviter, à cause de l'état du terrain. Les pieds s'enfoncent dans la boue jusqu'aux chevilles, à tel point qu'il arrive d'être déchaussé par la succion du sol, un poids d'une vingtaine de kilos tirant huit heures durant sur vos épaules, et par-dessus tout, le bruit ininterrompu d'un moteur deux temps frappant vos tympans sans arrêt, sont la monnaie courante de ce labeur insupportable et inhumain que l'on s'impose et que l'on impose à d'autres hommes. Le soir, j'arrivais à la maison le corps rompu. Néanmoins, nous combattions bien la maladie. Hélas, le manque de chaleur et l'humidité avaient provoqué la coulure : les carignans étaient clairs, les grenaches avaient partiellement disparu, les aramons pendaient comme des guenilles. La récolte en serait fortement diminuée.

Courant juillet 72, un remaniement ministériel entraîna l'arrivée de Jacques Chirac, rue de Varennes.

Chaban-Delmas se mettait en réserve, disait-il, de la République, laissant la place à Messmer.

Les choses allaient-elles changer ?

Le nouveau ministre de l'Agriculture allait devoir mener la partie au milieu d'écueils de toutes sortes.

Je ne pouvais que reconnaître combien le passé avait démontré la fragilité de l'économie viticole prise dans un cadre libéral. Hors des règlements, point de salut...

Nos ennemis traditionnels demeuraient, sans que nous puissions leur apporter deux coups définitifs : les importations, les fraudes, les concurrences déloyales, le manque de contrôles.

Avec consternation, je voyais revenir constamment les mêmes éléments de trouble.

J'avais l'impression que tous nos efforts précédents n'avaient servi à rien.

Nous nous retrouvions dans une période aussi incertaine que celle ayant précédé 1907. Comme alors, nous n'avions plus de moyens efficaces pour contrôler les fraudes : comment contrôler l'Italie, les ports d'Anvers, d'Amsterdam, les trafics ferroviaires, les chais d'importateurs ?

Les enrichissements abusifs étaient légalisés : en France septentrionale, en Allemagne.

L'anarchie économique ne pouvait que naître d'une réglementation communautaire reposant sur la liberté des plantations, la différenciation des pratiques œnologiques, la disparité des moyens et des coûts de production.

D'un coup, notre entrée dans la Communauté libérale viti-vinicole nous ramenait soixante-dix ans en arrière.

Certains mauvais esprits pouvaient ironiser en disant « du passé faisons table rase ». La part belle était dévolue à l'Italie, lui donnant la possibilité d'étendre son marché des vins de table tous azimuts.

On lui donnait le feu vert pour arroser l'Europe dans les conditions qu'elle jugerait favorables. Elle n'allait pas s'en priver.

Dès cette époque, il était clair que l'Europe deviendrait rapidement la proie des marchands, la foire d'empoigne idéale pour les profiteurs de tous poils. Les gouvernements obtiendraient par son truchement les moyens d'appliquer une politique concurrentielle, déshumanisée, sans paraître en avoir la responsabilité directe.

Dès 72, on commença de nous dire :

« Nous sommes d'accord avec vous, mais la communauté ne nous permet pas de vous donner satisfaction. »

Bruxelles devenait une sorte de paravent, derrière lequel pouvait s'instaurer tout un système libre-échangiste, affairiste, capitaliste.

La Communauté perdait son sens réel, qui était d'être au service des hommes. Elle devenait une communauté d'intérêts sordides, de relations mercantiles, de prévarication.

Le gouvernement puisait sa bonne conscience dans le fait qu'il défendait apparemment les agriculteurs. Je dis apparemment, car il n'est pas certain que l'avenir ne nous démontre que bien de ceux qui, jusqu'à ce jour, croient avoir fait la bonne affaire, ne s'aperçoivent comme nous qu'ils ont été roulés.

En fait, une sorte de complicité politique s'instituait entre les Etats, pour associer une économie libérale qui octroyait aux groupes financiers, aux sociétés nationales et multi-nationales, le pouvoir exorbitant d'un développement à leur convenance, passant nécessairement par la récupération des diverses valeurs ajoutées sur l'ensemble des matières premières.

Car 72 est l'année où va s'ouvrir la stratégie de l'hypocrisie et du pharisaïsme.

Dès le mois de décembre, nous subissions le charme

des propositions nouvelles, dont on nous disait qu'elles seraient constructives et donneraient rapidement leurs premiers résultats.

*
* *

Avec une certaine anxiété, ce 9 décembre à Montpellier, nous attendions l'arrivée de Jacques Chirac. Nous étions sur le perron de la Maison de l'Agriculture. Cette maison nouvellement construite avait été conçue par le professeur Milhau. Elle était le symbole de regroupement et de la volonté d'agir de nos organisations professionnelles. La mutualité 1900 en avait été le maître d'œuvre.

La D.S. Citroën noire de la préfecture s'arrête : un homme en descend. Il est grand, félin, un peu penché. Son visage est mince, strict, classique. Il est vêtu d'un costume sombre. Tout, en lui, exprime la volonté : ses yeux expressifs, largement fendus, ont une force pénétrante. Ils passent très vite de l'aigu incisif au sourire. Ils sont interrogateurs et souples, puis deviennent sévères, presque durs.

Nous sentons tous que le nouveau venu ne sera pas un ministre comme les autres. D'emblée, je comprends que j'ai devant moi un animal politique de grande classe. Il paraît écarter les lourds roseaux d'une jungle imaginaire.

Tandis que nous prenions place autour des tables mises en carré, je sentais toute ma pauvreté humaine : une fois de plus, j'étais amené à poser devant les Pouvoirs Publics le problème de l'agriculture du Languedoc-Roussillon.

Tous les responsables de la coopération, du syndicalisme, étaient là. Je reconnaissais chacun d'entre eux. Les présidents de Chambre m'entouraient : Cribeillet et son accent catalan aussi fort qu'un éboulis, Verdale, l'air sérieux, visiblement accaparé par ses pensées. Boulot, le Gardois, souriant, yeux moqueurs, tout empreint de la proche Provence. Paradan, le Lozérien, fin de corps et d'esprit, portant en lui la solidité des Causses. Guizard, ce vieux compagnon, avec lequel de temps à autre, nous avions des passes d'armes amicales, mais vives.

J'avais le trac, trop conscient de la tâche que j'allais devoir remplir.

Cinquante personnes étaient là, jugeant et jaugeant chacun de nos mots. Mais il y avait surtout ceux qui n'étaient pas là, ceux qui taillaient leurs vignes et leurs vergers, ceux qui menaient paître leurs brebis sur le Sauveterre ou dans le Vallespir, ceux dont nous avions l'écrasante responsabilité.

Je me sentais porté sur une sorte de ring, avec le handicap de ma condition paysanne et pourtant, je savais que je devais, coûte que coûte, m'acquitter correctement de ma mission.

J'eus un temps de méditation très court, puis je me lançai :

« Aujourd'hui, nous devons engager une nouvelle politique agricole, et plus particulièrement viticole : chaque agriculteur que nous représentons a les yeux fixés sur Montpellier. Tous attendent quelque chose d'important susceptible d'écarter de leur esprit le scepticisme pour laisser, à sa place, renaître l'espérance. »

Les mots résonnaient au plus profond de moi. C'était une véritable supplique que j'adressais à Jacques Chirac. Je poursuivis en évoquant ce Midi si vilipendé :

« Le Midi, c'est le plus grand vignoble du monde. Les vergers d'abricotiers catalans représentent 80 % de la production nationale. Les raisins de table, la pêche, la cerise, la pomme, les cultures vivrières, les ovins, les fromages et les miels, constituent nos productions originales, sans quoi notre économie s'effondre. Le Languedoc-Roussillon, c'est aussi le plus gigantesque effort d'organisation professionnelle, avec 560 caves coopératives vinifiant 16 millions d'hectolitres de vin, 81 groupements de producteurs reconnus et le réseau mutualiste le plus ancien et le plus dense. C'est aussi une population de 1 700 000 habitants, dont 22 % se consacrent à l'agriculture. Ce peuple sait d'instinct que ruiner son agriculture, c'est ruiner sa culture et son économie. Chacun, chez nous, a sa part de sang paysan, un reste de purisme cathare, un brin de passion libertaire, mais aussi du cœur, du nerf et de l'esprit. La défense du Languedoc-Roussillon est notre œuvre commune... »

Durant plus d'une demi-heure, j'exposai le dossier : notre impression d'être abandonnés, la précarité de notre situation. De temps à autre, mes yeux se posaient sur la salle. Elle était attentive, chacun suivait mon intervention avec courtoisie. Mais qu'y avait-il derrière le cerveau de tous ces hauts fonctionnaires placés derrière Chirac, comme un aréopage ? De temps à autre, je voyais l'un d'entre eux se pencher vers lui pour murmurer quelque chose ou glisser un papier. On notait, on décortiquait mon exposé avec soin.

Toute une équipe pour répondre à un responsable paysan, c'était la démonstration de la difficulté des réponses à apporter.

Je me tus. Un silence courut. Puis, ce furent les interventions de Paradan, président de la Chambre d'agriculture de Lozère, Bernard Perret du Cray, président de la Fédération nationale des fruits et légumes. Teissier prit la parole au nom du Comité d'action viticole.

Je m'étais assis. Le calme revenait en moi. La paix se faisait en mon cœur. J'écoutais attentivement les intervenants.

Paradan disait :

« Trop souvent le Languedoc est confondu avec la vigne et les stations du littoral. Mais la montagne et la forêt occupent 41 % de sa surface. Ces régions « sauvages » sont des réserves naturelles, des havres de paix, des sites merveilleux. Malheureusement, les paysans de la montagne sont de plus en plus vieux et de moins en moins nombreux.

« Leur solitude est immense : isolement physique, isolement économique. On n'arrêtera pas le processus de désertification avec l'aide à la vache tondeuse.

« Il faut absolument : renforcer l'aide à l'équipement rural ; améliorer les structures ; assurer le revenu. »

Il termina en disant :

« Soyez aussi le ministre de la Montagne, de cette montagne qui, de la Cerdagne au Gévaudan, domine la plaine du Languedoc-Roussillon. »

Paradan le Lozérien, venait d'agiter le souffle des Causses et des monts. Il nous avait accrochés en profondeur. Son appel avait quelque chose de pathétique, presque de désespéré.

Le regard de Chirac s'était fait lointain : visiblement, Paradan l'avait impressionné.

Bernard Perret du Cray, toujours en sa manière de chirurgien disséquant un sujet, abordait les diverses phases des discussions de Bruxelles concernant la fixation des prix et la protection aux frontières.

Précis, froid, parfois véhément, il convainquait d'emblée par les chiffres. Son jeu était serré, ne laissant que peu de marge à ses partenaires. J'appréciai son style efficace, dur comme une lame, touchant l'adversaire comme à l'escrime.

Puis Teissier, responsable du Comité d'action, attaque. Il le fait en rappelant les infructueux dialogues et les vaines promesses : le Marché commun, la politique décevante de la qualité, la fiscalité abusive, le sucrage. Autant de sujets qu'il aborde tour à tour, de son étonnante voix caverneuse :

« Les vignerons attendent des Pouvoirs Publics une politique enfin cohérente et à long terme. »

En clair, cela veut dire : un revenu assuré pour les vignerons du Midi ; assez de passe-droits intra ou extra-communautaires ; les mêmes impôts, les mêmes droits, les mêmes chances pour les mêmes produits.

Chacun intervient à son tour : Margarot sur la baisse des prix, Guizard sur les investissements et le crédit, Farras sur la course en avant de la productivité comme seule parade devant des prix insuffisants, Courret sur les réductions de crédits à la coopération, dans le moment où les Italiens bénéficient d'aides particulièrement importantes et avantageuses.

Enfin, Benet fixe l'unité régionale, ancrée sur son immense vignoble, souligne les variations de récolte introduisant des distorsions nouvelles :

« Le vin est un produit noble qui ne doit pas être ravalé au rang d'une boisson industrielle.

« Voilà pourquoi la viticulture mène un combat permanent pour préserver l'originalité et la personnalité du produit et poursuit un effort éperdu pour défendre son revenu et son terroir.

« Elle est en butte à un Marché commun sans harmonisation et à un concurrent : l'Italie, qui recherche dans la vigne une plante colonisatrice, moyennant quoi notre région est prise en fourchette entre les vinificateurs de Rotterdam et les productions italiennes. »

Il conclut en disant :

« La vigne est notre chair et notre substance. Les efforts qu'il faut lui consentir, Monsieur le Ministre, en valent la peine. »

C'est au tour de Chirac. Chacun attend avec curiosité son intervention.

Tout d'abord, il jette un lent regard sur la salle, puis il démarre, avec un débit précis. Sa voix est chaude, convaincante :

« Je suis venu aujourd'hui pour vous écouter. Je reviendrai volontiers vous apporter les résultats.

« La position du gouvernement est claire : tout le monde sait, depuis le dépôt en mai dernier de notre mémorandum, que la France demande une révision du règlement communautaire, qui permette désormais d'assurer la sécurité et la garantie du revenu du viticulteur, comme de bien d'autres producteurs.

« Les importations en provenance d'Italie ont été manifestement excessives. Peut-être pas en quantité, mais à coup sûr pour le niveau des prix, car il est aberrant que des transactions aussi importantes puissent se dérouler à l'intérieur de la Communauté au-dessous du prix d'intervention.

« ... La viticulture répond à un besoin national et de plus en plus européen. C'est pourquoi il faut répondre aux questions angoissantes du viticulteur, touchant à sa sécurité, ses débouchés, ses revenus, si l'on veut éviter à la viticulture de mourir guérie. »

Tandis que la réunion se termine, cette phrase me poursuit. Je cherche à en analyser toute la portée. Oui, il faut répondre à l'angoisse du viticulteur... Mais comment y parvenir dans l'incohérence du système ? Notre sécurité, notre revenu, nos débouchés... sans doute, mais comment en concrétiser la réalisation ? Je reste sur ma faim, car seul l'avenir me dira la part des mots et la part des actes...

Chirac a prononcé une phrase qui ne cessera plus, désormais, de me hanter. Oui, il faut répondre à l'angoisse des viticulteurs si l'on veut éviter à la viticulture de mourir guérie.

Tenons-nous enfin le grand ministre dont nous avons besoin ?

Parviendrons-nous à modifier la conception libérale communautaire ?

Chirac sourit largement. Ses auditeurs l'ont écouté calmement, presque en confiance.

L'espoir reviendrait-il sur nos terres apeurées ?

Noël approche... Tout semble possible...

*
* *

La vigne dort en son rêve hivernal. Les bords de l'Hérault sont dépouillés, les branchages et les ramures sont pareils à des objets ciselés, incrustés sur le ciel d'un gris neigeux.

Comme toujours à cette époque, une sorte de silence intérieur règne dans la maison. Le pouvoir de Noël est de rejeter, durant un temps, la rigidité de la vie. Noël est la volonté d'oublier le poids de son fardeau.

Je songe à tous les Noëls qui se préparent : celui des fêtards, emprisonnés dans le paradis artificiel des cotillons. Celui des gens seuls, des nantis, des malades, des taulards, des ministres et des gueux.

Notre Noël languedocien est rarement froid, bien que j'aie connu au cours de mon existence un certain nombre de fêtes de la Nativité embellies par la neige. Elles ont marqué mes souvenirs comme des signes d'exception, donnant un surcroît de merveilleux à cette période.

Cette année 72, la pluie vint quelque peu assombrir la semaine de l'Avent. Depuis toujours, nous préparions Noël quelque temps à l'avance : une sorte de rite immuable s'était peu à peu institué, forçant nos comportements.

Je tenais à ce que la famille se resserre. Ce sentiment commun à la plupart des foyers, prenait une coloration plus forte dans notre milieu chrétien et paysan.

Seuls mes enfants vivant à Bamako ne pourraient se joindre à nous.

Il fallait ouvrir la chambre d'amis. La maison entrait dans une sorte de fièvre préparatoire. Cette pièce était familièrement appelée chez nous « la chambre de la cousine Jeanne ». Ma femme avait été sa filleule et avait reçu ce modeste legs à sa mort.

Son mobilier était 1900. Lorsqu'on ouvrait l'armoire, une odeur mêlée vous frappait le visage : le lavandin, la bergamote, l'essence de patchouli, dispensaient leurs senteurs. Tout un passé surgissait aussitôt : la cousine Jeanne avait vingt ans au début du siècle. Elle ne s'était pas mariée, mais avait eu un trousseau complet et cette chambre avait été sa chambre de jeune fille.

Mon beau-père disait avec irrévérence que si le lit s'était si bien conservé, c'est qu'il avait eu la malchance de n'avoir été, durant toute son existence, que le lit d'une pucelle. Même l'armoire avait conservé, dans son bois, les effluves d'un passé délicat, précieux, d'un secret romantisme. Le style fin de siècle comportait les innombrables fioritures d'un charme désuet et contestable, telles que galeries en forme de balustres, pignons, colonnades, frontons.

J'aimais cette chambre qui vivait maintenant par saccades. Entre deux fêtes, elle s'assoupissait sous les housses. Mais quand venait Noël, tout s'y animait. Une magnifique et pesante couverture tricotée couvrait la literie, la commode était égayée de vases en pâte de verre, signés Daum. Le plateau en opaline portant un service de nuit composé du flacon d'eau de fleur d'oranger, de la carafe, des verres et du sucrier, allait à nouveau servir à quelqu'un.

Si l'on avait la curiosité d'ouvrir les divers tiroirs du mobilier, on y découvrait encore de vieux chapelets d'os, de buis, des images pieuses, des mémentos ou de menus coussins à épingles, brodés de dessins religieux. Mêlées à tout cela, des brindilles de bouquets artificiels, dont les fleurs d'étoffe avaient subi l'automne des couleurs, des croix, des médailles diverses.

Noël venait redonner vie à ces choses d'un autre temps. La maison s'emplissait de gui que nous étions allés cueillir au Saut-du-Loup. Le sapin était remplacé par un jeune rejet de pin. Puis l'on faisait la crèche. Chacun s'y affairait, y apportant son idée bonne ou mauvaise. Nous la placions au cœur d'un magnifique berceau Empire, dans lequel tous les miens avaient défilé tour à tour. Elle était composée de très vieux santons de Provence ayant appartenu à mon grand-père, originaire de Toulon. Ils n'étaient pas sophistiqués comme ceux d'aujourd'hui : ils étaient sommaires, leurs couleurs incertaines, les traits des personnages à peine dessinés. Oh, ils y étaient tous : le ravi, le boumian, le capelan, la marchanda de peisses, lo molinier, lo consol, et tous les animaux domestiques au grand complet : l'ase, lo buau, l'anca, lo piot, lo rit.

Tant ils avaient reçu de farine en guise de neige qu'ils avaient une sorte de grisaille vétuste, leur donnant un caractère onirique.

Notre crèche était à l'opposé de toutes ces crèches pimpantes, faussement artistiques, trop illuminées. Elle venait du fond de nos enfances. Certains sujets avaient été recollés maintes et maintes fois. Ces pansements intervenaient au dernier moment, avant la messe de minuit.

Dans la cheminée, les souches trop sèches brûlaient vite. Il fallait maintenir la braise avec l'apport de rondins de chêne encore frais.

Noël passait dans notre vie d'agriculteurs un peu comme une étoile filante.

La nuit des petits, des gens de la terre, des bêtes, était notre nuit.

Du temps où j'avais des chevaux, ils avaient toujours double ration d'avoine. Dans la basse-cour, les volailles recevaient le grain avec plus de largesse. Combien de fois ai-je eu envie, avant la messe, d'aller voir le clapier ou le poulailler, avec un impérieux besoin de sentir, cette nuit-là, toute la chaleur de la vie animale : sous le faisceau de ma lampe électrique, les lapins et les poules, les canards ou les dindons s'agitaient, surpris. Un remue-ménage s'ensuivait. J'éteignais alors et j'écoutais. Pris au cœur de leur nuit reconquise, peu à peu le silence revenait. Seuls, d'imperceptibles bruits se faisaient entendre : de la souris grignotant, de la chauve-souris, de la feuille brisée sous les corps emplumés ou sous les coups de patte des lapins mâles.

Noël venait ensuite dans notre église communale de Saint-Etienne, avec ses hymnes traditionnels, littéralement massacrés par une chorale exécrable, avec son « Minuit, chrétiens » tout simple, chanté par un des nôtres, marqué par son accent profond d'origine aveyronnaise.

Mais nous pardonnions à la chorale. Nous étions touchés par la simplicité presque naïve de la cérémonie.

Puis venait la fête populaire. Mais elle était toute empreinte d'ambiance et de ferveur chrétienne.

Noël, c'était sans doute la joie des victuailles riches, des galantines, des truffes et du gibier, de nos coquillages du bassin de Thau, mais en aucun cas nous n'acceptions de paganiser Noël, avec son père encapuchonné venu des steppes, avec ses gourmandises standard, son appareil d'une nouvelle tradition artificiellement provoquée.

Noël, c'était pour nous le refus d'une fête intégrée dans la société de consommation, pliée aux exigences d'un snobisme et d'un soi-disant code de bienséance.

Mon Noël est celui des simples, qu'ils soient athées ou croyants. C'est celui qui rappelle la vérité messianique, et non les légendes païennes ou chrétiennes, c'est l'acceptation des nouveaux temps...

C'est le sens des renoncements, de l'ouverture. C'est la confiance accordée à tout ce qui est épanouissement des cœurs. Mais c'est aussi le signe précis d'un message : la simplicité, le dépouillement, la communauté, contre l'égoïsme, la puissance, la richesse.

Dans les jours qui suivent Noël, un lent dépouillement se fait en moi. Le message intervient dans ma jungle intérieure à la façon d'un bûcheron, faisant son chemin au cœur de ma pauvreté, éclairant mes chemins secrets. Il n'y a pas de sécurité morale dans les idées toutes faites, reçues, égoïstement conservées.

Noël vous inquiète bien plus encore qu'il ne vous réjouit, car il pose ses interrogations essentielles sur les valeurs reçues et établies. Il remet tout en cause.

Mais on le piétine, on le caricature. Les riches en

font une sorte de faux-semblant édulcoré, bien-pensant, une imagerie naïve et opiacée. Les pauvres n'y découvrent qu'un message idéalisé, purement théorique.

Pour aller jusqu'au bout de mes réflexions, il me faut accepter de surmonter mon égocentrisme, mes réflexes mentaux acquis par tout le sortilège de l'éducation reçue. Aller jusqu'au bout, c'est accepter une forme d'autodestruction de sa personnalité, dans ce qu'elle a d'ancrage sur le possessif, l'orgueil, le quant-à-soi.

Comme une fleur exotique, peu durable, mais inouïe de couleurs et de beauté, la disponibilité s'épanouit. La difficulté est de la maintenir.

On a tendance à la délaisser, à retomber dans ses ornières.

# *Chirac : encore des promesses...*

Janvier marque le temps du réveil. On sort d'une période sauvegardée pour retrouver brutalement les réalités quotidiennes : l'annuité qui tombe le 1er février, les ventes que l'on ne parvient à réaliser que dans des conditions de prix et de paiement médiocres.

En ce début d'année, l'un de mes ouvriers tombe malade. On ne sait pas encore ce qu'il a. En me faisant signer sa feuille de soins, il m'explique ce qu'il ressent : « J'ai comme un coup de bambou dans la tête. L'autre jour, en labourant, j'ai eu des vertiges. Il a fallu que je m'arrête, et je suis resté un moment sans reconnaître la rangée de vignes dans laquelle je devais entrer. »

Je le regarde à la dérobée, soucieux de ne pas afficher mon inquiétude. Je lui dis : « Il faudrait vous faire faire un examen sérieux. Qu'en pense votre toubib ?

— Il m'a dit d'aller à l'hôpital. Ma femme me le conseille aussi, mais ça ne me dit rien. Je suis allé voir Mme Régnier, elle fait partir les maux de tête. Je verrai bien ce que ça donnera. »

Je pars d'un franc éclat de rire : « Allons, Pierre. Cette bonne femme n'y entend rien. Allez à l'hôpital, ce sera préférable. »

Il grommelle quelque chose que je ne saisis pas. Puis d'une voix plus forte, il explique : « Elle vous met un bol sur la tête et l'eau contenue dans celui-ci fait des bulles. »

Il sourit, puis reprend : « Oui, je sais, ça ne fait pas sérieux, mais je connais des gens qu'elle a guéris. Je serai toujours à temps d'aller à Montpellier. »

Je n'insiste pas. Je médite sur tous ces charlatans, aux petites renommées locales de guérisseurs. Je sais combien encore on écoute leurs sornettes. Je fais une différence marquée, d'ailleurs, entre les rebouteux, souvent très efficaces pour vous remettre un membre en place, et ces explique-songes vous impressionnant sous leurs fariboles. Sans doute existe-t-il un certain nombre de guérisseurs sérieux, basant leurs soins sur l'administration de tisanes, dont on connaît les vertus curatives, telles les décoctions de pariétaires, de mauves, de chiendent, de queues de cerise, de blé des champs. En mon jeune temps, ma mère, pourtant fille de médecin, me fit absorber sans que je le sache, de la tisane de peau de serpents, afin de faire sortir le sénépiou (la rougeole).

Mais combien de supercheries se glissent au milieu des quelques médications conseillées !

Pourtant, je dois bien convenir qu'une personne de ma commune fait disparaître les verrues. Elle récite un certain nombre d'oraisons plus ou moins religieuses et cabalistiques, enterre dans le sol des bouts de paille et vous déclare que lorsque ces bouts de paille seront pourris, dans une quarantaine de jours, vos verrues auront disparu.

De toute façon, Pierre n'en ferait qu'à sa tête... Il redoutait par-dessus tout de quitter son domicile. Aussi, momentanément, il fallait accepter les soins ridicules de Mme Régnier. On verrait bien !

Je songeais à ce qu'avait été la vie de Pierre, mis au travail dès la sortie de l'école, après avoir obtenu brillamment son certificat d'études. Il avait commencé à travailler la vigne et ne l'avait jamais quittée depuis. J'ai déjà eu l'occasion de signaler sa ténacité, son caractère bourru, son honnêteté et sa loyauté scrupuleuses. Il approchait de la soixantaine et me parlait de temps à autre de sa retraite : « Vous savez », me disait-il, « je n'attendrai pas soixante-cinq ans. D'ici un an ou deux, je m'en irai. Si vous êtes d'accord, je viendrai vous faire de la taille à prix fait, je vous soignerai les greffages...

Le reste du temps, je cultiverai mes quatre coins et je ferai marcher mon jardin. »

J'acquiesçais, un peu rêveur : vingt ans de travail en commun nous avaient liés profondément.

Je songe au sort de la classe ouvrière en milieu viticole... Certes, les choses se sont améliorées, mais beaucoup reste encore à faire...

Pierre eut un arrêt maladie de trois semaines, et suivit un traitement aux corticoïdes : on pensait à des histoires rhumatismales, au niveau des vertèbres cervicales. Il continua, parallèlement, ses visites à la guérisseuse. Puis, se sentant mieux, il reprit son travail.

*
* *

Tenant ses engagements, Jacques Chirac revint à Montpellier le 8 février.

Pour l'occasion, tous les préfets de la région étaient présents, ainsi que le président du Conseil général de l'Hérault. Un véritable brain-trust accompagnait le ministre : vingt-deux hauts fonctionnaires étaient présents. Jamais nous n'avions vu un tel déploiement administratif.

Je passai aussitôt la parole à Jacques Chirac. Il eut une longue intervention d'une heure environ, qui traita tour à tour des problèmes des sinistrés, d'une action à long terme, enfin de la modification du règlement communautaire. Il arrivait avec un véritable plan de bataille.

Il parlait avec lenteur, ponctuant certains mots, élevant le ton sur les passages qu'il jugeait importants. Il paraissait parfaitement détendu, sûr de lui.

D'emblée, il annonça un train de mesures concernant les viticulteurs sinistrés de l'Aude et des Pyrénées-Orientales, notamment. Puis, très rapidement, il aborda le programme d'action viti-vinicole à moyen et long terme :

« Il s'agit, sur une superficie d'environ 100 000 hectares et sur une durée de dix à quinze ans, dans le cadre des plans d'orientation viti-vinicoles définis par des groupements de producteurs sur la base de disciplines volontairement consenties par leurs adhérents, de restructurer le vignoble et renouveler les plantations en cépages recommandés et améliorateurs, définir les moyens juridiques, techniques et financiers de cette restructuration, développer l'équipement des caves en vue d'une sélection de la qualité, mettre sur le marché, dans le cadre d'accords interprofessionnels, des quantités croissantes de vins complets, en grande partie personnalisés.

« L'ensemble de ces actions peut être évalué aujourd'hui à plusieurs milliards de francs nouveaux. Le financement doit en être multiple : autofinancement, subventions importantes de l'Etat, prêts du Crédit Agricole, financement communautaire par les plans de développement, la « directive structures » ou les « actions communes ».

« Nous ne devons pas nous tourner vers le passé ou nous empêtrer dans les difficultés du présent. Nous devons nous mettre en mesure de faire face à l'avenir.

« L'avenir, pour la viticulture méridionale, est brillant si nous savons modifier ce qui doit être modifié, améliorer encore plus ce que nous avons déjà commencé à améliorer et, avant tout, organiser, transformer, de façon à élever le niveau général de la viticulture méridionale et la sortir de la situation de matière première dans laquelle on l'a trop longtemps confinée.

« Dans l'immédiat », dit-il, « on a décidé de débloquer 10 millions de francs pour des actions de restructuration. Nous allons, dès cette année 73, engager des opérations portant sur 2 000 hectares...

« Si nous ne proposons pas des solutions sérieuses, nous ne résoudrons pas réellement les problèmes, nous nous contenterons de jeter de la poudre aux yeux. Permettez-moi de vous dire que ce n'est pas le genre de politique que je veux mener. »

Il termina son exposé en lançant d'une voix sûre, chaude et pénétrante :

« Les viticulteurs voient en même temps poindre à l'horizon un espoir. Il y a longtemps, je pense, qu'ils n'avaient pas connu cette situation. Mon seul souci, comme celui du gouvernement, c'est de maintenir la situation en ce qu'elle a de favorable aux viticulteurs, et d'exaucer pleinement l'espoir qu'ils ont mis en vous et en nous pour changer ce qui leur est défavorable. Aujourd'hui, sur la base des décisions importantes que le gouvernement a prises, je vous invite tous ensemble à nous atteler à cette tâche exaltante au service de la viticulture méridionale, de la viticulture française et de la nation. »

Personnellement, j'étais satisfait car la viticulture avait enfin motivé une plus grande attention des Pouvoirs Publics. Les bases d'une politique à moyen et long terme semblaient arrêtées. Je restais sur ma faim en ce qui concernait les mesures à court terme. Aucun règlement ne réglait le contrôle qualitatif et quantitatif des importations... La fixation des prix restait arbitraire, très inférieure aux nécessités de gestion.

Chirac continuait de m'inspirer un certain nombre d'interrogations. Néanmoins, je lui accordais le préjugé favorable. Nous sortions de tant d'actions ponctuelles que nous étions avides de voir plus loin.

Cependant, la même question essentielle demeurait : celle des échanges communautaires. Jacques Chirac ne se livrait-il pas à un habile jeu de muleta, afin de détourner les coups d'une viticulture inquiète ? Certains de mes camarades murmuraient des réflexions allant dans ce sens... Ils soulignaient les invraisemblances manifestes contenues dans les propos du ministre. Comment imposer une politique contraignante à l'Italie qui n'en avait cure, qui voyait l'extension de son marché à travers le jeu libéral et concurrentiel. Il lui fallait investir le marché par tous les moyens licites ou illicites. Sa stratégie demeurait de nous bousculer par le niveau des prix. Les vins obtenus dans ces conditions n'ayant d'autre mérite que celui de leur médiocrité et de leur bon marché.

La Communauté n'avait pas encore démontré ce qu'elle était... La nouvelle politique chiracienne bénéficiait de plusieurs facteurs favorables : les prix se tenaient correctement en fonction d'une récolte très faible, en Europe et dans tous les pays du monde. La spéculation allait jouer à la hausse, d'une façon immodérée, sur les appellations contrôlées. La C.E.E. n'était pas encore dévaluée aux yeux de bien des nôtres. Les illusions sont longues à détruire.

Chaque fois que j'intervenais pour en dénoncer le caractère nocif, tout juste si je n'étais pas traité de demeuré.

Les mêmes refrains m'étaient régulièrement servis : « Il faut être réaliste », « il faut s'adapter. »

Enfin, l'Italie vivait encore sur une monnaie équilibrée. Les distorsions monétaires n'étaient pas ce qu'elles furent par la suite. On finirait bien par trouver une allure de croisière avec ses producteurs.

La coopération viticole croyait dur comme fer à la possibilité d'un dialogue fructueux avec ses homologues italiens. Elle a bien déchanté depuis...

J'assistais, souvent avec lassitude, à des joutes oratoires entre les tenants du dirigisme et ceux du libéralisme. Chacun présentait son ours, avec le maximum de rubans rutilants. A les en croire, le salut était exclusivement réservé à leurs conceptions. Les uns et les autres en oubliaient que rien n'est absolu, définitif.

Le dirigisme économique viti-vinicole détermine une valeur d'équilibre entre l'offre et la demande. La difficulté, c'est de l'appliquer aux Italiens. Le libéralisme outrancier devient très vite le terrain favori de la foire d'empoigne. Hors de ces deux vérités, la voie devient étroite, difficile. Elle borde en permanence des précipices. En plus, comme à plaisir, trop d'intérêts font office de cantonniers, plaçant sur le chemin des panneaux de déviation, afin de vous aiguiller vers leur parcours.

Il apparaît de plus en plus que la seule issue soit celle d'un centre régulateur, imposant des disciplines strictes de production, de commercialisation, mais en contrepartie, assurant le revenu des producteurs sur des produits bien définis, correspondant à la satisfaction des consommateurs. Les mécanismes seraient suffisamment souples au niveau de la gestion, évitant le carcan administratif et la tutelle totalitaire, reposant sur l'esprit mutualiste et coopératif, mais garantissant, par un jeu d'équilibre national et de compensation, la sécurité des viticulteurs, victimes de la réglementation communautaire.

Ainsi l'Etat n'irait pas à l'encontre des principes affirmés dans le traité de Rome, mais il devrait procéder, par une intervention permanente, aux rattrapages et au rééquilibrage des secteurs sacrifiés sur l'autel de la Communauté. Il ne faisait plus l'ombre d'un doute, dans mon esprit, que c'était seulement ainsi que l'on pourrait améliorer notre sort.

Faire du vin « consommable en l'état »*, le vendre correctement, cela suppose de bousculer un certain nombre de notions établies :

— Obligation pour le viticulteur de se soumettre à des disciplines de production, nationalisation du commerce des vins, pour n'être plus soumis aux aléas de la spéculation. (Ceci n'excluant pas les maisons de commerce, mais leur attribuant un simple rôle de collecteurs, leur assurant les marges nécessaires pour gérer leurs affaires, bien entendu sous le contrôle du centre régulateur ou de l'office.)

Ces articulations et ces choix nécessitent la volonté de l'Etat.

L'avenir allait nous dire comment on allait répondre à nos attentes. Une décantation ne manquerait pas de s'opérer entre les paillettes d'or et le sable. Il suffirait que le temps crible les propos tenus et les engagements pris.

Clôturant le tryptique des réunions méridionales, Chirac devait inaugurer le complexe viti-vinicole de l'Espiguette, le 27 juillet 1973.

Ce domaine apparaît tel un vaisseau massif ancré sur une mer de sables. Les dunes couvrent l'horizon à perte de vue, de maigres plantes grasses s'y accrochent. Ce bateau a pour commandant le plus étonnant de tous les responsables viticoles : Charles Daussant.

Oui, c'est bien l'image exacte que l'on peut donner de lui, en précisant toutefois qu'il a la bonhomie d'un capitaine marchand plus que la rigidité d'un officier de la marine nationale.

A l'Espiguette, il règne à la façon stricte d'un pacha

* Vin « consommable en l'état » : vin personnalisé, c'est-à-dire sans coupage.

contrôlant la bonne marche du bâtiment : les couloirs sont ses coursives, les étages et les terrasses ressemblent aux structures plus élevées entourant la dunette. Il déambule du poste de pilotage (la partie administrative) à la salle des machines (l'ensemble des installations et des chais). Il y traîne sa démarche lourde, quelque peu démantibulée : tête penchée en avant et yeux tournés vers le sol, avec de brusques mouvements correspondant à sa pensée. Il a un aspect débonnaire, un comportement facile, les manières d'un ours amical, mais en réalité, il est tout autre : c'est un homme aux idées précises, entières, rarement un homme de concessions. Avec son physique court, puissant, il fait irrésistiblement penser à un samouraï. Lorsqu'il poursuit une idée, je l'imagine exactement ainsi : jambes écartées, à demi-pliées, muscles bandés, prêt au combat. Il s'attache aux idées avec ténacité et ne les abandonne que rarement. Cette volonté orientée vers ses buts intérieurs, s'exprime assez peu en paroles, mais procède méthodiquement en cernant tous les points susceptibles de lui donner gain de cause. Il a le génie des investigations. Ses démarches se font toujours à point nommé et, si elles irritent quelquefois, elles ébranlent les oppositions, mettant les protagonistes en porte-à-faux. Il utilise, avec une extra ordinaire méthode, jusqu'à ses faiblesses : il n'est pas l'homme des synthèses, mène une réunion avec un style décousu, mais il réalise avec génie, construisant ses projets dans la précision et les menant à bonne fin. On ne peut être indifférent : on l'aime ou on le déteste. Mais chacun de ses amis ou de ses détracteurs s'entendent pour constater son efficacité.

Il a lié son nom à la recherche viti-vinicole appliquée. Son premier but est de fournir des bois, des clones* sélectionnés, rigoureusement sains, donnant toute garantie de qualité à un cépage. Ensuite, d'obtenir par des méthodes œnologiques appropriées et les procédés physiques les plus perfectionnés, des vins friands, typés, plaisants, comportant le maximum d'arômes. Il combat l'oxydation et tous ses agents vecteurs, tels que les

* Clones : chromosomes de la vigne.

matières chimiques et les métaux ferreux. Il a créé des produits nouveaux, à base de vin de faible degré, de saveur aromatique. Il a réalisé des mousseux en cuves closes, d'une facture excellente. Ses blancs perlants * sont parfaitement adaptés à la consommation des coquillages et du poisson.

Toute son équipe paraît soudée à lui et se trouve animée d'un esprit extraordinairement combatif. Elle regimbe quelquefois contre un patron difficile, exigeant, mais fait bloc, car elle n'ignore pas que, sans Daussant, l'Espiguette n'existerait pas. Il a donné ses titres de noblesse aux vins du Midi, a démontré tout ce que l'on pouvait attendre des techniques les plus audacieuses. Il fait voir chaque jour, sur le terrain, ce que l'on peut obtenir, en partant d'un encépagement, de méthodes œnologiques bien adaptées, de l'assemblage des divers bouquets des cépages.

L'inauguration du domaine par Chirac est, pour Daussant, le couronnement de son œuvre. Mais, bien plus que cela, c'est son triomphe sur un certain nombre de points auxquels il tient tout particulièrement : les applications, les réalisations, les financements.

Daussant me confiait récemment cette étonnante chose : « Vous savez, Emmanuel, on m'accuse d'être un homme seul, de ne pas faire assez équipe. Vous comprenez, j'ai été habitué, durant la Résistance, à mener les choses avec prudence, circonspection. Je reconnais bien volontiers mes travers, mais l'efficacité est souvent à ce prix... »

* Perlant : pétillant.

# *Margoulins et pinardiers*

Les prix, au cours de l'année 1973, s'étaient redressés, mais notre revenu n'avait guère varié, compte tenu de la très petite récolte 1972 et de l'augmentation sensible des charges. Nous nous débattions toujours dans la médiocrité.

Le 6 décembre 1973, presque jour pour jour après la première venue de Jacques Chirac à Montpellier le 9 décembre 1972, la viticulture repassait à l'action. Ces manifestations avaient un caractère d'avertissement devant les premiers constats d'échec de la politique de concertation prônée par le ministre de l'Agriculture.

Durant les douze mois écoulés, nous avions attendu vainement la concrétisation des promesses faites : aucun résultat n'apparaissait.

Un grand journal agricole de la région, « le Paysan du Midi », commentait dans son éditorial : « La grave crise économique que nous traversons a engendré une grave crise de confiance, dont le dénouement deviendra de plus en plus problématique à mesure que le temps s'écoulera sans que des remèdes actifs n'y soient apportés. La « mer » relativement calme sur laquelle voguait le « bateau fantôme » des promesses faites par M. Chirac, commence à devenir houleuse. »

La récolte 73 avait été la récolte du siècle : un chiffre record de production l'avait conclue : 82 425 164 hectolitres. Les importations atteignaient, de septembre 1973 à janvier 1974, le chiffre astronomique de 2 millions

775 469 hectolitres, soit en moyenne et par mois 693 867 hectolitres. Ce volume, conjugué à l'énorme récolte, vient écraser le marché d'une façon brutale. Les cours remontent, par paliers successifs, aux environs de 0,83 franc le litre.

Tous les éléments d'une crise grave se rassemblent : disponibilités excessives : plus de 100 millions d'hectolitres en France. 82 425 164 hectolitres récoltés + 22 612 578 hectolitres du stock 72 = 105 037 742 hectolitres.

Chirac est conduit à prendre précipitamment une première mesure ponctuelle : l'achat, par le service des alcools, de 2 millions d'hectolitres de vin, pour éviter l'effondrement des cours.

On continue à vouloir régler le problème viticole au coup par coup. On est dans l'incapacité d'arrêter les importations, de les freiner légèrement, durant le premier trimestre 1974 : 1 282 576 hectolitres sont encore importés.

On en arrive à cette politique incohérente : procéder à des distillations systématiques correspondant aux volumes importés. On se refuse à faire jouer les clauses de sauvegarde, pourtant prévues. On marche sur la tête. Lentement, s'amassent les éléments qui aboutiront à des drames affreux.

Le mois de mars va être fertile en manifestations de mécontentement, à un rythme quasi hebdomadaire.

Le 12, outre des barrages routiers et des arrêts de la circulation ferroviaire, nous occupons la Chambre de Commerce de Sète, à titre symbolique pour marquer notre opposition à un certain commerce importateur.

Brusquement, sortant de leur ronronnement administratif, les employés de cet organisme consulaire voient l'envahissement de leurs bureaux. Ils sont pâles : devant eux, ces paysans excédés, prêts à tout, que nous contenons difficilement et qui se trouvent au cœur de la citadelle des importations, ces importations qui les ruinent. Ils ont envie de tout casser, brusquement réveillés de leur sommeil. Les meubles feutrés, d'un goût très sûr, voient ces bouseux, ces impudents, soudain maîtres des lieux. Le mobilier est plus habitué au langage châtié, précieux, des consuls marchands de notre premier port languedocien !

Dans les couloirs, chez le directeur, autour du bureau du président, au standard, partout nos vignerons avec leur gueule des mauvais jours. Un air de révolte souffle dans ces murs, un air venu des campagnes, lourd, pesant. Il vient soulever les tentures aux épais tissus, il fait voleter les papiers sur lesquels s'inscrivent les mouvements et les flux des vins importés.

Non loin de là, nous supposons que sont les registres sur lesquels sont inscrits les arrivées et les départs des gros navires pinardiers.

Le directeur et ses services sont littéralement affolés : « Que vont-ils faire ? Ils peuvent tout saccager. »

A la dérobée, ils regardent nos visages : ceux des gens maigres, aux traits tirés, sur lesquels on peut lire des mouvements convulsifs de colère, ceux des rougeauds congestionnés, ceux des petits et des grands.

Visages d'un peuple en son droit de vivre, au bord de la violence devant cette maison qui symbolise pour eux le travail fait pour rien, les échéances non payées, les nuits sans sommeil.

Un gars du Lodévois dit : « Il n'y a qu'à tout virer. Nous en avons assez de ces ordures qui nous font crever. »

Un autre : « Bien joué. Il nous faut tenir. Cette fois, nous sommes chez nos assassins. »

Mes camarades et moi les entendons, leur expliquons que l'opération ne sera payante que si nous savons mettre tous les atouts de notre côté. Il faut dominer notre exaspération, notre juste colère. Démolir quelques dossiers peut donner une éphémère satisfaction, mais heurtera l'opinion. Car après tout, si les importateurs importent, c'est que l'Etat leur en a donné le droit. Certes, ils s'enrichissent sur notre dos, mais la chambre consulaire de Sète n'est pas seulement leur maison, elle est également celle de tous ces petits commerçants, ces artisans victimes des grandes surfaces et de la concentration capitaliste.

... Ils se calment un peu... Certains gardent leur visage mauvais : ceux-là ont trop souffert. Beaucoup sont jeunes, leur situation financière est catastrophique. Cependant, ils écoutent, serrent les dents, parce qu'ils nous aiment et nous font confiance.

Ils nous entendent encore, mais pour combien de temps ? Dans leurs yeux passent d'étranges lueurs aiguës et acérées... Ces hommes merveilleux de paix, un peu empruntés hors de leurs terres, serviables et très ouverts, se transforment lentement en loups, parce qu'on refuse de les entendre, de les comprendre, et que le fric domine tout, que l'on se fout de leurs dirigeants, que Bruxelles est une momie enveloppée dans ses bandelettes d'ignorance, d'indifférence.

Le président Bonfils arrive enfin. Il est tendu, mais son fin visage n'exprime pas la peur : il tâche immédiatement de placer la question sur le terrain d'un échange de vues entre eux et nous, terrain sans doute musclé, haut en couleurs. Il sursaute et réagit lorsque nous parlons d'occuper les lieux : « Il nous accueille », dit-il, « pourquoi parler d'occupation de la Chambre consulaire de Sète ? »

Un à un, les importateurs sétois arrivent : ils ont été convoqués par téléphone. Je les regarde, yeux dans les yeux : tels les bourgeois de Calais, ils viennent, la corde morale des importations passée autour du cou.

Les vignerons arborent, à leur insu, des visages de juges. Il les observent comme des bêtes malfaisantes, que l'on devrait encager de peur qu'elles nuisent. Certains même, pensent qu'ils sont enragés et qu'il faudrait les abattre. C'est le face à face historique d'un peuple bafoué, face à ses oppresseurs.

La victime économique devient très vite un révolté. Un révolté n'a plus d'oreilles pour entendre ni d'yeux pour voir. Il fonce avec aveuglement sur les barreaux de la cage que les intérêts sordides et d'autres hommes lui ont forgés. Il mord ses barreaux, écume et gare s'il vient à les briser...

Entre ces hommes aux raisonnements habiles, possédant bien leurs dossiers, et nous, dans la vérité et la grandeur de notre colère, s'instaure un dialogue de sourds.

« Mais oui, disent-ils, ils sont prêts à ne plus importer si le gouvernement... si les autres commerçants en vins... si les distributeurs parisiens... si les contrôles ne se font pas que chez eux, à Sète. »

Les nôtres leur disent : « Vous n'avez qu'à nous acheter nos vins. »

On leur répond : « Ils manquent de gras, de couleur, de degré. Nous avons besoin de vins médecins. »

Un garçon de trente ans environ, aux longs cheveux blonds, très soignés, remarque d'une voix calme : « Combien en voulez-vous de vins colorés ? Dans notre coopé, nous en avons. Mais vous les voulez au rabais. Vous nous racontez des salades. Ce qui vous intéresse, ce n'est pas la qualité italienne, c'est le prix auquel vous touchez les vins de Sicile et des Pouilles. »

Un autre, un peu en dehors du cercle immédiat qui nous entoure, clame : « Vous êtes des profiteurs ! »

Je demande à chacun de conserver son sang-froid. Mais je sens au ras des mots le froid balancement des violences intérieures.

Paris est loin, inaccessible. Si Paris pouvait voir cela, comprendre ce qui mûrit doucement à l'ombre ! Mais Paris est sourd aux paroles des gueux. L'Etat s'isole, se barricade derrière les murs de ses ministères. Si Paris devait tout entendre, tout voir, tout régler ! Paris laisse le feu couver sous la cendre, désespérément.

J'ai l'impression de vivre un cauchemar. Il faudrait courir pour échapper à la bête qui nous poursuit et nos jambes ne nous portent pas. La bête nous rattrape lentement. Elle est à nos trousses : j'en sens le souffle puissant, l'haleine pernicieuse : brûlante et fétide. Sa gueule recherche avidement sa proie : elle s'appelle Violence. Et personne ne veut l'intercepter. Je crie, tous les responsables crient : ne la voyez-vous pas venir, ne voyez-vous pas qu'elle sort de sa tanière et vient sur le terrain, ne voyez-vous pas qu'elle va mordre les gens pacifiques et les contaminer ?

Il fait bon dans les ministères, l'air y est conditionné, les tapisseries somptueuses. La France est si belle dans la dorure de ses palais, dans les perspectives de ses jardins... les Jacques... c'est loin. Et puis, il y a les prétoriens.

Mais nous autres savons que des temps tragiques se profilent à l'horizon, que le calvaire ne fait que commencer. Des images d'apocalypse se dressent sur notre horizon, parce que l'Etat a perdu le sens du peuple. Parce que l'on ne veut pas comprendre tant qu'il est temps, parce que, parce que...

Comme un champignon de fumée atomique, je sens obscurément que se forme sur notre terre occitane et sur la France, une masse dévastatrice, parce que la souffrance d'un peuple, venue de l'abus des marchands apatrides et de leurs complices, est ignorée.

La peur tourne maintenant dans les salles enfumées de la Chambre de commerce de Sète. Peur intérieure, défigurante, venue au milieu de ces hommes dont aucun n'est mauvais, mais que des systèmes aberrants poussent à l'affrontement. La société libérale, dite avancée, a l'odeur de la charogne : elle pue l'injustice, l'égoïsme, elle donne à tous ceux qui ont des griffes des lames pour les aiguiser et elle musèle les plus faibles. La société libérale avancée, c'est la muselière ajourée, cousue de fils élégants et rutilants, mise sur le museau du peuple.

Notre terre occitane en sent l'approche. Elle devine les mains de ceux qui veulent la lui passer, même si ces mains sont soignées, fines et blanches. Ces mains se sont peaufinées au contact de l'or. Elles n'ont ni odeur ni crevasses. Ce sont des mains de cadavre. Elles tissent la mort de l'homme moderne. Elles composent le suaire d'une civilisation humaniste.

Ces mains capitalistes sentent la mort.

Le 21 mars, les choses se déroulent différemment : le département de l'Aude s'agite en profondeur. Comme à l'approche des séismes, des signes précurseurs en font comprendre l'imminence, des actions diverses se déroulent, venues d'éléments incontrôlés : après un barrage au carrefour de Montredon, c'est le sac du centre administratif de Lézignan-Corbières et de la perception. Les esprits s'exaltent devant l'amorphie qu'on leur oppose.

Les jours suivants voient un nombre important de perceptions occupées, sans exaction. Toujours cette volonté d'attirer l'attention sur la dégradation constante de notre situation.

Le 29 mars, au cours d'un barrage routier, le porte-parole du Comité d'action viticole, Louis Teissier, dit : « Nous ne sommes pas des casseurs. Nous ne voulons occasionner aucun dégât. Si nous agissons ainsi, c'est parce que c'est la seule façon que nous ayons de nous faire entendre. »

Hélas, les viticulteurs ne l'entendent pas toujours ainsi et leur colère s'exprime à l'encontre de tout ce qui, de près ou de loin, leur semble figurer l'Etat et les importations. La circulation des poids lourds transportant des fruits et légumes et du vin devient aléatoire. Des groupes isolés les interceptent, jetant au fossé leur cargaison.

Les vins italiens, ou supposés tels, vont au ruisseau...

Les pommes et les fruits étrangers roulent sur les chaussées...

Les affrontements avec les C.R.S. paraissent inutiles à beaucoup des nôtres. Des noyaux durs se constituent, échappant à tout contrôle des organisations professionnelles. Leurs membres sont probablement des vignerons paisibles, et pourtant ils n'hésitent pas à perdre leurs journées de travail sur les routes, à l'affût des produits importés.

Une sorte de chouannerie économique s'instaure.

Je suis médusé de l'inconscience des Pouvoirs Publics qui la laissent s'étendre, en ne réagissant que par la répression ou en employant la tactique du « laissez faire, ils finiront bien par s'arrêter... ils se fatigueront avant nous... ». Nous vivons dans une atmosphère délétère, dans laquelle les levains de la révolte trouvent un immense champ d'action.

Pourquoi le gouvernement se refuse-t-il à prendre les dispositions convenables pour protéger notre marché ?

Il y a évidemment son souci de sauvegarder la Communauté. Mais n'y a-t-il que cela ?

Il y a la nécessité de maintenir les échanges dont l'ensemble de notre agriculture profite. Mais n'y a-t-il que cela ?

Il y a toute cette partie imprécise, cachée, dont la proportion est énorme.

Les relations occultes avec les groupes financiers,

les lobbies, l'attitude de certains hauts fonctionnaires, empreinte d'ambiguïté, dès lors qu'il s'agit d'appliquer des sanctions aux fraudeurs. A partir d'un certain moment, nous avons l'impression d'entrer dans un tunnel. Nous marchons à tâtons, nous pressentons des intrigues, des influences, sans pouvoir en acquérir la certitude. Nous constatons seulement avec quelle mansuétude certains dossiers, concernant les fraudes, sont examinés... Comme si, à quelque niveau, des protections intervenaient, mettant les cartons aux oubliettes. Des choses étranges se passent, comme si les palais de justice étaient devenus des lieux mystérieux où les pièces à conviction disparaissent : tels ces échantillons prouvant des manipulations frauduleuses, et que l'on ne retrouve plus...

Par quel étrange procédé ces choses-là se passent-elles ? Qui prête la main à un certain nombre de truands notoires dont les méthodes commerciales sont crapuleuses ? Qui les couvre et pourquoi ?

Nous pénétrons là dans le dédale sordide des venelles empuanties des affairistes. Certains de mes amis professionnels sont passés maîtres en l'art de subodorer tous les trafics défigurant le vin. Aussi ont-ils reçu des lettres anonymes ou des coups de téléphone les menaçant, éventuellement leur présentant l'alternative du silence ou du cercueil. Ces milieux étonnants des margoulins pinardiers sont les plus grands connaisseurs de la réglementation communautaire. A partir de quoi ils établissent leur stratégie dite commerciale. Ils ont appris à jouer les créneaux réglementaires. Ils agissent marginalement à la loi. La réglementation communautaire est une véritable forêt de Bondy, dans laquelle ils dressent leurs embuscades.

Avec un peu d'attention et point de conscience, il est facile de s'enrichir sur le vin. Les recettes sont élémentaires : on achète des blancs tachés italiens à prix très bas. On les colore, puis on les commercialise comme rouges. On choisit des lots de vins de table de bonne qualité, que l'on paie au minimum avec un jeu subtil sur le maniement des titres de mouvement, et on les convertit en appellations d'origine. Combien de fois ne fait-on pas boire aux Parisiens des vins du Midi sous l'étiquette de beaujolais, de bordeaux ?

Dans les fraudes couramment pratiquées, dont on ne réussit à coincer que les auteurs de peu d'envergure, il y a, outre les petits trafics de mouillage, de chaptalisation, un certain nombre de procédés dangereux, pour neutraliser l'acécence : l'acide sulfurique chimiquement pur.

Les choses se passent souvent de la façon suivante : le courtier va prélever des échantillons chez un exploitant. L'analyse accuse une acidité volatile tangente. Cependant, le vin n'a pas mauvais goût et ses caractéristiques le situent dans la gamme des vins loyaux et marchands. Le courtier, qui a procédé seulement à une analyse non corrigée du vin présenté, l'affole quelque peu : « Eh, votre vin ne passera pas l'été... il a 0,80 de volatile. Il faut y faire attention... surveillez-le... »

Puis il tarde à revenir... Il laisse le pauvre type baigner dans l'inquiétude qu'il lui a distillée. Enfin, il repasse : « Alors, qu'est-ce qu'on en fait de cette cuve ? »

Le producteur est là, tout à la fois content de revoir le courtier, mais aussi perplexe et le moral sapé par ce qu'il lui a dit la dernière fois. Sans doute a-t-il apporté quelques grammes de SO2 dans le plus grand respect de la légalité, « mais vous comprenez, on ne sait pas ce qui peut arriver... ».

Le courtier le laisse réfléchir, puis d'une voix suave, hypocritement amicale, il susurre : « X... te l'achèterait bien, mais tu comprends, il ne peut en donner le prix des cours actuels.

— Et combien ? dit le malheureux vigneron.

— Oh, parce que c'est toi, il pourrait arriver à 7,50 francs » (les mercuriales accusant 8,50 francs pour ce type de vins), « soit 10 centimes par litre en moins. Encore faut-il que je le voie. Tu sais, actuellement, cela ne tire pas... Les vins italiens nous crèvent. »

Et d'une voix pateline, de réciter tout le chapelet des réflexions vigneronnes : « Ce gouvernement est dégueulasse... Après tout ce n'est pas la faute des négociants si la Communauté est ce qu'elle est... Que ferais-tu à leur place ?... »

Le viticulteur baisse tristement la tête et finit par dire : « Tiens, entre, viens boire un pastis. Nous discuterons avec la femme. »

Ils pénètrent dans la cuisine... Salutations. L'épouse essuie soigneusement la toile cirée, s'excuse du désordre, bien qu'il n'y en ait pas... pour la forme. Puis elle avance les verres et la bouteille de Ricard.

La conversation reprend : « Tu comprends », dit l'homme à sa femme, « Crouzou passe pour la cuve de cent vingt-cinq hectolitres, tu sais, celle qui a un peu de volatile. »

Le courtier écoute, sans en avoir l'air, les yeux perdus au plafond.

« Il me propose », poursuit le vendeur, « sept cinquante le degré/hl. Il se fiche de moi. »

Crouzou intervient avec un grand mouvement de la main, comme pour balayer quelque chose. « Oh, Madame, ne l'écoutez pas. Moi, vous savez, cela m'est égal. Je vous l'achèterai bien un moment ou l'autre, votre vin. Alors, il n'y a qu'à en rester là. »

La femme dit : « Vous fâchez pas, Crouzou, vous comprenez, tout de même, que ce n'est pas un prix.

— Oh, là, vous avez raison... si l'on m'écoutait ! »

Mais il n'en dit pas plus. Il attend. Il tient sa souris dans les pattes et en joue avec intelligence. Il a l'aspect d'un gros matou, jouant ce jeu cruel.

Le vigneron reprend : « Bon, si encore tu m'en donnais 7,90 francs, nous pourrions faire l'affaire.

— Tu m'en demandes trop... jamais X... ne marchera, surtout avec ce putain de marché... sois raisonnable. Si tu me parlais de 7,70 francs, je pourrais peut-être t'accrocher l'affaire, s'il le faut en te sacrifiant une partie de ma commission. »

Il vient de sortir l'argument massue, celui auquel on ne résiste pas.

La bonne femme et son mari se disent : « Tout de même, si Crouzou sacrifie une partie de sa commission... »

L'affaire se conclut enfin.

Quelques jours après, le courtier amène la confirmation et le chèque d'acompte. Le vigneron en avait bien besoin : les factures s'accumulaient un peu trop ces derniers temps. Comme ça, il pourra faire face au plus pressé...

Puis, avant de partir, Crouzou, tout jovial, dit : « A propos, tu as fait une bonne affaire, je vais t'en donner la preuve. »

Le couple prête l'oreille : « Ah, s'ils avaient pu ne pas trop mal s'en sortir ! »

Et Crouzou poursuit : « Oui, ton vin avait un peu de volatile, alors du comprends, le négociant doit le traiter. Tiens, tu mettras cette poutingue* dans ta cuve. »

En disant cela, il plonge la main dans les profondeurs de son cabas et en retire une bouteille noire, sans étiquette.

Méfiant, le vigneron interroge : « Qu'est-ce que c'est que ça ?

— Oh, rien, dit Crouzou, c'est un produit nouveau pour empêcher ton vin de se piquer. Tu dois savoir la perte qu'il y aurait pour X... »

Et, pour écarter les dernières réticences de son interlocuteur : « D'ailleurs, ce n'est plus ton vin, alors si tu veux que je la vide moi-même, cette bouteille... ».

La femme intervient : « Allons, Monsieur Crouzou, Jean le fera bien... »

L'affaire est dans le sac. Un litre d'acide sulfurique vient d'être versé dans le vin.

Si l'on disait en cet instant au petit viticulteur en question que son vin n'avait pas de volatile, en réalité, et que correction faite, il n'avait que 0,45 g et non 0,80 g...

Si on lui disait que l'addition d'acide sulfurique fait encourir de lourdes amendes, voire des peines de prison, il hurlerait de colère contre Crouzou.

Mais si on lui disait surtout qu'il est responsable de l'acte illicite, parce que commis dans sa cave, bien que son vin appartienne à X..., alors il ficherait Crouzou à la porte avec le pied au cul, puis il aurait peur et tremblerait comme une pauvre bête fiévreuse, jusqu'au jour de la retiraison.

* Poutingue : produit pharmaceutique.

Voilà comment certains négociants peu scrupuleux font des affaires et gagnent sur tous les tableaux : prix bas, produit normal, manipulation frauduleuse faite sans en avoir assumé la responsabilité.

Evidemment, cet exemple ne se renouvelle pas tous les jours. Tous les commerçants et tous les courtiers ne sont pas nécessairement de cet acabit, tous les vignerons ne sont pas aussi sots et aussi ignares. Les caves coopératives les mettent à l'abri de ce genre d'aventure.

Sans doute... sans doute... mais croyez-moi, il m'arrive encore de voir comment on abuse de la bonne foi de nos gens. Dans mon village, j'ai constaté à plusieurs reprises de tels abus de confiance.

Ces petites choses n'auraient aucun intérêt si elles n'illustraient une détestable mentalité et démontraient comment on spécule en petit et comment l'on peut accomplir les mêmes méfaits, mais à la puissance N.

On peut avoir cet état d'esprit de fripouille et recevoir des ministres à sa table en ne leur servant que des appellations authentiques dans le cristal le plus pur et les mets les plus savoureux dans de la vaisselle plate.

# *Georges Pompidou*

Nous étions au début d'avril. La journée avait été douce, légèrement venteuse. Je me sentais las et j'avais envie de me coucher. Je regardai ma femme et je la vis attentive à l'émission télévisée. Jusqu'à ce moment, je n'y avais prêté aucune attention, trop occupé à mes cahiers de comptes.

Elle vit le mouvement que j'esquissai pour m'en aller et me dit : « Attends quelques instants. Cette émission va bientôt finir. Nous monterons ensemble. »

Je pris une chaise et je commençais à m'intéresser au sujet télévisé lorsqu'il y eut un arrêt et la voix du speaker annonça un flash spécial : le président Pompidou venait de mourir.

La nouvelle m'atteignit plus que je n'aurais supposé. La mort de son illustre prédécesseur, le Général de Gaulle, m'avait également frappé, mais celui-ci était tellement statufié de son vivant, que sa personnalité échappait à la sensibilité courante : c'était un pan d'histoire qui entrait au tombeau.

Pour Georges Pompidou, les choses étaient différentes. Il était plus humain, plus accessible.

J'avais eu l'occasion de lui parler, au Salon de l'agriculture de l'année 72. Mes camarades souhaitaient, une fois encore, que nous profitions de l'occasion de l'inauguration du salon pour attirer l'attention sur nos problèmes. Aussi, il fut convenu que si G. Pompidou passait près de notre stand, nous l'interpellerions pour lui dire notre désarroi en quelques mots.

Effectivement, nous le vîmes arriver par une allée proche, mais ce passage, éloigné de quelque dix mètres, ne le conduisait pas vers le stand du Languedoc-Roussillon. Il avançait d'un pas rapide, avec ce curieux visage puissant et blême, la figure légèrement enflée. Derrière lui, l'entourant, tous les hauts fonctionnaires de l'Etat se serraient.

J'avais un trac fou : je me sentais dans l'incapacité de dire quoi que ce fut. J'étais terriblement impressionné par cet homme de carrure paysanne, qui incarnait les institutions françaises. Puis, j'eus, une fraction de seconde, la vision de notre Midi en pleine crise. Cette occasion ne se représenterait plus jamais de parler à la plus haute autorité de l'Etat.

Aussi, dans un sursaut d'énergie, lançai-je : « Monsieur le Président de la République, la viticulture se meurt ! »

Je dis cela avec toute la force de ma conviction et ma voix fit aussitôt scandale.

Georges Pompidou s'arrêta, surpris, un peu décontenancé. Le cortège, derrière lui, stoppa brusquement. J'eus l'impression que tout se figeait, comme au cinéma lorsque la bande s'arrête : les képis de généraux, d'amiraux, de préfets, s'étaient immobilisés en une espèce de galerie de cire. Les visages m'apparaissaient comme ceux des personnages du musée Grévin.

Puis, après une seconde d'hésitation, le président de la République se dirigea vers moi, d'un pas ferme. Je fus aussitôt encadré par ses gardes du corps qui veillaient attentivement à chacun de mes gestes. Toutes les télés, tous les photographes de presse nous entouraient, et je sentais les yeux inertes des caméras qui nous fixaient et j'entendais leur ronronnement métallique. Les flashes jaillissaient de toutes parts.

Pompidou me dit, d'une voix haute, pour être entendu : « A vous voir, Monsieur le Président, elle ne se porte pas si mal ! » Il tenait d'emblée à ironiser un peu pour me faire payer mon incartade et gagner l'avantage sur l'opinion, dès le départ.

Je répondis, la voix blanchie par l'émotion : « Monsieur le Président de la République, si je me porte bien, ma morphologie n'a rien à voir avec le drame du Midi viticole. Nous périssons sous le poids des importations, des règlements absurdes, des fraudes... »

Il me regarda, légèrement radouci. Je sentis qu'il venait de franchir le cap de la surprise et du mécontentement et qu'il acceptait de jouer l'imprévu, selon l'esprit démocratique. « Que faut-il donc faire ? », me dit-il. Et sans me laisser le temps de répondre, il enchaîna : « Oui, nous nous occupons de vous. Je sais, rien n'est facile. Mais il faut faire de la qualité. D'ailleurs, dit-il en faisant un geste large vers nos présentoirs, je vois que vous en faites...

— Monsieur le Président de la République, il faut faire quelque chose, repris-je avec véhémence.

— Oui, oui, nous allons voir, nous allons voir... »

Son ton était devenu méditatif, lointain. Quelque chose se passait en lui, bien éloignée du pauvre vigneron que j'étais.

Sans doute le poids énorme de sa charge lui apparaissait-il, à travers ce minime incident de parcours ? Il mesurait, tel un souverain, le poids des problèmes liminaires. Il se pénétrait de toutes ses responsabilités. Il ne dit plus rien. Je me taisais, conscient que les choses s'en tiendraient là. Déjà, Georges Pompidou avait repris sa marche, entraînant toute sa cour. Cette cour républicaine aussi silencieuse que toutes les cours de monarques.

Je me retrouvai seul, les yeux encore éblouis des lumières électroniques des appareils de prise de vues. Mes copains m'entouraient, commentant ce qui venait d'avoir lieu. Je me recueillais intérieurement et je sentais tout à la fois une certaine fierté d'avoir osé et un certain respect pour cet homme, vieillissant, malade, qui avait accepté d'entrer en dialogue avec moi.

Rentrant à Montpellier quelques jours après, je considérai que les choses ne devaient pas en rester là. J'écrivis une lettre au Président, m'excusant du geste incongru que j'avais eu, lui en expliquant les raisons avec soin, disant mon attachement à l'ordre démocratique, mais lui faisant valoir l'ensemble du dossier viticole, insistant plus particulièrement sur les mesures immédiates à arrêter. Georges Pompidou me fit répondre rapidement, par son directeur de cabinet, m'indiquant qu'il allait faire porter la question viticole à l'ordre du jour du prochain conseil des ministres.

Ceci fut fait et un certain nombre de mesures suivirent, dont la distillation.

C'est pourquoi je garde à Georges Pompidou de la reconnaissance, car tout de même, il essaya de faire quelque chose.

Lorsque la messe de requiem eut lieu dans l'immense cathédrale Saint-Pierre à Montpellier, j'étais présent et très humblement, dans ma foi chrétienne, j'ai prié pour lui.

# *La bonne volonté de Monsieur Bonnet*

La viticulture subit les grands événements politiques comme un navire échoué ressent les marées. Le flux sera-t-il suffisant pour lui permettre de se dégager ?

Le temps des promesses allait venir, les surenchères s'établir. Une fois de plus, la raison l'emportait sur la course en avant : notre civisme nous poussait à ne pas compliquer la tâche du président Poher. L'action syndicale directe fut arrêtée. Comme en 68, les vignerons laissaient leurs revendications en suspens : le nouveau président devrait les régler.

C'est pourquoi nos organisations, à l'unanimité, décidèrent de demander aux divers candidats aux élections présidentielles de bien vouloir se prononcer sur la politique viti-vinicole qu'ils entendaient suivre. Certes, aucun de nous ne se faisait trop d'illusions sur la valeur d'engagements électoraux. S'il est un secteur où les moyens dilatoires sont d'usage constant, c'est bien la politique. C'est pourquoi nous tenions à des réponses écrites des candidats.

Un dossier précis fut mis au point et rendu public le 19 avril 1974 : les organisations viticoles faisaient le constat lamentable de la concertation et du dialogue établis avec les Pouvoirs Publics. Elles prenaient acte de la dernière distillation obtenue, portant sur 2 millions d'hectolitres à 8,50 francs et constataient le refus de vouloir aborder le problème au fond.

La charte viticole demeurant pour nous la règle

d'or, c'est autour d'elle que le nouveau gouvernement devrait articuler sa politique.

A cette occasion, je lançai un avertissement aux candidats : « Certains, comme par miracle, ont désormais des yeux pour voir, des oreilles pour entendre et des mains pour signer. Qu'ils sachent que le temps de la confiance aveugle est passé. S'ils sont demain au pouvoir, ils devront tenir leurs promesses. C'est pourquoi nous leur demandons de s'engager par écrit. »

La lutte politique était lancée. La bataille électorale battait son plein. Personne dans les états-majors des partis ne pouvait ignorer le poids du Midi dans la balance.

Je savais qu'à droite comme à gauche, les candidats devaient faire des choix. Nous, nous exigions, non plus de vagues promesses, mais des engagements précis en cas de victoire. L'avenir de la viticulture en dépendait largement.

Les paysans, qui n'ont pas la mémoire courte, sauraient s'en souvenir.

Voici quelles furent les réponses des deux candidats.

François Mitterand m'écrit :

« Monsieur le Président, j'ai l'honneur de vous accuser réception de votre lettre du 22 avril, qui m'est parvenue le 9 mai.

« Je suis parfaitement au courant de vos problèmes, car ils m'ont été minutieusement exposés par mes amis parlementaires méridionaux que vous connaissez bien. Vos propositions me paraissent parfaitement bien étudiées. Elles définissent dans le détail une politique viticole concrète et cohérente. Ces propositions tendent à défendre à la fois le produit et les hommes, ce qui correspond exactement aux objectifs qui sont les miens en matière agricole et viticole. Je suis d'accord avec les solutions que vous présentez pour sauver la campagne actuelle compromise par la politique à courte vue du gouvernement.

« En ce qui concerne l'avenir, je constate que vous vous séparez formellement du laisser-faire et du laisser-aller qui ont été à la base de l'incohérence dont ont fait preuve les gouvernements de 1958 jusqu'à ce jour et qui ont fait tant de mal à la viticulture méridionale. Je regrette formellement ce pseudo-libéralisme qui livre la viticulture aux spéculateurs nationaux et internationaux, inspirateurs et profiteurs d'importations aussi massives qu'inutiles.

« Le vin français et notamment celui du Midi, ne doit plus être considéré par le gouvernement comme une « matière première coloniale ». Je pense que, sur la base de votre charte, une politique d'ensemble de la viticulture française doit être définie et utilement mise sur pied.

« Mes objectifs rejoignent les vôtres : prix actualisé et indexé, soutien ferme des cours, abaissement de la fiscalité au niveau des autres produits agricoles et harmonisation dans le cadre du Marché commun, arrêt des importations, fin de l'injuste campagne anti-vin, promotion de la qualité, défense de l'exploitation familiale et de la propriété privée. Je pense qu'il faut revenir à une concertation permanente levant l'hypothèque de la technocratie parisienne, tant pour l'élaboration des textes législatifs ou réglementaires que pour leur application.

« Je vous prie de croire, Monsieur le Président, à l'assurance de ma considération distinguée.

François Mitterand. »

Valéry Giscard d'Estaing m'écrit à son tour :

« Monsieur le Président, j'ai pris connaissance avec la plus grande attention du programme pour l'organisation du marché des vins de table que vous m'avez adressé par votre lettre en date du 22 avril dernier.

« Je suis d'autant plus d'accord avec votre chapitre sur les mesures urgentes à prendre pour soutenir le marché du vin pendant la campagne actuelle, que je me suis employé largement, dans le cadre gouvernemental, depuis le 9 avril dernier, à faire aboutir les différentes mesures qui avaient été demandées par votre organisation. La distillation des vins au prix de 8,50 francs pour le viticulteur est en cours. La prime de relogement sera accordée, dans le cadre des dispositions communautaires, à la suite des demandes françaises qui ont été entérinées par le dernier conseil des ministres de la Communauté.

« En ce qui concerne les investissements pour la cuverie, vous savez qu'un crédit correspondant au double de celui qui avait été attribué l'année dernière, vient d'être affecté pour la construction et l'amélioration des caves coopératives. Enfin, pour les contrats de stockage à court terme, ceux-ci seront effectifs à nouveau dès la fin de cette semaine, à la suite d'une décision du Comité de gestion viti-vinicole, qui date du 12 mai.

« A propos de la révision du règlement de base d'organisation du marché n° 816/70, je suis d'accord, ainsi que je l'ai affirmé dans mon discours de Montpellier, pour assurer la garantie de revenu aux viticulteurs par la fixation de prix d'orientation qui tiennent compte des prix de revient, ce qui nécessite une révision du dispositif du règlement 816/70 dans ce domaine.

« Comme je l'ai dit à Yvetot pour l'ensemble de l'agriculture et à Montpellier dans le cas précis du vin, il conviendra de procéder, à l'automne 1974, à une révision des prix tenant compte de l'augmentation des charges d'exploitation. D'autre part, afin d'assurer la garantie effective du revenu, il convient de prévoir dans le règlement, la garantie de bonne fin des contrats de stockage à long terme, sur la base des prix de la campagne suivante.

« En ce qui concerne la préférence communautaire, je reste fermement attaché à cette idée qui est la base même de la construction européenne, dans la mesure où elle contribue à assurer aux viticulteurs un marché privilégié et des prix correspondant à un niveau de vie de nation moderne.

« Par ailleurs, je considère que, dans le cadre d'une politique nationale d'expansion et d'exportation, il convient d'encourager, par des mesures concrètes, les exportations de vins de toutes catégories qui constituent déjà un élément très important de notre balance commerciale. En ce qui concerne la campagne anti-vin, j'ai déjà répondu sur ce point par une lettre commune en date du 8 mai 1974, adressée aux secrétaires généraux de la F.A.V.F. et de la C.N.V.S., et je vous confirme que la lutte contre l'alcoolisme ne doit pas conduire à l'interdiction de la consommation normale de vin et que le concours de tous ceux qui peuvent apporter utilement leur point de vue dans l'étude de ce grave problème, doit être assuré.

« Mon souci de favoriser le développement de la viticulture se manifestera en accélérant la procédure des investissements collectifs, notamment ceux qui sont susceptibles d'améliorer la qualité du produit, en simplifiant la procédure administrative de dévolution des aides.

« Au sujet du problème de la fiscalité agricole et viticole, dans le cadre européen, je veillerai particulièrement à la réalisation d'une véritable harmonisation qui ne perpétue pas les distorsions de concurrence qui persistent encore. Mon souci de voir assurer la loyauté de la concurrence entre les pays producteurs dans des conditions qui protègent équitablement les viticulteurs français soumis eux-mêmes à de sévères disciplines me conduira à demander, sur le plan communautaire, une coordination internationale des moyens et des systèmes de contrôle.

« Le problème des prestations d'alcool vinique revêt un aspect technique autant qu'économique qui nécessite une étude attentive au niveau des services spécialisés du ministère de l'Economie et des Finances et du ministère de l'Agriculture et du Développement rural, et je préconiserai une collaboration de ces services avec votre organisation pour aboutir à une solution équitable.

« Vous savez, Monsieur le Président, que je suis partisan d'une politique de dialogue. C'est dans ce cadre avec vos organisations professionnelles que nous veillerons ensemble à ce que la viticulture française connaisse un nouvel essor.

« Je vous prie de croire, Monsieur le Président, à l'assurance de mes meilleurs sentiments.

Valéry Giscard d'Estaing. »

Après la victoire de Valéry Giscard d'Estaing, M. Christian Bonnet devenait ministre de l'Agriculture.

Tout laissait supposer que les affaires viticoles

prendraient un tournant décisif. Le fait que le Premier ministre soit le précédent ministre de l'Agriculture, assurait une continuité et une connaissance de l'action à mener, évitant toute perte de temps. Dès sa nomination, Christian Bonnet se montrait prudent : « Je considère comme des farceurs les gens qui font des déclarations définitives dès leur arrivée. »

Il éprouvait le besoin de s'imprégner des divers éléments de la situation d'ensemble de l'agriculture. Il n'y avait là rien que de très normal...

Une fois de plus, il fallait patienter...

Une fois de plus, je subissais l'alternative entre mes mandats professionnels et la vie de tous les jours. Cette vie se partageait entre mon travail sur l'exploitation, les soucis inhérents au temps, à la gestion, aux aspects financiers, mais également à ce qui me paraissait revêtir une importance primordiale : le travail syndical à la base. Rencontrer les responsables locaux, les viticulteurs, les arboriculteurs. Discuter avec eux. Prendre le pouls de l'opinion de la base. Savoir comment ils percevaient les choses.

De plus en plus je sentais le mécontentement s'affirmer.

Les uns, ayant espéré qu'un changement de majorité entraînerait une modification en profondeur de notre situation, étaient déçus. Les autres espéraient, sans se faire trop d'illusions, que certaines décisions interviendraient dans le sens positif, en fonction des engagements pris par le nouveau président de la République.

La viticulture avait respecté une trêve, durant la période transitoire, afin de démontrer son souci de civisme.

L'expression de sa bonne volonté, de sa raison, allait-elle être payante ?

# *La ferme de l'Aumerade*

Je marchais sur l'allée du presbytère. Au fond, se tenait l'immeuble : bas, renfrogné, façade décrépite, volets, non peints, porte entrebâillée. Par la petite porte latérale, je pénétrai dans la cuisine : le père Clanet y travaillait aux occupations ménagères. Il était vêtu d'un jean réellement fatigué, n'ayant rien de commun avec ces jeans sophistiqués, préalablement délavés, que portent nos garçons. Il avait la trentaine bien marquée, ses tempes grisonnaient déjà, son visage était anguleux, ses pommettes saillaient démesurément, accentuant le creux de ses joues. Son corps était efflanqué, long, un peu courbé. Des yeux d'un bleu intense donnaient au personnage un air de candeur et d'ingénuité. On le sentait curieux, réceptif.

La pièce était négligemment tenue : sur l'évier gris en pierre d'Agde, traînaient des assiettes où le dernier repas laissait encore la souillure de ses graisses, d'œufs, la trace du pain frotté. Un vieux calendrier de la Croix était fixé au mur par quatre punaises rouillées. Quelques chaises dépareillées étaient rangées tout autour de la pièce. Le tout donnait une impression de pauvreté douteuse et de négligence. On sentait que le prêtre ne vivait dans cette maison qu'en passant.

Une odeur d'huile consommée, âcre et tenace, flottait. Par contre, dans un coin l'on apercevait une petite machine à laver récente, un four électrique suspendu sous le manteau de la cheminée. L'ensemble était affreusement disparate et pitoyable. « Un coup de main, l'abbé ? », proposai-je. Il me tendit un torchon et dit : « Bien volontiers. Je dois faire ma vaisselle : ce soir je monte sur le plateau. Je ne puis laisser les choses comme ça. — As-tu eu la visite des Calvet ? » Son front se plissa légèrement, ses lèvres avancèrent puis s'immobilisèrent avant qu'il ne dise : « Le car du soir était bondé... Hier, leur maison était close... Non, ils ne sont pas venus. En passant, j'ai vu qu'ils avaient oublié d'accrocher l'espagnolette d'un volet que le vent fait battre. »

Je constatai avec amertume : « En voilà d'autres qui en ont ras le bol et qui foutent le camp. »

Il dit : « La ferme de l'Aumerade se vend. J'ai vu le marchand de biens qui attend l'avis de la S.A.F.E.R. pour voir si elle ne fera pas jouer le droit de préemption. Le jeune ménage Fabre s'y intéresse. »

J'observai : « Oui, mais les prix seront élevés, car la ferme de l'Aumerade est demandée par beaucoup de citadins, afin d'en faire une résidence secondaire : elle est belle, bien construite, avec un hectare de pinède. La source du Cigalou donne abondamment. La vue que l'on a sur la plaine est reposante. D'ailleurs, ces acheteurs se fichent pas mal des vignes. »

Le père Clanet avait posé la serpillière dont il venait de se servir. Il s'assit sur une chaise et m'invita à en faire autant. « Il faut que la S.A.F.E.R. l'achète, pour le principe. Vois le président. — Oui, je veux bien, mais je ne sais pas si le commissaire du gouvernement acceptera de donner son accord. »

Nous eûmes un long temps de silence. Un vieux coucou sonna quelque part dans la cure. Je trouvai cela étrange, incongru.

« Tiens, passons à mon bureau, veux-tu, nous serons mieux qu'ici. » Il me poussa vers celui-ci avec une certaine précipitation. Le couloir était obscur. Une petite lampe l'éclairait faiblement. Une vierge de Lourdes était posée sur une étagère d'angle. Le papier de la tapisserie était correct, mais terne : choisi sans doute par son prédécesseur, le vieux curé Delatte. Par contre, le bureau était spacieux, bien éclairé. Une porte-fenêtre ouvrait sur le jardin, dont les rangées de légumes parfaitement entretenues s'apercevaient à travers le vitrage. Ce jardin avait quelque chose d'attendrissant : ses carrés de carottes côtoyaient une plate-bande de jacinthes et d'iris mauves. La cabane à outils était ouverte et la brise faisait tourner la porte sur ses gonds. D'énormes poireaux étaient encore en place. Des scaroles, des céleris, de la poirée mêlaient leurs verts particuliers. Une vaste tache d'ombre restait encore, couvrant un vieux jujubier, au tronc croûté. Une bêche traînait au sol, son manche était vermoulu. Un modeste étendoir supportait le linge de corps du prêtre : accrochés à des pinces de plastique multicolores, des slips, des chaussettes, des tricots de peau se balançaient doucement. Un massif de lilas, bien entretenu, ployait sous le poids des grappes.

« Ton jardin est bien tenu, l'abbé. »

Il parut content : « Tiens, viens y faire un tour, tu verras un peu comme je l'entretiens. — Volontiers. »

Nous bavardions maintenant de toutes les menues choses horticoles. « Je n'arrive pas à me débarrasser des rats taupins. Regarde le ravage qu'ils me font... » Du doigt, il indiquait les trous des galeries que font ces rongeurs. Un entêtant parfum de lilas planait dans le courtil. Les hauts murs sur lesquels la pariétaire s'accrochait avidement, maintenaient sa senteur en suspension. Un soleil léger, d'un printemps encore incertain, tremblotait parmi les seringas.

Il dit encore : « Ma tortue n'est pas encore sortie de terre. On voit que l'hiver a été froid. »

Je saisis une grappe de lilas et la portai à mon nez. Elle dégageait une odeur poivrée, sensuelle. Je songeai à l'humble vie de cet homme et j'eus pour lui, tout à coup, un mouvement profond d'affection fraternelle. J'imaginai notre église, avec son maître-autel largement chargé de fleurs saisonnières. Ses deux chapelles latérales, celle de saint Roch le Montpelliérain, celle plus vaste de saint Etienne, notre patron paroissial. Le père Clanet en avait supprimé tout le bataillon de statues polychromes qui, durant des décennies, avait monté la garde sur leurs stèles de plâtre. Ainsi : Michel terrassant le dragon, Thérèse de Lisieux et ses pétales de rose, le curé d'Ars, l'œil fixe, Jeanne d'Arc vêtue de son armure, avaient rejoint l'arrière-sacristie. A leur place, il avait mis un chemin de croix tout simple. J'eus un moment d'émotion en évoquant notre église telle que je l'avais connue autrefois. Enfant, j'étais terriblement impressionné par la gueule flamboyante et rouge du dragon, par ses énormes écailles d'un vert glauque, visqueux. Un curé avait eu l'idée géniale, pour en rénover l'éclat, de passer sur toutes ces statues un beau vernis translucide, ce qui avait eu pour effet d'accentuer les couleurs de façon grandguignolesque, donnant aux pétales de rose de la petite carmélite un carmin excessif et douteux. La cuirasse de Jeanne la Pucelle brillait d'un éclat sans pareil. Les palmes tenues par saint Etienne paraissaient coupées à une palmeraie de théâtre.

Le père Clanet était un théologien averti. Plutôt traditionnel dans sa façon d'appliquer la liturgie, il avait accepté aussitôt les modifications intervenues après le concile Vatican II. S'il ne détestait pas les intégristes, il en déplorait les excès. Il se refusait à fixer Dieu dans le cadre immuable des rites établis. Son Dieu était celui des hommes vivants et non celui d'un culte érigé en tabernacle inviolé ; d'une foi rigide, janséniste. Il me disait souvent : « Voir tant de vrais chrétiens n'être plus de vrais hommes ! » Ou encore : « Vouloir arrêter l'horloge du temps, au risque d'en casser le mécanisme, c'est nier au Seigneur le mouvement de sa création... Nos bons amis intégristes mourraient plutôt que d'accepter l'hostie dans leurs mains. Nos bons amis chrétiens gauchistes distribueraient la communion en même temps que la barbe à papa ! Ne crois-tu pas qu'il vaut mieux tout simplement nous laisser entraîner vers le Seigneur, selon le mouvement de la rivière intérieure où il nous a placés ?

« L'essentiel n'est pas de faire naître le scandale de peur du scandale. L'essentiel est de tenir la main du Père avec suffisamment de fermeté et d'amour. Le Père ne se préoccupe pas de savoir si celle-ci est blanche, aristocratique, ou brune, striée, corrodée par le boulot. Il ne doit pas aimer qu'on lui impose sa façon de faire, c'est lui qui vous saisit, sans vous briser les doigts, leur laissant le soin de se placer à leur manière. »

Nous étions revenus dans le bureau. Il s'était assis sur une chaise et m'avait installé dans un confortable fauteuil de rotin. Des rayons tout simples portaient une masse de livres, quelques-uns aux reliures de qualité, mais la plupart appartenaient à des collections bon marché. Tout un rayon contenait des brochures traitant de la sociologie, de l'économie, de l'histoire de l'art, de la géographie occitane, et, bien entendu, des divers événements qui avaient marqué notre ethnie durant des siècles.

Il me fit observer : « Pour en revenir à notre conversation de tout à l'heure, j'insiste pour que tu interviennes auprès de la S.A.F.E.R. L'autre jour, en faisant le tour des paroisses dont j'ai la charge, j'ai été surpris de constater, parmi les jeunes, la dégradation du climat. Ils sont vraiment découragés et s'apprêtent à se laisser entraîner à toutes sortes de mouvements désespérés. »

La lassitude était perceptible dans sa voix. Ses yeux avaient pris une expression de rêve intérieur. Sans être durs, tant ils demeuraient lumineux, ils avaient ce je ne sais quoi qui vous saisit aux tripes.

Il ajouta : « Veux-tu que nous allions voir Jean Fabre et sa femme ?

— Tout de suite ? », fis-je.

« Oui, tout de suite, si tu es libre. N'attendons pas qu'il soit trop tard ! »

Ces propos avaient quelque chose de pressant, un peu comme pour me dire : « Faisons vite, comprends à demi-mot.

— Bien, on y va. »

Je regardai rapidement ma montre. Il aperçut mon geste et ajouta : « Oh, l'heure, tu sais, l'heure... »

Son insistance me surprenait de plus en plus. Décidément, il savait quelque chose qu'il ne voulait pas m'avouer.

Il avait une « méhari » et conduisait vite. Nous ne prononçâmes pas un mot durant le trajet. Jean Fabre habitait une vaste maison à la sortie du village.

Sa femme Jackie était dans la cour en train de préparer des pelotes de ficelle en nylon. Elle nous vit arriver, sourit et vint nous ouvrir le portail. Le père Clanet entra et sauta de la voiture en souplesse. Mon âge et mon poids me faisaient apprécier cette jeunesse de corps que j'avais perdue depuis longtemps !

« Bonjour, Jackie, comment va ?

— Bien, Père.

— Et les gosses ?

— Ça va, ça va.

— Jean est-il là ?

— Il trafiquait dans le garage il y a quelques instants. Il doit y être encore... Je vous accompagne. »

Jackie était une petite femme d'aspect fragile, pleine de vivacité. Elle devait avoir de vingt-cinq à trente ans. L'on disait ici qu'un coup de mistral l'emporterait un jour ou l'autre. En elle, tout était menu, délicat. Ses traits étaient étonnamment mobiles. Ses yeux, d'un gris léger, se déplaçaient avec une incroyable rapidité dans leurs orbites. Par instants, ils vous livraient tout grand le chemin de son cœur. On éprouvait le besoin presque physique de la protéger, de la tranquilliser. Elle n'était pas la fille d'un vigneron. Son père était un employé de banque. Pourtant, elle s'était parfaitement adaptée à la vie agricole. Elle n'avait pas d'égale pour mener sa rangée aux vendanges. On avait l'impression qu'elle voletait comme un papillon de souche en souche. Son intérieur était tiré à quatre épingles. Elle peignait un peu, à sa façon, la plupart du temps des visages de jeunes femmes ou d'enfants. Elle se renouvelait peu : tous ses portraits avaient ce même regard de biche affolée, ces mêmes lèvres fines, irréelles. Elle traçait des lignes quasi aériennes, donnant une légèreté à ses personnages au point de les désincarner. Elle exprimait ses états d'âme. Sa facture était incertaine, un peu faible, mais une extraordinaire qualité intérieure se dégageait de ses œuvres.

Jean Fabre s'affairait sur son Ferguson 135. Il venait de claquer sa prise de force et il en démontait le palier arrière. Physiquement, il était ce que n'était pas Jackie : très grand, d'une puissante musculature, il avait une épaisse tignasse brune, pour l'instant blanchie de poussière. Ses yeux étaient noirs, comme sa peau. Il avait ces gestes lents et sûrs des sportifs. Les mouvements de son corps étaient d'une précision harmonieuse. Il agissait sans effort, dans cette assurance sereine que donne l'athlétisme.

« Bonjour Maffre, bonjour Père ! Quel bon vent ? »

Le père Clanet expliqua : « C'est au sujet de l'Aumerade.

— Ah bon... Si nous rentrions ? Jackie nous offrira un peu de carthagène. »

Je dis : « C'est trop tôt, Jean, ne te dérange pas, continue ton travail. Le père me dit que ça ne va pas ?

— Non, ça ne va pas. Vous comprenez, l'Aumerade va nous passer sous le nez. Encore un Hollandais qui va s'installer ici. Ça commence à ne plus aller du tout. Qu'ils achètent les maisons, encore passe, mais si, de surcroît, on leur laisse les terres, il y a de l'abus. Cela ne va pas durer toujours. Et puis, vous comprenez, même pour la maison, faut pas pousser. Voilà cinq ans que nous vivons avec mes vieux. C'est bien et les choses ne vont pas si mal entre nous. Mais tout de même ce n'est pas normal... Jackie, dis-leur ce que tu en penses. »

Elle se tourna vers nous. Sa voix était précise, elle détachait les mots pour en marquer davantage la signification : « Oui, si les choses ne s'arrangent pas, il vaut mieux changer de métier. On est déjà venu demander Jean pour mener un poids lourd. Moi, vous savez, je trouverai du travail : j'ai mon diplôme de dactylo. Le père de Jean ne veut pas nous « partager » encore. Etre aide-familial toute sa jeunesse n'est pas la solution. Et puis, il y a la vie commune. Mes beaux-parents sont gentils, c'est d'accord... Mais nous n'avons pas de vie pour nous deux. Le soir, on a besoin de se retrouver ensemble autrement que dans le lit. Devant la télé, nous sommes tous en ringuette. Chacun commente et dit tout haut s'il aime ou n'aime pas l'émission. Jean et moi, nous préférerions quelquefois écouter un bon disque, bavarder un peu, enfin vous voyez... »

Je l'écoutais amicalement. A travers les phrases transparaissait toute sa sensibilité d'épouse. Je l'imaginais, toute menue et câline, dans les bras de son mari.

« Ecoute, Jean, dis-je, nous allons intervenir. Je vais téléphoner à la S.A.F.E.R. Je verrai le président ces jours-ci. Il est très attentif à ces problèmes. »

Jean dit, assez sèchement : « Ils ont intérêt à faire jouer le droit de préemption. Moi, je ne demande pas plus que les autres. Ce que je ne veux plus, c'est voir ces étrangers s'installer ici, sous notre barbe, sans rien dire. S'ils viennent, et bien nous serons quelques-uns à faire le bordel, je vous en préviens. »

Le père Clanet me jeta un lourd regard, comme pour dire : « Tu piges, maintenant ! »

Nous connaissions le tempérament de Jean Fabre et nous savions que ce n'étaient point là des paroles en l'air. Après tout, il avait raison.

Il nous entraîna vers la maison. Un vieil homme était assis sur un banc devant la façade. Je reconnus le grand-père, aveugle depuis plus de dix ans. En guise de canne, il avait une branche légère de micocoulier, ce bois noueux et dur dont on se sert souvent dans le pays pour faire des manches.

« Bonjour, Monsieur Fabre », dit le père.

L'aveugle leva la tête et ses yeux vides se fixèrent très loin, au-dessus des toits.

« Qui est là ? Je reconnais ta voix, petit, mais je ne sais plus à qui l'attribuer. »

Jackie expliqua : « C'est le père Clanet, grand-père...

— Ah, bonjour, Monsieur le Curé. »

Sa vie durant, il n'avait que rarement mis les pieds à l'église. C'était un radical de la vieille époque. Les processions dans la rue, ce n'était pas normal... S'il n'aimait pas la calotte, il n'aimait pas davantage les « partageurs ». C'est ainsi qu'il appelait les communistes. Il avait conservé de la « laïque » une solide formation civique. On lui avait appris que le bien, c'est ceci et pas cela. La République était, à ses yeux, obligatoirement vertueuse et lorsque des choses venant des Pouvoirs Publics ne lui plaisaient pas, il faisait toujours la même réflexion en jugeant les hommes politiques : « Fi donc, ces gens-là ne sont pas des républicains. Ce sont des coquins déguisés en républicains. » Son esprit d'ancien chasseur surgissait lorsqu'il ajoutait : « Ce sont des appelants. Ils vous crient pour vous tromper. »

La mère de Jean Fabre était venue sur le pas de la

porte. Elle était corpulente et ses traits étaient massifs et avaient quelque chose de buté. « Tiens, bonjour Messieurs. Entrez donc. »

Le grand-père se leva et nous suivit.

Pour l'occasion, nous avions droit à ce qu'on ouvre la salle à manger. Celle-ci était figée dans cet épouvantable style 1930 : les meubles étaient ornés de fruits sculptés, une molesquine verte couvrait les fauteuils et les chaises, les tableaux noir et blanc des parents décédés trônaient dans leurs cadres ovales. Un canapé en simili était la seule concession faite au confort. Sur le buffet, il y avait toute une médiocre collection de souvenirs de voyage : la boule de verre que l'on agite pour faire neiger sur Notre-Dame, l'énorme coquille marine que l'on écoute et qui fait rêver du ressac, le baromètre avec ses personnages traditionnels, entrant ou sortant selon l'hydrométrie. Puis des photos : Jean à tous les âges... jusqu'à son mariage.

Le tout était d'une propreté et d'un ordre méticuleux. La pièce sentait légèrement le renfermé, le champignon sec. Tout le monde prit place.

« On vous dérange, Madame Fabre, dis-je.

— Oh non, vous savez, ce n'est pas tous les jours qu'on a de la visite. »

En regardant la mère de Jean dans ce décor désuet et sans vie, où les plus petits objets semblaient morts, je compris combien Jackie devait être lasse de vivre dans cette ambiance déprimante. On sentait que sa belle-mère n'aurait pas supporté la moindre modification à l'ordre établi. Elle devait avoir une idée précise sur l'esthétisme et rien au monde n'aurait pu l'en écarter.

J'avais eu l'occasion d'entrer dans la salle de séjour que Jean et Jackie s'étaient aménagée pour y recevoir des amis. L'opposition des goûts de ces deux femmes était évidente : Jackie avait arrangé sa pièce avec mille riens sans valeur : une collection de clowns était installée sur une étagère de rotin. Au lieu de sièges, il y avait des quantités de poufs multicolores. Une table basse en bambou portait quelques revues féminines ou des magazines. Un transistor et un électrophone étaient posés à même le sol sur des peaux de bique. Mais il y avait surtout une collection extraordinaire des tableaux de la jeune femme. On était presque gêné tant ces visages de rêve étaient multiples, tous semblables dans leurs expressions, mais divers dans leur composition.

Entre M^me^ Fabre et Jackie, il y avait tout un monde infranchissable, et pourtant elles devaient vivre ensemble : à table, devant la télé, pendant les fêtes. Evidemment, les choses ne pourraient durer encore bien longtemps.

Quand je rentrai à la maison, je pris le téléphone et fis le numéro du président de la S.A.F.E.R. J'avais de la chance, il était chez lui :

« Je te téléphone au sujet du domaine de l'Aumerade.

— Ah bon. » Un temps passa.

« Ici, les esprits s'agitent. Ils ne veulent pas voir, à aucun prix, partir l'exploitation à un étranger. Ils veulent que la S.A.F.E.R. fasse jouer le droit de préemption. Où en est-on de cette affaire ?

— Elle est emmerdante. Le propriétaire est un vieil antiquaire vivant à Aix-en-Provence. C'est un type impossible. Il en demande un prix exorbitant. Le commissaire du gouvernement ne veut pas entendre parler de cet achat. De toute façon, le prix réclamé nous permet difficilement de redistribuer les terres dans des conditions acceptables pour les acquéreurs. Faire appel sur les prix trop élevés reste illusoire. Les juges ne suivent pas.

— Pourtant, ceci a valeur d'exemple. Il faut voir le préfet et lui dire qu'ils sont en train de jouer avec des explosifs et qu'un jour ou l'autre, ils « pèteront ».

— Je sais, je ne cesse de le leur corner... Je vais intervenir encore, sans grand espoir. Je vais téléphoner au président des Jeunes agriculteurs en lui demandant de taper sur la table. Il faudrait que vous interveniez également par la F.D.S.E.A.

— Ecoute, si je ne me trompe, les jeunes d'ici vont marquer le coup. Je ne sais pas ce qu'ils mijotent, mais je sens quelque chose dans l'air. C'est le père Clanet qui m'a mis la puce à l'oreille. Enfin, nous verrons bien... »

Je lui parlai de choses et d'autres et je raccrochai, un peu perplexe. Je ne doutais pas une minute de son bon vouloir, mais je n'ignorais pas les difficultés qui étaient les siennes. Personne mieux que lui ne connaissait la situation des jeunes agriculteurs. Il n'avait pas été pour rien leur vice-président national. Nous nous heurtions à nouveau aux limitations de crédit et aux agents des finances qui n'entendaient pas encourager les prix excessifs de la terre. Etait-il raisonnable, également, de pousser nos jeunes à des achats de vigne, compte tenu de la situation présente du marché du vin et des prix pratiqués ? Je sentais que certains d'entre eux allaient s'enferrer dans un endettement insupportable. Mais comment expliquer cela à des gars de trente ans qui travaillent comme des brutes et pensent ainsi tout régler ? Ils misent sur l'érosion monétaire, sur les structures, sur leurs capacités de gestion. Ils mettent en place de nouvelles méthodes de culture, simplifiées, susceptibles de diminuer leur prix de revient. Ils se livrent à une fuite en avant qu'ils entendent maîtriser.

Je sentais ce que l'âge mettait en moi de prudence excessive. Décidément, je vieillissais. Le temps venait où il me faudrait passer la main. J'eus un long moment de spleen, non à cette pensée mais parce que la tâche devenait trop dure. Que faire devant toutes ces difficultés qui s'accumulaient comme à plaisir ?

Après tout, nos jeunes étaient ce que nous étions alors. Il fallait leur faire confiance.

Deux jours après, je déjeunais tranquillement dans notre cuisine, lorsque quelqu'un frappa vivement. C'était le père Clanet :

« Tu es au courant, Emmanuel ?

— De quoi ?

— Voilà : cette nuit, les jeunes se sont rendus à l'Aumerade et ils ont envahi les lieux. Maintenant, ils campent dans les locaux d'exploitation. Ils disent qu'ils ne veulent en partir que lorsque la S.A.F.E.R. aura décidé d'acheter. Que vas-tu faire ?

— D'abord, y aller. Ils ont raison et je vais le leur dire. »

Le père poursuivit : « Le ramonet* a téléphoné à son patron à Aix. Celui-ci a dit qu'il allait prévenir la gendarmerie et qu'on verrait bien ce qu'on verrait, qu'il n'avait pas l'intention de se laisser impressionner par une bande d'énergumènes, que la propriété avait été violée, qu'il y avait eu effraction... que sais-je encore ? Comme son ramonet lui demandait de venir, il lui a répondu vertement : « Vous n'allez pas me dire que vous avez peur de ces petits cons ! » L'autre lui a répondu : « Si, j'en ai peur. Faut voir comment ils sont énervés. Ils veulent tout démolir. Ce matin, j'ai voulu prendre le tracteur et ils m'en ont empêché. — Bien, a répondu le patron antiquaire, je vais faire le nécessaire. Vous ne les aurez pas pour longtemps ou alors, il n'y a plus qu'à plier boutique. J'ai des relations ! » Le pauvre bougre m'a dit qu'il n'avait pas osé lui répondre : « C'est la seule chose qu'il vous reste à faire ! »

Le père Clanet n'avait pas fini de m'expliquer cela lorsque la sonnerie de la porte d'entrée se fit entendre. J'allai ouvrir : le maire de la commune était devant moi. Il était accompagné de l'adjudant de la gendarmerie de la brigade voisine. Tous deux avaient l'air grave. Le maire commença : « Tu es au courant de ce qui se passe à l'Aumerade ?

— Oui...

— La gendarmerie a reçu l'ordre de prendre des contacts avec les jeunes. Tu ne pourrais pas les accompagner ?

— Non, pas question. Tu m'as vu, portant le drapeau blanc ? Après tout, ils ne font rien de mal, ils ne cassent pas, ils marquent simplement le coup.

— Oui, mais tu comprends, ils ont fait sauter le portail d'entrée. L'Aumerade est un domaine privé. »

Il se tut, hésita, puis poursuivit : « Oui, je sais, ils ont raison. Tu comprends, je suis bien emmerdé. En tant que maire, je suis responsable de l'ordre public dans ce patelin. Que faire ? »

L'adjudant de gendarmerie n'était pas encore inter-

* Chef d'équipe dans une exploitation. Autrefois, celui qui soignait le cheval.

venu. Il remarqua : « Il vous faudrait les raisonner. Ce sont des braves types. Je les connais tous, un par un. Certes, Jean Fabre n'y va pas par quatre chemins, mais il ne ferait pas de mal à une mouche. Si ma mission de bons offices ne réussit pas, je devrai passer la main, vous comprenez à qui... »

Il n'avait pas besoin d'insister : les casques noirs, les uniformes, s'inséraient dans mon imagination.

Il ajouta : « Le préfet n'est pas un cogneur, vous le savez. Il fera tout pour éviter des ennuis. Mais il y a la loi : si l'on donne libre cours à ce genre d'action, personne ne se sentira plus en sécurité. Pas plus vous demain que le patron de l'Aumerade... Ah, celui-là ! »

Il eut un mouvement d'exaspération. Le bonhomme était mal vu, dans le coin.

Le maire reprit : « Alors, que faisons-nous ? »

Je réfléchis quelques instants, puis : « Je crois que le mieux serait que nous y allions tous deux. L'adjudant ne viendra que plus tard. »

M'adressant à celui-ci, j'ajoutai : « Chef, que les choses soient bien claires... Je suis avec eux. En tant que responsable de la F.D.S.E.A., je me sens co-responsable de l'action entreprise.

— Oh, ça par exemple, s'exclama-t-il, je ne saisis pas. Si vous y mettez votre « peille »*, ça va faire une histoire de tous les foins. »

Le maire eut un sourire légèrement narquois, qu'il réprima aussitôt. Il n'était pas mécontent de ce que mon attitude dure, place les choses sur un autre terrain. Il se sentait soulagé. Ce n'était plus une simple histoire de jeunes, mais de toute la profession.

Nous nous séparâmes. L'adjudant me dit quelques mots, presque d'excuse, pour expliquer qu'il ne pourrait faire autrement si... Les ordres sont les ordres, n'est-ce pas ?...

Le maire de la commune était un ami. Plus âgé que moi, il avait beaucoup de sagesse. C'était un bon viticulteur. Il administrait sa commune avec soin : nous avions placé le tout-à-l'égout. Le goudronnage des rues

* Peille : chiffon.

était fait ainsi que l'empierrage des chemins communaux. On avait aménagé le site d'environnement. Les bords de l'Hérault n'étaient plus le réceptacle de toutes les ordures ménagères comme dans le passé. Il veillait sur nos affaires, avec un goût discret de l'administration. Ancien officier de réserve, il était attaché à un certain nombre de vertus patriotiques et familiales. Bien que modéré, il avait su constituer autour de lui une petite équipe de conseillers municipaux représentant les diverses tendances. Il était admis, respecté, les élections ne lui posaient aucun problème.

Nous arrivons à l'Aumerade : effectivement, le portail d'entrée a été arraché de ses gonds. Deux jeunes, que je connais pas très bien, montent la garde devant la propriété. Nous nous saluons. L'un dit : « Venez. » Nous le suivons. Je remarque que son copain tient un sifflet.

En arrivant sous le hangar du matériel, je vois le ramonet parlementer avec un groupe. Combien sont-ils ? Environ une centaine...

Vers le fond, assis sur une charrette à pneus, j'aperçois Jean Fabre, Jo Marquès, Jacques Vernet. L'équipe dirigeante des jeunes du Comité d'action est là au grand complet.

Nous nous serrons la main. Je dis un peu ironiquement en m'adressant à Jean Fabre : « Ça n'a pas traîné, je vois... »

Il a l'air un peu exalté : « Je vous l'avais dit, hier. Ça ne pouvait pas durer. Alors on est là. »

Jo Marquès ajoute : « Tout le monde est prévenu : la télé, les journaux. Ils rappliqueront bientôt. »

M'adressant au groupe, je dis : « La F.D.S.E.A. vous soutient. »

Il y a un mouvement d'enthousiasme. Le ramonet vient vers moi : « Monsieur Maffre, dites-leur de ne rien casser. Vous comprenez, je suis responsable. Le patron me virerait. Vous savez, c'est un drôle. Si je n'étais pas sur la fin de ma course, il y a longtemps que je l'aurais plaqué. Mais à cinquante ans, pour trouver du travail, macache... »

Je le tranquillise aussitôt, ajoutant pour la galerie :

« L'occupation des lieux suffit. Si un petit con démolit, je ne suis pas d'accord. D'ailleurs, vous aurez d'autres chats à fouetter d'ici peu de temps. »

Je laisse le soin au maire de leur expliquer la situation. Il le fait de sa voix mesurée, tranquille : « Bon, l'adjudant de la brigade voisine est venu tout à l'heure nous voir. Il dit que sa responsabilité est engagée, qu'il vous faut évacuer la place... » Un cri unanime s'élève, au milieu duquel certaines voix plus perçantes, plus hautes que les autres, se font entendre : « Qu'ils y viennent ! Nous les recevrons ! Nous leur balancerons les tracteurs dans les pattes. On rigolera bien. Et merde, après tout, nous en avons plein le cul ! »

Le ramonet était visiblement terrorisé. Il s'imaginait voir les tracteurs de l'exploitation mis en marche sans conducteurs. « Monsieur Maffre, Monsieur Maffre, vous voyez bien : ils vont faire des bêtises. »

J'ai un moment d'impatience : « Ah vous, taisez-vous, pour l'amour de Dieu ! Rentrez chez vous, dites à votre femme de ne pas se frapper. Les choses s'arrangeront, si l'on ne perd pas son sang-froid. »

Et, m'adressant aux jeunes, je poursuis : « Maintenant, discutons un peu. Ici, ce n'est pas une foire. Si vous n'êtes pas d'accord vous le direz. D'abord, que voulez-vous ? »

Jean Fabre répond : « Vous le savez bien. L'Aumerade doit être achetée par la S.A.F.E.R.

— Bien, bien... acquiescé-je. Votre histoire est bonne... Elle va aider l'administration à mieux comprendre les choses. Qu'avez-vous l'intention de faire ? »

Ils paraissent hésiter, puis Jacques Vernet explique : « Nous voulons empêcher tout travail sur l'exploitation, tant qu'il le faudra, jusqu'à ce qu'on nous donne une réponse favorable. Les Hollandais n'ont qu'à rester chez eux, ou acheter autre chose que des terres en culture. Il ne manque pas de garrigues bien placées, près de la mer ou à la montagne, pour construire des résidences secondaires... »

Jo Marquès renchérit : « Nous occuperons la cave, les hangars, nous immobiliserons le matériel aratoire... »

Jean Fabre lui coupe la parole : « On ne touche pas à la maison d'habitation de l'antiquaire... pas plus qu'à celle du ramonet.

— Oui, oui », grommela Jo. Je sens qu'il voudrait bien aller plus loin.

Je viens au secours de Jean Fabre : « La maison et les appartements du personnel, c'est sacré. On n'y touche pas. C'est bien compris ? Ensuite, comment voulez-vous procéder ? »

Jacques Vernet explique : « Il faudra que le président de la S.A.F.E.R. vienne pour discuter avec nous. Le conseil d'administration n'a qu'à se réunir d'urgence. Pourquoi pas ici ?

— En attendant, observe le maire, que dois-je répondre à l'adjudant ? »

Quelqu'un lance : « Dites-lui merde ! »

Il y a un remous. Manifestement, les autres n'approuvaient pas cette outrance. Le gars qui avait eu ce mot malheureux se fait rabrouer par son entourage. Dans notre milieu paysan, la gendarmerie est bien considérée. Elle vit au milieu de nous, chacun de ses membres a lié de solides amitiés avec les agriculteurs. Beaucoup de gendarmes sont issus de la campagne. De petits arrangements de bon voisinage se sont établis, au fil des ans, entre la maréchaussée et les exploitants. Des cadeaux circulent sous cape : quelques œufs, un peu de jardinage, une bonbonne de vin, une bouteille de carthagène, voire dans le plus grand secret, un flacon de trois-six.

En contrepartie, ils ne sont pas trop regardant sur les feux de position du tracteur ou de la remorque, sur le nombre de personnel transporté lors des travaux saisonniers. Une sorte d'accord tacite s'est établi entre nous. Les tracasseries ne sont jamais le fait de la brigade de son ressort. On fait la part du feu : il faut bien vivre.

Par contre, les gardes mobiles et les C.R.S. représentent, aux yeux de la plupart des nôtres, le corps répressif avec lequel il faudra en découdre.

Chacun oublie qu'ils ne font qu'exécuter les ordres reçus. Ils sont chargés du maintien de l'ordre, et personne ne saurait nier cette réalité. Chacun reconnaît en son for intérieur que tout régime, toute nation possède sa police. Dans le calme, les gens le comprennent, mais lorsque la passion s'en mêle, tous deviennent aveugles, fermés au moindre raisonnement. D'ailleurs, ceci est vrai de part et d'autre ; devant un climat de colère qui s'instaure dès qu'elles paraissent, les forces de l'ordre s'irritent. La nervosité répond à la nervosité, la brutalité à la brutalité. Une sorte de haine momentanée s'établit entre des groupes humains pourtant semblables au départ. Combien de fils de paysans ayant dû déserter leur exploitation sont devenus C.R.S., gardes mobiles, pour gagner leur pain ?

Le maire était parti rendre compte de sa démarche à l'adjudant. J'étais assis sur une balle de paille. Autour de moi, des poules caquetaient, nullement effrayées par cette bande d'inconnus dont le ton des conversations ne cessait de monter. Un bon nombre d'entre eux avait fait suivre leur musette. Ils mangeaient, tout en plaisantant. Quelqu'un me tend un œuf dur, un autre un morceau de jambon. « Tiens, bois un coup. Puisqu'on ne peut plus le vendre, il nous faut le boire. »

Des rires bon enfant s'élevaient de ces jeunes gorges. Je regardai notre jeunesse : je la trouvais plus grande, plus charpentée que celle de mon temps. Certains étaient réellement athlétiques. Quelques filles aussi s'étaient jointes à eux. Une bonne camaraderie semblait régner entre les sexes. Le goût des femmes était relégué au second plan. Une interrogation circulait dans les groupes, dénotant un peu d'anxiété : « Viendront-ils ? » Il n'était pas besoin d'être grand clerc pour voir de qui il s'agissait.

A cette heure, chez le maire ou à la gendarmerie, le téléphone devait être au rouge. Ça devait drôlement « grenouiller » pour imaginer des solutions d'apaisement.

Vers les onze heures, le « ramonet » sortit et vint me chercher : « On vous demande au téléphone. »

J'entrai dans le ramonetage. Une bonne odeur de pot au feu s'échappait d'une cocotte qui mijotait sur la cuisinière...

C'était le président de la S.A.F.E.R. « Je viens d'apprendre ce qui... »

Je lui coupai la parole : « Tu sais, le mieux serait que tu viennes jusqu'ici.

— D'accord, mais au préalable, je voudrais faire avancer les choses. Il faut faire revenir le commissaire du gouvernement sur sa décision. Je serai là cet après-midi, si possible. »

Je raccrochai, puis je rejoignis les groupes qui se faisaient plus nombreux. Je leur fis part de la communication que je venais d'avoir. Une longue discussion s'engagea sur les pouvoirs, jugés trop réduits, de la S.A.F.E.R.

« Chez nous, dit un garçon du littoral, toutes les garrigues sont achetées par des étrangers. Bien entendu, les vendeurs sont contents parce qu'ils en tirent des prix inespérés. Mais peu à peu l'espace et l'environnement communal disparaissent. Par contre, les fils de fer barbelés, les grillages, les panneaux « propriété privée », les remplacent. Si cela continue, nous ne pourrons plus aller aux escargots, aux asperges, aux champignons. »

Une jeune femme intervint timidement pour ajouter : « La seule chose que nous avions jusqu'à maintenant, c'était la nature. On est en train de nous enfermer dans nos patelins et dans nos vignes. Le reste, progressivement, va passer dans d'autres mains. »

Elle allait continuer, lorsque toutes les têtes se tournèrent vers le portail d'entrée. Quelques fourgons de C.R.S. faisaient leur apparition. Ils stoppèrent à une certaine distance en bordure de la chaussée. Une voiture de police arriva. Tous nos gars s'étaient levés. Certains étaient un peu pâles. Les conversations s'arrêtèrent. Deux hommes descendirent de la voiture et vinrent vers nous. Instinctivement, nos jeunes s'étaient regroupés. Jean Fabre serrait les poings. Je voyais sa femme Jackie lui saisir le bras et le serrer fortement de sa main crispée. Cette petite scène était extraordinairement émouvante : cette Jackie, avec ses yeux fendus de biche toute frêle, se serrant contre son mâle, dont la taille dépassait tous ses camarades.

Un des arrivants nous dit : « Commissaire de police Jolibet. Je voudrais parler à vos responsables. »

Jo Marquès répondit vivement : « Nous sommes tous responsables, tous, vous entendez... »

Je lui fis signe de ne pas s'énerver, car il avait fait cette observation d'une voix pleine d'une violence contenue. Les mots sortaient de sa bouche comme grippés.

L'autre commissaire ajouta : « Ecoutez, les enfants, nous ne sommes pas venus pour cogner. Considérons les choses sans nous passionner. »

Je m'avançai et dis : « Nous sommes deux responsables des organisations viticoles et agricoles : Jean Fabre et moi-même. Je pense que vous me reconnaissez. »

Jolibet sourit sans animosité. Il avait une tête de brave type : le visage rond, brillant, des yeux un peu mouillés. Il paraissait attendre la retraite. Son compagnon était jeune, de taille moyenne, ses épaules larges carraient son imperméable gris un peu étriqué. Il n'avait pas l'air de plaisanter facilement. Mais c'était Jolibet qui devait être le plus élevé en grade. C'est lui qui prenait les initiatives. Il avait un bon accent de chez nous, alors que l'autre parlait comme un « franciman ».

Il me fit observer calmement : « Bon, il n'y a pas eu de casse, tout peut s'arranger encore. Vous avez marqué le coup, la presse arrive, vous pourrez faire toutes vos déclarations. Nous vous donnons une heure pour évacuer, puis nous serons obligés d'intervenir et, croyez-moi, nous n'y tenons pas. »

Un cri unanime s'éleva des manifestants, dont le nombre avait sensiblement augmenté. J'aperçus un type, que je n'avais jamais vu, avec un caillou dans la main. Je fis un signe à Jean Fabre qui suivit mon regard et aperçut le gars dans son attitude menaçante.

Sans mot dire, il se faufila entre ses compagnons, se glissa à côté de l'inconnu, lui attrapa le bras tenant la pierre et, de ses mains énormes, le serra progressivement jusqu'à ce qu'il lâche prise. « Eh, con, tu me fais mal », se contenta de dire l'étranger.

Fabre lui répondit, à voix basse : « Fous le camp, tu entends, fous le camp, salaud ! »

Jolibet comprit que quelque chose d'insolite se passait. Il me regarda d'un air inquiet avant de conclure : « Bon, nous n'avons plus rien à faire ici. Dans une heure, compris ? » Quelqu'un lança un « merde » retentissant.

Les deux hommes soulevèrent les épaules avec lassitude, puis rejoignirent les fourgons de police.

Dès qu'ils furent partis, Jean Fabre dit avec colère : « S'il y a des gars qui sont venus ici pour fiche la pagaille, qu'ils ne s'y trompent pas : je leur brise la gueule. Compris ? » Un long temps de silence. « Alors, quelqu'un a-t-il quelque chose à dire ? J'attends. »

Le silence se prolongea. J'entendis le chant d'une huppe dans les pins parasols. Puis un garçon d'apparence maladive, épaules rentrées, tête blême, rétorqua : « C'est toujours la même histoire. On nous fait venir, puis on se dégonfle. »

Jo Marquès partit d'une bordée de jurons. « Putain de putain, vous ne comprendrez jamais rien. Vous cherchez la bagarre ou les résultats ? Toi, Pascal, tu n'es pas ici pour la terre. Tu es là comme une mouche sur une merde. Ta révolution, tu comprends, nous nous en foutons. Va faire tes conneries ailleurs. »

Pascal répliqua vivement : « Ah, il faut le dire si vous n'êtes pas d'accord, on va se tailler. Après tout, nous autres... Viens, Tony », ajouta-t-il en s'adressant à celui qui avait tenu la pierre. Chacun se taisait, puis une fille dit : « On ne va tout de même pas se chamailler entre nous, sous les yeux de ces cocos ! » Elle venait, par cette phrase toute simple, de sauver la situation...

Tous se portèrent jusqu'au portail d'entrée. Ils étaient éloignés des fourgons d'une trentaine de mètres. Un sous-officier de C.R.S. fit aussitôt descendre ses hommes. Ils s'étalèrent en une ligne continue devant leurs cars. Ils avaient le bouclier, la visière de protection relevée sur le casque. Ils étaient en imperméables. Certains avaient des fusils lance-grenades, d'autres simplement les matraques.

Nos gars commencèrent à leur lancer des quolibets : « Eh, toi, là-bas, ce travail est plus facile qu'à la ferme. » « T'as pas honte, fainéant ? » « Va te faire encadrer, tu as une gueule de passe-boules ! »

En face, personne ne bronchait.

Jean Fabre et moi étions un peu à l'arrière. Je le voyais inquiet, il tournait son poing dans sa main.

Je fus un tantinet amusé, car il faisait ses premières armes. Il avait besoin de se roder. Il me demanda : « Qu'est-ce qu'on va faire, tout à l'heure ? »

Je lui répondis en riant : « T'en fais pas, petit frère. Aujourd'hui, ça ne devrait pas être méchant. Jolibet est un brave type. Lui aussi, comme nous, cherche à gagner du temps. Ils sont tout aussi embêtés que nous. Tout le monde est dans le pétrin à cause de cet antiquaire et de ce commissaire du gouvernement auprès de la S.A.F.E.R. S'ils se décident à nous faire évacuer, je vais te dire ce que nous ferons : deux hypothèses sont possibles, ou bien nous nous exécuterons lentement, de manière que la presse et la télé puissent bien faire leur boulot, ou alors nous nous allongerons et nous les laisserons nous entauler. Ils n'ont pas prévu le coup, ils n'ont aucun panier à salade.

— Oui, mais s'ils nous balancent des lacrymogènes ?

— Si nous nous couchons, ils ne le feront pas. Ils ne cherchent pas des histoires, j'en suis certain. Surtout, pas de bêtises, que les gars ne balancent rien. »

A ce moment, nous vîmes un de ceux-ci arriver avec une tronçonneuse et s'apprêter à couper un pin pour bloquer l'allée qui conduisait au domaine. Jean Fabre et moi-même échangeâmes un regard interrogateur : devions-nous les laisser agir ainsi ? Puis Jean observa : « Laisse faire, c'est pas grave. Il faut qu'ils se défoulent. Ils sont trop malheureux. Et puis, si l'antiquaire a un arbre de moins, ça lui rendra service : il est blanc comme une endive. Tu comprends, dans son arrière-boutique d'antiquailles, les rayons du soleil ne passent pas souvent ! » Nous éclatâmes de rire...

L'heure tournait trop vite à notre gré.

Entre-temps, le père Clanet était venu nous rejoindre par les bois jouxtant le domaine. Sauf ceux qui le connaissaient, aucun autre ne pouvait savoir qu'il était curé. Assis, il observait, méditatif, tout le spectacle. En premier plan, les jeunes viticulteurs, puis la perspective de la chaussée sur laquelle se tenaient les C.R.S. Dans le lointain, les collines bleutées ou mauves. Le jour, progressivement, s'enfonçait dans les vignes. Vers le fond, noyé dans la verdure, le village : toits grisonnants, clocher carré.

Le commissaire de police s'était avancé, pour donner les sommations. Nos jeunes paraissaient un peu désorientés. Jean leur enjoignit de se coucher. Ils le regardèrent, incrédules. Je confirmai la consigne donnée et, prêchant l'exemple, je m'assis. J'observai l'attitude du commissaire : qu'allait-il faire ? Nous étions maintenant tous en position de sitting. De sa fenêtre, le ramonet nous regardait. Jamais l'Aumerade n'avait été le théâtre d'un pareil spectacle. Jolibet s'arrêta. Puis, accompagné de son confrère, il s'avança vers nous. Un rigolo qui, depuis le début, n'avait cessé de plaisanter, dit : « Dupont T et Dupond D ! »

Il y a un formidable éclat de rire. Et chacun se met à scander : « Dupont T... Dupond D... Dupont T... Dupond D... »

Je surpris un garçon qui enlaçait une fille. Le climat violent de tout à l'heure s'était atténué. La gouaille, l'ironie, le remplaçaient :

« Dupont T... Dupond D... »

Jolibet circulait difficilement entre les jambes des manifestants. Ils faisaient d'ailleurs tout pour lui compliquer la marche. Quand il fut près de nous, j'eus l'impression qu'il dissimulait un sourire mi-amusé, mi-satisfait. Il devait penser, après tout, qu'il valait mieux que les choses se passent ainsi. « Monsieur Maffre, il faut évacuer. »

Je lui répondis : « Nous sommes fatigués, Monsieur le Commissaire. Ces jours-ci, le travail a été rude. Il fait bon à l'ombre des pins. Et puis, regardez comme ce paysage est beau ! » — Dites, il ne faudrait pas se foutre de moi !

— Mais non, mais non... »

Il reprit : « Ne faites pas les malins. Si nous donnons les ordres, les paniers à salade seront vite là pour vous cueillir. Je reconnais que vous venez de marquer un point. Votre non-violence... pas si bête ! »

Son confrère écumait visiblement. Il n'appréciait pas les gars qui continuaient de scander : « Dupont T... Dupond D... Dupont T... Dupond D... »

Aucun de nous ne broncha.

Le rigolo proposa : « Un coup de pinard, Monsieur Dupont ? »

Devant notre refus d'obtempérer, Jolibet dit à son collègue : « Viens... Il n'y a qu'à téléphoner... on verra bien... »

Ça y était, nous avions gagné la première manche... Restait la suite.

Tout doucement, la lumière déclinait... Le soleil vint effleurer l'horizon. Il diffusait tout autour de lui ses rayons infrarouges avec prodigalité : les ocres, les pourpres s'amalgamaient en combinaisons variées et de leur mariage naissaient des teintes presque vertes. Le dévalement des vignes disparaissait dans une ombre chaude et souple. Peu à peu, la brume imposait son tulle vaporeux. Les pins n'étaient plus qu'une masse compacte. Sur la route, les C.R.S. étaient remontés dans leurs fourgons. Il était clair qu'avec la nuit, nous allions être tranquilles jusqu'au lendemain.

Jean Fabre me dit : « Qu'en pensez-vous ?

— Et bien, il faut s'organiser pour dormir ici. Pas question de se dégonfler. »

Jo Marquès dit aux jeunes : « Allons, nous avons gagné. Maintenant, au boulot. Voici ce qu'il faut faire : Jacques Vernet, prends cinq copains. Filez par derrière, prenez le chemin du Caladon. Vous pourrez rejoindre le village par les hermes. Il faut se ravitailler chez Noémie : prends ce qu'il faudra, tu diras que nous passerons payer un de ces jours. Vous autres, faites de la place loin des pins, et prévoyez un feu : la nuit sera froide. »

Il ajouta, après avoir observé le ciel : « Pourvu qu'il ne gèle pas ! Quant à nous, nous allons défaire des balles de paille, dans la grange. Ceux qui voudront roupiller pourront le faire. Allez, au boulot ! »

Tous s'en furent, pris à cette sorte de jeu qui les tirait de la monotonie et de la banalité de leur vie quotidienne.

# *La légende du Pétasson*

Maintenant, un énorme bûcher brûlait au milieu de la cour. Au premier aspect des flammes, nous vîmes s'approcher Jolibet pour voir ce qui se passait. Il repartit rassuré, en voyant le soin que nous avions eu pour éviter tous risques d'incendie.

Quand le ravitaillement revint, ce fut une explosion de joie. Je priai le ramonet de nous donner quelques bonbonnes de vin. Il le fit avec bonne humeur.

Et puis, notre soirée commença. Soudain, parmi ces jeunes, le goût de la veillée revint. Tous en avaient entendu parler dans le temps, mais aucun n'en avait connu. La télé avait tué cela comme tant d'autres choses.

Notre rigolo racontait des quantités de bêtises. Par moments, on chantait des chansons à boire : « Ah, le petit vin blanc qu'on boit sous les tonnelles... » Les filles qui s'étaient mêlées aux garçons ne paraissaient pas s'effaroucher de cette longue nuit au milieu de ces hommes.

J'eus envie de parler d'autrefois. J'étais le plus vieux. Je commençai lentement, m'adressant à eux : « Vous savez, les gars, ce qu'était, chez nous, le Pétasson ? »

Personne ne répondit.

Le Pétasson est un personnage mystérieux et légendaire de notre Languedoc. Vêtu de « pétas »*, il va dans

* Pétas : chiffons.

chacune de nos fermes, dans chacun de nos mas. Une soirée durant, il participe à la vie des hommes. Sa personnalité est ambiguë. Il se situe entre le mal et le bien. Il se préoccupe des plus malheureux. De temps à autre, il répare des injustices. Il aime aussi lutiner les filles et les femmes. Celles-ci sont partagées entre la peur et un certain consentement, car le Pétasson sait s'y prendre en galanteries et balivernes.

Dans mon village, existe encore, en fort bon état, un beau château Renaissance. Dressé sur les bords de l'Hérault, dont l'eau alimentait autrefois les douves, il a un passé cruel. En effet, en 1560, il eut pour maître un jeune damoiseau dont la triste réputation a franchi le temps : c'était un gredin de la pire espèce, qui fit de sa demeure, durant quelques années, un véritable repaire de brigands. Il troussait force filles et volait ou tuait force voyageurs. Le roi le fit décapiter... Le château fut vendu à une famille noble de la contrée qui s'y installa jusqu'à la Révolution. A cette date, il se vendit comme bien national et un riche marchand l'acheta. Celui-ci avait un fils unique, beau comme un dieu, bon cavalier et fine lame. Au surplus, fort instruit. Sous le château de Bélarga, dans la partie « intra-muros » du village, il y a tout un quartier populaire, truculent et bon enfant. D'étroites venelles le parcourent. Aujourd'hui, les habitations en ont été restaurées. La rue est la chose de tous : on y vit, on y mange, on y jase. Les soirs d'été, il est rare que les gens ne soient pas assis autour des tables jusque bien après minuit. Cette partie s'appelle Font Petourle. C'est là où bat encore le vieux cœur fatigué de la bourgade. J'y possède une maison ancienne. Les gens ont coutume de l'appeler : l'ostal d'Andrette. Elle est petite, sa façade a été prise dans les remparts désaffectés de l'ancienne cité médiévale. Au rez-de-chaussée, il y a une vaste pièce, elle est voûtée, une cheminée languedocienne à vaste manteau arrondi, lui confère du caractère. Elle possède ses cantous*, la place des animaux sous la plaque du foyer, son large

* Cantous : coins près de l'âtre où se mettaient les vieux, en hiver, pour se réchauffer.

bûcher. La broche fixée au mur est encore en état de marche. Selon la légende, le Pétasson venait s'y réchauffer quelquefois.

Une vieille dame de Bélarga, M$^{me}$ Rouvière, morte depuis longtemps, avait un don réel de conteur. Elle connaissait les mille et une aventures de notre village.

Lorsque j'avais dix ans, elle en avait quatre-vingt-quinze. Elle avait porté la crinoline sous Napoléon III. Elle s'exprimait aussi bien en occitan qu'en français, car elle était la veuve d'un instituteur. Un jour, elle me dit : « Emmanuel, il me faut te conter l'histoire de la maison d'Andrette. Ici, chacun l'a oubliée.

« Ecoute : cette histoire se situe quelque temps après la Révolution, sous le consulat, au cours de l'hiver 1801. Le mois de février avait été glacial, les labours étaient interrompus, la taille avancée. Aussi, les gens s'occupaient-ils comme ils pouvaient, coupant du bois, nettoyant les caves et les écuries, faisant les haies. Selon l'habitude, ils se retrouvaient le soir à la veillée, tantôt chez les uns, tantôt chez les autres.

Il y avait alors à Bélarga un brin de fille jolie à croquer, fine de taille, avec un gentil visage tout en fossettes, pas plus gros qu'une noix. Ses yeux bruns avaient le reflet mauve des améthystes. Tout en elle était menu, fin : ses attaches avaient la délicatesse d'une vraie demoiselle. Son père était un homme pauvre, il préférait le braconnage aux travaux des champs. Dans la région, il n'avait pas son pareil pour poser des verveux au bon endroit, placer des nasses, tendre des cordes ou lancer l'épervier dans les bons trous de l'Hérault. Il était vêtu comme un mendiant, une mauvaise barbe lui poussait au menton.

Andrette n'était guère mieux partagée en matière vestimentaire. La plupart du temps, elle portait des vieilleries qu'on lui avait données. Mais, sous ses guenilles, Andrette restait merveilleusement belle. Les garçons en avaient l'eau à la bouche et nombreux étaient ceux qui auraient voulu la culbuter sur la paille des granges. Quelques-uns, même, n'auraient pas hésité à lui passer la bague au doigt. Mais Andrette était sage, gamine, pas pressée de trouver un promis.

Ce jour-là, on passait la veillée chez Jacques Estélou, le ménager de maître Anselme. Jacque Estélou habitait la maison qui vous appartient maintenant. On avait formé le cercle, les vieux aux cantous, les filles et les garçons devant l'âtre, les parents au fond de la pièce. Une mauvaise lumière faisait jouer les ombres. Chacun apportait sa chandelle et son siège. Andrette était là, assise sur un trépied à traire. Elle avait un peu soigné sa tenue et sous les reflets du foyer, sa beauté rayonnait plus qu'à l'accoutumée. Les garçons faisaient les farauds autour d'elle. Les autres filles cherchaient à les affrioler, tout en faisant semblant de tricoter. Les mères demeuraient attentives à ce que les convenances soient respectées. Les hommes fumaient ou chiquaient silencieusement. Pour l'occasion, le vieux Clairon avait été invité. Clairon occupait, dans notre commune, une place particulière : il était rebouteux, chantre à l'église, connaissait d'innombrables histoires qu'il racontait en mimant les scènes. Il venait de nous dire les aventures de Jean de l'ours et allait commencer « la chandelle rouge ». Déjà, il avait prononcé le mot magique : « un cop i avia »*..., lorsqu'on frappa à la porte.

Jacques Estélou s'approcha de l'huis et dit prudemment : « Qui est là ? »

Une étonnante voix enrouée répondit : « Un pauvre gueux qui a froid et faim. J'ai vu à travers les volets briller la chandelle. Ouvrez-moi, au nom de Jésus. »

Chacun se regarde. C'était un temps où l'on parlait beaucoup des méfaits des « chauffeurs ». Depuis la Terreur, ils ne cessaient d'entretenir les conversations. Jacques Estélou fit signe à Guy Fabreguettes : celui-ci prit au bûcher un lourd bâton noueux et le cala bien au creux de sa main gauche. Puis, il se dissimula sous la voûte, prêt à intervenir.

Jacques Estélou ouvrit : un curieux bonhomme fit son entrée. Il était de haute taille, son visage n'avait pas d'âge, ses yeux très enfoncés étaient vifs, pétillants, étonnamment jeunes. Sa silhouette mince, un peu pliée.

* Un cop i avia : il était une fois.

Il était drôlement accoutré d'une casaque d'arlequin, composée de carrés multicolores aux couleurs vives. Son pantalon était orné sur chaque genou, d'un losange : bleu à droite, vert à gauche. Sur la tête, une sorte de chapeau de fou, avec des pointes en étoffe, singeant une couronne. Il avait une besace bien remplie sur le dos. Son comportement paraissait inoffensif : il sautillait et dansait, tout en murmurant des mots incompréhensibles. De temps en temps, il s'approchait de quelqu'un et soufflait fortement dans le creux de ses mains, comme pour lui faire peur.

Chacun riait alors, et bien entendu, tous pensaient au Pétasson. Etait-ce lui ou un joyeux drille ? En cette période précédant la mi-carême, la seconde hypothèse était tout à fait plausible. Les garçons aimaient bien ce genre de farce. Chacun trouvait que cette veillée avait un côté fascinant, troublant. Certes, un peu inquiétant. Vrai Pétasson ou facétieux, la chose était nouvelle et passionnante.

On lui fit place à la table, face à la cheminée. Cette table avait un lourd plateau de noyer couturé par les estafilades des couteaux de cuisine. De ses mains noueuses, il saisit quelques châtaignes, cuites sous la cendre, qu'on avait mises là dans un panier d'osier. « Eh bien, Bélarganais, Dieu vous garde et le Diable avec lui... Il fait bien froid ce soir ! » Il présenta ses longs doigts maigres à la flamme et fit jouer ses poignets de droite et de gauche en ayant bien soin d'ouvrir ses mains le plus possible. Nous les regardions, telles d'énormes feuilles, elles s'agitaient, laissant passer la lumière.

Andrette se tenait près de l'âtre. Son pauvre petit visage était crispé. Elle devait avoir très peur. Dans ses prunelles, des sortes de flammes tournoyaient, accentuant les reflets mauves du regard. Le Pétasson soudain l'aperçut : il se leva aussitôt, esquissa sur place quelques grotesques pas de danse, puis s'approcha d'Andrette et avant qu'elle eût pu réagir, il lui pinça les seins avec promptitude.

« Oh, le méchant », fit quelqu'un dans la pièce. « Le méchant pétasson ! »

Andrette s'était levée brusquement, prête à gifler

l'impudent. Déjà celui-ci avait fait un saut en arrière, d'une étonnante agilité.

« Mignonne, t'énerve pas. Tes mignardises sont faites pour être touchées par les hommes ! »

Jacques Estélou s'était levé, trouvant que Pétasson exagérait. Mais chacun avait peur de ses maléfices. Tant de choses étaient dites sur ses pouvoirs occultes. Il pouvait faire crever le cheval ou faire couler les récoltes.

Pétasson reprit : « N'ayez pas peur, Bélarganais. Je n'ai aucune mauvaise pensée. »

Tout le monde se signa, car lorsque le diable se fait patelin, c'est alors qu'il faut prendre garde. « Andrette, tu es la plus jolie, mais hélas, tu es aussi la plus pauvre. Viens avec moi, je te vêtirai comme une fée, tu auras tout ce qu'une femme peut avoir. Je t'offrirai des pierres précieuses plus grosses que des glands. Des chaussures que l'on ne trouve que dans Paris, la grand-ville. Viens avec moi, nous irons si loin que tous ici t'oublieront. Je donnerai à ton père du bois de chêne pour arranger sa masure. Je lui offrirai des filets neufs, aux mailles si fines qu'il pêchera tout le poisson qu'il voudra. Je jetterai sur ses pas une poudre dont j'ai le secret, qui empêchera les gardes de le trouver lorsqu'il braconnera. Viens, Andrette, ma jolie poupée, laisse ces vieilles gens à leurs bavardages ennuyeux. Ta place est avec moi. »

Chacun entourait Andrette comme pour la mettre hors de portée du Pétasson. Jacques Estélou lança avec une voix craintive : « Mais qui es-tu, sinon le diable, pour faire de telles propositions à une fille, sans avoir rencontré son père auparavant ?

— Je suis l'âme de ce pays, le vent de ce pays. Je suis vos ancêtres et vos enfants, et les enfants de vos enfants. Je suis votre mer et votre vent, vos nuages et vos vergers. Je suis vos vignes et vos jardins. Je suis le Pétasson. Vous m'avez bien reconnu, n'est-ce pas ? »

Un long moment de stupeur passa. Le Pétasson était évoqué seulement comme un mythe, auquel on ne croyait plus guère. Soudain, il était là, présent, dangereux, sentant la forêt, mais aussi l'enfer. Personne n'osait plus bouger. Chacun laissait triompher sa lâcheté. Après tout, Andrette n'était qu'Andrette, la fille de Piérou le braconnier. Attirer sur soi le mauvais sort pour si peu !...

Le Pétasson eut un énorme rire, éclaboussant la pièce, dont les voûtes gardèrent l'écho quelques instants : « Ah, lâches Bélarganais, c'est là votre courage ! Vous avez peur, peur pour vos biens, pour vous-mêmes. Demain, vous irez trouver le curé pour qu'il bénisse vos foyers et fasse ses prières afin d'écarter mes sortilèges. Mais vous n'osez même pas protester, intervenir pour Andrette. Regarde-les, Andrette. Ils sont jaunes de peur. Ils ont jeté de la cendre sur leurs joues et dissimulent leurs mains sous les châles, afin qu'on n'en voie pas le tremblement. Regardez donc Guy Fabreguettes. Il croit que je n'ai pas vu le bâton qu'il tient. Ton bâton, Fabreguettes, volerait en éclats si tu essayais seulement de le lever sur moi ! »

Fabreguettes avait blêmi. Il n'abandonna pourtant pas la branche qu'il tenait. D'une voix blanche, il lança : « Je ne sais si tu es un mauvais plaisant ou bien notre Pétasson. Mais ne touche pas à cette fille ou, aussi vrai que je m'appelle Fabreguettes, je te briserai les côtes. On ne touche pas aux images de Dieu. »

Chacun à nouveau se signa. Tout à l'heure on avait ri, puis la peur était venue. Maintenant, elle faisait quelques pas en arrière, après les paroles courageuses qui venaient d'être prononcées. Andrette sanglotait doucement.

« Ne pleure pas, Andrette. Je ne te veux aucun mal. Puisque tu as peur, je vais m'en aller... Mais tu n'auras plus à souffrir et rien ne te manquera dès ce jour. Croix de fer, croix de bois, je te l'assure ! »

Je ne peux vous dire comment il sortit. Personne n'est d'accord là-dessus. Jacques Estélou et Guy Fabreguettes disent qu'il s'en est allé rapidement par la porte, d'autres disent que la fumée du foyer l'a aspiré, d'autres encore que le mur s'est entrouvert pour le laisser passer. Les jours qui suivirent furent sans histoire. Puis, un beau matin, on vit Andrette venir aux provisions avec une magnifique toilette, faisant pâlir d'envie toutes les femmes de l'endroit. Piérou le braconnier arbora dorénavant une tenue convenable, comme tous les vignerons du village. On le vit construire une nouvelle maison de bois. Les poutres ne lui manquaient pas. Ceux qui osaient passer près de sa demeure, voyaient, parfaitement rangées, de bonnes planches de hêtre, ainsi que des chevrons de toutes longueurs et de toutes forces.

Chacun, à Bélarga, se mit à cancaner. Lorsque Andrette apparaissait, les conversations s'arrêtaient, des yeux jaloux et soupçonneux s'accrochaient à elle. En un autre temps, on l'aurait fait passer au bûcher pour sorcellerie. Andrette paraissait ignorer les lourds regards d'envie, les chuchotements et les murmures. Elle n'avait jamais été aussi jolie, aussi désirable. Un grand sourire heureux ne cessait d'animer son regard. Les garçons, plus que jamais, rongeaient leur frein. Les mères disaient qu'Andrette avait reçu un pouvoir magique et qu'elle pouvait allumer le désir de leur fils, voire de leur homme. Peu à peu, un réseau de méfiance, puis d'hostilité, en même temps que de crainte, se tissait autour du braconnier et de sa fille. Dans la bourgade, le climat était de plus en plus pesant. Malgré l'éclat tout particulier du mois de mai, les esprits s'assombrissaient. Un maléfice semblait peser sur eux.

C'est alors que le pauvre Piérou se noya. Il se coinça dans les racines d'arbres plongeant dans l'Hérault, où les poissons se tiennent dans ce que nous appelons leurs caves. C'est en voulant les attraper à la main que le malheur était arrivé. L'enterrement eut lieu le lendemain. Peu de gens y allèrent. La journée était tourmentée par un vent du sud pluvieux. Par instants, quelques gouttes venaient fouetter le visage. Le vieux curé marchait vite, suivi de deux enfants de cœur, aux aubes noires. L'un d'eux tenait une croix comme l'on tiendrait une lance : la pointe en avant. Derrière le cercueil, se tenait Clairon le chantre, qui psalmodiait le « Dies irae ». Ensuite, marchait Andrette. Son visage était droit, immuable. Elle était vêtue d'une robe noire dont la ligne stricte moulait son corps, lui donnant l'allure d'une princesse... Derrière, se tenaient les villageois. Ils étaient peu nombreux : une dizaine tout au plus.

Quelques pas après eux, un jeune homme marchait

seul au milieu du chemin : c'était le fils du châtelain. Une vaste cape de voyage lui couvrait les épaules. Il était chaussé de bottes écuyères. Le curé dit les dernières prières devant la caisse du pauvre braconnier. Le bruit de la terre jetée par la pelle résonna sur le cercueil. Andrette s'était approchée et suivait des yeux la terre qui ne cessait d'emplir le trou où son père allait dormir de son dernier sommeil.

C'est alors que, traversant ceux qui étaient là, le jeune homme s'avança, vint près d'Andrette, lui prit la main. Elle ne bougea pas mais se serra contre lui. La pluie s'était mise à tomber avec rage. Chacun s'enfuyait précipitamment. Les silhouettes ainsi penchées contre la bourrasque avaient quelque chose de minable. Le jeune homme et Andrette s'en allèrent paisiblement, sous le ruissellement de l'eau. Le curé, ahuri, bousculait le bedeau...

On n'a jamais revu Andrette. Le vieux châtelain ne veut rencontrer personne. Il s'est enfermé dans ses vieilles murailles, dans une solitude glacée, dans la rigidité de ses idées.

On dit que le Pétasson a emporté la jeune fille, qu'il avait pris pour cela le beau visage du jeune homme. On dit encore bien des choses...

Voilà mon histoire achevée, et comme l'on dit ici : « Clic-clac, mon conte es acabat. »

Le feu s'éteignait doucement dans la cour de l'Aumerade. Chacun des garçons regardait fixement le foyer, où des tas de braises incandescentes rougeoyaient et clignotaient encore. Près de moi, un jeune tenait contre lui, bien serrée dans ses bras, un beau brin de fille, qu'il n'avait sans doute pas connue jusqu'à ce jour. C'est comme cela que l'on fait connaissance, chez nous autres paysans, au hasard d'une fête votive, d'une rencontre en allant au marché des villes voisines, sur la place du village, dans les vignes, ou bien ainsi.

# *Les mois ont passé...*
# *Les promesses ont trépassé...*

Dès le mois de janvier 1975, la succession de deux grosses récoltes à l'échelon national, auxquelles sont venues se joindre des importations intempestives, provoque une rétention marquée des transactions. Les prix sont écrasés, les vins italiens pénètrent sur le marché français à des conditions déloyales : 7,32 francs le degré/hl net, rendu à Sète et pour des 13 °C. En fait, l'Italie concurrence nos productions afin d'établir son hégémonie sur le marché communautaire. Pour ce faire, elle favorise au maximum ses producteurs : subventions, transports à prix réduits, contrôles inexistants, forment les maillons des opérations de « dumping » mises en place. Elle poursuit, par tous les moyens, sa politique expansionniste.

Le gouvernement français s'abrite derrière Bruxelles pour tenter d'expliquer le marasme et l'incapacité où il se trouve de prendre les mesures nationales susceptibles de protéger notre marché. Des opérations louches, portant sur des volumes importants de vins blancs coupés avec des rouges ou colorés à l'œnocyanine enrichissent les margoulins de l'importation, sans qu'aucune surveillance sérieuse ne soit effectuée pour en arrêter les pratiques.

Jean Vialade, cet homme des Corbières dont la personnalité est l'une des plus marquantes des comités d'action, tant il est imprégné de sa terre, tant souffle en lui l'âme occitane, écrit au vitriol : « Quand « ils » couraient après nos bulletins de vote, « ils » nous ont beaucoup promis. Cela ne coûtait pas cher. Ils nous assuraient que l'agriculture serait particulièrement favorisée, et certains, même chez nous, se sont laissés prendre au piège des belles paroles.

« Les mois ont passé... Les mêmes sont repassés... Les promesses ont trépassé...

« C'est une lamentable constatation et nous n'y pouvons rien. Mais que l'on ne vienne pas nous dire que faire cette constatation c'est faire de la politique. Sous le prétexte de ne pas risquer ce grief, devons-nous, justement, laisser faire cette politique économique qui ruine notre pays ? Nous laisserons-nous sacrifier pour redresser, paraît-il, une économie de toute façon moribonde ?

... « Personne n'a le droit de laisser mourir le pays par attentisme ou stupidité. Si le souvenir des parents qui se sont « crevés au travail » pour leur garder « de la terre » ne les émeut pas, qu'ils aient la vergogne de penser à leurs fils... Des fils qui, de plus en plus, aimeraient rester au pays natal et que la démission des parents oblige à s'expatrier vers les villes sans âme, où la vie est artificielle et déprimante. Qu'ils sachent que les fils ne pardonneraient pas la lâcheté des pères ! Devons-nous continuer à courber l'échine ? Je vous pose la question. »

Ainsi, venu du souffle puissant de ces terres rudes où l'homme, plus qu'en tout autre lieu, doit arracher au sol le miracle de ses richesses, Jean Vialade posait le débat économique à un tout autre niveau :

Puisque l'Etat ne tenait pas ses engagements (envolées, les belles promesses giscardiennes et chiraciennes : la garantie de revenu, la moralisation du marché intérieur et des échanges, un prix garanti), il criait des droits imprescriptibles. Son souffle était cathare, c'est-à-dire puriste. Il passait sur les miasmes des mœurs politiques basées sur les promesses fallacieuses et en dénonçait la nocivité. Il avait la turbulence du vent d'autan. Il portait le parfum de cette terre fantastique de la Corbière, où nos essences méditerranéennes s'exaltent à proximité des versants atlantiques, comme si elles voulaient exprimer, plus fortement qu'ailleurs, le génie de ses sols, de ses forêts, de ses garrigues, de ses vins.

A travers ces mots « devrons-nous continuer à courber l'échine », Jean Vialade se dépassait, nous dépassait. Il lançait une interrogation.

Le monde viticole trompé, déçu, bafoué, vilipendé, devait la reprendre durant les mois qui suivirent.

A force d'être oubliés, les vieux démons de la pensée occitane inquiète, jaillissent du subconscient. Cette terre connaît tout le poids de ses suzerains. Son histoire et sa terre sont encore lourdes du sang répandu, des écrasements subis, des moqueries accumulées. Et lorsqu'un Etat oublieux de ses devoirs néglige ou rejette son appel, alors le phénomène de solidarité, de cohésion des minorités, a tendance à jouer.

Brusquement, malgré une période durant laquelle cette ethnie a été bâillonnée dans sa langue, dans son économie, dans ses choix politiques, ses enfants prennent conscience d'être les « torchonnets », les « Poil de Carotte » de la communauté nationale. Dans un climat psychologique dans lequel la confiance a disparu, ils trouvent matière à réflexion, et leurs réflexions sont lourdes, amères, corroborées au niveau des études économiques entreprises.

Terre occitane, doublement délaissée. D'abord en son agriculture soumise aux pressions des impératifs de la politique générale de la nation. Ensuite dans son industrialisation, négligée parce que trop éloignée de l'aimant parisien.

Terre occitane, exploitée dans sa chair même, puisque ses richesses touristiques incomparables sont, la plupart du temps, accaparées par des capitaux étrangers.

Terre occitane, écartelée par les chevaux des mercantis, tirant à hue et à dia, vouée à n'être que la fille facile sur laquelle on se couche, avec laquelle on se détend, qu'éventuellement on serait prêt à prostituer.

La vigne en devient le symbole : sa parure de ceps, de feuilles et de souches que des mains cyniques lui arrachent, lambeau par lambeau, en fait apparaître la maigreur squelettique.

Si notre terre est la plus belle par l'harmonie équilibrée de ses rivages, de ses forêts, de ses montagnes et de ses plaines, si l'histoire lui a donné sa marque prodigieuse, elle est aussi terre des bas salaires, du sous-emploi, des émigrants.

Lorsqu'on se décide à lui concéder des présents, ils sont empoisonnés, comme ce tourisme envahissant, imposant son sans-gêne et sa loi du profit, sous l'œil désabusé de ses enfants.

C'est pourquoi la crise viticole devient le symbole d'une forme de génocide économique et social.

De tous temps, la France a été la France septentrionale. Elle parle avec l'accent et la langue d'oïl, elle est soumise à son amant parisien qui la séduit avec ses façons de petit maître. La France, cette fille dont nous avons pourtant été épris, au lieu de nous sourire, donne ses charmes, son argent et ses émois, aux Germains qui n'ont cessé de la brutaliser en brûlant le cœur de ses villages et la chair de ses paysages. Aux Romains, ces marchands abusifs qui voudraient coucher avec elle pour la soumettre à des amours perverses. A tous les Levantins, lui proposant le bain parfumé de pétrole. La France se vautre sur les couches souillées de ses amants d'un jour. Elle en accepte les conditions, leur fait l'amour, tandis que ses enfants en aperçoivent les facéties et sentent sur leurs visages le rouge de la honte.

A force de remuer des notions de rentabilité « pro-domo », de s'en gargariser, nos dirigeants en prennent des attitudes ridicules.

Du haut en bas de la chaîne, nous les voyons rabâcher le verbe « rentabiliser ».

Je rentabilise ma société en réduisant le personnel, en abandonnant les matières premières traditionnelles. Je rentabilise l'agriculture en créant un sous-prolétariat qui ira baigner dans le jus des cités morbides. Je rentabilise par l'exode. Je rentabilise par les cruels mécanismes du libéralisme. Je rentabilise par l'abandon de certains secteurs jugés non compétitifs.

Mais je rentabilise quoi ? Sinon le pouvoir d'une production aux mains de la finance, des trusts, des lobbies. Je rentabilise pour qui ? Sinon pour une poignée d'hommes. Le mensonge de la rentabilité à tout prix apparaît clairement dès lors que le sens de cette rentabilité se dévoie jusqu'à nier l'avenir de l'humanité.

L'ère paradisiaque que l'on nous promet s'inscrit en noir ou en rouge : les biens sophistiqués que l'on nous propose exigent de plus en plus la dilapidation des ressources limitées de la terre. La rentabilité, ce peut être aussi, la fabrication de matériel de guerre. La rentabilité, c'est sans aucun doute, le risque effrayant des centrales thermo-nucléaires. Mais c'est plus simplement, le sacrifice des faibles, des mal-placés, des laissés pour compte. Ceux-là, on les recasera comme l'on pourra. On fera semblant.

C'est pourquoi le système implique la nécessité du pouvoir politique. Celui-ci est indispensable pour appliquer le plan de conditionnement humain, en amont et en aval, permettant de soumettre la société à une planification impersonnelle, impitoyable. On institue le chômage comme une soupape de sécurité. On évite de porter la chaudière au rouge, car elle exploserait.

Le monde capitaliste ne peut pas encore se passer des hommes. Ceux-ci ne sont pas encore totalement asservis à son effrayant processus intégrationniste.

On n'ose exagérer vis-à-vis de la classe ouvrière, mais lorsqu'il s'agit des culs-terreux, c'est une toute autre affaire. Là, on peut aller plus rapidement, emprunter des raccourcis, prendre des risques. Surtout lorsque ces paysans sont, au surplus, vignerons du Sud : ces méridionaux empêcheurs de tourner en rond, ces méridionaux ombrageux, abstraits, sous leurs apparences joviales. Alors, on les emberlificote dans l'enfer des bonnes intentions. On utilise l'écheveau des mass media, on les enferme dans l'étouffant cocon de la communauté.

On ne prend, comme « ils » disent, que des risques calculés, car ces gens-là sont relativement peu nombreux. Ils sont progressivement parqués dans leurs réserves naturelles. Ils se diluent dans l'hexagone, puisque le sous-emploi les y contraint. On sait qu'ils se fondront et disparaîtront progressivement. C'est pourquoi l'on s'assure, à terme, une victoire définitive.

Lorsqu'il y a rupture d'anévrisme, lorsque des réactions trop violentes se font jour — parce que trop est toujours trop — alors, on les soumet par les moyens répressifs dont dispose l'appareil. On crée la provocation... On défigure leurs actions. On leur badigeonne le visage de peintures guerrières, on les présente à l'opinion comme de dangereux indiens brandissant la hache de guerre, avides de scalps et de chair blanche. Les mass media interviennent au maximum, jetant la lumière de leurs projecteurs sur eux, mettant en mouvement les jeux subtils des caméras sous le jour le plus fallacieux et le plus traumatisant. On couvre l'opinion d'informations erronées ou fragmentaires. Ce que l'on veut éviter à toute force, c'est qu'à travers eux, la grande opinion se retrouve. Il ne faut, en aucun cas, que leur exemple devienne un révélateur pour la masse des autres secteurs opprimés.

Alors, on les pousse à bout, on les désespère, on les accule à des actions inconsidérées, on les montre du doigt. Après quoi, on les vilipende. On les anesthésie pour un temps.

Ma terre occitane bien-aimée, ainsi fait-on de toi.

Le monde exécré du capitalisme supporte mal tes attitudes libres, ton goût de la communauté, ton penchant pour les idées généreuses. Ces mêmes qui chantent la *Marseillaise* sur tous les modes, ont la gorge déchirée par l'esprit même de cette *Marseillaise*. Hypocritement, ils font semblant de la chanter, mais ils en nient les injonctions. Cette *Marseillaise* est venue du Sud, comme bien d'autres idées.

Pour tout cela, le cœur trop amer, la tête enflammée par ce génocide social et économique, le monde vigneron allait drainer le peuple occitan en 75 et 76.

Comme le flot impétueux de nos fleuves nés au cœur de nos hautes terres de Lozère, venu de ces montagnes farouches, berceau profond des résistances aux diverses oppressions, notre paysannerie se met à rouler entre les gorges profondes de l'exaspération, sur les galets de sa révolte.

# *La cathédrale Saint-Pierre*

Janvier, février 1975 voient monter l'inquiétude. Celle-ci est étonnamment perceptible et s'exprime à un tel niveau que j'ai une conscience précise des risques qu'elle comporte. Déjà, je pressens les utilisations qui pourraient en être faites. La violence m'apparaît susceptible d'être le piège placé sous nos pas.

Et pourtant, comment éviter que cette masse en fusion ne projette alentour quelques scories. Chacun se sent pris à cette poussée éruptive d'un peuple plongé dans la révolte.

Aussi, pour tenter d'en contenir les coulées, sommes-nous très rapidement acquis à la proposition de notre ami Henri Moynier, consistant à occuper la cathédrale de Montpellier. Tout le monde est d'accord. Car la cathédrale Saint-Pierre est le symbole des luttes vigneronnes.

En 1907 déjà, alors que plus d'un million de viticulteurs s'étaient rassemblés sous la houlette de Marcelin Albert, l'homme d'Argelès, la plupart d'entre eux, arrivés la veille ou l'avant-veille se trouvaient sans abri. Le cardinal de Cabrières prit la décision d'ouvrir toutes grandes les portes de sa cathédrale pour tous ces pauvres venus manifester pacifiquement dans sa bonne ville. Il renouvelait le droit d'asile. L'Eglise retrouvait sa vocation d'être un lieu de refuge pour toutes les afflictions morales ou matérielles.

Il s'agissait pour nous d'affirmer notre volonté de

convaincre par des moyens raisonnables, susceptibles d'apporter des alliés moraux à notre cause.

Le 17 mars, eurent lieu dans quatre départements du Languedoc-Roussillon, de très importantes manifestations.

Carcassonne voit le déferlement des passions trop longuement maîtrisées : attaques diverses à l'encontre des bâtiments publics, plus particulièrement de la Banque de France, de la Trésorerie générale, d'une perception. Malgré les consignes reçues, un flot humain investit la préfecture, par le réseau serré d'étroites venelles y accédant. De véritables combats de rue ont lieu, faisant des blessés de part et d'autre. La Direction départementale de l'agriculture subit le mécontentement des manifestants. Le préfet Gosselin reçoit une délégation qui essaie, en pure perte, de calmer les éléments les plus virulents.

La N 113 est barrée, quelques incidents éclatent, un vent de fureur secoue, une fois encore, la terre d'Aude.

Nîmes voit un certain nombre d'échauffourées. Des drapeaux italiens sont hissés, symboliquement, sur les arènes la fontaine Pradier, l'ancien théâtre. Un cercueil, représentant la mort de la viticulture, est brûlé aux arènes. On retrouve dans ces gestes un souci d'éviter l'épreuve de force, un désir d'informer l'opinion.

A Perpignan, d'énormes embouteillages ont lieu. L'action est plus dure qu'à l'ordinaire. Des commandos se livrent à un certain nombre d'actes incontrôlés. Un camion de pommes espagnol voit son chargement déversé sur la chaussée. Des légumes d'importation, présentés dans quelques magasins d'alimentation, sont jetés et abîmés.

Partout, un mouvement de protestation contre les produits importés à bas prix, sans contrôle de qualité, sans règles de production communes, s'exprime.

A Montpellier, une foule de plus de quinze mille personnes se presse sur la place des Arceaux. De très nombreuses femmes — fait nouveau extrêmement significatif — sont présentes. (Ceci, d'ailleurs, devait être largement constaté dans les autres départements, d'une façon toujours plus marquée chez nos amis audois.)

Les drapeaux tricolores, jusqu'à ce jour, avaient

fleuri sur nos divers cortèges, prouvant notre attachement à l'unité nationale et lui rappelant son devoir de solidarité envers nous. Aujourd'hui, plus de cinquante drapeaux occitans les ont remplacés. Là aussi, l'on peut percevoir un changement dans les attitudes mentales. Déçu, meurtri de tous les abandons, le peuple des campagnes laisse dans ses mairies le drapeau national. Il y préfère le drapeau rouge occitan, sur lequel apparaît la croix du Languedoc. Il fut un temps, guère éloigné, où les porteurs de ces drapeaux auraient été écartés sans ménagement par les membres de notre service d'ordre.

Ce jour, non seulement nos oriflammes retrouvent leur place, mais encore ils apparaissent comme le symbole de notre unité retrouvée. Ainsi, il en va des désordres économiques prolongés qui font renaître les rêves étouffés, qui engendrent de nouveaux idéaux et mettent au cœur des hommes malheureux et asservis le signe de la lutte commune.

Je n'ai pu oublier cette journée : brusquement, le sens de notre particularisme s'imposait à moi. Je ne pouvais qu'évoquer les paroles de Claude Drouant et de Laure Arvenec, je les apercevais toutes deux, au premier rang des manifestants.

Je rappelle aux participants que, s'il faut combattre, il faut le faire sous le signe de la prudence. Déjà, je pressens le guêpier où l'on veut nous entraîner. La prudence n'étant pas de la pusillanimité, je précise qu'un commando d'environ deux cents viticulteurs occupe symboliquement la Direction départementale de l'agriculture.

Puis, le cortège se dirige vers le Peyrou. La foule délirante scande : « Montpellier, au balcon, Montpellier au balcon... », afin de démontrer l'unité des citadins et des ruraux dans l'action entreprise. Effectivement, la plupart des fenêtres s'ouvrent et se remplissent de curieux. Un certain nombre applaudissent et font de grands gestes de solidarité.

A la tête de cette foule qui ne cesse d'augmenter, nous sentons bien, au-delà de la viticulture, l'énorme foulée d'un peuple prenant conscience de sa réalité. Cette révélation ne nous gonfle pas le crâne, mais nous infléchit plutôt vers une sorte de recueillement intérieur. Quelque chose se met en marche dans les esprits qui fera que demain ne sera plus tout à fait le même qu'hier.

Lorsque nous parvenons à la Maison de l'Agriculture, déjà nous sentons les odeurs des bombes lacrymogènes. Malgré cela, de très nombreux vignerons prennent place sur les terrasses de ce bâtiment. Mais ils devront opérer rapidement leur repliement, car nous recevons des grenades de plein fouet. Le tir tendu semble devenir la règle du jeu.

Certains des nôtres, comme toujours, croient à la nécessité de l'affrontement. Ils s'exaspèrent contre les groupes de police, avec cet acharnement et cette hargne, qu'ils adressent non pas aux hommes composant le système répressif, mais bien aux responsables du gâchis dans lequel ils se débattent.

Nous apprenons alors, que l'opération prévue à la cathédrale, vient de réussir. Les cantons de Castries, des Matelles, de Lunel, en ont une large part de mérite.

Dès lors, l'opération de diversion ayant fixé les C.R.S., n'a plus de sens. Quelques irréductibles, seuls, vont rester et continuer à mener le chassé-croisé des rudes empoignades.

La plupart des manifestants affluent vers le Peyrou.

Cependant, entre ceux demeurés à la Maison de l'Agriculture et les compagnies de sécurité, va s'établir le jeu varié du chat et de la souris.

... 17 heures* : la tension monte, les viticulteurs hésitent à quitter « cette maison où nous sommes chez nous ».

Un C.R.S. lance une fusée rose...

« C'est le signe de l'assaut, attention », dit un viticulteur...

17 h 02 : Pour dégager les locaux où ont reflué les vignerons, les C.R.S. tirent sur les grandes baies vitrées qui donnent sur la terrasse. Les vitres sont brisées. La fumée devient suffocante. Les yeux pleurent. La gorge pique. Un jeune agriculteur, Gabriel Gay, de Jonquières, est blessé. Il a reçu une grenade qui lui a

* *Midi libre* du 18 mars 1976.

ouvert l'arcade sourcillière. Il saigne abondamment. Notre confrère Ponce, du *Paysan du Midi,* reçoit une autre grenade sur le crâne. Peu avant, dehors, un cameraman de l'O.R.T.F. avait été blessé par une pierre lancée par un manifestant.

Sur le boulevard Foch, les événements se précipitent :

17 h 30 : En tenue de « combat de ville », le commissaire Delfosse dialogue avec les viticulteurs. Très décontracté, il tente d'expliquer :

« Nous ne sommes pas là pour nous taper dessus. C'est ridicule et cela ne sert à rien. »

On lui répond : « Notre seul moyen de nous entendre, c'est de descendre dans la rue. Nous voulons manger. Avec nous, vous ne risquez rien, alors qu'avec les C.R.S. c'est autre chose. Vous n'avez qu'à rester avec nous. »

17 h 40 : Un jeune officier des renseignements généraux vient glisser à l'oreille du commissaire : « Hermès donne l'ordre de dégager. »

Les C.R.S., qui barrent la rue sur quatre rangs, baissent la visière de leurs casques. C'est le signe de l'assaut.

17 h 45 : premier dégagement.

18 heures : deuxième dégagement.

On opère des arrestations ou des interpellations. Difficile de vérifier.

18 h 05 : il pleut des cailloux et des grenades de partout. La rue Foch est jonchée de mottes de terre. Deux grands bidons de peinture ont été renversés. La nuit commence à tomber.

18 h 10 : Des voitures veulent passer à tout prix. Les manifestants en profitent et s'abritent derrière elles.

18 h 17 : Un viticulteur est emmené par un C.R.S.

18 h 30 : La quatrième section charge dans la rue Astruc et refoule les manifestants vers la place de la Canourgue.

18 h 30 : Les C.R.S. dégagent les alentours de la Canourgue.

Des groupes dispersés continuent de mener des actions sporadiques.

Les viticulteurs ont pris le chemin du retour. Des éléments incontrôlés poursuivent des actions n'ayant aucun rapport avec la lutte viticole.

Aux Arceaux, des lueurs d'incendie se meuvent dans la nuit. Des feux sont allumés et alimentés par toutes sortes de matériaux récupérés alentour : vieilles caisses, vieux pneus...

Notre monde s'est soudain refermé entre les murs de la cathédrale Saint-Pierre. Pour l'instant, deux à trois cents personnes se trouvent là.

Deux jeunes prêtres en tenue laïque me proposent de prier au cours d'une messe qu'ils vont dire. Je transmets aussitôt cette suggestion à nos amis, en précisant : « Ici, nous sommes au coude à coude, croyants et incroyants. Les croyants n'imposeront pas leur foi, leurs actes religieux, à qui que ce soit. Les incroyants agiront en toute liberté de pensée. La cathédrale est devenue un lieu d'asile. Elle est notre refuge. Il y a de la place pour tous les hommes de bonne volonté, défendant une même cause, dans un esprit de paix et de concorde, mais également dans une détermination d'aboutir à la prise en considération de nos revendications. »

Chacun s'installe dans l'inimaginable. Je reconnais cette extraordinaire capacité de l'homme à se faire à toutes les situations.

Les catholiques se regroupent dans une chapelle attenante à la sacristie. Autour de moi, de nombreux camarades de l'action catholique rurale sont agenouillés. Je les connais parfaitement : ce sont des êtres calmes, pacifiques, beaucoup plus soucieux de justice et de fraternité que de bagarre.

Nous prions. Nous cherchons à travers nos pensées à rappeler au Seigneur nos préoccupations quotidiennes : celle de la subsistance, de la formation de nos gosses, de notre avenir, de la paix sociale. Nous prions pour que notre Languedoc soit mieux compris. Pour que l'argent ne continue pas à dominer le monde. Nous prions, parce que la prière est un engagement pour un chrétien autant, sinon plus important que tous les autres menés au service des hommes.

L'homélie du père Rouquette se fait en langue d'Oc. Il évoque le message évangélique avec simplicité. Chacun l'écoute avec d'autres oreilles. Les mots du Christ étaient ceux de tous les jours. Ils étaient ceux de l'olivier, du figuier, des pêcheurs, des enfants. A travers chaque phrase, nous parviennent les pensées de l'évangéliste Matthieu. L'anathème jeté aux scribes et aux Pharisiens apparaît, contenu dans un énorme pouvoir de vérité. Comme aujourd'hui, le monde était boîteux et le Christ s'insurgeait contre ses laideurs. Le Christ ; c'est d'abord cette voix clamant dans le désert. Une manifestation de la conscience humaine toujours flagellée, face à l'hypocrisie, aux fausses perspectives édifiées par une société fourvoyée.

A travers les paroles du prêtre je perçois des visions fugitives : le soleil brûlant sur la terre des sentiers, l'olivier dressant dans le ciel sa ramure tourmentée, le puits devenant le point de rencontre, étanchant le besoin de connaître du voyageur, autant que sa soif. Les filets séchant, encore couverts de vase et d'algues, l'eau des lacs bibliques clapotant sur la coque des barques, les nasses de joncs tressés, pleines du frémissement scintillant d'énormes poissons mystérieux, paraissant issus d'eaux prodigieuses. Ces foules silencieuses, attendant la parole nouvelle jetée à la volée sur les champs et les vignes, au flanc des collines, dans les gorges surchauffées ou sur les fraîches montagnes de Galilée... L'épi de blé, l'ivraie, la grappe, le sénevé...

Nous pénétrions dans une zone de paix, au cœur de la lutte entreprise.

Au dehors, les bagarres devaient se poursuivre, la violence répondant à l'abandon.

Ici, dans cette nef mal éclairée, le spectacle revêt une étrangeté sans pareille : d'abord intimidés, ceux des nôtres ayant oublié le chemin de l'Eglise prennent plus d'assurance : ils saisissent furtivement la cigarette, la tiennent quelques instants dans les doigts, puis discrètement, dans un coin de chapelle, à l'ombre d'un pilier, l'allument.

Certains s'asseoient et déballent leur casse-croûte. Ils sortent discrètement de leur sac ces bouteilles de vin pour lesquelles ils se battent. Puis boivent à la régalade, se protégeant des regards indiscrets. Un vieux pleure et dit : « Ça s'est passé comme au temps de mon père. C'était en sept. On était malheureux comme les pierres. Alors, les vignerons se sont révoltés. Ils sont venus à Montpellier et le cardinal de Cabrières leur a ouvert les portes de la cathédrale. »

Il fait un froid pénétrant, insidieux, humide. Au fur et à mesure que les heures courent, chacun serre ses vêtements, lève le col de sa canadienne ou de son manteau. Certains ont déjà jeté une couverture sur leurs épaules. D'autres sont assis silencieusement sur les chaises, devant le maître-autel. Les yeux de ceux-là considèrent avec intensité le tabernacle. On sent visiblement toutes les interrogations qui circulent dans leurs têtes.

On fume, on mange, on discute en toute simplicité. De temps à autre, quelqu'un venu de l'extérieur, apporte des nouvelles.

On se bagarre, sur la place de la Comédie, aux Arceaux, du côté de la gare. Ce ne sont pas les nôtres, ce sont des jeunes.

Lorsqu'un responsable parle, les gens font cercle, ils écoutent attentivement. Puis ils commentent par petits groupes. Je note que les libre-penseurs se reconnaissent assez facilement. Ils sont plus discrets, plus hésitants, plus impressionnés que les chrétiens pratiquants. Ceux-ci vivent tous les jours l'évolution de l'Eglise. Les autres ont perdu pied depuis trop longtemps. L'Eglise catholique est restée pour eux une lourde machine pleine d'onction. On ne parle qu'à voix basse dans un lieu du culte. On ne s'adresse au curé qu'avec une certaine déférence. Ils ne peuvent se débarrasser de trop d'idées conventionnelles sur la religion. Ils considèrent avec surprise le climat bon enfant, la liberté des propos échangés, puis lentement, ils se dégèlent, se mêlent simplement aux discussions, acceptent l'étrangeté de la situation.

L'évêque de Montpellier arrive. Un remous se fait. Les groupes se rassemblent autour de nous. D'emblée, il comprend et partage notre inquiétude. Il évoque le cardinal de Cabrières. Il parle de la non-violence, et dit que si l'occupation de la cathédrale se fait dans un esprit de paix et de témoignage, il la comprend et la soutient. Comme toujours, le père Tourel impose un grand respect. Ceux qui le connaissent ne sont pas surpris de ce témoignage de sympathie. Les autres, qui ne l'ont jamais entendu, retrouvent grâce à lui ce qu'ils ne croyaient plus appartenir à l'Eglise.

Le froid semble sourdre des murs. Chacun se préoccupe de trouver un emplacement convenable pour passer la nuit. Je sens une barre glacée me descendre entre les épaules. Bien que vêtu d'un lourd chandail de montagne, je lutte contre un certain engourdissement.

Avec mes amis Courret, Guizard et Soulié, nous faisons une inspection méthodique des lieux : dans les chapelles latérales, nous apercevons des vignerons installer leurs couvertures ou leurs duvets. Dans la salle du chapitre, parmi les stalles, les plus malins organisent leur literie. Ils ont remarqué que cette salle, séparée de la nef de la cathédrale était bien moins froide. Nous nous réfugions dans le seul endroit resté libre dans le chœur. Progressivement, d'autres nous y rejoignent et bientôt, l'immense tapis couvrant le dallage glacé se couvre de corps humains. Autour de moi, je reconnais la famille de mon ami Moynier. Tous sont présents : sa femme, ses fils, sa fille, jusqu'à la fiancée de l'aîné de ses garçons. Chacun jacasse allègrement. Une foi commune nous anime. Il faut tenir aussi longtemps que nous le pourrons. Déjà des rumeurs circulent. Le ministre de l'Intérieur a déclaré ne pas admettre ce genre d'occupation et, dit-on, aurait l'intention de faire évacuer les lieux dès l'aube.

Je songe au drapeau occitan qui flotte sur la plus haute tour de Saint-Pierre et montre aux Montpelliérains notre détermination. Cette non-violence gênerait-elle davantage que le travail des casseurs ?

Je m'enveloppe soigneusement dans mon duvet. Mais le froid m'empêche de trouver le sommeil. Guizard, à mes côtés, s'est endormi.

Mes yeux se portent vers le tabernacle et je m'interroge sur l'opportunité d'une telle action. Le vieux catholique un peu muré dans les principes reçus se réveille en moi. Mon esprit est encore surexcité des diverses impressions et des images de la journée. Mes muqueuses demeurent irritées par les gaz lacrymogènes.

J'écoute le bruit que font ces hommes et ces femmes de la vigne. J'entends le ronflement de certains d'entre eux, les rires étouffés d'un jeune couple, les plaisanteries faciles, les grognements de quelqu'un qu'on dérange, le remuement des pas de ceux qui ont choisi de passer la nuit sans s'allonger.

De mon emplacement, j'aperçois, assis au premier rang, un homme figé dans une attitude repliée : coudes aux genoux, menton dans les paumes des mains, yeux fixes, immuables. Je l'observe attentivement : il ne fait pas un mouvement, il semble transformé en statue. Lorsque, deux heures après la prime aube, je me lèverai, je l'apercevrai toujours aussi immobile, à croire qu'il n'a pas remué le petit doigt ou sourcillé durant la nuit. Serait-il bloqué dans cette position méditative par la mort, qu'il ne serait pas différent.

J'ai terriblement froid. Autour de moi, les gens dorment profondément. Le jeune couple enlacé vit dans ses rêves. La cathédrale résonne des pas solitaires des noctambules.

Je songe à ceux qui l'ont construite, à ceux qui l'ont utilisée à travers son histoire, à ceux de 1907, à nous.

Le jour perce délicatement à travers les vitraux et s'enflamme à leur contact. Chacun sort du mystère de sa nuit et retrouve avec surprise la hauteur des voûtes, l'ombre des chapelles, l'odeur ecclésiale, ce relent fait d'encens, d'humanité, de tissus sacerdotaux. Les visages semblent bouffis, les yeux s'écarquillent, les mains cherchent avec hésitation, le vêtement ou la couverture. Dans un silence relatif, cloué de mille bruyances isolées, chacun reprend lentement conscience. Quelques-uns, déjà, pliés au rythme quotidien de leurs habitudes, cherchent le sac contenant la nourriture. Le carillon se met à sonner. Je me promène, mon sac de couchage jeté sur les épaules. Une étonnante procession de camarades, les yeux tirés, la mine basse, déambule en longue théorie, à l'écho des nouvelles. De pauvres sourires montent aux lèvres, pleins de sollicitude. Les femmes arrangent hâtivement leur coiffure et corrigent les dégâts de la nuit.

La police nous fera-t-elle évacuer ?

La matinée commence avec lenteur. Déjà, se fait un mouvement permanent de va-et-vient. Nous avons placé une équipe de contrôle à la porte d'entrée, ouverte sur le côté et donnant dans la rue des Facultés. Pour pénétrer, il faut montrer patte viticole. Les relais s'établissent. Certains partent, d'autres arrivent, avec méthode. Personne ne quitte subrepticement la place : ils s'en vont après avoir prévenu et jamais avant l'arrivée de leurs suppléants. A dire vrai, le nombre de présents a plutôt tendance à augmenter. Durant la journée, une importante réunion a lieu, afin d'établir le roulement indispensable. Chaque département entend participer. Il faut fixer les heures, les jours, coordonner avec méthode, prévoir toutes les éventualités. Les délégations succèdent aux délégations. La solidarité s'amplifie. Chacun veut prendre part à cette action d'un style nouveau, menée sous le signe de la non-violence.

Les premiers journaux circulent. Je lis dans le *Midi Libre,* sous la signature de Roger Becriaux, un article qui me touche : « Ces gens, hommes et femmes, côte à côte, qui ont manifesté à Nîmes, à Montpellier, à Carcassonne et à Perpignan, appartiennent à la souche la plus ancienne du bas pays de ce bas Languedoc de nos géographies, ennobli aujourd'hui sous le titre de Languedoc méditerranéen. Ces Languedociens et ces Roussillonnais des rêves de la mer latine, où souffle le matin le vent humide chargé de sel, ce sont des paysans, des gens du pays qui respirent avec le soleil, la pluie, la grêle, le vent, qui vivent au rythme des saisons, au rythme de la vigne. Ils ont largement contribué à faire de nous ce que nous sommes, avec nos qualités brillantes et nos immenses défauts. Ils sont en colère et souvent désespérés parce que leurs revenus diminuent. Ils retrouvent viscéralement les mêmes hantises que leurs pères, contemporains de Marcelin Albert. En ce temps-là aussi, les vignerons s'étaient rassemblés à Montpellier, pour crier leur faim. Pas d'autos à l'époque, ni de cars, mais de lents attelages... Les temps ont changé. Et pourtant, les voici à nouveau, nos vignerons, accueillis aujourd'hui par Mgr Tourel. Ils ont sous leurs yeux le bas-relief du monument dressé à la mémoire du seul cardinal montpelliérain. On y voit, au centre, le prélat ouvrant les portes de l'église, tandis qu'à sa droite et à sa gauche, se pressent son peuple et ses carrioles. »

Quelqu'un, après avoir lu la presse locale, me tape sur l'épaule et dit : « Tu as vu, Maffre, la presse est bonne ! »

Un autre ajoute : « Je suis sorti tout à l'heure pour pisser — je ne savais d'ailleurs où — et j'ai entendu une vieille dame disant à quelqu'un : « Qu'y a-t-il à la cathédrale aujourd'hui ? Je viens de voir tout un monde rassemblé devant la porte d'entrée !

— Ce sont les vignerons qui l'occupent !

— Ah ? Bien ! »

« La vieille dame est partie en hochant la tête. Je ne sais quelle était sa pensée. »

Un troisième constate : « Cette fois, « ils » devraient faire quelque chose ! »

Le père Rouquette m'invite à boire un café dans la salle à manger paroissiale. Je retrouve là Emilien Soulié, vice-président national du M.O.D.E.F., membre de la Commission agraire du Parti communiste. Comme à son habitude, il est souriant, ses yeux pétillent de malice. Il est fort à l'aise. Des propos sont échangés. Quelques taquineries fusent de part et d'autre. Je l'observe : il paraît heureux. L'occupation de la cathédrale correspond à l'idée qu'il se fait de l'action professionnelle. Il prône les regroupements massifs, la constitution d'un front de classe sans exclusive. Il dénonce les actes inconsidérés, les violences. Mais je le soupçonne aussi d'être bien dans sa peau, car son tempérament l'incline plutôt vers une certaine générosité intellectuelle. Les événements lui donnent prétexte à être pleinement lui-même. Il ne s'en prive pas.

Durant les jours suivants, chacun s'installe dans les habitudes créées : la cadence des relèves s'établit méthodiquement. Elles ont lieu au cours de l'après-midi. Plusieurs cars amènent la garde montante, tandis que la garde descendante s'en va discrètement, comme à regret, avec un long regard en arrière.

Quelque chose vient de se passer, qui marque profondément le cœur simple de ces hommes de la terre. Ils en emportent une vision transcendée : d'abord, un retour sentimental aux sources religieuses. Ensuite, beaucoup de sérénité, car cette forme d'action convient à leur nature profonde. Enfin, la satisfaction d'avoir échappé pour quelques heures, à la monotonie et à l'aridité de la vie quotidienne. Ils ont retrouvé l'ambiance de la chambrée, de la partie de cartes, sur la cantine retournée, le casse-croûte en commun. En leur esprit la joie de la solidarité s'est allumée. Ils se sentent plus forts, plus détendus. L'espérance les gagne. Comment ne les comprendrait-on pas, puisque l'opinion, l'Eglise, la presse, la radio, la télévision, semblent conquises ?

Ce n'est pas ordinaire, non plus, de voir un évêque leur rendre visite chaque soir, d'avoir à répondre aux questions de tous ces journalistes, comme si l'on assumait de larges responsabilités. Ils découvrent brusquement qu'ils sont quelque chose, qu'ils contraignent l'événement. Ils sont concernés, présents. Ici, entre Dieu et les hommes, en pleine liberté de conscience — car l'Eglise ne referme pas sur eux son piège doctrinal — ils se découvrent de nouvelles dimensions. Ils ne sont plus le troupeau obéissant, qui suit passivement une manifestation. Ils sont le maillon indispensable d'une chaîne indissoluble. Ils sont un atome de l'histoire viticole, de l'histoire des hommes.

Ceux qui viennent ont des attitudes de « bleus » : ils écoutent, posent quelques questions, tâchent de s'insérer le plus rapidement possible dans le climat. D'abord, ils font leur plumard, bien dans la tradition du bidasse, mais dans une fantaisie invraisemblable : les couvertures, les sacs de couchage, apportent leurs colorations variées. La naphtaline vient au nez par instants. Peu à peu, dans la salle du chapitre, une épaisse fumée de tabac gris enveloppe les choses et les gens. Les accents de nos diverses micro-régions s'entrecroisent : celui, rocailleux et roulant du Minervois et des Corbières, se mêle curieusement aux intonations souples et chantantes de l'est gardois, de la Provence. Seul un Méridional parvient à discerner, au milieu de toutes ces variantes, leur origine géographique.

Un brassage extraordinaire se fait, également, au niveau social. Chacun sent l'obligation de participer. On voit se côtoyer les « gros » et les « petits » vignerons, les coopérateurs et les producteurs indépendants. Je sais que cette entente présente bien des aspects précaires. Les gens ici rassemblés sont si différents, tant dans leurs intérêts, leurs origines sociales, leurs mentalités de producteurs. Demain, chacun retrouvera ses inclinations naturelles. Le viticulteur de coteaux reprochera ses hauts rendements au producteur de plaine. Celui-ci lui rétorquera que la qualité est une notion compatible avec la productivité, dans la mesure où l'on a judicieusement choisi des cépages améliorateurs.

Les coopérateurs regarderont avec une certaine méfiance les vignerons vinifiant en caves particulières. Car ces derniers forment une caste à part, de caractère individualiste. Mais les producteurs indépendants leur feront observer que c'est eux qui ont fait les plus gros efforts en matière d'encépagement noble, puisque le fait de faire leurs vins chez eux les oblige de plus en plus à présenter des lots complets, homogènes, correspondant aux besoins du commerce.

Qu'importent ces divergences, puisque tous ont conscience que leurs situations personnelles sont conditionnées par un certain nombre d'aberrations les atteignant tous. Après tout, le monde paysan occitan n'est pas tellement différent du peuple français. Lui aussi comporte ses courants sociaux, philosophiques, religieux et politiques, qui ne parviennent que très difficilement à se mêler, dont on constate la plupart du temps l'incompatibilité fondamentale. Et, malgré tout, ils cohabitent.

La semaine sainte approche. L'évêque nous rappelle les nécessités du culte. La célébration d'une messe avait été prévue le jeudi 20 mars afin de préparer les esprits aux offices précédant Pâques. Immédiatement, la viticulture se replie dans les vastes salles situées dans la nef latérale gauche, où se trouvent les sacristies et le chapitre. Certains profitent de la circonstance pour aller se dérouiller les jambes en ville. D'autres, nombreux, assistent à la célébration de la messe. La cathédrale est trop petite, une affluence considérable en investit les moindres recoins.

Le jour des Rameaux, même processus. En peu de temps, les vignerons dégagent les lieux. Une cohabitation extraordinaire de simplicité s'établit. Les jeunes vicaires jouent un rôle important de coordination. Ils vivent au milieu de tous nos vignerons, bavardant avec eux en occitan et, d'ailleurs, ils célébreront l'office du jour dans cette langue.

Deux coups de téléphone parviennent à l'évêché, annonçant que des bombes ont été dissimulées dans la cathédrale. Aussitôt, des équipes sont constituées. Nous en passons les moindres recoins au peigne fin. La cérémonie commence à l'heure dite, la menace anonyme n'ayant été qu'un affreux canular.

## *Le « Barnum » européen*

La semaine sainte arrive, imposant notre départ.

Certains, parmi nous, rechignent. Ils voudraient prolonger notre présence. Je retrouve toujours cette forme d'entêtement puéril à vouloir pousser l'action au-delà de ses limites d'efficacité. Ceux-là saisissent mal le sens de notre occupation pacifique de Saint-Pierre. Le but visé était atteint. Quatorze jours suffisaient amplement à démontrer la gravité de notre situation. Au-delà, les choses se seraient affadies, l'intérêt et la nouveauté en ayant disparu. Finalement, les plus acharnés se résignèrent. Tout fut mis en état à l'intérieur.

Lorsque je sortis définitivement, j'eus un serrement de cœur : un grand soleil brillait, diffusant ses rayons printaniers. Je traversai le jardin botanique et je m'y attardai longtemps, en admirant la profusion des diverses variétés d'arbres et d'arbustes qui le composaient. Un magnolia de Campbel présentait déjà ses premières fleurs roses, nacrées, son feuillage étalait ses luisantes palettes où la lumière exaltait la gamme prodigieuse des verts, allant de la subtilité des eaux lacustres jusqu'au glauque profond des abysses. Une sorte de feutre brun tapissait le revers des feuilles alternes. Les sassafras et les lauriers épandaient leur parfum poivré, oriental, légèrement camphré. Un massif de rhododendrons arborescent, aux fleurs en forme d'entonnoir, marquées de taches rouges en leur calice, apportait sa flamme légère au cœur des ombres lourdes des cyprès de Leyland.

Je m'assis sur un banc et m'absorbai dans mes réflexions. Le lendemain devait avoir lieu la manifestation régionale prévue à Sète. Je décidai de passer par cette ville en rentrant à Bélarga. Il me fallait une détente. Un impérieux besoin de solitude s'emparait de moi. J'avais trop vu de têtes, trop conversé. J'étais lassé par un contact humain excessif. Je sentais ma vie s'user au rythme des événements. Hier, j'avais eu une sorte de vertige très bref : l'espace de quelques secondes, les choses s'étaient éloignées de moi, s'enfonçant dans le lointain, puis elles s'étaient mises à virer, saisies, semblait-il, d'un mouvement tournant. J'avais ressenti la curieuse impression d'être transporté dans une sorte de Marienbad. Etait-ce là le chemin de la mort, avec ses allées infinies dans lesquelles on s'engage, comme transporté ?

Il y a neuf ans, en 66, j'avais ressenti les effets de ce mal dont on n'avait pu préciser les origines, malgré les examens subis. J'étais resté alité pendant six semaines et je n'avais pu reprendre mes activités avant plusieurs mois. On parla de surmenage, de rhumatismes cervicaux, que sais-je ? Je n'osais avouer ce que je craignais. Mais comment débrayer, alors que l'on participe à l'action entreprise, que l'on sent tant de souffrances et de désespoirs autour de soi, que la confiance octroyée exige qu'on se surpasse perpétuellement ?

Tandis que je conduisais ma voiture en direction de Sète, mille pensées noires m'assaillaient : comment tout cela finirait-il ?

J'avais l'impression de circuler dans un tunnel sans jamais en apercevoir la sortie. Le monde avait pour moi des reflets lugubres.

Certes, notre action répétée apporte des résultats fragmentaires. Christian Bonnet a obtenu de Bruxelles la suppression des montants compensatoires, l'ouverture immédiate d'une opération de distillation sur la base de 8,78 francs le degré/hl. Bien que cette distillation ait été fixée à guichets ouverts, les règlements d'application fixés par Bruxelles en limitent considérablement la portée.

Peut-on dire pour autant que des mesures essentielles aient été retenues ? Sans aucun doute : non.

La Communauté se noie dans son impossible règlement viti-vinicole libéral. Elle ne peut imposer des disciplines de production, de plantation, d'arrachage. Comme une vieille lionne édentée, ayant perdu ses griffes, elle se contente de se battre les flancs de la queue, elle ne peut rien contrôler.

L'Italie fait la nique à toutes les formules imposant la plus faible discipline. Alors, la vieille lionne bruxelloise fait semblant de rugir, au lieu de s'imposer par une puissante attitude. Elle tourne en rond dan sa cage dorée communautaire. Son dompteur, Mansholt, joue comme il le peut du fouet et de la voix, mais l'animal se contente de chasser tant bien que mal les mouches qui l'assaillent. Autour de la cage, sur les gradins, les vignerons regardent ce lamentable spectacle en se demandant s'il est raisonnable de maintenir en vie ce fauve éculé, sans dents et sans crocs, et de lui consentir une nourriture aussi chère. Les serveurs de piste s'agitent désespérément. Les uns crient afin que la bête se lève, agisse. Les autres, au contraire, la caressent et l'invitent à prolonger sa somnolence.

Christian Bonnet tient, tant bien que mal, la main menue de la petite France. Il lui explique que l'on doit être raisonnable, que la vieille lionne n'est pas facile à manier et que ses énervements risquent d'être particulièrement dangereux.

Marcora fait les yeux doux à M^lle^ Italia : « Tou comprends, ze te le dis, les soses ne vont pas si mal pour nous. Il faut qué lou fauve sé tiené tranquillé ! »

Et Italia fait jouer ses mini-jupes, montre ses fesses et ses cuisses, sourit d'un air complice et provocateur à l'égard du gros garçon allemand. Celui-ci, rougeaud, bouffi, ses larges assises fixées au banc, suce avec délectation l'énorme sucette de l'expansion. Il est riche, musclé, pléthorique, son tuteur Schmidt a des attitudes de mentor, l'adolescent paraît docile.

Schmidt lui dit : « Tu comprends, les autres veulent te prendre tes billes. Ces filles, France et Italie, sont insupportables. Elles veulent te faire payer la partie. Méfie-toi, ce sont des femmes. Tu connais mieux France qu'Italia, tu sais comment elle se comporte ! Alors, attention. Attention qu'elles ne te cassent ta tirelire. »

Et puis, il y a ce dégingandé d'Anglais, filasse, en pleine crise juvénile, mal à son aise, car il est arrivé en retard au spectacle. Une Irlande fragile dont la robe est souillée de sang et dont l'immense regard bleu a des airs suppliants pour avoir sa part du gâteau.

La Belgique donne gentiment la main à son petit copain Luxembourg. Tous deux se serrent entre France et Karl, non loin d'Italia dont les préoccupations ne s'adressent manifestement pas au triplé Bénélux.

La grosse fille Hollandia, avec sa lourde poitrine, son opulence et sa froideur, serre de près, un long jeune homme, beau garçon, aux boucles de Viking, dont le nom, Dan, évoque irrésistiblement les porcelaines, l'amour libre, les courts étés fous, le nudisme au cœur des fjords.

France et Italia lui jettent des regards en coulisse. France se fait câline, Italia sensuelle.

Le spectacle devient décevant, tant sur l'arène que dans la salle.

Occitania pleure, elle en a assez ! Nous sortons.

Au-dehors, l'énorme chapiteau de verre du cirque Europa paraît terne. Il a déjà pris un coup de vieux. Ses toiles ont des airs de linceul. Ses équipes s'agitent fiévreusement pour en assurer le bon état apparent. Chaque employé est vêtu d'une livrée verte, aux lourds galons dorés. Tous paraissent assurés, nantis. Leur roulotte douillette les attend. Que leur importe si les spectateurs sont mal assis, si le spectacle est minable, s'il est trop cher, si les directeurs surveillent plus la caisse que les services de sécurité !

Dans ce Barnum monstrueux, où l'on essaie de faire vivre le petit chaperon rouge et le loup dans une même cage, d'étranges choses se produisent. Une vie secrète se déroule : on cancane, on échange, on concilie, on sacrifie. L'important, pensent la direction et les P.D.G. de l'entreprise, c'est d'éviter que la tempête des hommes dupés n'arrache le toilage, ne démâte l'infrastructure.

L'important demeure que le manège des chevaux

de bois libéraux tourne correctement. Les clowns devront être discrets. Les fauves bien nourris et abrutis par des calmants.

La partie capitale du spectacle demeure celle consacrée aux acrobates, aux jongleurs, aux illusionnistes, aux trapézistes. Sous ces derniers, on a dressé les filets d'or du fric : ils ont été tissés par la banque. Les affairistes en tiennent les cordes.

Le seul personnage qui manque, c'est Monsieur Loyal.

Occitania pleure : les fruits, les légumes et les vins contenus dans son tablier tombent au sol. Et nous ne pouvons tout rattraper. La chaussée, derrière elle, se jonche de ses dépouilles.

France la regarde partir avec le regard triste et lourd d'une mauvaise conscience. Mais elle n'a guère le temps de trop s'attarder sur sa fille Occitania : il faut disputer Karl et Dan et John à cette fille sans vertu : Italia. Alors, Occitania, nous verrons plus tard.

J'arrive dans Sète, cette « île singulière ». Je monte par la corniche jusqu'au bout de « la montagne ». Sous mes yeux, s'étend « notre mer ». Le soir décline... La lumière s'accroche, çà et là, avec plus d'insistance : le cimetière marin en paraît transfiguré. Les plages à l'infini, vers Marseillan, barrent les flots, aussi calmes que les eaux d'un lac, d'une ceinture brillante, aux chatoiements artificiels, comme une parure de cotillon. La ville, assise sur son amphithéâtre, étage ses quartiers orientés vers le large... Le port présente ses touches colorées de chalutiers aux coques fraîches, de bateaux de plaisance. Tout cela fait bon ménage. Les couleurs se marient sous le jour qui faiblit. Elles ont perdu leur mordant. Des frissons de lumière, semblant issus d'une palette mystérieuse, tremblent faiblement sur des lucarnes ou des verrières.

Là-bas, aux limites des eaux portuaires, sur le bleu virant au gris de la mer, à peine frangée de l'écume blanche des vaguelettes, toute une armada de navires s'étale : ce sont les pinardiers.

Le ferry-boat « Agadir » a déjà levé l'ancre, vers un port plus hospitalier, mais plus de vingt cargos sont bloqués. Les pêcheurs sétois, excédés eux aussi, par les importations de sardines et de thons italiens, ont barré l'entrée du port, puisqu'ils ont tenu à joindre leur action à la nôtre. Ils sont venus en délégation à la cathédrale Saint-Pierre. Nous nous sommes déjà rendus sur leurs bateaux.

La terre occitane se regroupe, car elle sent rôder sa mort économique : on jette les sardines et les maquereaux, comme l'on jette nos fruits, comme l'on brade nos vins, parce que l'anarchie règne à la place des règlements. Là aussi, la Communauté des marchands et de l'argent a fait son œuvre. Lentement, son cancer diffuse ses virus : la chaussure, l'électroménager et bien d'autres secteurs sont lentement contaminés.

Cette Europe sans cœur, déshumanisée par ses maîtres capitalistes, est progressivement atteinte par la gangrène du profit.

Tous ceux qui en aimaient l'idéal, qui voyaient, dans son avenir, une espérance, une amorce d'internationalisme, une meilleure compréhension des peuples, savent obscurément qu'ils ont été roulés. A la place des équipes probes, vigilantes, veillant à la bonne santé, tant physique que morale de l'Europe, on a substitué les jardiniers du fric, les pêcheurs des prébendes. Sous le masque hypocrite dissimulant leurs traits de chirurgiens, ils saignent, défigurent.

Les bouchers ont remplacé les docteurs.

Le sang de l'Europe s'enfuit, que l'on remplace à grand renfort de transfusions monétaires.

Sète descend, par à-coups, dans sa nuit claire. Les lumières s'allument. D'abord, et d'un seul mouvement, au temps crépusculaire, celles de la ville qui viennent tendre leurs perles serrées au long des avenues, en bordure du port, et qui tracent au loin les voies terrestres, mais aussi les feux des navires. Les fenêtres s'éclairent une à une au gré des habitants.

Sète est notre fenêtre ouverte vers les terres lointaines. C'est notre grand port languedocien, c'est encore toute une pépinière d'emplois.

Sète est notre cité de rêve, des départs et des arrivées, des gestes magnifiques du travail marin.

Quelques-uns voudraient en faire le port de leurs richesses personnelles. Ils voudraient lui donner une seule vocation importatrice. Ils oublient que, ce faisant, ils défigurent la noble image de cette cité.

Sous la poussée des événements, le gouvernement décide d'interrompre durant un mois « de facto » les importations de vins italiens. Une fois encore, on laisse échapper la vapeur avant l'éclatement de la chaudière.

La timidité d'une telle mesure montre avec quelle pusillanimité on aborde les solutions éventuelles. Suspendre les importations durant un mois ne signifie rien, sinon pour le commerce d'avoir à tirer sur ses stocks et de prévoir des achats doubles dès la reprise des échanges.

On mène toujours la même politique « ubuesque » : on tâche de compenser par les distillations les dépressions dues aux importations inconsidérées. On nie le fait que, sur dix ans, le marché étant équilibré, l'offre correspondant à la demande, la solution consiste à contrôler et réguler les mises en marché. On veut guérir la maladie au lieu de la prévenir.

La sagesse consisterait à fixer des contingents de production par nation au-delà desquels le pays producteur concerné aurait la responsabilité d'éliminer sur sa cassette personnelle ses excédents. Les importations n'interviendraient que dans le cadre de la complémentarité quantitative et à des niveaux de prix correspondant à un plancher fixé en fonction du revenu minimal des producteurs. Le blocage et l'échelonnement se feraient pour écluser le mouvement des vins mis en marché. Les qualités seraient rigoureusement contrôlées et les produits non marchands voués à la chaudière à bas prix. Les marges commerciales seraient strictement surveillées et des taxes seraient appliquées pour éponger les bénéfices excessifs.

La Communauté, dans ces conditions, pourrait enfin trouver son rythme de croisière.

Mais pour en arriver là, il faudrait rejeter les tabous sacro-saints du libéralisme. Or, cela est contraire à la conception de la plupart des pays communautaires, ainsi qu'à notre gouvernement. C'est pourquoi l'on y préférera toutes les formules, aussi ambiguës soient-elles, aussi décevantes qu'elles puissent apparaître à terme.

Ce 27 mars, plus de quarante mille viticulteurs affluent vers la place Stalingrad, à Sète.

L'immense espace se remplit avec régularité. La manifestation était placée sous le thème : « Les pêcheurs gardent la mer, les agriculteurs tiendront la terre. » Bientôt l'emplacement prévu ne suffit plus. L'immense foule s'étale vers les quais et vers la gare.

Encore une fois, je suis chargé au nom des organisations professionnelles, de faire l'exposé de fond. Cette vieille angoisse, dont je connais maintenant parfaitement les atteintes, m'assaille. J'attends le moment de mon intervention avec un énorme poids sur l'estomac. Comme toujours, je dois me désaltérer souvent.

Les manifestants s'impatientent. Il est visible que l'action non-violente que nous entendons poursuivre devient de plus en plus difficile à faire comprendre. La cathédrale en a été le point haut. Sète se situe en contrepoint, car aux yeux de beaucoup, elle abrite leurs fossoyeurs : les importateurs. Sans doute, les vignerons ne confondent aucunement les autochtones, pas plus que les autorités locales, avec ceux-ci. Mais l'odeur de fauve qu'ils décèlent alentour, les excitent.

Louis Teissier, le porte-parole, s'avance vers le micro. Il donne quelques consignes, dans le style direct dont il est coutumier : « Nous devons attendre que les derniers arrivants puissent nous rejoindre », dit-il. « Certains cars ont dû s'arrêter à plusieurs kilomètres d'ici. Soyez patients. » Puis, il leur fait chanter la « Coupo santo », ce chant sacré du Midi, écrit par Frédéric Mistral.

Sans cesse, de nouveaux arrivants se pressent dans le lointain. Les départements les plus éloignés, tels que les Pyrénées-Orientales, l'Ardèche, le Vaucluse, le Var, les Bouches-du-Rhône, fournissent leur contingent.

C'est à moi de prendre la parole. La situation m'est apparue tellement préoccupante que j'ai longuement travaillé cet exposé et que j'ai tenu à l'écrire :

... « Nous avons rejeté la violence comme une fin en soi, mais nous avons prévenu les Pouvoirs Publics de l'impasse dans laquelle ils nous enfermaient chaque jour davantage en refusant de corriger sérieusement la réglementation.

« Un homme qui se noie se débat, comment pourrait-il en être autrement ?

« Où en est le plan d'organisation économique tant prôné par Chirac ? Il stagne dans les marais technocratiques et il apparaît bien maintenant comme un moyen dilatoire, utilisé à l'époque pour assagir le monde viticole et le mener sur une voie de garage.

« Comment pouvons-nous continuer à croire aux promesses, au dialogue ?

« Le libre jeu de la concurrence, joint à la liberté des échanges, sans règle et sans contrôle, nous voue à une oppression économique constante. L'hypocrisie devient le seul recours pour tenter de pallier les déficiences qui en découlent. Nous réclamons l'application des mesures à court terme pour juguler les déséquilibres dus aux importations, le respect d'un prix frontière, le contrôle de la qualité, des plantations, des pratiques œnologiques, la préférence communautaire, la révision des règlements, la fixation de quotas de production, la mise en œuvre des clauses de sauvegarde. »

Et je souligne : « Ceux qui s'imaginent que la Communauté viti-vinicole peut survivre hors de cela, commettent une erreur grossière. Un règlement n'a de poids que dans sa réalité économique et dans sa valeur morale et humaine. Non, la viticulture ne veut rien détruire stupidement. Mais, si les amendements nécessaires n'étaient pas adoptés au fond, alors, à terme, la Communauté se dissoudrait dans l'incohérence, entraînant ou compromettant dans son ensemble la Communauté agricole.

« Ne jouez pas avec notre malheur !

« Le dossier maladroitement dressé pour tenter de nous faire prendre des vessies pour des lanternes, en nous disant que le commerce s'engage à ne plus acheter de vins italiens, hormis les vins médecins, ne résiste pas à la moindre analyse. Durant un mois ou deux, il laissera passer l'orage en vivant sur ses stocks importés. Les travaux agricoles reprenant, une fois de plus on nous aura bernés et nous nous retrouverons plus amers, plus meurtris, plus démunis.

« Ce n'est pas nous qui voulons un combat au finish. Nous avons autre chose à faire. Seulement, voilà, aujourd'hui, tout notre peuple agricole méridional entend manifester pour n'avoir plus à le faire dans l'avenir.

« S'il agit ainsi, c'est contraint et forcé...

« Mais, si on l'accule dans ses derniers retranchements, il poursuivra la lutte syndicale, aussi longue et rude soit-elle.

« Cette manifestation imposante, ce n'est pas nous qui l'avons provoquée, c'est votre incompréhension, votre mépris de nos demandes réitérées, votre souci de laisser pourrir le dossier.

« Vous êtes responsables de la colère qui ne cesse de grandir.

« Saurez-vous apaiser ce peuple d'Oc, tant qu'il en est temps ?... »

Presque un an après, jour pour jour, c'était Montredon.

Voilà quatre ans que la Communauté tournait de plus en plus mal. Quatre ans que nous n'avions cessé d'en dénoncer le caractère incohérent, que nous n'avions jamais raté une occasion d'en réclamer la révision, que nous avions fait des propositions concrètes, contenues dans la charte, que nous avions défini une législation équitable. Quatre ans de colère mal contenue de la base, dont les réactions de plus en plus vives laissaient présumer les dangers de la violence extrême.

Et rien ne venait, sinon le jeu stérile des distillations systématiques pour compenser les excès d'importation. Distillations qu'hypocritement, l'on retournait ensuite contre nous en arguant de leur malthusianisme, alors qu'elles étaient le seul moyen prévu dans l'arsenal des possibilités communautaires, pour réparer les erreurs de la réglementation. Rien, sinon des accords interprofessionnels bidons. L'Etat supportait les cris de ces foules assemblées, sans vouloir en supprimer la cause. Chaque jour affirmait davantage sa responsabilité dans les drames qui allaient suivre.

Les fallacieux prétextes d'une Communauté intouchable, d'une Italie butée, d'une Allemagne parcimonieuse, ne suffisaient plus à couvrir la réalité : celle-ci résidait dans une incapacité de sauvegarder l'avenir du vignoble des vins de table français, ainsi que de nos fruits et de nos légumes. Chaque fois que l'un de nos dirigeants politiques faisait un voyage en Afrique ou en Asie, nous commençions à supputer le montant de l'addition que nous aurions à payer.

Chaque fois que l'Italie voyait sa monnaie baisser d'un cran, nous nous apprêtions à serrer notre ceinture d'un cran de plus...

# *Le motard de Sète*

La fin de la manifestation de Sète fut le prélude de ce que l'on ne saurait appeler autrement que des actes de désespoir.

L'ère de la non-violence prenait fin.

Nous avions pourtant tout tenté pour qu'elle apporte des résultats suffisants et que les organisations professionnelles puissent contenir l'exaspération et la colère, toutes deux mauvaises conseillères.

Dès la dislocation, malgré les consignes précises données pour éviter des affrontements avec les forces de l'ordre qui occupaient les points stratégiques de la ville, divers incidents éclatent. De véritables batailles rangées ont lieu entre manifestants et C.R.S., sur les quais et autour de la gare.

Des barrages routiers se constituent spontanément. La tension ne cesse de croître : une voiture est projetée dans le canal. La ville de Béziers subit un véritable investissement : les affrontements se succèdent en divers points. Sur les allées Paul-Riquet, avenue Alphonse-Mas, à la Trésorerie générale où des éléments incontrôlés se livrent à des actes répréhensibles. Toute cause juste, toute manifestation pacifique entraîne sa lie, son écume.

J'assiste à l'escalade de la violence, sans que personne ne puisse l'endiguer. Pourtant, nous avons tout fait pour l'éviter.

Pourquoi n'a-t-on pas voulu nous entendre en temps

opportun ? Cette question ne devait plus cesser de hanter mon esprit, dans les mois qui suivirent. Lorsque je m'interroge en toute conscience sur ce refus de nous écouter, je suis contraint de constater que nos revendications essentielles vont à l'encontre du système établi, que les admettre, c'est faire le constat d'échec d'une politique libérale, c'est renoncer à tout un système d'économie politique, de doctrine philosophique. Tout, plutôt que ça, doit-on penser.

C'est là où je ne puis m'empêcher de réaliser le cadre étroit de notre marge de manœuvre. Devons-nous continuer à nous battre sur un terrain dangereux, semé de chausse-trappes, pour grapiller et cueillir quelques miettes ?

Devons-nous, au contraire, avoir le courage de pousser l'analyse plus avant pour trouver d'où proviennent nos difficultés et pourquoi elles ne peuvent être résolues dans le contexte économico-politique actuel ?

C'est au cours de cette journée que j'ai vu apparaître la violence, sous son masque le plus hideux et que j'ai compris combien elle se tournerait systématiquement contre nous.

Je me trouvais au barrage de Mireval, au milieu de nombreux amis. Le député Frêche et son épouse étaient parmi nous. Tous les départements situés à l'est de Montpellier, ainsi que la zone des cantons entourant notre capitale régionale, étaient là. Nous devions être cinq à six mille.

Un certain nombre de manifestants paraissaient assez excités. Ils essayaient, par tous les moyens, de barrer la chaussée. La plupart, respectueux des consignes reçues, se contentaient de constituer un barrage humain, sans commettre la moindre déprédation.

Ce barrage avait un caractère symbolique. Il signifiait notre volonté de bloquer les importations. Il correspondait au thème de la journée : « Les pêcheurs gardent la mer, les agriculteurs la terre. »

Je discutais tranquillement avec quelques amis, lorsque des clameurs se firent entendre en direction de Sète. Quelqu'un vint précipitamment nous chercher : « Venez vite, ils ont coincé un C.R.S. qui faisait une patrouille et je crains pour lui ! »

Nous nous regardâmes, atterrés. La chose, en l'état de surexcitation des esprits, était inquiétante. Rendus sur les lieux, le spectacle ne fit qu'aggraver nos craintes : un C.R.S. d'une trentaine d'années, assis sur sa moto, vêtu de tout l'équipement des motards, était entouré de visages hostiles. Des paroles coléreuses lui étaient jetées. Je regardai les visages qui l'entouraient, et mes inquiétudes augmentèrent, car je ne reconnaissais personne. Quelqu'un lui dit : « Tiens, voilà des responsables viticoles, démerde-toi avec eux ! »

Le C.R.S. me fournit l'explication de sa présence au milieu des nôtres. Un car de manifestants du Var étant en difficulté, il les avait guidés vers une aire de repos où ils pourraient attendre un réparateur.

Sa mission s'inscrivait dans le cadre du contrôle routier. Sa tâche remplie, il devait rejoindre son unité à Montpellier. Il était accompagné d'un camarade. Par quel manque de réflexion crut-il pouvoir traverser cette masse en ébullition, je l'ignore ; je suppose qu'il n'avait aucune idée du risque couru. Son copain lui avait vivement conseillé de faire demi-tour, mais il ne l'avait pas écouté.

J'entendais des voix anonymes hurler n'importe quoi : « Ordure ! Il faut le boucler !

— On va te l'arranger, ta sale gueule ! »

Les propos qui volaient au-dessus des têtes devenaient de plus en plus acerbes. Frêche et moi, nous eûmes les plus grandes difficultés à établir le silence. Chacun de nous se sentait responsable de la sécurité de cet homme.

Il était blanc. Une peur parfaitement explicable décomposait ses traits. Son regard était sympathique Son accent provençal lui conférait un côté familier, bon enfant.

Les plus sages disaient : « Il faut le garder comme otage ! »

D'autres criaient : « A poil, à poil... »

Je montai sur le toit d'un véhicule et je lançai : « Vous avez fini de gueuler, ou non ?... Nous ne sommes pas des gangsters, la vie de cet homme est sacrée. Nous en sommes les gardiens. Il est là, je me demande ce qu'il fout. Il dit qu'il vient de dépanner un car de manifestants et qu'il rejoint son unité. »

Un gars hurla : « C'est de la provocation ! Les C.R.S. nous ont tapé dessus tout à l'heure à Sète. Alors, celui-là, même si on lui chatouillait un peu les côtes... »

Je regardai le gars qui venait de parler, avec mépris. Il portait sur le visage un curieux rictus, l'avant-goût du lynchage le défigurait. Il se sentait irresponsable et, dans sa lâcheté anonyme, il était prêt à n'importe quoi.

Je l'apostrophai avec fureur : « Alors, tu trouverais normal qu'un homme seul soit attaqué par cinq mille types ? »

Je sentis l'opinion vaciller. Je poussai l'avantage : « Les viticulteurs ne sont pas des salauds. Ils ne se battent pas avec de tels moyens. »

Autour de moi, peu à peu, un certain nombre de mes amis Montpelliérains s'étaient regroupés. Frêche prit la parole dans le même sens. Mais qu'allions-nous faire ?

Non loin de là, il y avait un petit cabanon faisant usage de buvette. Une modeste maison y était attenante. Il fallait coûte que coûte l'entraîner jusque-là pour le mettre à l'abri et aviser. Il ne voulait pas abandonner son véhicule. Il entendait accomplir son devoir. Il ne comprenait rien à ce déchaînement de passion. Il saisissait mal pourquoi ces gens en avaient contre lui. Il n'avait pas conscience d'avoir provoqué leur vindicte.

A nouveau, la tension montait. Quelqu'un dit : « On va ranger sa moto. » Il consentit alors à nous suivre.

Nous l'encadrions, le protégeant de nos corps. Mes amis, informés de nos difficultés arrivaient de plus en plus nombreux. Mais une bande d'irréductibles continuaient de proférer des menaces. J'étais dégoûté de leurs cris, de leur lâcheté. Ils se tenaient hors de portée et tentaient d'entraîner la masse des vignerons à commettre un forfait.

Soudain, nous vîmes une grande flamme s'élever au-dessus de la foule. Les plus excités venaient de faire un autodafé de sa machine. L'homme eut une explosion de rage, comme si on lui eût tué son cheval. Il ne cessait de répéter : « Ma moto... ma moto... »

Devant cette scène, nous étions écœurés. J'avais l'estomac chaviré. Si je n'avais dû rester ici pour le protéger, je serais parti...

Une fois rendus dans le cabanon, nous eûmes à subir les réflexions acerbes de ses propriétaires. Ils avaient fermé leur boutique et ne voulaient pas l'ouvrir. Finalement, sur notre insistance, ils se décidèrent à nous laisser entrer. Nous envisageâmes alors toutes les hypothèses pour tirer le C.R.S. de cette situation embarrassante. Son visage était décomposé. Il ne cessait de répéter : « J'ai des balles dans mon barillet. J'en liquiderai quelques-uns, la dernière sera pour moi. Ils ne m'auront pas vivant... »

Un copain lui dit : « Ne dis pas de conneries. Maintenant, nous réussirons à te sortir de là. T'en fais pas... »

Qu'allions-nous faire ? Quelqu'un proposa : « Il n'y a qu'à le mettre en civil. Nous trouverons bien quelques vêtements et nous le ferons filer à travers les vignes. »

L'idée nous parut plausible. Nous demandâmes au propriétaire s'il avait quelques vieux vêtements de travail. Il nous proposa un pantalon et un treillis de sulfatage, tout taché de bouillie. Pour faire accepter au C.R.S. d'enfiler cette pauvre défroque, ce fut tout un travail. Il se refusait à retirer son uniforme. Il nous apparaissait de plus en plus digne et conscient de son devoir.

Au dehors, la foule grondait. Nous sentions sa pression sur les parois de bois de la baraque. Elle voulait savoir ce que nous allions faire du bonhomme. La majorité demeurait encore maîtresse de ses nerfs, mais les mêmes petits voyous faisaient lever la colère et monter la pression.

Lorsque nous le vîmes dans ces fripes que l'on n'aurait pas osé pendre sur un bâton d'épouvantail, nous fûmes saisis de pitié. Cette vision devenait insoutenable. L'homme pleurait : de grosses larmes coulaient lentement de ses yeux. Il pleurait comme un homme, avec simplicité, avec courage.

D'un même mouvement, nous vîmes l'odieux de cette

scène. « Rhabille-toi », dit l'un d'entre nous. « Passe ton uniforme. »

L'homme ne comprenait plus. Allait-on l'abandonner à cette meute ? J'insistai : « Oui, rhabille-toi. Cette tenue est ignominieuse. Tu ne peux la conserver. Il faut te faire sortir d'ici, correctement, comme il se doit, quels que soient les risques encourus. »

Avec hésitation, le C.R.S. repassa sa tenue militaire. Nous nous sentions mieux, mais il fallait en finir, car chaque instant qui passait augmentait les risques.

Frêche me dit : « Maffre, il faut le faire sortir ainsi. Vos amis vous écouteront. Expliquez-leur. J'interviendrai après vous. Il nous faut bloquer les quelques meneurs. »

J'acquiesçai. Nous sortîmes.

Je ne saurais évaluer les gens qui nous entouraient. La peur m'envahissait en songeant que nous risquions d'être dépassés. Frêche avait passé son écharpe tricolore de député. Son épouse se tenait courageusement à ses côtés. Elle avait avancé leur voiture. Je m'adressai alors à ceux qui étaient là. D'emblée, j'attaquai les provocateurs :« Ne voyez-vous pas, mes amis, que certains sont ici pour tout autre chose que la défense viticole ? Ils veulent salir notre cause, ne les laissez pas faire. Cet homme s'est trouvé là par mégarde, nous en avons la preuve. De toute façon, il est seul. Nous ne sommes pas des gangsters pour nous en servir comme otage. Nous ne sommes pas des assassins pour le laisser lyncher par quelques cinglés dangereux et irresponsables. Ce gars sortira tête haute. Nous le rendrons à son unité. Nous allons l'embarquer dans cette voiture, et l'emmener loin d'ici. »

Quelqu'un hurla : « Qui es-tu, toi, pour défendre ce C.R.S. ? On croirait que tu es de leur bord ! »

Un énorme éclat de rire secoua la plupart des manifestants serrés autour de nous. Je sentis que la tendance basculait : « Pauvre con », dis-je. « Si tu étais des nôtres, tu saurais qui je suis. Dis-moi plutôt où sont tes vignes. Nous discuterons ensuite. Ferme ta gueule... »

Il bredouilla je ne sais trop quoi. La plupart applaudirent. Frêche prit la parole et durant quelques minutes, expliqua avec habileté le sens de notre action, ses limites, les erreurs à ne pas commettre. Frêche est grand, jeune, il possède un étonnant pouvoir de persuasion. Il a de la présence. On l'écoute avec attention. On l'applaudit aussi.

Il faut aller vite désormais, très vite. Frêche prend le volant, sa femme s'installe à ses côtés. Un petit homme courageux qui, depuis le début n'a cessé d'agir avec discernement, passe sur le siège arrière. Le C.R.S. le suit. Je monte le dernier. Frêche met le moteur en marche et nous avançons prudemment.

Que va-t-il se passer ?

Autour de la voiture, mes camarades serrent les coudes. Ils la couvrent de leurs corps. Je sais qu'ils feront leur devoir jusqu'au bout. Ils ont compris qu'il s'agissait de notre honneur d'hommes et de vignerons et que notre vie, même si elle devait en dépendre, a peu d'importance. Je n'oublierai jamais ceux qui, en ces heures difficiles, eurent une attitude irréprochable.

Nous avançions. A un certain moment, nous eûmes tous très peur : des mains se mirent à tambouriner avec force sur le toit du véhicule. De l'intérieur, ce battement des doigts sur la tôle était effrayant : sorte de tam-tam, il pouvait tout signifier, y compris le pire. J'ai su plus tard qu'il n'avait rien d'hostile, que c'étaient nos amis qui voulaient nous faire comprendre que les choses ne se déroulaient pas trop mal. La voiture avançait toujours au milieu de cette masse. Peu à peu, la pression disparaissait. Les irréductibles devaient nous diffamer, nous accuser de faiblesse, de compromission. Mais ils avaient abandonné le sillage que faisait l'auto parmi ces hommes en colère. On nous regardait avec gêne, puis hésitation, enfin curiosité. Les groupes se faisaient plus clairsemés. Comme un bateau qui sort d'une zone de récifs, nous avions l'impression de naviguer sur une mer assagie.

Personne ne parlait. Un long temps passa.

A l'approche de Montpellier, le C.R.S. dit simplement : « Je n'oublierai pas... Je n'oublierai pas... »

Nous le conduisîmes jusqu'aux grilles de la préfecture. M. Frêche l'amena auprès d'un commandant auquel il expliqua les choses. Puis, nous retournâmes à la manifestation.

Maintenant, la tête froide, l'immense majorité des viticulteurs nous approuvait. Seuls, quelques-uns regrettaient qu'on ne l'eût pas gardé. Lorsqu'on leur expliquait les risques d'une telle attitude et son côté équivoque, ils baissaient la tête et se taisaient. Lorsque je partis, après avoir serré la main à Frêche, avec une chaleur toute particulière, je regardai ces hommes toujours là, prêts à passer la nuit.

Des feux avaient été allumés de-ci de-là, autour desquels ils se regroupaient. Sur leurs visages entachés de nuit, la lueur des flammes passait furtivement. La scène avait quelque chose de troublant et d'inquiétant. J'étais encore tout imprégné de la scène que je venais de vivre. Je songeai au Christ livré aux Juifs.

Je ressentis un long sentiment de peur à l'égard des colères aveugles des hommes : à certaines heures, ils retournent à leurs réflexes et à leurs instincts animaux. La violence avait failli faire son ravage... Mon esprit était en paix. Nous avions fait ce qu'il convenait de faire. Le reste, ce soir-là, était sans importance : un homme allait retrouver les siens, il avait échappé aux griffes de la haine. Qu'importait que cet homme soit un C.R.S. ? Il était mon frère en Dieu.

Mais tous ceux qui, sans risque, nous abandonnaient à la mort lente de notre économie, étaient-ils des frères en Dieu ? Leur société était-elle défendable ?

Sous la poussée des événements, le gouvernement décide d'interrompre durant un mois les importations de vins italiens jusqu'au 1er mai. Vis-à-vis de l'opinion, le gouvernement semble avoir accordé quelque chose d'important. La presse titrera : « Arrêt des importations. » Les lecteurs verront moins, en petits caractères : « ... durant un mois ».

Le 7 avril, nous nous rendons à l'Elysée. Nous sommes reçus par M. de Combré, conseiller du président de la République pour les problèmes agricoles. Il nous reçoit avec courtoisie, attentif à nos exposés, mais il n'a aucun pouvoir de décision.

L'Elysée reste pour moi la perspective de salles somptueuses auxquelles nous n'avons pas accès. Puis une suite de couloirs de plus en plus étroits, enfin un bureau, médiocre, pris dans l'enfilade d'une longue suite administrative. Je songe à Versailles, aux logements des courtisans, sous les combles. Les appartements du roi sont à proximité, mais les manants sont tenus soigneusement à l'écart. Nous sommes de si peu d'importance... Tant de sujets priment nos problèmes !

Pour quelle raison Giscard d'Estaing, qui aime tant avoir des contacts avec le petit peuple, les petits bourgeois, ne nous recevrait-il pas lui-même ? Je sais bien que nous ne sommes que des paysans, rien d'autre. Cela compte-t-il sur le vaste échiquier présidentiel ? Pourtant, nous sommes aussi le sud de la France. Pourquoi ne chercherait-il pas à nous comprendre mieux, en direct ? Ce n'est pas en s'enfermant à Brégançon qu'il pourra saisir convenablement notre drame.

Les accords de Luxembourg interviennent durant la semaine du 10 au 17 avril. Ils se caractérisent par des vocables significatifs, relevés dans la presse spécialisée : mesquinerie, mégotage, étroitesse de vue, myopie intellectuelle. « L'Europe des marchands devient de plus en plus l'Europe des marchands de tapis ! »

Ce n'est pas nous qui le disons, ce sont des journalistes !

Le gouvernement, chaque fois qu'il se trouve dans l'embarras, nomme un fonctionnaire « Bons offices ». Le dernier en date est M. Bentegeac. On lui confie le soin d'établir un rapport concernant la rénovation du vignoble languedocien. Nous nous insurgeons. Le Languedoc possède le vignoble français qui connaît le plus remarquable essor. Depuis l'indépendance algérienne, des efforts exceptionnels ont été consentis en matière d'encépagement, de vinification, de pratiques culturales.

Mais toutes les tentatives de qualité que nous entreprenons sont vouées à l'échec. Devant les bas prix italiens, les coupages restent les maîtres du terrain. Les vins personnalisés sont laissés sur la touche.

La consommation doit subir la loi des vins industriels et lorsque les consommateurs se fâchent, hypocritement, le commerce des vins fait « haro sur les vins du Midi » alors qu'il ne présente que des produits assemblés à meilleur compte à Bercy, Meximieux ou ailleurs.

Le 3 juin voit le retour de l'action revendicative.

# « Viure al païs »

J'avais finalement accédé au désir de Claude Drouant qui voulait à toute force avoir, comme elle disait, un contact à la base. Laure Arvenec, son inséparable amie, nous accompagnait. La réunion à laquelle nous allions assister était prévue entre viticulteurs et Occitans. Nous étions partis avec la voiture de Claude. J'étais assis à l'avant, à ses côtés. Laure, installée derrière, examinait le paysage avec soin.

Nous approchions du but. Claude hésita sur le chemin à prendre. Depuis quelques instants, elle avait ralenti l'allure de sa 2 CV et cherchait dans la campagne quelqu'un qui puisse la renseigner. Elle aperçut un vieux bonhomme qui greffait. Elle arrêta son véhicule et descendit. Elle sauta le fossé à demi-comblé qui la séparait de la vigne et s'avança vers le vigneron :

« Bonjorn, papé, ont es la bastida de Jacques Viala ? »

L'homme se retourna avec lenteur et dévisagea quelques instants la gamine qui lui parlait dans sa langue. Son visage ne laissa filtrer aucune expression d'étonnement devant cette fille vêtue d'un blue-jean délavé et d'un gros pull à col roulé et, contre toute attente, à la déception de celle-ci, il lui répondit en français : « Bonjour, petite, tu es de chez nous pour parler patois ? »

Elle eut un instant d'hésitation avant de lui jeter : « Oh, pas tout à fait. Je suis de l'Hérault.

— Ah, la plaine ! fit-il, avec déjà dans la voix

une certaine partisanerie. Tu connais Jacques Viala ?

— Oui, depuis longtemps ! »

Il parut s'amadouer quelque peu. Il jeta un coup d'œil furtif vers nous. Vraisemblablement, la personne évoquée devait être dans ses bonnes grâces, car il poursuivit d'un ton plus naturel : « Tu prendras le chemin de gauche. Quand tu auras dépassé Fabrezan, tu arriveras à Ribaute, tu prendras encore à gauche, tu choisiras le chemin qui a une croix de pierre. Puis, tu attraperas une allée de cyprès, tu la suivras. Au bout, tu verras une grande campagne où Viala est régisseur.

— Alors, adieu grand-père, dit-elle. Puisque tu ne veux pas parler notre langue, il faut bien que je te parle en franciman !

— De que me dises aqui, ma cata ?*.

— Te dise ce que cal ! »**.

Cette fois, il la dévisagea avec une attention singulière comme s'il eût découvert un animal bizarre. Puis il nous jeta un long regard, comme pour nous prendre à témoin. Je ne soufflai mot : la scène m'intéressait vivement. Il faisait partie de cette génération dont les vingt ans s'étaient passés sur le front de l'Argonne ou de Verdun... Sans doute avait-il eu l'occasion de rencontrer ces jeunes traînant sur les routes, ou venant vendanger, qui s'amusaient à baragouiner, plutôt mal que bien, cette langue dont on disait maintenant qu'elle était occitane, mais qu'on appelait en son jeune temps, le patois.

J'en connaissais des dizaines comme lui, et tous avaient les mêmes idées en la matière : à l'école, on leur avait enseigné le français, à la maison ils apprenaient bribe par bribe, le patois. Il y avait belle lurette que celui-ci était plus ou moins délaissé. Et puis, les choses étaient tellement mieux ainsi : lorsqu'il fallait monter à la mairie, voir le gérant de la coopé, ou encore lorsque les bureaucrates l'obligeaient à aller en ville. Il devait penser que le français, cela faisait bien. On était considéré lorsqu'on le parlait correctement. Pourquoi

* Que me dis-tu, ma chatte ?
** Je te dis ce qu'il faut.

tous ces jeunes voulaient-ils faire revivre le passé ? Ce rude passé où la vie était si dure, sans aucune loi sociale, sans l'indemnité viagère de départ, sans la retraite. Oui, décidément, tous ces gosses reviendraient de leurs amusettes.

J'eus envie de lui parler. Il me plaisait, avec sa bonne tête de vieux lutteur. Je descendis de la voiture et dis : « Bonjour, papé, comment cela va-t-il ? Ton greffage est réussi ? »

Il eut un air de fierté et observa : « Celui-là, comme tous les autres, je l'ai greffé à la main : voici le résultat. Je l'ai fait à la lune vieille de mars, avec des bois de cinsaut que m'a donnés Jacques Viala, chez qui vous allez. »

Il nous regarda remontrer dans la vieille Citroën, dont la carrosserie était bariolée comme une tenue de clown. Sur le pare-brise, il vit, à côté de la vignette, la croix occitane. Il dut en conclure que cette fille était un peu fêlée, pareille à tous ces jeunes se déguisant, cherchant à ficher la pagaille.

Entre Claude et ceux qui nous recevaient, la conversation commença, tantôt en occitan, tantôt en français, car étaient nombreux ceux qui ne maîtrisaient pas assez la vieille langue pour y trouver matière à s'expliquer.

Jacques Viala avait un étonnant visage, farouche, expressif, passionné. Dans une attitude profondément convergente, se tenait sa femme Jordane : trente ans, visage dépouillé, sans fard ni maquillage. Cependant, cette première impression était démentie par un corps musclé, charnu, exprimant la sensualité avec suffisamment de force pour qu'une sorte d'attraction fascinante et quelque peu mystique s'en dégage. En d'autres temps, on l'eût imaginée supérieure d'un couvent. Elle avait une forte propension à figer les idées, à un certain manichéisme.

Claude les observait, car c'était pour elle une révélation : découvrir pour la première fois ce monde vigneron, immuable, identique à son passé, réagissant selon une attitude et des conceptions devenues permanentes. Cette première réunion de jeunes occitans et de responsables du comité d'action avait été décidée sous la pression des événements des semaines précédentes. Tout comme s'étaient établis un certain nombre de contacts entre les vignerons et les centrales syndicales ouvrières, ainsi qu'avec les gens du petit commerce et de l'artisanat.

Jacques Viala arrêta brusquement le flot chaotique des conversations particulières et commença d'une voix saccadée, avec un formidable accent roulé, heurté : « Je suis vigneron et Occitan. C'est pourquoi j'ai pensé qu'il fallait nous rencontrer. J'en ai pris l'initiative. Je vous reçois dans ma maison et vous y souhaite la bienvenue. Nous n'allons pas ici faire du syndicalisme. D'autres le font à notre place de façon convenable. Mais ils ne peuvent faire avancer les dossiers sans que nous n'intervenions. Paris n'en fait qu'à sa tête. Chaque ministre utilise des faux-fuyants. Bonnet dit : « Nous ne pouvons agir que dans l'esprit communautaire... », ou encore : « Nous devons éviter que les Italiens ne prennent des mesures de rétorsion contre d'autres secteurs de la production agricole... Vous avez raison sur le fond du problème, mais les choses ne sont pas faciles : les Allemands ne veulent pas payer, les Italiens jouent l'expansion, ils seront difficiles à convaincre. D'autant que maintenant, ils se réfugient derrière un certain nombre de préalables, dont le principal demeure la taxe instituée par la France. »

Quant à Chirac, c'est un animal politique redoutable, il lance les idées comme on lance des balles, sans savoir derrière quelles haies elles vont se perdre. Il promet beaucoup et tient peu.

Pour Giscard, les choses sont différentes. D'abord, le problème de la viticulture méridionale ne l'intéresse pas vraiment. Il se comporte en véritable baron du Nord. C'est un Simon de Montfort économique. Derrière son soi-disant libéralisme, se dissimule une volonté d'arriver à ses fins, dont il ne laisse percer que ce qu'il veut devant la grande opinion. Il vise à constituer une Europe politique dont il sera le président. Que certains transferts économiques en découlent, que des productions comme celles du Bassin méditerranéen en crèvent, cela lui importe peu, dans la mesure où les victimes ne remueront pas trop de merde...

Alors, on nous propose toutes les carottes. On nous présente un certain nombre de solutions dites constructives. On gagne du temps. En réalité, nous nous en sortirons tout seuls. Par une volonté de survie, par une farouche détermination, nous devons faire comprendre au pouvoir qu'il vaut mieux qu'il transige ou que la situation, chez nous, se dégradera à un point tel qu'il ne pourra y rester indifférent... A vous de donner votre idée. »

Un petit bonhomme, assis au fond de la pièce, lance : « Il faut tout foutre en l'air. Ce sont des pourris... »

Son voisin rétorque : « Alex, ne commence pas à déconner. Nous ne sommes pas ici pour dire des âneries, mais pour mettre en place une action permanente, qui porte ses fruits. »

Le premier, un peu vexé, reprend avec véhémence : « Où étais-tu, au dernier barrage sur la route ? Je ne t'ai pas vu, et ici, tu viens faire le beau... »

Jacques Viala observe : « Ne commencez pas à dire n'importe quoi. Chacun joue son rôle et personne n'a de leçon à donner à personne. »

Jordane constate : « Nous autres, femmes, en avons assez des actions qui ne rapportent rien et font prendre à nos hommes des risques de plus en plus grands. J'étais hier à Narbonne, à la C.G.V.* et sur la route, j'ai vu patrouiller plus de dix fourgonnettes de C.R.S. Ils contrôlent chaque carrefour, se tiennent sur les hauteurs et suivent les camions venus de Sète. Il faut mettre en place un autre type d'action. »

Claude Drouant, jusque-là, n'a rien dit. Elle se sent bien au milieu de tous ces gars. Ils sont jeunes pour la plupart. La vie a mis sur leurs visages une rude franchise et, dans leurs attitudes, une certaine gaucherie qui les rend sympathiques. Ils sont très différents de ses camarades occitans des villes, qui ont tendance à intellectualiser le mouvement et à le couper de la base.

Elle s'était bien rendu compte, avec ce vieux vigneron, que les choses n'étaient pas aussi simples qu'on

* C.G.V. : Confédération générale des vignerons.

le disait. L'idée occitane n'aurait aucun sens si elle n'était pas profondément reçue et acceptée.

Elle demande la parole et remarque :

« Bon, je ne suis pas viticole. Je suis de l'Hérault et d'une région où la crise se fait moins cruellement sentir que chez vous. Mais j'ai des yeux pour voir, et ce que je vois, c'est ceci : si vous continuez à vous battre sur le seul fait économique, vous vous ferez avoir. D'abord, vous dites que vous êtes unis. C'est vrai dans un sens : vous arrivez à mettre en place une plate-forme revendicative minimale, puis vous partez en guerre. Cela n'est déjà pas si mal. Mais cela n'aura qu'un temps, pour une raison bien simple, c'est que l'on vous divisera.

« Il y a la plaine, les coteaux, les soubergues. Les petits et les gros. Ceux qui fraudent et ceux qui sont réguliers. Ceux qui ont de bonnes structures et ceux qui ont des mouchoirs de poche dans lesquels le tracteur touche la haie avant que la vigneronne n'ait quitté la fourrière. Il y a ceux qui sont endettés au Crédit agricole jusqu'au cou et ceux qui ont encore quelques sous de côté, parce qu'ils vivent comme des minables.

« Il y a nous, aussi, tous ces autres de la région, qui constatons que nos jeunes ne trouvent plus de boulot, qu'ils doivent partir dans le Nord alors qu'ils veulent vivre au pays. Il y a ceux de Chalabre et ceux de Frontignan, en chômage technique. Il y a également ces étudiants avec leurs diplômes tout frais qui, en attendant, font n'importe quoi.

« La relance de Giscard, tu parles !...

« Les petits commerçants, dont les grandes surfaces auront la peau. Nos artisans qui perdent leur clientèle ou qui n'arrivent plus à faire rentrer leurs notes parce que ce pays devient insolvable.

« Il y a nos plages occupées par d'autres : l'aménagement du littoral, vous en savez quelque chose. Avant, vous aviez un endroit où mettre vos fesses, un bout de terrain pour installer votre cabanon. Maintenant, fini tout cela : vous avez droit au parking payant, au bistrot face à la plage où l'orangeade coûte cinq francs, à vous insérer tant bien que mal entre les viandes rouges des Allemands, des Nordiques rôtissant au soleil... ceci pour prendre un bain rapide dans le « pipi » international qui vous donne des cloques.

« Alors, le combat n'est plus votre seul combat : il devient celui de tout un peuple. Nous autres, Occitans, savons que cette lutte n'a de sens que dans la mesure où nous nous unissons. Oui, il faut une identité régionale. Il faut contrôler les groupes de pression de notre Languedoc. Peut-être devrons-nous aller jusqu'à l'autonomie...

« La France, c'est un grand mot qui ne veut rien dire, si derrière la France il n'y a ses ethnies. Quels rapports avons-nous avec les gens de Lille ? Certes, nous ne faisons pas de la xénophobie : ils nous valent ! Mais leur économie, leurs préoccupations, leurs options n'ont rien à voir avec les nôtres.

« Alors, commençons à voir clair en nous. Oui, il y a bien longtemps que ce pays a été cocufié... Trop, c'est trop. Il faut se battre. Aujourd'hui, nous sommes venus vous dire : nous serons à vos côtés, mais prenez conscience de la vraie lutte et ne vous cantonnez pas aux seules importations de vins italiens ou à vos foutus règlements communautaires. »

Quelqu'un l'interrompt : « Ton baratin, ça se défend. Mais tu comprends, vous ne faites pas sérieux, avec vos croix du Languedoc que vous portez parce que ça fait bien, avec vos gars s'empêtrant dans leur mauvais patois et parlant pointu quand ils « se plantent » en occitan. Avec vos idées, vous faites peur aux vieux. Vos buts imprécis sont irréalisables. On a la trouille de travailler avec vous. Ce que nous voulons, c'est du concret, des prix garantis, une réglementation meilleure. Ou bien le retrait de la Communauté. Et aussi, un Office du vin bien conçu, avec un statut social, une protection effective, des clauses de sauvegarde. Nous n'entendons pas être utilisés à d'autres fins. »

Jacques Viala lui coupe la parole : « Ecoute, Jalabert, tu as raison sur le fond du problème viticole. Mais sais-tu combien nous sommes, réellement, à vivre de la vigne ? Sais-tu que la vigne nourrit 200 000 familles en Languedoc-Roussillon ? Et sans compter tous ceux qui vivent de ses à-côtés !

— Oui, je sais ! rétorqua l'autre laconiquement.

— Eh bien, nous ne faisons plus le poids, tu comprends ! »

Jalabert se lance dans une nouvelle explication : les revendications professionnelles risquaient de se dissoudre dans la masse des autres revendications et en ce domaine, il fallait être prudent.

« Prudent... prudent. C'est un refrain bien connu. Nous en avons « ras le bol » de la prudence. Il y a trop longtemps que les choses durent. Nous serons tous morts avant que ta prudence, ta tactique, n'aient donné des résultats appréciables. Tu raisonnes comme trop de syndicalistes : je fais allusion à ceux qui croient aux paroles de nos ministres comme à parole d'Evangile et se font avoir à chaque coup : « Les promesses rendent les enfants joyeux ! » Faisons feu de tout bois. »

Claude Drouant renchérit : « Je n'ai jamais fait de politique. Simplement, je suis une fille occitane ayant besoin de respirer sur sa terre, de « viure al païs ». Alors, n'inventez pas de fantômes, ne prêtez pas aux autres des intentions occultes. Notre ethnie, ce n'est pas du bidon, c'est une réalité profonde de tous les jours. Quand vous dites « j'y suis été » et que vous vous servez de l'auxiliaire être pour le verbe être, c'est une résurgence de notre langue d'oc. Lorsque vous réagissez contre la bureaucratie parisienne, c'est contre le centralisme jacobin que vous vous insurgez. Il y a de multiples marques quotidiennes démontrant l'attachement au passé qui nous a donné notre identité.

« En matière économique, la chose est plus vraie encore. Où sont les usines dans cette région ? Pourquoi, en temps voulu, n'a-t-on joué ou laissé jouer que la carte agricole dans ce pays ? Nos ports importent au lieu d'exporter. Nous sommes voués à vendre du tourisme au rabais, car le grand tourisme et ce qu'il rapporte : tintin ! On le réserve à des multi-nationales, à des chaînes. Enfin, regardez autour de vous : ce sont des Japonais, des Allemands, des Anglais, qui s'installent avec leurs capitaux. Sans oublier les petits copains des gens bien placés. Tous les promoteurs ont une certaine couleur politique. Tous, ou presque tous. Alors, si vous ne voyez que le vin, vous êtes à courte vue. »

Quelqu'un crie : « C'est le régime qui veut ça. Tout est politique, si vous ne l'avez pas encore compris. Quand je vois des cons qui ont voté pour Giscard et qui vont tout foutre en l'air maintenant, parce que Giscard s'est payé leur gueule, vous comprenez, moi, je rigole...

— Ici, on ne fait pas de politique, coupe un autre.

— Toi, tu dis ça parce que tu es un de ces cornichons qui se sont fait avoir. »

Jacques Viala frappe un grand coup sur la table. Le silence revient difficilement. Il observe : « Si chacun nous sert son catéchisme, ce n'est pas demain la veille que nous sortirons de l'auberge. Quels sont ceux qui estiment qu'il faut se battre ensemble et trouver cette unité de lutte que l'on nous propose ? Je vous prie de répondre clairement. Nous allons voter à main levée. »

Sauf deux participants, tous tendent la main.

Tous, finalement, décident de s'en tenir à des actions spécifiques adaptées aux départements, aux particularismes du groupe, mais en acceptant une réelle convergence des activités entreprises, sur le thème : « Volem viure al païs. » L'essentiel n'était-il pas cette prise de conscience sur un thème fondamental ?

La nuit était douce, enveloppante. Claude Drouant roulait sagement, vitres baissées. Le ciel était plein d'étoiles scintillantes. Juin s'épanouissait dans la tiédeur de ses nuits courtes. C'était bon de sentir cet air chaud nous glisser sur la peau.

Subrepticement, je la regardai : elle paraissait réfléchir. Ces hommes avaient dû lui paraître attirants, avec leur magnifique entêtement, leur obstination, leur fougue. La civilisation actuelle ne les avait pas affadis. Ils demeuraient le sel de cette terre occitane qui les avait faits ce qu'ils étaient : un peu courts, un peu rapides, un peu péremptoires dans leur jugement, mais fondamentalement généreux, ouverts aux autres et, tout compte fait, soumis à la discipline de groupe, dès lors qu'elle avait été retenue. Et ces femmes, c'étaient elles, sans doute, qui avaient le plus impressionné Claude. Elle avaient quelque chose de particulier annonçant la détermination aveugle. Elles portaient déjà le masque des tragédies. Leur sensualité puisait sa sève dans l'engagement viril.

Mon esprit s'attarda plus longuement sur le visage austère et quelque peu mystique de Jordane Viala. Elle avait cette violence contenue, ce visage évadé, ce réalisme transcendé que seuls possèdent les contemplatifs. L'excès éventuel ou l'exaspération se retrouvaient en fils imperceptibles, dissimulés sous la trame intérieure de sa personnalité. Une sorte de vocation émanait de ces femmes : d'elles sourdait la révolte des minorités, des manants, des futurs migrants, de ceux qui se voient rejetés, de ceux qui se voient vilipendés, traduits en dérision.

Ce Midi grotesque, composé sous les travestis d'une imagerie fadasse, avec ses joueurs de pétanque, son pastis, sa sieste, sa nonchalance, ses tartarinades, leur était un cilice permanent dont elles sentaient sur leurs flancs de mères et sur leurs ventres d'épouses les morsures intolérables. Ces hommes, avec lesquels elles faisaient l'amour, étaient autre chose que ces clowns ridicules jouant le mauvais rôle qu'une société infantile leur avait assigné. Ils avaient cette rudesse de la tramontane, ce côté aride de la garrigue, avec la saveur de ses essences, avec l'exultation de ses contrastes, avec la mouvance de ses nuances.

Ces hommes, c'étaient ces êtres de chair et d'os qui ne parvenaient jamais tout à fait à exprimer leur désarroi ou leur souffrance, lorsqu'ils étaient acculés, comme pour l'hallali, par des contraintes économiques, par la pression des groupes affairistes, par le jeu pervers de toute une machinerie montée par certains hommes contre d'autres hommes.

Cette foi contenue dans ces femmes avec tout un héritage de passion sudiste et toute la violence du cousinage ibérique, transparaissait, leur donnant une stature insoupçonnée, les figeant hors de leurs propres perceptions, au niveau de ces épouses de l'Antiquité, dont s'inspiraient inconsciemment leur comportement de Latines ou de Grecques.

Claude m'avoua se sentir fragile, limitée, incapable. Son engagement lui semblait dérisoire, car elle avait senti auprès de ces Occitans authentiques, autre chose que le jeu subtil et maniéré d'un semi-gauchisme intellectuel. Ils étaient, en droite ligne, les descendants de ceux de Montségur, de Queribus... Ils étaient le poids du sang d'une race bafouée, martyrisée sous l'Inquisition, poursuivie et pressurée sous les dragonnades, enfin réduite en dérision sous la plume facile de quelques écrivains facétieux. Elle subissait le vent brutal des conversions. Désormais, son sens militant devrait s'inspirer de ces gens de la vigne, qui portaient en eux le Graal de l'occitanisme. Oh, non point qu'il convienne de les idéaliser, de les désincarner. La faute serait aussi stupide que celle d'en faire des personnages d'opérette. Ils étaient la cendre sous laquelle couvait l'âme de leur ethnie. Dans la rudesse de leurs mœurs paysannes, l'authenticité de leurs origines d'oc s'était mieux conservée que dans ces milieux urbains, dépouillés de leur originalité par le nivellement sucré, mijoté, du petit confort moral et matériel, d'une petite société avide de petites choses et utilisant de petits moyens.

Elle comprenait que sa pensée venait d'être modifiée par cette découverte soudaine. La chose lui apparaissait aussi importante que la découverte d'une espèce vivante que l'on croyait disparue.

Cette fille de petits commerçants de la ville avait choisi l'occitanisme comme d'autres choisissent l'armée : parce que son esprit éprouvait la nécessité de croire en une cause et que les causes traditionnelles s'étaient depuis longtemps effilochées. Elle réalisait tout à coup que son engagement précédent reposait sur des notions mortes qu'on tentait de ressusciter, alors que ce monde existait, n'avait pas besoin d'être recréé, qu'il suffisait de s'y insérer comme l'on s'insère nu dans le courant vivant d'une rivière de montagne qui vous donne son froid, sa fougue, ses dangers, mais aussi sa vigueur.

A l'avenir, elle devrait convaincre tous ces petits cercles qu'il fallait s'insérer dans les luttes paysannes. Non point pour défendre une conception capitaliste de l'agriculture et l'intérêt égoïste d'une classe de la bourgeoisie terrienne, mais pour y puiser le vrai sens du combat de leur peuple.

# *Septembre 1975 : nouvelles promesses de Chirac*

A quoi tout cela sert-il ?

Voilà la question que je me posais, alors que nous allions encore manifester. Nous étions convaincus de prêcher dans le désert.

Aussi, les paroles que je lançai, ce jour-là, à Montpellier, étaient-elles désabusées : « veut-on porter l'estocade au Midi ? — Veut-on briser sa colonne vertébrale qui est son agriculture ? »

Benet définit bien les choses lorsqu'il dit : « les positions officielles tentent de culpabiliser le Midi et ses organisations professionnelles. La politique de qualité prônée par les Pouvoirs Publics ne s'applique qu'à la production, alors que le commerce est libre de pratiquer une politique qui ne tend qu'à l'utilisation de vins à bas prix. »

La manifestation se poursuit dans un calme relatif. Une délégation est reçue par le préfet de région, qui prend acte de nos observations : l'entrevue est très courte. C'est alors qu'un certain nombre d'incidents se produisent. Notre ami Henri Moynier est blessé à la tête : il saigne abondamment. Quelques camarades l'emportent précipitamment vers la pharmacie la plus proche. Parmi ceux-ci : Jean Huillet, viticulteur à Valros. Jean milite au Comité d'Action Viticole depuis la première heure. Il est connu pour son attachement aux idées occitanes, mais il n'a pas la réputation d'être violent. Je ne l'ai jamais vu perdre son sang-froid. Il n'est pas l'homme que de brefs affrontements satisfont. Il croit plus à une action engagée dans le temps qu'à des réactions de type poujadiste. Nous sommes loin d'avoir, en tous domaines, des idées communes, mais je respecte son honnêteté intellectuelle et sa générosité. Tandis qu'on soigne Henri Moynier, il attend devant la porte de l'officine : c'est alors qu'il est pris à partie par trois gardes mobiles qui l'entraînent immédiatement et l'accompagnent vers la préfecture. Gilbert Sénès, député de l'Hérault, intervient auprès du préfet pour qu'on le relâche, mais il ne peut l'obtenir. On lui répond que Jean Huillet sera jugé suivant la procédure du flagrant délit pour jets de pierres et violences envers un représentant de l'ordre public dans l'exercice de ses fonctions.

Or, aucun des témoins n'a aperçu, à un quelconque moment, notre camarade procéder à un tel geste... Tous nos amis sont formels : ou bien c'est une erreur, ou bien c'est une arrestation arbitraire.

La nouvelle se répand comme une traînée de poudre. Des réactions multiples de solidarité vont se manifester en chaîne : Jean Huillet voit se forger autour de lui tout un réseau d'amitié. Il apparaît aux yeux de tous comme une victime. Il a été choisi, pensent la plupart, afin de faire un exemple.

Devant l'attitude déterminée des organisations professionnelles et la tempête soulevée, Jean est jugé dès le lendemain : il écope de quinze jours de prison avec sursis. Il est aussitôt libéré. Au-dehors, une foule en attente depuis plus de deux heures l'accueille. On le porte en triomphe : il est devenu le symbole d'une cause réprimée.

Quelques jours plus tard, j'ai rencontré Jean Huillet. Il m'a dit : « Je n'aurais jamais cru que l'on fasse tout cela pour moi. C'est tout de même bon, ce flot de copains qui, tout à coup, se met en mouvement.

« Le lendemain, en me retrouvant dans mes vignes, je me sentais bien. La vigne ne m'a jamais paru si belle... J'ai sulfaté avec une sorte d'allégresse... J'ai bien senti, l'autre jour, l'amitié des hommes, et crois-moi, c'est quelque chose de formidable ! »

A la suite de trois réunions, la Fédération nationale des vins de table vient, à l'unanimité, de mettre au point les propositions qu'elle entend présenter à Bruxelles. Elles concernent : le vignoble, la production, les échanges, l'organisation du marché, les surveillances et les sanctions.

Si notre texte était retenu, il permettrait d'équilibrer les mesures à court, moyen et long terme, visant à une production de qualité, à un équilibre de l'offre et de la demande, à la sécurité du consommateur sur les origines des produits livrés, à une organisation de marché équilibrant les ressources et les besoins. Evidemment, cela n'allait pas sans quelque discipline, sans quelques contraintes, sans quelques sanctions. Les importateurs verraient leur terrain d'action limité. Les producteurs de rendements excessifs seraient voués à distiller à bas prix leurs excédents. La fraude serait pourchassée, aussi bien en Europe qu'en France. Mais si nous tenions à démontrer, à travers ce texte, notre unité dans le choix d'une politique cohérente, stricte, écartant la facilité et la démagogie, nous ne nous faisions guère d'illusions sur les palinodies, les ergotages, le marchandage auxquels nous allions être soumis à Bruxelles.

Le « Barnum » bruxellois est abondamment pourvu de salles conçues pour la traduction simultanée. C'est-à-dire que les participants ont à leur disposition des écouteurs, un tableau de commandes des circuits auditifs. Tout autour de la pièce, emprisonnés dans leurs cabines de verre, les interprètes suivent le mouvement de l'assemblée. Une impression factice se dégage de tout cela. On écoute avec une sorte de détachement la voix neutre, impersonnelle, des traducteurs : elle hésite, visiblement gênée par les termes techniques employés. Elle vous parvient comme issue d'une autre planète.

Le gros lion italien Dettori intervient avec des circonlocutions et une volubilité incroyables. Ses propos sont d'une insigne partisanerie. Il biaise, fait ses rodomontades, tergiverse, finasse, louvoie, gesticule, prend le monde à témoin, utilise un bon quart d'heure là où cinq minutes suffiraient. Les membres des diverses délégations sourient : on le sait, les Italiens sont ainsi faits. Pour aller de Paris à Versailles, ils vous font passer par le Bourget.

Le docteur Becker intervient peu. Il sait que l'Allemagne de l'Ouest occupe une place d'équilibre entre les deux principaux antagonistes : Français et Italiens. Il est très attentif à ne pas aller à l'encontre des positions officielles de son gouvernement. Il tient le balancier avec intelligence, soucieux de ne se laisser entraîner, ni d'un côté ni de l'autre. Il tire les marrons du feu de nos querelles de Latins. Chacun le ménage, car il peut attirer les pays consommateurs à son point de vue. Quelque chose les lie : l'Allemagne entend débourser le moins possible, comme l'Angleterre, le Bénélux, le Danemark, l'Irlande.

Les réunions sont longues, fastidieuses, décevantes. La plupart du temps, elles n'aboutissent qu'à des motions mitigées, inodores et incolores. La haute administration communautaire veille à ce que le caractère seulement consultatif du comité soit rigoureusement respecté.

J'ai en mémoire le souvenir de cette réunion où je fis scandale parce que j'avais pris avec moi un magnétophone : je considérais comme normal, dans une communauté où chacun des pays partenaires considère être une démocratie, de pouvoir enregistrer les discussions tenues. Il n'y avait dans mon esprit aucune malice, aucun souci de me servir de la bande à des fins démagogiques. Tout au plus, je voulais pouvoir faire la démonstration, auprès de nos adhérents, des difficultés auxquelles nous nous heurtions à Bruxelles. Cela provoqua un incident de séance mémorable : les règlements interdisaient une telle pratique. Si chacun en faisait autant ! Bien entendu, je dus me soumettre, ranger mon instrument.

La vérité faisait peur. Cette tour de Babel, où chacun venait présenter ses thèses, ne tenait pas à laisser filtrer la confusion des intérêts, ainsi que l'incohérence des méthodes. D'ailleurs, personne n'y tenait. C'était contester la formidable bureaucratie mise en place.

Ah, ces retours de Bruxelles, dans le train spécial ! Combien nous lassaient ces pertes de temps, ces paroles dans le vide ! Jusqu'au ministre de l'Agriculture, Christian Bonnet, qui avant l'une de ces fastidieuses réunions, déclarait : « En cas d'échec le 9 septembre, je saisirai le gouvernement parce que nous ne pouvons plus continuer comme cette année, avec des importations massives à bas prix. Il n'est pas question que la France s'applique des disciplines qui ne seraient pas appliquées également en Italie. »

Le 10 septembre, nouvel échec, consécutif à un blocage allemand et à la mauvaise foi italienne. Chirac nous convoque. Il avait été convenu qu'en cas de nouvel insuccès — le quatrième — un train de mesures d'ordre national serait arrêté. Nous sommes reçus à Matignon, avec un certain faste : gardes républicains à l'entrée, huissiers dans la salle des Pas-Perdus, puis le salon des réunions : les baies de cette pièce ouvrent sur un parc magnifique. Un bleu d'Auvergne joue sur les pelouses.

Assis autour de l'immense table de travail, Chirac, entouré des ministres concernés par nos problèmes, nous fait vis-à-vis. Après un exposé liminaire, il annonce les mesures retenues : une taxe de 1,13 franc le degré/hecto frappera les vins importés d'Italie afin d'éponger une partie des distorsions monétaires, dont nous sommes victimes.

Une aide sera octroyée sous forme de prêts pour une politique de qualité.

Enfin, une commission sera instituée, afin de réorganiser le marché des vins.

D'autre part, le Premier ministre tient à réhabiliter la viticulture méridionale en déclarant que, contrairement à ce que certains voudraient laisser entendre, la production de nos vins est une source de richesse pour la nation tout entière. Nous sommes satisfaits de l'affirmation faite par Jacques Chirac. Nos amours-propres, notre sensibilité ont beaucoup trop souffert des divers coups d'épingle reçus. Les paroles prononcées sont une sorte de baume posé sur nos plaies. Bien que nettement insuffisante, la taxe apparaît comme une volonté de rattrapage compensant partiellement la dévaluation de la lire. Chirac a tenu à marquer le coup : un nombre tout à fait exceptionnel d'agents de presse, de journalistes, de cinéastes, se présente à nos regards lorsque nous sortons. C'est alors l'épreuve des flashes, des interviews. Le Premier ministre parle longuement, rend à nouveau témoignage à la viticulture méridionale, explique que la mesure prise s'insère dans l'esprit même du traité de Rome. Il revient sur la nécessité d'appliquer un vaste programme de rénovation. Son analyse aboutit à la conclusion que nous sommes les victimes des mécanismes communautaires.

Un premier pas vient d'être franchi. Ira-t-on plus loin ou bien au contraire reviendra-t-on vite en arrière sous la pression des impératifs de la C.E.E. ?

*
**

Je me trouve encore une fois à Orly-Ouest. Je marche dans les salles et les halls d'attente. Les gens circulent avec des allures sophistiquées. Ils ont l'air de poissons exotiques évoluant dans un aquarium. Je suis seul. J'observe ces lieux dont je finis par connaître les moindres détails : les casiers à bagages que l'on ouvre et que l'on ferme, le kioque à tabac avec sa bimbeloterie, les hôtesses d'Air-Inter, derrière leur banque, leurs visages indifférents... On vient d'afficher le numéro de ma porte de départ. Je prends ma serviette et, mélancoliquement, je m'achemine.

Je songe à ces vendanges 75 qui vont débuter dans quelques jours. Cette année, mon gendre sera là. L'équipe prévue est excellente, le matériel au point. Mais quelque chose s'est brisé en moi. Je ne parviens plus à croire qu'enfin l'horizon va se dégager. Je me sens physiquement harassé...

Lorsque j'arrive chez nous, vers minuit, toute la maisonnée dort profondément. J'évite de faire du bruit. J'entre à pas furtifs dans notre chambre, je me glisse sous les draps. Le sommeil ne vient pas, j'ai les yeux grands ouverts dans le noir. Une sorte de léthargie m'envahit peu à peu. Ma femme n'a pas fait un mouvement. Elle doit être fatiguée : les journées sont longues et son labeur constant.

Il faudrait... Il faudrait que... Nous devrions...

# *Chasser les vendeurs du temple*

Dix jours plus tard, les 29 et 30 septembre, nous enregistrions un nouvel échec au niveau communautaire pour aboutir à la révision du règlement. Une sorte de fatalité s'acharnait sur nous. Dès cette période, nous allions entrer dans une nuit sombre, ininterrompue depuis, dans laquelle les cauchemars et les drames allaient s'enchevêtrer jusqu'à devenir notre pain quotidien.

Avant d'aborder ce temps où ma vie ne m'appartiendra plus, où je n'aurai plus le droit d'exister personnellement, mais où l'engagement me dévorera littéralement, je ne puis m'empêcher de revivre mon passé.

Ma vie s'est écoulée au rythme des saisons, parmi ces hommes de la vigne que j'aime passionnément. Au cœur des miens, selon le déroulement paisible de leur naissance, de leur vie, de leurs problèmes ou de leur mort.

Mon existence revêt l'aspect d'une rivière de montagne, calme et sereine en ses premiers émois et ses premiers chuchotements de source, dissimulant sous les herbages sa résurgence, puis accélérant sa course au fur et à mesure du parcours, soumise aux roches qui la déchirent, aux sables qui l'absorbent, aux berges qui la retiennent, aux cascades qui la brisent et la dispersent.

Avec, au bout, la mort inévitable, venant définitivement l'absorber en son terme, comme la mer absorbe toute chose.

Les vendanges 75 débutent le 15 septembre. Les choses commencent mal. Dès le premier jour, il pleut abondamment. La colle doit quitter le chantier sous l'orage. Nous prenons une bonne douche gratuite. Le brouillard coiffe le mont Saint-Baudile et le rocher des Vierges. Vers Saint-Pons, venant du marin, d'énormes nuages noirs se bousculent. Le vent rabat les averses sur nos visages. Chacun court précipitamment pour se mettre à l'abri sous la bâche du camion. Seuls les tractoristes et moi-même nous débattons dans les rangées de vigne pour vider les seaux en partie remplis de grappes. Nous sommes trempés comme des rats. L'eau dégouline dans mon cou, ruisselle sur mon visage. J'en ressens le contact comme une touche amicale. Je fais bon ménage avec elle. Elle se comporte en animal familier. J'en accepte la servitude, car elle fait partie des choses auxquelles nous nous sommes pliés depuis longtemps.

Revenu dans les locaux d'exploitation, après avoir changé de vêtements, je veille à ce que le personnel prenne de l'avance dans son travail. On ferme des trappes, on nettoie des cuves, on graisse les appareils. A un certain moment, Pépé me dit qu'il y a une grosse gouttière dans le palier attenant à la maison des vendangeurs. C'est là où, autrefois, nous rangions les fourrages. C'est un vaste lieu sombre où les chats mènent la chasse aux souris, où les chattes vont cacher leur portée. De vieux outils y sont encore rangés, ainsi que notre provision annuelle de paille. Les toiles d'araignée pendent des poutres ou tapissent les coins. Monde mystérieux, quasiment abandonné des hommes. Les animaux y font bon ménage, chacun laissant la part d'autrui. Le jeu de la vie et de la mort y a pourtant sa place : les mouches s'empêtrent aux pièges des arachnides, les souris périssent sous la griffe et dans les nasses à rats. Les chatons sont arrachés à leur mère et noyés. Les chauves-souris pendent en paquets gluants et soyeux d'un noir verdâtre, sous la toiture. Les hirondelles ont bâti leur nid à l'embrasure des angles de contrefiches de la charpente.

Je ressens toujours l'impression d'entrer dans un monde à part, en bordure de la vie, lorsque j'escalade les barreaux de l'échelle de bois qui y conduit. Un silence complice y règne, enveloppant ces mille drames, ces mille secrets.

Arrivé sur le plancher du palier, je crois entendre un murmure de voix. Ma parole, je rêve ! Personne ne vient ici, hormis le personnel. Je m'arrête. Les bruits aussi. J'observe et ne vois rien. Puis, je m'avance, persuadé que les sons perçus proviennent de la maison voisine, séparée de ce grenier par une simple porte de bois léger. Je bute contre un obstacle. Pourtant, je connais les lieux et je puis m'y diriger malgré la pénombre. Un jour gris filtre tout à peine d'une haute lucarne. Il est pourtant suffisant pour que j'aperçoive un couple enlacé qui fait l'amour. La jeune Espagnole ne dit mot. Le garçon me jette des yeux épouvantés. Tous deux sont visiblement effrayés. Ils ne bougent pas, avec cette attitude des lapins immobilisés par un chien d'arrêt. Ils ont couvert leur bas-ventre d'un vêtement, afin de dissimuler leur nudité. Je détourne mon regard. Je passe comme si je n'avais rien vu. Je les sens tellement malheureux, tellement honteux. Ils ont été pris au piège : venus sans doute par la porte de communication avec la maison où ils logent, je leur ai coupé toute retraite en gravissant l'échelle. Je me mets à siffloter un air pour me donner une contenance. Bien entendu, je ne perds pas de temps à repérer la gouttière et je redescends bien plus vite que je ne suis monté. Je ne puis m'empêcher de sourire en pensant à la tête qu'ils auront demain au travail.

Dans la rue, il pleut toujours. Les toits filent leurs franges d'eau venues de chaque rangée de tuiles romaines. Il y a bien longtemps que les chéneaux sont percés ou ont été arrachés par les bourrasques.

Je reviens à la cave dans laquelle le personnel travaille. Je dis à Bernard, le jeune maître de chais : « Demain, tu iras me placer un verrou à la porte du palier, côté maison des vendangeurs. J'ai peur qu'ils pénètrent dans le grenier et mettent le feu à la paille. » Il acquiesce distraitement et poursuit sa tâche.

Vers le soir, lorsque je quitte les chais, en passant devant le ramonétage où sont logés mes Murcians et mes Granadins, j'entends chanter le flamenco. Deux guitares l'accompagnent. Ce spectacle m'a toujours attiré. Nos saisonniers viennent, pour la plupart, de Fuentes Vaqueros, à quelques kilomètres de Grenade. Ce sont des Espagnols « gitanos ». Ils ont leurs mœurs précises, se mêlent peu aux Espagnols « puros ». Pour l'instant, ils ont formé le cercle et quelques couples dansent. Je ne puis reconnaître ceux du grenier. J'évite de fixer les yeux sur eux. Je plaisante avec les vieux. Manuel m'offre un petit verre d'anisette. La pièce est déjà imprégnée de senteurs lourdes : l'huile d'olive frémit dans les poêles, le riz écume dans les pots. Aux poutres pendent les lards, le jambon, les morues. Au sol, parfaitement rangés, sont alignés les coffres de voyage : vastes caisses cloutées de cuivre et bariolées de couleurs diverses. Une forte odeur humaine, exhalée par l'humidité, se dégage des vêtements mouillés, suspendus à des cintres devant un grand feu de bois. « Manuel, dis-je, attention à ne pas faire trop de feu dans la cheminée. »

Les vendanges se dérouleront sans incident. Mais à mes yeux les teintes se sont affadies. Malgré la douce luminosité de septembre, je ne parviens pas à lutter contre cette grisaille intérieure qui s'empare de mon esprit. J'ai le regret amer de ces jours passés où la vigne contenait son espérance immuable. Où, sans être nantis, nous étions assurés de ce minimum matériel sans lequel les esprits s'aigrissent. Plus encore, où nous menions notre tâche de tous les jours avec sérénité, dans un équilibre psychologique assuré.

Tout s'est détérioré, irrémédiablement abîmé : le péché absurde du monde capitaliste est celui d'éteindre ces veilleuses d'espérance qui tremblent dans le cœur des hommes. Autrefois, j'entendais mieux le frémissement des arbres agités par le vent. J'entrais en dialogue avec les choses. J'écoutais le langage de la garrigue, celui des ruisseaux, des fleurs des champs et, par-dessus tout, celui de la vigne. Aujourd'hui, une société impudique, fondée sur le profit, a barbouillé ce modeste tableau intérieur, brossé sans doute avec des gestes d'amateur, mais qui était ma vérité esthétique, psychique, ma façon de saisir la vie.

Des gens odieux, brasseurs d'affaires insensibles à ce genre de romantisme, se sont chargés de profaner nos modestes espoirs. Ils avaient déjà soumis la classe ouvrière à leur pouvoir occulte, enfermée dans l'enfer de ses cadences de travail, de ses horizons concentrationnaires, de ses exigences de rentabilité. Maintenant, leur proie échappant à leurs serres, ils cherchent à intégrer le monde paysan à leur système. Et l'Etat, qui devrait les combattre, les museler, voire supprimer leurs structures d'asservissement, est sensible à leur conception. L'Etat est leur Etat.

S'il est le leur, il n'est plus le nôtre. Celui des exploiteurs ne peut être celui des exploités.

Les hommes croient de moins en moins aux déclarations d'intention. Seuls les actes les convainquent. Les grandes phrases sur l'unité de tous, sur la convergence des intérêts, doivent reposer sur la volonté d'une égalité de plus en plus exigeante dans les chances offertes à chacun. La fraternité n'a de résonance que dans la mesure où l'on a supprimé Cendrillon. La liberté n'est qu'un mythe dès lors qu'elle incarne seulement des apparences. La liberté s'exprime pleinement, dès lors que l'on a supprimé les contraintes de l'argent des groupes de pression.

Jusqu'à une date relativement récente, j'ai cru à la générosité des idées libérales. Puis, au fil des jours, j'en ai progressivement discerné l'hypocrisie : le libéralisme avancé que l'on nous propose est une concession faite sous la pression. En aucun cas ce n'est une solution à nos problèmes viticoles.

L'alternative entre cette société libérale et le goulag est un choix faux.

Entre les deux, s'insère une démocratie socialiste, seule susceptible de répartir entre les hommes les bénéfices de l'expansion et de leur assurer un revenu équitable.

Certes, aujourd'hui comme hier, je reste opposé aux divers totalitarismes. Mais entre eux et l'effroyable capitalisme matérialiste qui nous domine, quelle différence existe-t-il ? Le totalitarisme, par ses excès, montre rapidement son visage. On sait à quoi s'en tenir... Le capitalisme distille l'esclavage parfumé, dégénéré. Il dessèche et stérilise. Il est pourvoyeur de révolte.

L'argent entend maîtriser tous les moyens de production et de distribution. Le capitalisme apporte aux hommes les biens de consommation, non pour faciliter leur vie, mais pour établir une stratégie de profit, destinée seulement à quelques-uns.

Je dois encore rêver en imaginant un monde où toutes les structures de production seraient contrôlées de telle façon qu'elles serviraient à tous.

Pour ma part, je ne vois pas pourquoi, en tant que vigneron, par le biais d'un Office des vins véritable, l'Etat n'assumerait pas la charge des orientations et des mouvements du marché. Les problèmes fonciers deviendraient plus faciles à résoudre, si l'on acceptait de les régler selon une orientation plus sociale.

Je suis ce que je suis, né dans un milieu bourgeois de terriens. Sans doute aurai-je encore à abandonner un certain nombre de mes idées reçues, égratignant un peu la peau du vieil homme, mais qu'importent les égratignures si l'on rend, enfin, le monde respirable.

Ne croire qu'en la loi du profit implique que l'on accepte le veau d'or. Les idoles sont les grimaces de Dieu.

Dieu ne m'a pas installé dans la possession et le confort. Il n'a pas conçu toutes choses pour quelques-uns. Il doit être écœuré du travail que mènent les hommes. Et si je me trompais dans mes croyances, si Dieu n'existait pas, rien ne serait changé. Il faudrait toujours mener le combat pour que règne plus de justice sociale.

On exagère fort en érigeant un culte inamovible, un certain nombre de valeurs relatives forgées par les hommes en les présentant comme valeurs morales.

La valeur morale indiscutable, c'est celle qui se rattache à l'épanouissement et à l'élargissement de l'esprit humain. Il n'y a pas d'épanouissement dans l'indigence, l'amertume et la rancœur. Dès lors, les sacro-saints dogmes derrière lesquels on s'abrite sont les paravents des tartuffes bien-disants qui dissimulent leur pharisaïsme sous le maniérisme prude et confit.

Oui, ma vigne, je t'aime assez pour qu'à travers toi j'aie saisi la peine des hommes, le droit des hommes, l'exigence des hommes ! Je sens mon frère ouvrier parce que l'argent et le profit ont soumis mon milieu professionnel à une telle pression qu'ils m'ont permis de mieux saisir la condition salariale. Et c'est avec consternation que je me dis :

« Si tu n'en avais pas souffert directement, tu n'aurais pas suffisamment compris tous ces autres qui souffrent depuis bien plus longtemps que toi ! »

En cela, l'intégration et les pressions que j'ai eu à supporter m'ont enrichi, en déblayant mes égoïsmes inconscients.

Je veux pouvoir regarder tous les autres avec simplicité, yeux dans les yeux, sans la mauvaise conscience d'avoir été mieux partagé.

Novembre 75 : tout est terne, affligeant.

Je passe au cimetière de Bélarga. Les tombes viennent de subir leur toilette annuelle. Le sol a été peigné : pas une seule boule de cyprès dans les allées.

Ma commune comporte deux cents habitants : c'est dire que chacun s'y connaît. Elle n'est pas différente des autres villages de ce Languedoc. Elle a ses cancans, ses jalousies, ses petitesses, mais aussi son humanité chaude, ses mœurs de bon voisinage, ses joies et ses peines.

Le cimetière est au bout du village : avec ses couronnes de perles passées sur la trame d'un fil de fer rouillé, avec les fleurs artificielles que le vent du nord secoue tristement, avec ses croix sans art et ses tombes humbles ou prétentieuses.

Je m'approche du caveau de notre famille. Je suis en paix avec moi-même.

« J'ai besoin d'être à tes côtés, mon père. Il faut que tu me comprennes, n'est-ce pas ? Oui, je sais. Je me souviens de tes idées attachées aux principes généreux, telles que la patrie, la propriété que l'on se transmet, les idées inculquées. Mais tu es de cet autre côté inconnu, et moi, je suis là, dans ce monde fou : les choses changent, la vie devient de plus en plus dure.

« Lorsque j'étais enfant, tu ne plaisantais pas sur un certain nombre de sujets et les valeurs que tu m'as appris à respecter demeurent. Ton rigorisme subsiste en moi, non plus pour défendre un cadre social établi, mais pour rechercher, hors de mes égoïsmes de milieu, ce qui est la projection authentique des analyses morales reçues. Notre vérité d'autrefois s'effiloche comme une oriflamme usée, à l'emprise des vents d'une société pourrie.

« J'avance vers toi en avançant vers les hommes. Ce n'est plus à Dieu mais à nous de chasser les vendeurs du temple.

« Je ne puis rester indifférent sur les marges de ces portiques, sans dénoncer tous ces pharisiens qui n'ont conservé que le message formel et ont sacrifié la révélation révolutionnaire du Seigneur.

« Ecoute : le vent tourbillonne sur nos vignes... nos « olivettes », nos « clos », nos « gardies » voient leur feuillage aspiré, puis rabattu en lisière des haies, au creux des fossés.

« Mes vieilles idées s'en sont allées ainsi. Mais les bûches, les ceps de ton enseignement fondamental demeurent, qui porteront d'autres récoltes, différentes, quoique puisées à la même terre.

« Tu sais, j'écris comme je le peux : notre souffrance, celle de notre Languedoc, de nos vignobles, des hommes de ce pays. Parce que je ne puis me contenter de penser sans rien dire. Je dois me soumettre à cette vérité qui éclate en moi, même si elle inverse les valeurs auxquelles, toi et moi, nous étions habitués. »

Le portail du cimetière se referme en grinçant. Sur la route, un cycliste lutte contre le vent.

Le paroxysme des teintes automnales se dégrade. La mort végétale se fait doucement, avec tendresse. Une sorte de complicité s'est établie entre les bourrasques et les futaies. Celles-ci acceptent que la brise les jette nues dans le temps froid qui vient. Sur la décharge publique, à peine dissimulée dans un pli de terrain, une bande de corbeaux trace son vol concentrique. Ils piquent vers les ordures ménagères, ramassent quelques détritus et s'élèvent brusquement en larges et pesants coups d'ailes. Des corneilles suivent les sillons des labours.

# *Janvier 1976 :*
# *Plus de mots, des actes !*

L'automne débute avec morosité.

La terre occitane recherche des raisons d'espérer. Malgré les décisions prises par Jacques Chirac le 15 septembre, les importations continuent à la même cadence. On prévoit un million d'hectolitres pour le seul mois de novembre. La façon dont le commerce a réagi à la taxe décidée par le gouvernement est significative. Ils en ont fait supporter la charge aux producteurs italiens. Ce ne sont pas les importateurs qui la subissent, mais les pauvres bougres des Pouilles ou de Sicile. Ils ont répercuté le montant fixé sur les prix d'achat à la production. Le lampiste paiera.

La viticulture apparaît tel un cerf durant une chasse à courre : chaque intérêt aboie autour de nous. La meute mène son vacarme et se rapproche. On s'apprête à l'hallali. Certains excitent leurs chiens pour la curée.

Un malaise profond atteint le milieu viticole. Je ne vois plus que des gens qui parlent de la situation, les mâchoires serrées, la voix pleine de colère. Des mots lourds de menace commencent à circuler.

Les caves coopératives et les caves particulières sont délaissées par les courtiers. Le vin français est mis en quarantaine. Le 20 novembre, la F.N.V.T.P. tient son Assemblée générale. J'ai l'intention d'y présenter ma démission : je suis las, désabusé. Ma santé se détériore.

Le problème viticole est dans l'impasse.

Le gouvernement ne parvient pas à imposer à l'Italie une réglementation contraignante du marché et de la production. Chaque nouvelle réunion communautaire est un échec. A tel point que le crédit de confiance accordé au départ s'est usé jusqu'à la corde. Chacun sait qu'il n'y a rien à attendre de ce côté. La chose est d'une telle évidence qu'en paroles, les Pouvoirs Publics le reconnaissent. C'est pourquoi ils tentent les opérations de concertation jugées indispensables, mais ils chipotent lamentablement.

La dernière idée à la mode est la création d'un Office : elle est séduisante, elle s'inscrit dans nos revendications maintes et maintes fois exprimées. Elle détient une sorte de pouvoir magique, d'ailleurs quelque peu excessif. Alors, on va en utiliser le pelage, revêtir le corniaud de la toison du renard argenté. On va nous faire courir derrière. Nous nous y userons. Nous hésiterons sur le chemin à suivre. Eventuellement, nous nous fourvoierons dans les taillis inextricables des textes, au lieu de trouver enfin la clairière apaisante.

Qui dit Office dit obligatoirement prise en charge et responsabilité. Il doit non seulement gérer le marché, mais encore intervenir de façon permanente : sur les importations, les exportations. Il doit également orienter la production, prévoir une réglementation. Sa finalité consiste à garantir un revenu décent aux viticulteurs, bien entendu sur des produits loyaux et marchands. Il doit pouvoir stocker, acheter et vendre, donner l'agrément ou le refuser aux commerçants. Veiller sur les niveaux de prix et sanctionner les marges bénéficiaires excessives. Il doit sanctionner les infractions, réguler les mises en marché. Il ne saurait maintenir une rente de situation aux producteurs de vins dépassant un rendement raisonnable et mettant des produits insuffisants dans les circuits de commercialisation, provoquant ainsi la spéculation des margoulins. L'Office n'a d'existence possible que dans la mesure où les clauses de sauvegarde seront en vigueur et où la Communauté appliquera ses principes aux autres pays producteurs, ou les pénalisera s'ils ne respectent pas les règles.

Or, l'Office que l'on nous propose n'est qu'une caricature carnavalesque de cela. Il n'est qu'une rallonge à une table bancale, sur laquelle on ne met aucune nourriture. Il est tenu en laisse : c'est ainsi que les sièges que l'on prévoit d'attribuer à la viticulture sont dérisoires. Les parts attribuées à l'administration sont excessives. On introduit des responsables professionnels de l'agriculture qui n'entendent rien au problème viticole, afin de faire contrepoids. On sait qu'éventuellement on pourra s'en servir comme alliés objectifs au cas où les demandes des viticulteurs gêneraient la politique agricole commune.

Sans doute, en cette fin d'année, ne savons-nous pas à quelle sauce sera assaisonné l'Office que l'on nous mijote aux cuisines de Matignon. Mais nous voyons parfaitement avec quelles cuillères on entend la brasser, de quels condiments on entend l'assortir. Nous allons voir par la suite, à quels cuisiniers on en confiera le soin et quels seront les marmitons et les serveurs.

Les contacts que nous avons avec le ministère de l'Agriculture se poursuivent régulièrement, mais ils s'avèrent difficiles. Malgré la bonne volonté évidente de M. Bonnet, que nous sentons limité dans ses possibilités. Les décisions à prendre sont d'ordre politique. Seuls MM. Giscard d'Estaing et Chirac sont en mesure de déterminer notre avenir. D'autre part, si M. Bonnet reste extrêmement soucieux de la question viticole — dont il dira qu'il y consacre plus de la moitié de son temps — il est très attaché à la Communauté agricole et considère que toute mesure qui porterait atteinte à celle-ci ne saurait être retenue. Il entend également rester fidèle à l'équipe politique à laquelle il appartient. Tout en conservant une grande indépendance dans ses propos qui, très souvent, viennent conforter les thèses de la viticulture, il limite son action à tirer le maximum des possibilités de la réglementation communautaire.

Le 18 décembre, jour prévu pour l'élection du nouveau président de la Fédération nationale de producteurs des vins de tables, le Conseil d'administration décide que, compte tenu de l'aggravation de la situation du marché et de la complexité des problèmes en suspens, il n'est pas possible, actuellement, de changer d'équipe et de président. Néanmoins, je demande aux divers syndicats de présenter les candidats au poste que j'ai occupé jusqu'à ce jour. Aucune candidature ne se manifeste. Je suis dans l'obligation de remettre à plus tard ma démission. J'exige tout de même un vote à bulletins secrets, afin de dégager une volonté claire de nos instances. M. Bénet et moi-même sommes réélus à l'unanimité.

Devant les orages qui s'amoncellent, une véritable union sacrée s'exprime. Les diverses régions de France productrices de vins de table et de vins de pays se déclarent parfaitement solidaires des régions méridionales : les pays de Loire, le Mâconnais, le Sud-Ouest, les Charentes, par la bouche de leurs syndicats respectifs, m'expriment leur confiance et leur soutien. Je suis très sensible à l'amitié qu'ils me témoignent, car mon rôle est difficile, pour concilier les intérêts des uns et des autres.

Leurs problèmes se différencient, et quelquefois s'opposent aux points de vue des Méridionaux. Mais ils sont soucieux d'objectivité, de camaraderie. Chaque président connaît bien son dossier et reste attentif à maintenir la cohésion nationale. Nous apprenons alors que M. Chirac nous recevra le 30 décembre.

C'est avec un certain scepticisme que nous attendons cette entrevue. Notre confiance a disparu depuis longtemps, plumée au fur et à mesure de nos désillusions. Mais, que faire, en dehors des négociations ?

Le climat est de plus en plus tendu. Les Comités d'Action ont décidé de ne plus payer les annuités au Crédit agricole, de demander leur report, ainsi que les cotisations aux allocations familiales. Ils exigent la garantie du revenu, la maîtrise des importations, la création d'un Office musclé. Ils ne veulent plus être payés de mots, mais obtenir, enfin, la prise en considération de nos revendications de base.

La dernier réunion du C.R.A.V., tenue à Béziers, a été particulièrement agitée. On pénètre difficilement dans la grande salle de la mutualité sociale. Nous voyons de nombreux visages inconnus. Les militants de base viennent en grand nombre. Ils sont tendus, hypersensibles. Ils réagissent passionnellement. Ils en ont assez. La salle enfumée voit des ombres se lever un court instant, intervenir avec véhémence, puis se rasseoir avec rage.

Ces hommes rongent leur frein. Ils sont à bout. Ils écoutent avec de lourds visages entêtés. Aucun argument ne peut les convaincre. D'ailleurs quels arguments pourraient être utilisés ? En vérité, ils sont dégoûtés au-delà de toute expression et ne peuvent plus dominer leur exaspération.

Nous savons maintenant quels sont les chiffres de la récolte méridionale, portant sur les départements des Pyrénées-Orientales, de l'Aude, de l'Hérault, du Gard : nous aurons seulement 26 700 000 hectolitres, soit 5 600 000 hectolitres de moins que l'année précédente, en 74. Au niveau des prix pratiqués et des achats effectués, c'est l'impasse. Nous allons nous trouver en cessation de paiement.

Les jeunes menacent de passer à des formes d'action de plus en plus dures. Des mots volent de bouche en bouche : « Nous ne crèverons pas comme ça... », « nous irons chercher les fusils... », « ce sont des ordures... », « il faut les foutre à la porte... » Les responsables du comité régional tentent de les convaincre, de les orienter vers des actions admissibles. Ils ne les excitent pas : ce ne sont pas eux qui versent de l'huile sur le feu, mais les négociants qui ne leur achètent plus leurs vins, l'Etat qui ne fait rien et ne tient jamais ses engagements, cette Communauté incapable de prendre des décisions, qui tourne sur elle-même, comme un chien qui se mord la queue.

Sans doute, les dirigeants syndicaux établissent les responsabilités encourues. C'est leur rôle et leur devoir démocratique. Mais il n'est pas besoin, hélas, de souffler sur le feu que d'autres ont allumé avec inconséquence, voire avec cynisme. Il est clair de constater l'état d'exaspération et de colère.

Comme une bête possédée par de mauvais maîtres qui lui donnent plus de bâton que de pâtée, la viticulture montre les crocs. Les plus exaltés prennent le pas sur la tendance modérée. Ils échappent à tout raisonnement.

Le 29 décembre, au cœur des fêtes de fin d'année, la viticulture exprime sa colère : toute la région investit la ville de Sète, en protestation contre les importations dont le niveau ne cesse d'augmenter. Les viticulteurs arrivent en nombre impressionnant. Il fait beau temps, mais le soleil est lointain, pâle, défiguré. Les manifestants ont revêtu des vêtements chauds. Ils sont coiffés de passe-montagnes, de casquettes de laine ou de plastique. Certains en ont rabattu les oreilles. De loin, la foule s'agite avec un mouvement bouillonnant. Je passe au milieu des groupes. On m'accroche pour savoir ce que nous pensons obtenir demain, chez le Premier ministre.

Je perçois une exaspération mal contenue. Il est évident que la viticulture ne peut plus se contenter de mots. Il lui faut des actes.

Ces manifestations, de type classique, vont dérailler. Seules, les actions directes contre les vins importés ont l'assentiment de la base. Si les choses ne s'arrangent pas à Matignon, les viticulteurs entreront dans une série d'action clandestines contre les citernes italiennes et contre les chais des négociants importateurs. Chacun le dit, chacun le souhaite. Pour défendre notre droit à la vie, ce sera la seule issue. Il n'est plus question d'approuver ou de désapprouver. Les choses sont ainsi. Un gars du Minervois me dit : « Nous nous sommes battus en 39 et en 45 contre les Allemands : la cause était juste. Mais notre lutte actuelle est plus concrète. Nous nous battrons pour ne pas crever, contre tous ceux qui nous font disparaître. S'ils veulent des fusils, ils n'ont qu'à continuer... »

Au cours de la journée, j'entre en contact avec une délégation syndicale venue de Sète, victime de lock-out, puis je vais faire un tour vers Marseillan-Plage. La mer est belle, de courtes vagues mordillent le sable et les galets de la grève. La montagne de Sète se découpe nettement sur le ciel hivernal. Les conques ouvrent leurs flancs rocheux à la pénétration du flot. Les plages sont désertes, abandonnées. Seuls quelques promeneurs isolés suivent la lisière des eaux, à la recherche d'un animal ou d'une racine rejetée par le flux.

Les Catalans et les Audois m'apparaissent au loin comme une énorme masse sombre. Ils barrent la chaussée au niveau de la cave coopérative de Marseillan. Parallèlement à la route : la voie ferrée. Les manifestants s'agitent comme des mouches entre ces deux axes. Leur colère s'exprime en recherchant tous les moyens susceptibles d'interrompre la circulation. J'échange quelques mots avec les uns et les autres. Les dirigeants me disent qu'ils ne sont plus écoutés et que les consignes qui avaient été données : agir avec raison, ne seront pas respectées. Les visages que je rencontre sont déterminés, marqués d'une volonté désespérée d'en finir.

Les mots que j'entends ne laissent aucun doute : « Plus de mots, des actes... », « plus de ballades... », « nous ne crèverons pas la bouche ouverte... »

Ces hommes m'apparaissent dans la plénitude de leur race fière et combative. Leurs accents affirment encore leur caractère déterminé : j'entends les Catalans échanger leurs idées, dans leur langage puissant. Les Audois roulent les mots plus que jamais.

Un vent de révolte passe, contrastant avec le calme de notre mer et la paix de notre ciel.

Matignon. Chirac commence : « C'est la dernière fois que je reçois une délégation précédée de tels agissements. Si vous démolissez, nous ne reconstruirons pas ! »

Le climat de l'entretien est tendu, à la limite de la rupture. Je dis : « Monsieur le Premier ministre, nous n'approuvons pas les casseurs. Les consignes avaient été données afin d'éviter cela. Mais l'exaspération est à son comble. On ne compte plus les insuccès pour modifier le règlement communautaire. Les importations ne cessent d'augmenter. Nous ne vendons plus un litre. Les prix italiens sont plus bas que jamais. La lire continue de se dévaluer. La taxe ne sert plus à rien : le commerce en fait supporter le poids aux producteurs des Pouilles ou de Sicile... Nous sommes en cessation de paiement. Nous regrettons les excès commis, mais bien plus encore la cause qui les a provoqués !... Si rien n'est fait, nous courons à l'aventure. »

Chirac se calme... Il reprend le dialogue sur un

ton ferme, mais plus compréhensif. Il reconnaît l'insuffisance de la taxe... la nécessité de compenser les disparités monétaires. Il admet que les importations sont excessives. « Il faudra imposer un système d'agrément pour le négoce, l'obligeant à respecter certaines règles... Il faudra mener des actions ponctuelles pour dégager le marché des vins de qualité... Il va falloir définir un Office... »

Bonnet intervient et souligne l'impasse dans laquelle nous nous trouvons. Il rappelle ses démarches à Bruxelles, en souligne les difficultés et fait le point de l'état des pourparlers : les choses avancent doucement mais sûrement, en ce qui touche la révision du règlement viti-vinicole. Fourcade précise ce qui pourrait être fait en matière financière : reports d'intérêts, voire d'annuités. Délais de paiement des impôts fonciers. Facilités de crédits, etc.

Le climat reste dur. Les interventions se font sur un mode sec, fractionné. Nous nous renvoyons les balles avec vigueur. Mais la délégation viticole reste soucieuse d'éviter la rupture. Chirac nous recevra incessamment pour annoncer les décisions prises.

Sur le perron de Matignon, je déclare aux journalistes qui nous interrogent : « Il faut encore attendre. Tout n'est pas parfait. Tout n'est pas rompu. Mais nous ne sommes pas sortis de l'auberge ! »

Le 14 janvier, à nouveau Matignon.

Style glacial. Le Premier ministre annonce le train de mesures décidées en conseil des ministres. Il parle d'un ton impersonnel, avec une voix volontairement lointaine. On sent une volonté d'en finir, venue de très haut. L'Elysée transparaît visiblement. Notre sort va se jouer...

Il est clair qu'il n'y a aucune marge de négociations. Nous ne sommes pas là pour remettre en question quoi que ce soit, mais pour enregistrer les décisions du Pouvoir.

Nous entendons Jacques Chirac annoncer la couleur : « la France demandera à la C.E.E. de fixer des montants compensatoires, destinés à réduire les effets de la dépréciation de la lire. La France transmettra à Bruxelles la plainte officielle, déposée par les viticulteurs contre les opérations italiennes de dumping, pratiquées par le commerce transalpin. Le gouvernement demandera que la modification du règlement soit chose faite en février. Il déposera un projet de loi, portant création d'un agrément pour l'exercice et la moralisation de la profession de négociant en vins. Le contrôle de la qualité sera accentué. Des actions de promotion sur les vins de qualité seront organisées. Le ministre des Finances est d'accord pour que des mesures d'accompagnement fiscales interviennent. La création d'un Office des vins est décidée, avec comme but de : gérer le marché, rationaliser la production, assurer une meilleure connaissance de la situation viticole, aider à la revalorisation des vins de qualité ».

C'est tout.

Nous sortons, déçus et amers. Comme le dira un journaliste : « Jacques Chirac a conjugué le verbe agir au futur ! »

La France demandera... La France transmettra... Le gouvernement insistera... déposera un projet de loi... On organisera... etc.

Seule décision : celle concernant l'Office... Mais elle est bâtarde.

L'Office, tel qu'il nous est proposé, apparaît comme un oiseau que l'on aurait plongé dans le goudron. Il ne contient rien de ce qu'il devrait contenir pour mériter son nom. La maîtrise des importations, la garantie de bonne fin des opérations de stockage, ainsi qu'un mécanisme permanent d'intervention, n'y figurent pas.

On a utilisé un mot dont on sait qu'il est cher à l'oreille des viticulteurs, sur un contenu insignifiant. Sur un flacon d'eau, on a collé une étiquette prestigieuse. L'Office proposé est un mensonge déguisé en vérité. Le procédé employé est significatif d'une fausse politique de concertation.

Je précise avec netteté que cet Office n'est pas celui que nous souhaitons et que nous ne le cautionnerons pas : « Le fond du désaccord tient au fait que le gouvernement refuse de prendre, au niveau national, des mesures coercitives contre les importations abusives de vins italiens qui nous chassent de notre propre marché. Le gouvernement nous a mis devant le fait accompli. »

Encore un échec bruxellois. Je ne sais plus à combien nous en sommes.

Pourtant, François Ortoli, président de la Commission européenne, avait lancé, le 19 janvier, un avertissement solennel aux ministres de l'Agriculture réunis. M. Marcora se montre intraitable : il bloque toute solution, tant que la France n'aura pas renoncé à la taxe. C. Bonnet affirme qu'il n'est pas question de la supprimer, qu'il serait plus logique d'en tripler le montant. On renvoie le dossier à la Commission européenne.

Chez nous, c'est la colère : on vide des citernes, on procède à des contrôles sauvages.

Une réunion a lieu rue de Varenne. Ce sera la dernière d'une série décevante, où nous avons progressivement assisté à des reculades permanentes. Nous sommes loin du climat de confiance qu'avait suscitée l'entrevue du 11 septembre à Matignon, lorsque Jacques Chirac nous avait insufflé des raisons d'espérer en notre avenir. Il est évident que l'on a choisi, en haut lieu, la façon dont on traiterait la question viticole et qu'on entend nous l'imposer, quels que soient les moyens nécessaires. Une fois encore, pour encourager la reprise des ventes, on consent une aide aux négociants.

On s'entête à ne rien accorder de fondamental.

L'office s'avère tout aussi décevant. Rien ne vient arrêter, juguler le mouvement des importations : en janvier, nous recevons encore 727 000 hectolitres de vins, dont la plupart s'avèreront médiocres. Ceci à des prix ridiculement bas. On dégoûte le consommateur de boire français, en laissant supposer que les vins qui lui sont offerts sont issus du Midi, alors qu'ils sont le résultat des coupages et des trafics des chais d'importateurs. Nous sommes de plus en plus soumis à la politique mercantile de ceux-ci. Aussi, est-ce contre eux que la colère monte.

Et pourtant, la responsabilité essentielle du désastre économique dans lequel nous nous enlisons est imputable à l'Etat et à la réglementation communautaire.

# *Non à la violence*

Le 5 février arrive. Cette fois, la viticulture n'est pas seule : les manifestations prévues vont se faire sous le signe commun « Vivre et travailler au pays ».

Dès le matin, il pleut : une pluie serrée, continue, froide. Pourtant, à l'heure du meeting, nous voyons arriver une foule inimaginable, incalculable. Jamais on n'a dû voir autant de parapluies, à tel point serrés les uns contre les autres qu'ils forment une véritable toiture, sous laquelle s'abrite tout un peuple. Je suis vêtu de mon anorak et d'un pantalon de neige imperméable. Sur la tête, je porte un suroît fatigué qui me sert durant les vendanges, quand le temps l'exige.

Sur la tribune trop petite, les responsables des syndicats se pressent. Les orateurs interviennent à tour de rôle : ceux de la C.G.T., de la C.F.D.T., du C.I.D.-U.N.A.T.I., de la F.E.N., de l'Union des artisans. La viticulture n'est plus seule. Autour d'elle, avec elle, des visages de travailleurs manuels, des enseignants, des commerçants et des artisans, toute une masse d'hommes, d'allure disparate, en qui se fait la révélation d'une identité de vues. Ce 5 février, ce ne sont pas les vignerons qui manifestent, mais une région qui proteste contre l'abandon, contre des maîtres incapables ou pervers.

C'est la révélation de la solidarité de tous les tondus, de tous les laissés pour compte. C'est le peuple retrouvant le sens de son unité.

Un souffle immense et pacifique passe dans nos

cœurs. Qu'importe cette eau glacée qui dégouline sur nos visages. J'en essuie le ruissellement à coups de mains, sans hargne. Sous les averses, des dizaines de milliers de parapluies jouent comme d'immenses fleurs noires. Tandis que les divers orateurs s'expriment, analysant avec rigueur les causes de notre sous-emploi, de nos difficultés, je regarde chacune de ces énormes corolles, luisantes d'eau, et je songe à ce que représentent toutes les déceptions, toutes les amertumes, contenues dans toutes ces têtes.

Ils sont la multitude. Ils sont la France qui travaille, qui produit. Hélas, ils sont aussi la France soumise, asservie au pouvoir de l'argent, aux trusts. Durant combien de temps encore, eux qui sont le nombre, l'avenir, le labeur, le développement, le progrès, accepteront-ils le servage économique ? Je sens les pulsions des heures où l'homme prend conscience que le scandale ne saurait toujours durer. En moi, je contiens à peine tout un bouillonnement d'amour pour tous ceux qui sont là. Ce ne sont pas des casseurs. Ce ne sont pas des violents. Ils encaissent paisiblement les rafales de pluie et de vent. Ils ne s'énervent pas. Ils resteront le temps nécessaire. Sans en être conscients, ils vivent leur histoire. Ils sont le symbole de la force, de la ténacité du peuple. Certes, les courants d'idées qu'ils représentent sont divers : l'ouvrier n'a pas l'habitude de cohabiter avec le paysan et vice-versa. Mais les uns et les autres connaissent le poids du travail manuel, des salaires insuffisants. Les commerçants et les artisans sentent l'emprise du monde capitaliste avec ses grandes surfaces qui les déloge et les voue au désespoir.

L'air de cette société devient irrespirable. Chacun en prend de plus en plus conscience. Quand donc viendront les lendemains qui chantent, où le pauvre sera moins pauvre et le riche moins riche ? Je lance aux orties toutes les vieilles défroques d'un passé conservateur. Je ne suis bien qu'avec ceux qui réclament un peu plus de justice, simplement, sans violence, sous leurs innombrables parapluies.

La pluie cesse soudain de tomber. Timidement d'abord, les gens ferment leurs pépins. Des têtes apparaissent peu à peu. La foule des hommes fait surface. Le spectacle est hallucinant.

Lorsque je commence à parler, ce n'est plus le seul agriculteur qui s'exprime, c'est un homme, parmi d'autres hommes de cette terre méridionale oubliée. Dans la foule, tout à l'heure, j'ai rencontré Claude Drouant, la petite occitane, toujours accompagnée de Laure Arvenec. Elle m'a souri gentiment et m'a fait un long geste amical de la main. Une fantastique fraternité s'épanouit. Je m'y sens bien. Ce bain humain est réconfortant, exaltant.

Je sens le Christ des humbles, des réprouvés. S'il revenait sur Terre, c'est parmi les foules qu'il reviendrait.

Je commence à lire avec calme mon intervention :

« ... Est-il phrase plus simple que de dire dans la langue de nos ancêtres : « Volem viure al païs ?... »

« ... Doit-on bâtir la « société de progrès » dont l'Etat nous parle sans arrêt sur notre cimetière, sur le désert amer de notre terre ?...

« ... Ce sont les hauts fonctionnaires de l'Europe Verte qui décident pour nous, sur des critères qui n'ont rien à voir avec notre réalité sociale et économique...

« ... La très belle idée d'une Europe fraternelle demeure dans nos esprits, mais non pas une Europe prostituée, faisant le trottoir pour le seul profit de quelques proxénètes : une Europe dans laquelle le petit se sentira moins petit, le puissant moins puissant...

« *Oui,* votre Europe est une fille vérolée qu'il faut envoyer à l'hôpital et soigner avant qu'il ne soit trop tard. Mais, pour Dieu, pas avec les médecins qui l'ont mise en cet état ! *Il est grand temps d'en changer.*

« *Nous devons trouver dans cette manifestation : matière à réflexion,* également *matière à espérance.*

« *Matière à réflexion,* parce que nous devons mesurer très exactement les dimensions du ring sur lequel nous avons à jouer, la souplesse des cordes qui le limitent, parce que nous devons savoir combien de rounds nous devrons tenir.

« *Oui,* soyons conscients de l'*enjeu* et de la nécessité de *tenir* jusqu'au *bout.*

« Il nous faut conquérir le cœur et l'esprit des autres

Français, il nous faut leur faire comprendre que notre cause est juste, que notre triste sort préfigure le leur ; car ils seront les futures victimes des distorsions monétaires, comme nous-mêmes.

« Il nous faut leur parler de telle façon qu'ils nous *entendent*...

« La meilleure alliée des pouvoirs publics, c'est une *violence imbécile,* qui effraie, irrite. Qui nous fait des ennemis, au lieu de nous faire des alliés.

« Les choses changent, nous avons ces alliés, conservons-les. Il est *essentiel* que chacun ici présent sente avec son voisin *une fraternité de combat.*

Je dis aux ouvriers : « Non, les paysans ne sont pas « d'affreux capitalistes, ils sont des hommes comme « vous, qui ont peur pour leur avenir et celui de leurs « enfants. Le bien qu'ils ont au soleil, ils l'ont acquis « durement, à travers l'effort de plusieurs générations « et ils ne peuvent s'en servir contre la société. Ils « font partie des dévorés et non des ogres. »

« Je dis à mes frères paysans : « Cessez de vivre « dans un monde clos, regardez autour de vous, gardez-« vous des jugements sommaires sur les autres groupes « socio-professionnels. L'ouvrier qui fait grève n'est pas « l'ennemi, il défend son pain, comme vous défendez votre « terre. Le commerçant que vous côtoyez ne vous exploite « pas nécessairement. L'artisan n'est pas trop cher. L'étu-« diant n'est pas ce farfelu qu'on vous présente. Ils sont « comme nous, les victimes d'un système où des minorités « vivent sur le dos des plus nombreux. »

« Il suffit d'un loup pour exterminer le troupeau.

« Lorsque vous vous rendez, comme chacun, au « supermarché voisin, vous avez la satisfaction apparente « d'avoir économisé quelque peu ; mais vous avez subi « l'appel de la société de consommation et vous vous « êtes laissés aller à de petits achats inutiles. On vous « sollicite légalement, mais abusivement. Les grandes « sociétés vivent de ce conditionnement, créent des « besoins, les exploitent. Le bénéfice que nous en reti-« rons n'est qu'illusoire et lorsque l'épicier du coin « aura disparu, lorsqu'ils seront seuls sur le marché, « ils auront tout loisir de vous grignoter. »

« *Aujourd'hui naît* une *grande aventure sociale,* une de ces aventures qui font l'histoire des hommes. L'on dit que l'histoire est faite d'impondérables, que quelquefois son cours est modifié par un détail insignifiant, l'on cite la fourmi qui piqua le talon de Tamerlan et modifia sa destinée. Les impondérables surviennent pour rappeler aux grands de ce monde que l'on ne se joue pas éternellement des petits sans que ceux-ci, finalement ne s'unissent.

« *L'impondérable qui vient de naître est le refus occitan, régional, de disparaître sans crier gare.*

« Ceux qui ont jusqu'à maintenant joué le cloisonnement des divers groupes socio-professionnels sont surpris, ils ne croyaient pas la chose possible...

« Ils vont chercher la parade, essayer de jeter des « pommes de discorde », en bref, tout tenter pour éviter que la marée ne les submerge.

« Nous pesons si peu devant certains choix et certains intérêts...

« Mais n'*oubliez jamais : David vainquit Goliath...*

« Dès lors, ne vous laissez pas entraîner par les agents provocateurs qui chercheront à toute force à nous discréditer, à rompre cette union sacrée.

« Nos ennemis, d'où qu'ils viennent, attendent nos faux-pas : plus nous tomberons dans leur jeu, plus nous gâcherons nos chances de gagner la partie.

« *La violence agricole exprimait la solitude du combat paysan.*

« *Nous ne sommes plus seuls, dès lors la violence devient inutile, voire dangereuse.*

« L'action professionnelle se pose en d'autres termes : il faut à tout prix convaincre l'opinion, créer les tribunes qui s'imposent, les situer assez haut pour que nos voix passent sur toute l'Europe.

« Les divers secteurs de l'économie française vont être, tour à tour, affectés par les aberrations du système actuel, il nous faut prendre conscience du rôle que nous devrons jouer.

« Sachons saisir la balle au bond.

« Mon dernier mot sera consacré à l'*Espérance : nous ne pouvons plus ne pas être entendus.*

« Notre terre se lève sous le grand souffle des justes causes. Au moment où apparaissent de façon aussi précise les injustices, naît aussi la grande *solidarité.*

« Nos grandes villes voient, aujourd'hui, leurs rues gorgées de leurs enfants, le sang nouveau d'une volonté invincible d'obtenir *justice* pour ce peuple coule en chacun de nos cœurs.

« La partie se gagne dans l'unité, la fraternité, quand le berger chasse la vipère, il frappe la roche de son bâton.

« Notre manifestation marque une étape qui sera suivie d'autres étapes.

« L'Europe a entendu le bruit de nos pas.

« L'Etat ne peut l'ignorer, il doit agir vite.

« Monsieur Giscard d'Estaing, il n'est pas de petits sujets dès lors qu'il y va de l'avenir de nos provinces méridionales.

« Il ne s'agit pas d'établir l'image de marque de la France hors des frontières, il s'agit aussi des Français, et de tous les Français ; ce pays ne doit pas aller au désespoir, ayez le courage de prendre les décisions qui s'imposent, faute de quoi *vous aurez failli à votre tâche.* »

Un défilé interminable suit la manifestation : il ceinture littéralement la ville, suivant les boulevards périphériques : la tête du cortège rejoindra au Peyrou les derniers partants plus d'une heure après le départ. Montpellier voit passer cette mer humaine, dont le calme et la discipline sont les caractéristiques.

Je sens une profonde joie à marcher avec tous ces travailleurs, hors de tout contexte politique : chacun avec la pensée que notre union imposera nos revendications.

# *Montredon*

Après le cinq février, le rideau retombe sur nos espérances.

J'assiste, impuissant, à la progression du désespoir de nos vignerons ; il n'y a plus de jours où nous n'apprenons que leur colère s'est exprimée d'une façon ou d'une autre.

J'ai tellement conscience du climat explosif dans lequel nous vivons que, le 2 mars, je décide de solliciter une audience du président de la République, pour le Comité directeur de la Fédération nationale des vins de table et vins de pays. Je téléphone à l'Elysée, afin de m'entretenir avec M. de Combret qui nous avait reçus précédemment, au nom de M. Giscard d'Estaing. Je ne peux l'obtenir, il est en conférence. Mon ton doit inquiéter le haut fonctionnaire qui me répond, pour qu'il me dise : « Mais, tout de même, vous ne voulez pas le Président ? » Ceci un peu comme s'il me disait : « Vous ne voulez tout de même pas parler à Dieu le Père ! »

Je réponds : « Monsieur, je connais parfaitement les limites qui sont celles d'un responsable paysan. Je rappellerai demain M. de Combret. »

Le lendemain, en lisant *Midi Libre,* j'apprends l'affaire de Meximieux : 80 000 hectolitres de vin italien sont détruits dans l'Ain par un commando « monté », dit-on, du Midi. Ceci s'est passé contre les entrepôts du négociant Charles Ramel, bien connu dans le monde viticole. Les dégâts sont importants. Ceux qui ont mené l'action sont venus, ajoute le journal, à bord de deux cars. La gendarmerie n'est pas intervenue. Les forces de l'ordre ont simplement surveillé le retour des deux véhicules.

Charles Ramel est l'un des principaux importateurs de vins italiens. La direction de l'entreprise reconnaît que 20 à 30 % des vins produits par l'entreprise Ramel proviennent de l'étranger. Elle se justifie en disant : « Nous sommes dans le Marché commun. On doit partout pouvoir vendre et acheter ce que le marché demande. Pour faire tourner leur affaire, tous les gros négociants sont logés à la même enseigne. »

La réponse faite est significative : on s'abrite derrière la Communauté pour mener une série d'opérations — entrant apparemment dans un cadre légal — mais dont la viticulture a toutes les raisons de penser, en fonction d'un contentieux fort chargé, qu'elles s'insèrent dans une série de manipulations dont nous contestons le caractère.

Un participant anonyme, interviewé par *Le Midi libre*, ne dit-il pas : « Notre dernière expédition, té, regarde mon pantalon, ça t'expliquera tout. — De fait, constate le journaliste, le « jean » du viticulteur tient presque debout tout seul. Il a reçu quelques giclées de colorant. C'est un liquide rouge vif, épais, comme du sang ». J'ai déjà vidé des cuves ailleurs, cette fois je crois que mes chaussures sont fichues. Et quand on pense que le marché parisien est inondé de cette poisse ! »

A la suite de cette très grosse information, je sens tous mes pressentiments se confirmer : les viticulteurs ne peuvent plus supporter la fraude qui les ruine, ni ceux qui ferment les yeux sur elle.

Un jour ou l'autre, il y aura un gros coup dur.

Le président de la République doit intervenir pour trouver des solutions d'apaisement, autres que celles qui nous ont été consenties jusqu'à ce jour. Je rappelle l'Elysée. Je parviens enfin à joindre M. de Combret. Je lui fais part de mon inquiétude, encore aggravée par les événements de Meximieux. Les actes de désespoir vont nous conduire à la catastrophe. Je sollicite une audience, dès le lendemain des élections cantonales. La chose n'étant pas possible durant la période électorale, je lui dis vouloir rédiger une lettre dans ce sens. Il faut intervenir à Bruxelles pour obtenir la révision du règlement viti-vinicole. Je lui fais part de notre souci de dénoncer la violence ; mais nous ne le pourrons efficacement que si l'Etat prend les mesures qui s'imposent. M. de Combret s'engage à transmettre et me précise que le Président suit le dossier viticole avec une extrême attention.

Le lendemain, 3 mars, nous apprenons que les pourparlers bruxellois des neuf ministres de l'Agriculture s'embourbent. Dans l'après-midi, je suis à Montpellier, à la Chambre régionale d'agriculture, en vue de régler un certain nombre de dossiers. C'est là où j'apprends que deux viticulteurs audois, Olive et Domenech, sont interrogés par la police judiciaire, ainsi que le patron de l'entreprise de cars, Bourdier, et les deux chauffeurs ayant conduit les véhicules.

Les coups de téléphone se succèdent sans arrêt : le comité régional d'action viticole mobilise ; la tension monte à toute vitesse...

Je téléphone chez Bénet, il est déjà parti à Montpellier pour intervenir auprès de la préfecture de région.

A Narbonne, me dit-on, les choses prennent un caractère extrêmement inquiétant : le capitaine Guérin, de la gendarmerie nationale, est retenu à la Confédération générale des vignerons du Midi durant quatre heures.

Un climat d'émeute règne dans la ville.

Autour de 22 heures, les bagarres éclatent un peu partout : des groupes incontrôlés, hors de toutes disciplines professionnelles, commettent des déprédations à la recette des finances ; le feu est mis à la perception, que les pompiers maîtrisent rapidement. Le palais de justice est assailli, il y a plusieurs blessés par grenades lacrymogènes.

Bénet vient d'arriver à Montpellier, où les principaux dirigeants de l'Hérault, rapidement convoqués, se retrouvent.

Les téléphones marchent sans arrêt. Nous ne parvenons à toucher que des fonctionnaires assurant les permanences. La préfecture nous répond que l'affaire ne lui incombe plus, qu'elle est dans les mains de la justice.

Finalement, nous intervenons auprès des différents ministères, y compris à l'Elysée.

Partout des voix impersonnelles nous répondent : « Il n'y a personne », « M. X... est absent. » Nous sentons qu'une consigne de silence a été donnée. Sur place, nous ne recevons que des réponses évasives, dilatoires. On cherche visiblement à gagner du temps. Nous comprendrons plus tard pourquoi, lorsque nous saurons que les prévenus ont été transférés de la police judiciaire régionale à Lyon, par hélicoptère, et sont gardés à vue. A un moment, l'on nous dit même que cela va s'arranger, qu'ils seront rapidement relâchés.

Sur le terrain, les choses s'aggravent.

Nos amis de la C.G.V.M. nous téléphonent chaque quart d'heure et nous conjurent d'obtenir des mesures d'apaisement. Ils ne sont plus maîtres de quoi que ce soit. La C.G.V.M. est occupée par des exaltés prêts à tout. Certains ont le fusil à la bretelle. Ils n'écoutent personne.

Un vent d'émeute souffle sur le Languedoc...

Le lendemain, nous apprendrons qu'un nombre important de perceptions ont été saccagées. La circulation est interrompue sur route et sur les voies ferrées. Nous nous obstinons encore pour entrer en contact avec des responsables ; en pure perte. On fait le vide devant nos objurgations, nos appels. Vers 1 heure, voyant que plus rien n'est à faire, nous rentrons chez nous.

J'ai l'âme chavirée.

Je sens que les événements prennent un caractère irréversible. Ils nous échappent. Nous n'avons cessé de crier, de prévenir. Depuis un an nous avons tout essayé, tout tenté : le dialogue, à Paris, à Bruxelles ; les actions diverses susceptibles d'attirer l'attention sur notre situation ; nous avons prévenu que la violence prendrait le dessus si rien de sérieux n'était accordé. Nous avons tout fait pour obtenir des mesures raisonnables. Et l'on nous a laissés baigner dans l'insécurité, les demi-mesures.

Pendant que je conduis, je ne puis m'empêcher de penser que le gouvernement intervient durement dès lors qu'un gros poisson vient d'être atteint et qu'il a laissé faire tandis que les petits importateurs sétois voyaient leurs vins aller au fossé. Je songe que certains, parmi les plus hauts responsables de l'Etat, nous ont même dit qu'ils n'avaient pas à intervenir pour protéger les convois de citernes en provenance de Sète. Ils ont donné des ordres précis pour suspendre tous mouvements de police, protégeant les camions chargés du transport des vins italiens. Or, dès que l'affaire de Meximieux éclate, aussitôt, tout l'appareil répressif se met en marche.

Comment ne pas trouver curieuse cette soudaine attitude de fermeté ? Y aurait-il deux poids et deux mesures ? Je me répète les mots de Jean de La Fontaine : « Selon que vous serez puissant ou misérable, les jugements de cour vous rendront blanc ou noir. »

J'arrive à la maison, ma femme m'y attend, ainsi que mes enfants. J'apprends par un coup de téléphone que les barrages viennent d'être levés. Je me couche. Je ne parviens pas à m'endormir. Je prends un somnifère... Enfin, mon esprit s'évanouit dans un sommeil pesant et agité.

Je me réveille, fatigué, déprimé ; mon premier souci est de jeter un coup d'œil sur le journal qui confirme toutes mes appréhensions. Je demande à mon gendre de m'accompagner à Narbonne ; je ne me sens pas disposé à conduire.

Dès notre arrivée, nous sentons une ambiance tendue ; les salles de la C.G.V.M. sont envahies par les journalistes ; il y en a jusque dans l'escalier. Les téléphones résonnent pratiquement sans interruption. Une série de contacts s'établit entre les avocats chargés de la défense des détenus, le maire de Narbonne, Me Mouly, les parlementaires et les responsables viticoles. Finalement, on décide que les avocats vont partir aussitôt dans l'Ain, à Bourg-en-Bresse, pour assister nos camarades.

La réunion est tumultueuse. Les gens interviennent sur un ton suraigu. Les propos se croisent. Quelqu'un réclame la grève aux élections cantonales. Une discussion véhémente s'ensuit. Je dois intervenir devant certaines remarques à l'égard d'un sénateur de l'opposition.

Celui-ci fait observer que la grève demandée est inopportune, puisque les parlementaires de sa tendance n'ont encouru aucune responsabilité dans la situation actuelle ; bien plus, qu'il ne faut pas affaiblir leur position au moment où la viticulture aura besoin plus que jamais de leur appui dans toutes les instances politiques. Je demande aux viticulteurs de garder leur calme et d'admettre le bien-fondé de cette observation. L'exaltation s'apaise.

Du balcon de la C.G.V.M., on aperçoit sur la Promenade des barques une masse de plus en plus nombreuse de viticulteurs venus de leurs villages. Ils sont en tenue de travail, la casquette enfoncée sur le front. Ils ont des yeux qui leur mangent le visage. Beaucoup ne sont pas rasés de frais, un mauvais poil noircit leurs joues et leur menton. Ils donnent l'impression d'un bloc impénétrable. Ils sont figés.

La salle est enfumée, surchauffée, trop peuplée. Bénet arrive, le visage grave. Il annonce que les viticulteurs détenus lui ont demandé d'assurer leur défense. L'assistance se lève et applaudit longuement. Je perçois les signes d'une tension dramatique. Devant moi, certains de mes camarades pleurent. L. Teissier essuie ses yeux d'un brusque revers de main. Chacun sent que la situation s'aggrave, car nos camarades ne sont toujours pas libérés. Malgré les interventions venues de tous les bords, les Pouvoirs Publics s'enferrent dans une attitude intransigeante.

Vers 12 heures, la foule se disperse ; un certain nombre de points de ralliement ont été fixés pour l'après-midi. Bénet nous prie de déjeuner chez lui ; il doit partir aussitôt après pour Bourg-en-Bresse ; nous examinons durant le repas la situation telle qu'elle se présente. Vers 15 heures, nous retournons à la C.G.V.M.

C'est là que nous apprenons l'affreuse nouvelle.

Un commandant de C.R.S. et un viticulteur viennent d'être tués au cours d'une véritable fusillade au pont de Montredon.

C'est la consternation.

Autour de moi, les visages sont décomposés. Je sens la sueur perler à mon front. Ainsi, deux hommes viennent de payer de leur vie les erreurs accumulées. La négligence et l'abandon ont fait leur œuvre, ils ont provoqué le désespoir, l'absurde fatalité.

Bénet téléphone au préfet qui confirme. Nous apprendrons plus tard l'identité des malheureuses victimes : le viticulteur s'appelle Emile Pouytes, il était d'Arquettes-en-Val. C'était un homme pacifique, de cinquante ans. Il était connu pour sa modération et suivait paisiblement les manifestations, conscient de leur bien-fondé. Le C.R.S. atteint était le commandant Joël Le Goff. De nombreux blessés, nous dit-on, ont été emportés par les ambulances.

Le drame nous frappe de plein fouet.

Certes, nous sentions tous, dès le matin, que tout pouvait arriver. Les gens étaient à bout. L'observation amère de Me Mouly, maire de Narbonne, qui s'était rendu sur les lieux de la fusillade dès qu'il avait appris ce qui venait de se passer, est significative : « Toute la nuit, nous les avions prévenus. Nous savions que cela devait arriver. Dans cette affaire, il y a des responsabilités au plus haut niveau. »

Deux autres réflexions relevées par le journaliste du *Midi Libre* le sont également, celle d'un vigneron qui s'éloignait des lieux : « Nous les avions avertis, pour nous, c'était de la provocation. Cette fois, nous ne pouvions plus reculer », et cette autre d'un capitaine de C.R.S., dont le commandant venait d'être tué sous ses yeux : « Nous le savions, nous le sentions, ce drame aurait pu être évité. »

Je ne puis manquer d'évoquer la nuit précédente : nos appels répétés qui se perdaient dans le désintérêt, les consignes de silence, les dérobades.

Ce que ne comprennent pas les gens de Paris, c'est que l'on ne peut jouer indéfiniment sur le clavier des atermoiements et des promesses non tenues.

Les événements de Montredon frappent de stupeur le monde viticole.

Il en sort affaibli, désorienté. L'opinion française, mal informée, ne retient de ce drame que la violence physique, dont elle dénonce les excès. Elle ignore la violence économique ayant poussé tout un peuple paysan au désespoir. Elle reçoit une information fragmentaire, la plupart du temps téléguidée, ne lui présentant des événements que les parties traumatisantes : Les viticulteurs ont barré les routes... les voies ferrées... Ils arraisonnent les camions de vin et les vident de leur contenu... Ils démolissent, ils tirent des coups de fusils... etc...

Un soleil lumineux, annonciateur de printemps, inonde les Corbières. La route qui nous conduit vers Arquettes-en-Val se faufile entre des collines et des gorges serrées. La végétation est courte, chétive. Sur les terres cultivées, la vigne apparaît en son austérité hivernale, mais les bourgeons se gonflent sous la poussée de la sève. L'atmosphère est tiède, soyeuse. Une légère brise finit de chasser quelques lambeaux de brume attardés sur les hauteurs. L'oiseau plane en vol rasé, recherchant sa nourriture. Les amandiers étalent à profusion leurs fleurs nacrées et roses. Les cyprès fixent leurs lignes noires et verticales sur l'horizon bleu. Arquettes, niché à flanc de coteau, s'offre à la vue selon un profil concentré : maisons contre maisons, étroitement serrées autour de son église. Les souches viennent étendre leur emprise au plus proche des premières bâtisses. La nature semble exulter en la montée des sèves et la terre se réchauffe.

Et pourtant, Emile Pouytes est là, dans sa rigidité de cadavre. Pris à son destin tragique. Humble martyr paysan.

Lui, dont les pas ont foulé ces chemins rocailleux, parcouru ces garrigues, arpenté à longueur de vie ces sillons de vignes, ne marchera plus jamais, ne respirera plus l'odeur entêtante des plantes aromatiques accrochées aux collines.

Sa famille ne le verra plus suspendre sa musette en revenant du travail. Sa place à table demeurera vide, que personne n'osera plus occuper.

De partout, le peuple vigneron occitan afflue.

Ces hommes, ces femmes, parlent peu et toute conversation cesse à l'approche du village. Ils ont dû laisser leurs voitures ou les cars qui les ont transportés à plusieurs kilomètres de là.

Vus de loin, ils avancent tels des colonnes de fourmis : masse innombrable, encore plus unie en son deuil.

Dans les rues, on se serre ; personne ne murmure, personne ne proteste. Chacun ploie sous le fardeau de sa douleur. Un avion indécent tournoie, très haut dans le ciel.

L'église, tout en haut, enserrée entre les maisons, éclate sous le nombre... J'ai pu y parvenir avec la plus grande difficulté.

Un silence oppressant règne sur cette masse compacte d'hommes réunis autour d'un frère mort. Les paroles de l'évêque de Carcassonne, Mgr Puech, me parviennent avec précision, tant le silence règne.

Ce sont des frères qui sont venus, des frères qui aiment d'amour leur terre et leur vigne, des frères qui veulent en finir avec les atermoiements qui les écrasent, des frères qui pleurent les morts des deux côtés.

Le cercueil d'Emile Pouytes, porté sur les épaules de ses amis d'Arquettes, descend lentement : il passe au niveau des têtes, comme entraîné par un fleuve humain.

Tous les yeux s'y accrochent, s'y attardent, s'y enferment.

Chacun se sent submergé d'émotion ; les poitrines se soulèvent ; les yeux se mouillent.

Devant le caveau, nous nous serrons les uns les autres.

D'une voix cassée, où affluent les larmes, Vialade dit : « Adieu... Tout ce peuple te dit adieu... Que ton sacrifice soit pour nous un message d'espérance. Qu'il nous donne le courage de lutter pour que ce pays vive en paix. »

La foule s'écoule avec lenteur, elle se retire de ces lieux, comme écrasée. Une fois encore, le Midi a payé de son sang le droit à l'existence.

Et cela parce que l'on s'est refusé à prendre au sérieux ses problèmes ; parce qu'on déforme son visage aux yeux des autres Français. La mort de ces deux hommes, chacun pris en son devoir, n'aurait pas eu lieu si l'on nous avait mieux compris, en temps opportun. Ils ont payé de leur vie la faveur accordée aux trafiquants, au profit, à la soi-disant raison d'Etat. Ils sont les victimes d'un système inique, qui, sous le pharisaïsme des mots, dissimule le pouvoir de l'argent. Ils sont les victimes d'une société impitoyable.

C'est au moment où des hommes mouraient à Montredon, que la Communauté, au bout de quatre années de contacts infructueux, parvenait à mettre au point un compromis sur la révision du règlement viti-vinicole. Cette modification intervenait après d'âpres discussions au cours desquelles M. Marcora, ministre italien de l'Agriculture, eut une attitude odieuse de marchandage. M. Bonnet ne devait-il pas observer devant les journalistes qui l'assaillaient : « La négociation s'est terminée dans les souks de Marrakech », allusion aux marchands de tapis !

On ne dit pas que la violence a été cultivée, comme une plante vénéneuse, par les jardiniers du Pouvoir. Ils en ont laissé grandir les racines, en ont renouvelé le terreau. De temps à autre, lorsqu'elle pousse trop dans la serre étouffante de la société qui l'a fait naître, on l'élague. On en limite les monstrueuses tiges.

Semblable à une fleur carnivore, la violence, tapie au coin des événements, saisit la moindre occasion pour ouvrir sa corolle abjecte et capter sa proie.

Dans ma vigne, lorsque les mauvaises herbes prennent le dessus, telles que le chiendent et l'ivraie, je les arrache certes, mais avant tout, je surveille, je laboure et je sarcle au moment propice. J'écarte le moindre rhizome et j'évite de laisser monter en graines les liserons, les aristoloches, le ray-grass sauvage. Je sais que s'ils prennent le dessus, ils étoufferont mes souches, en envahiront le cœur, absorberont l'humidité et la nourriture du sol.

Qui peut, mieux que nous autres paysans, comprendre le côté détestable de la violence, alors que toute notre vie se passe à nous prémunir contre ses méfaits ? Violence des éléments : des inondations et des sécheresses ; violence des prédateurs : insectes, vers, champignons microscopiques qui rongent et tuent ; grêle qui ravage ; pluie torrentielle qui ravine ; vent, tourmente qui brise ou rompt.

Notre vie quotidienne est une lutte permanente contre toutes les violences naturelles, contre les fléaux brutaux de la nature. Pourquoi serions-nous violents par goût, sans nécessité majeure, alors que nos yeux patients apprivoisent le temps, suivent la germination dans sa lente démarche, voient éclore le bourgeon et progresser les aiguilles du cycle végétal sur un cadran immense dont le tour dure un an ?

Peut-on aimer la violence, alors que notre travail s'insère entre le jour qui, insensiblement, point à l'horizon, découvrant les mystères des choses et le crépuscule où tout s'enfouit dans le soir paisible ? Peut-on aimer la violence, alors que nous vivons au contact des animaux de basse-cour : doux et tendres, niais et sages ?

Mais lorsque,. au fil des ans, la violence économique envahit notre existence au point de la compromettre ; lorsqu'elle nous tenaille au point de nous enlever le goût du boire et du manger, alors soudain, l'homme saisit sa faux pour la couper. Il arrache de ses doigts ses bras végétaux devenus des tentacules.

L'annuité vient, avec son bruit de glas, sans qu'on puisse la régler... La récolte se fait alors qu'on a une large partie des vins de l'année précédente au chais. Le matériel ne peut se renouveler, les locaux se réparer, les vignes se replanter, parce que l'argent manque à un point inimaginable. L'instruction des gosses se fera, en se saignant aux quatre veines, parce qu'il faut leur trouver un autre travail. Les jeunes ne pourront rester, parce qu'ils n'ont plus de place sur l'exploitation.

Alors quelque chose, semblable à un monstrueux engrais, vient alimenter la violence. Elle jette ses ramifications dans chaque esprit, elle aveugle les yeux, elle arrête les cœurs et convie à toutes les folies, condamnant en cela ses propres auteurs.

« Les Dieux rendent fous ceux qu'ils veulent perdre. »

# *Vendanges amères*

Après Montredon, les vignerons réalisent brutalement la voie absurde et suicidaire où leur malheur les a poussés. Ils sentent qu'on les a piégés, qu'on les a enfermés dans le dilemme violence-répression.

J'ai devant les yeux la vision insoutenable de ces hommes morts inutilement, dont la disparition ne profite qu'à ceux qui trouvent à notre discrédit matière à asseoir leur politique.

Les vignerons déplorent les excès commis, dont ils paient les conséquences. Mais ces excès ne leur sont pas imputables ; ils sont les fleurs du mal : ce mal si souvent dénoncé...

Alors que nous pleurons les morts, tous les morts, certains dissimulent mal leurs sourires ; ils pensent : « Cette fois nous les tenons, on leur a cassé les reins, l'affaire de Montredon les musèle. Nous pouvons recommencer nos petites spéculations, tranquillement, sans coup férir... » Et le mouvement des importations, un certain temps freiné par les contrôles sur la qualité, reprend brutalement.

Ces importateurs, n'est-ce pas, ont bonne conscience, aucun regret ne les étreint ; après tout, ils n'ont fait qu'utiliser les moyens légaux mis à leur disposition grâce à la réglementation communautaire. Si certains en crèvent, hé bien, c'est regrettable ! Hypocritement, ils essuient une larme morale au coin de leurs yeux chafouins, puis vite, ils courent chez le bijoutier acheter une bricole pour « bobonne ». D'ailleurs, leurs consciences sont parées de tous côtés : le bon droit réglementaire et l'Etat sont là pour les mettre à l'abri des scrupules gênants pouvant leur venir lorsqu'ils voient une région s'étioler et s'asphyxier sous leur mercantilisme. Ils font les bons apôtres : « Après tout, nous, vous savez, nous ne sommes pas responsables... »

Pour qui donc le Christ a-t-il parlé des sépulcres blanchis ?...

Mais laissons les pharisiens baigner dans leur mare croupissante. Il y a ceux-là qui, au nom de l'Etat, de la France, avec ce pouvoir conquis dont ils se servent, alors qu'ils devraient servir la nation, supportent et tentent d'excuser cet épouvantable gâchis dans lequel sont plongés tous les agriculteurs du Sud. Sont-ils incapables ? ou pervers ? ou vénaux ? Incapables, certes pas... Pervers... quelques-uns sans doute, mais un petit nombre. Vénaux... pas si nombreux qu'on pourrait se l'imaginer. Alors ?

Eh bien, ils sont cloués à un système qui, lui, est pervers, vénal, et dont ils ne peuvent se départir... Ils sont les grands prêtres de la messe noire d'un libéralisme anarchique et rétrograde dont ils distribuent les hosties sacrilèges à une minorité de fidèles. Alors que sur le parvis, le peuple innombrable attend, espère ou désespère...

Les jours venus après Montredon vont être ceux où lentement on forge le collier de la viticulture : il le faut solide... plus question de la laisser vagabonder... « Vous comprenez, en cette période de rage » ; il le faut muni de pointes... ainsi, lorsqu'ils tireront dessus, un peu trop fort, ils comprendront la vanité de leurs efforts. Il est nécessaire de le présenter avec les couleurs les plus vives, le cuir le plus élégant. Puis, à ce collier il faut une chaîne... Celle-ci doit être composée de maillons serrés, évitant toute rupture ; alors, on met sur l'enclume l'acier le plus résistant et l'on en façonne intelligemment les chaînons.

Ou bien la viticulture acceptera de le porter, alors on lui donnera une vague pâtée, juste ce qu'il faut pour l'empêcher de crever.

Ou bien elle le refusera, alors, que voulez-vous, si elle ne veut rien ! Qu'elle ne se fâche pas si elle crève de faim...

Et puis la chaîne : on l'a voulue de trente maillons, huit seront ceux des professionnels, les autres ceux de l'administration. Encore — par surcroît de précaution — a-t-on fait en sorte que trois d'entre eux aient été usinés par les grandes centrales nationales agricoles. L'acier en sera moins cassant que celui des forgerons viticulteurs. Ceux-ci ont trop tendance à faire une trempe vive.

Durant un mois, nous aurons le choix, ou le collier et la chaîne avec une maigre pitance, ou l'enclos parqué sans nourriture.

L'arrestation d'Albert Teisseyre survient le premier avril. Il est appréhendé dans des conditions surprenantes. Au lieu de le convoquer à la police judiciaire, d'importantes forces de police investissent le village de Lauraguel que l'on isole complètement — jusqu'à couper le téléphone. On l'embarque dès l'aube, comme un dangereux repris de justice. Il subira le maximum de garde-à-vue. La viticulture, à laquelle viennent se joindre toutes les forces vives du Midi, réagit aussitôt dans le calme ; mais avec une détermination sans faille. Teisseyre devient un symbole. De nombreuses manifestations vont éclater dans toutes les grandes villes de la région.

L'un d'entre nous résumera parfaitement ce que pensent tous ceux qui y participent lorsqu'il dira : « Nous avons commis un seul crime : avoir lancé pendant dix-huit mois un cri d'alarme, avoir prédit la catastrophe. La première violence a été exercée sur le plan économique. Nous sommes pour que la justice se fasse, mais je dis bien toute la justice.

« Il s'est malheureusement instauré entre Paris et la province un climat de défiance. On a creusé un océan entre deux France. Quand, par malheur, on donne des dossiers aux technocrates, il y a des drames. C'est à ce niveau que sont les vrais coupables. Ce que nous trouvons scandaleux, c'est que l'on arrête un vigneron comme jamais l'on n'a arrêté un criminel, un voleur d'enfant. Nous continuerons à lutter pour que le Marché commun ne raye pas notre région de la carte, pour qu'il n'en fasse pas un désert. »

Le cycle des grandes manifestations organisées par l'ensemble des organisations syndicales de la région, avec le soutien d'un nombre impressionnant d'associations de tous ordres, se termine le 29 avril. Plus de cinquante mille personnes y participent. Les mots d'ordre restent la survie de la région, la libération de Teisseyre. Chacun des participants peut entendre s'exprimer par les différents orateurs, cette peur du lendemain et cette volonté de vivre au pays.

Une nouvelle fois, le rideau retombe sur notre sort.

Durant cette période, l'administration s'agite beaucoup pour nous faire prendre en considération l'intérêt que représente l'Office. Les dirigeants viticoles, après de nombreuses réunions de leurs instances, finissent par accepter d'y siéger momentanément, sans le continuer, ceci, afin d'éviter de se voir reprocher leur absentéisme et de saisir cette occasion pour ne rien accorder. Très vite, d'ailleurs, ils pourront juger les limites de cet animal chétif, au pelage galeux, à la mangeoire vide, enfermé sur un maigre terrain aux limites définies par les barbelés communautaires.

Début juin, Albert Teisseyre est mis en liberté provisoire. Cette décision intervient deux mois après son inculpation, en fonction de son lamentable état de santé. Il a maigri durant ce laps de temps de plus de dix kilos. Sa libération est un coin bleu, soudain apparu dans un ciel chargé de nuages.

Pourtant, la situation ne s'arrange pas. Le commerce se désintéresse de nos vins qu'il juge trop chers. Ceux-ci sont à un niveau de prix ridiculement bas : un bon 11°, parfaitement constitué, riche en couleur, de bonne dégustation, trouve très difficilement preneur à un franc le litre. Les stocks déclarés au mois d'août seront sans aucun doute très élevés, autour de 27 millions d'hectolitres. Les trésoreries sont exsangues.

Le Midi va, encore une fois, subir la terrible loi de la concurrence italienne, faite à bas prix, compte tenu des distorsions monétaires, du manque d'harmonisation des charges fiscales et de la différence des coûts de production : du simple au double : pour mettre en culture un hectare de vigne, il nous en coûte 8 900 francs ; à peine 3 500 francs chez nos voisins. Les importations se maintiennent autour de 800 000 hectolitres. Le spectre de notre disparition se lève en chaque conversation tenue par des viticulteurs. Ils sentent tous que les choses ne sauraient durer longtemps de la sorte : ne plus payer en temps opportun ne fait qu'accumuler l'endettement. Celui-ci prend des allures disproportionnées, étouffantes. Comment réagir ?

La violence ? Il n'en est pas question. Nous connaissons son visage hideux et les séquelles qu'elle entraîne. Nous ne saurions l'admettre, dès lors qu'elle est fondamentalement mauvaise par ses effets et qu'elle sert l'adversaire.

Dans cette redistribution permanente des cartes, qui est le propre de l'action syndicale, je suis de plus en plus convaincu que nos partenaires cherchent à nous faire jouer les cartes rouges de la violence. Ils savent que c'est la meilleure façon de nous faire perdre la partie. Dans une certaine mesure ils mettent dans leur jeu toutes les incitations susceptibles de nous y pousser.

L'abandon ? A aucun prix. Notre terre est trop belle, notre métier trop séduisant, l'avenir économique de notre agriculture trop nécessaire pour que nous puissions, un seul instant, l'envisager. Chaque responsable se tâte et cherche dans le secret de sa conscience ce qu'il convient de faire. Pour ma part, après deux réunions de l'Office, je saisis parfaitement quel est mon devoir. Continuer de siéger, c'est accepter de couvrir inconsciemment une politique que l'on constitue sous nos pieds, à la façon d'une fosse dissimulée sous des branchages.

D'autre part, mon opposition fondamentale à la conception préconisée par les Pouvoirs Publics : gérer ponctuellement le marché en naviguant à vue sur l'océan libéral communautaire, m'interdit de participer plus longtemps au faux dialogue : organisations professionnelles - gouvernement. Je n'ai pas, non plus, l'intention de bloquer ou de verrouiller les mécanismes indispensables des négociations. Je ne puis accepter le risque que cela comporte.

C'est pourquoi, la seule façon de réagir positivement demeure, tout compte fait, un acte apparemment négatif : celui de démissionner de la présidence de la Fédération nationale des vins de table. Mon départ devrait pouvoir faciliter une reprise plus fructueuse de la négociation dans la mesure où sa signification pourrait inciter l'Etat à revoir sa position et à prendre en considération un certain nombre de propositions formulées par les organisations viticoles. Il ne faut pas que je sois un écran entre elles et le gouvernement, compte tenu de mes idées très fermes sur la politique à mener. Je continue de penser que le compromis devient trop souvent compromission. Si la viticulture peut obtenir davantage en ayant des dirigeants que le tempérament incline à la négociation plus souple, il faut que je lui laisse sa chance. Mon seul souci demeure de servir ce pays et son vignoble.

Je dois conserver la confiance de tous ces camarades, et ne pas l'affaiblir en poursuivant une concertation vidée de sa substance n'aboutissant qu'à des palinodies décevantes. Enfin, je suis trop loin du compte, avec la conception d'un libéralisme capitaliste actuellement pratiquée. Tout en moi s'insurge contre celui-ci, car j'en connais le maléfice sur notre production, tout autant que sur les fruits et légumes. Je ne puis accepter de laisser supposer à l'opinion de la paysannerie méridionale que tous les leurres qu'on lui tend soient autre chose que des artifices.

Une volonté de rigueur dans le raisonnement, me conduit à penser que l'on ne peut jouer aux échecs sur un damier. La politique de ce gouvernement est soumise à des règles précises qu'il ne saurait abandonner à moins de nier sa philosophie. Je connais les pièces de ce jeu :

Il y a le roi, comme aux échecs, court de marche, fuyant en permanence devant les pièges tendus.

La dame : c'est cette Communauté qui balaie l'échiquier, faisant ses ravages, habilement maniée par le joueur allemand.

Il y a les fous, tous ceux qui, dans leurs démarches, suivent les diagonales... parce qu'ils y trouvent leur profit.

Puis les tours : ce sont les principes immuables, figés,

du libéralisme sacro-saint : « La tour, prends garde de te laisser abattre. »

Puis les chevaux : ceux-là utilisent les démarches tortueuses, anguleuses, vous prennent à l'improviste, vous soumettent à leur tactique imprévisible : quand on les voit de près, ils sont sans danger ; mais attention, dès lors qu'ils arrivent par le biais. Ce sont tous ces technocrates au jeu ambigu.

Puis, il y a les pions, que l'on sacrifie pour déblayer la partie, pour y voir clair, parce qu'ils sont inutiles.

C'est pourquoi je n'accepte plus de participer à un jeu truqué, plein d'obstacles, irrationnel, ou bien au contraire, remarquablement calculé. J'ai le goût de plus en plus impératif de défendre une conception de l'homme où celui-ci se libère de tous les asservissements du profit, des préjugés, des fausses doctrines.

J'ai besoin de prendre un peu de recul... de réfléchir...

C'est décidé, je pars.

Le président Bénet en fait autant. Nos motivations ne sont pas toujours identiques. Un certain nombre de perceptions se font différemment en chacun de nous ; mais ce que nous avons de commun, c'est le refus des petites cuisines où on laisse les sauces s'attraper. Ah, tous ces médiocres qui mijotent leurs préparations en catimini et qui prennent leur gargoterie pour de la vraie cuisine ! Lorsque la soupe est insipide, ils courent vite auprès des « maîtres coqs » ministériels pour se faire indiquer les ingrédients susceptibles d'en masquer la fadeur. Ils ont l'esprit servile. Leur médiocrité a besoin de la béquille administrative.

J'ai cinquante ans passés. Depuis trente ans et plus, mon métier, c'est la vigne. J'ai « bouffé » de la vache enragée à certaines heures. J'ai relevé un certain nombre de défis, par exemple en 1956 et 1963, lorsqu'une bonne partie de mon vignoble a dû être replantée. J'ai essuyé les gifles des gelées, des grêles. J'ai appris à aimer sans limite ce métier et ceux qui le pratiquent. J'ai reçu plus que je n'ai donné, car un nouveau baptême m'a été accordé, m'incluant dans la lutte des hommes contre les asservissements. Je sais que cette société doit être repensée, que les intérêts momentanés des classes et des gens ont peu d'importance, si demain doit être meilleur qu'aujourd'hui.

Je fais un choix tout à la fois dans la ligne de ma pensée chrétienne et sur un chemin plus lumineux, parce que plus engagé : c'est celui d'un régime humain, débarrassé de toutes les contradictions du marché du profit ; c'est celui d'une plus juste répartition des biens créés par Dieu. Celui où les agriculteurs, les ouvriers et tous les autres auront le droit de concertation et de décision, où ils définiront leur avenir hors des tutelles de la banque et des lobbies.

Il implique d'autres hommes politiques pour le mener à bonne fin ; il nécessite d'autres attitudes mentales et philosophiques.

S'il est un pas dans l'inconnu, il est un geste de confiance et d'espoir. Il ne saurait être autrement que démocratique. La démagogie n'y a point sa place. La bureaucratie ne doit pas y trouver son compte.

Mais l'homme doit y saisir son épanouissement et sa fierté d'être enfin un homme.

J'observe le ciel dans lequel le grand vent du nord bouscule les nuages... Ceux-ci s'enfuient vers notre mer...

Les pieds dans ma terre, les mains sur ma vigne, une grande paix me vient, car le temps des vendanges approche.

Ce temps où le travail purificateur chasse tous les soucis, où je vis en communion avec ces grappes et ce vin dont ma vie a été marquée.

Vienne ce temps où disparaîtront enfin les vendanges amères.

# *Table des chapitres*

L'impression de ce livre
a été réalisée sur les presses
des Imprimeries Aubin
à Poitiers/Ligugé

pour les Editions Jean-Pierre Ramsay

Achevé d'imprimer le 20 octobre 1976
N° d'édition, 124. — N° d'impression, L 9368.
Dépôt légal, 4e trimestre 1976.

*Imprimé en France*

39.00 F